Das Buch

Kate Farrant, 33, liebt i[illegible] Angeber Anthony. Sie [illegible] holm. Dort lebt sie mi[illegible] menschenscheuen [illegible]dustriellen Krogh zusammen, dem sie sich als Sekretärin und Geliebte unentbehrlich gemacht hat, und bewegt ihn dazu, Anthony als Leibwächter einzustellen. Der unstete Anthony kennt tausend Tricks, Schwierigkeiten aus dem Weg zu gehen, er ist ein Gauner im kleinen. Aber als er entdeckt, daß sein neuer Chef wirklich vor gar nichts zurückschreckt, um seine wirtschaftlichen Interessen durchzusetzen, ist er entsetzt und fühlt sich in seinem Grundgefühl menschlichen Anstands verletzt. Er verrät Kroghs böses Geheimnis an Minty, einen sensationsgierigen Journalisten... Illusionslose Sachlichkeit der Darstellung, suggestive Wirkung der Figuren und brillante Schärfe der Sprache kennzeichnen Graham Greenes Werk ebenso wie eine »ungewöhnliche Gabe der Schattierung, sein Vermögen, Handlungselemente und Charaktere zu innerem Ausgleich zu bringen« (Joachim Fest in der ›Frankfurter Allgemeinen Zeitung‹).

Der Autor

Graham Greene wurde am 2. Oktober 1904 in Berkhamsted (Hertfordshire) geboren und starb am 3. April 1991 in Vevey/Schweiz. Er trat mit 22 Jahren zum Katholizismus über, lebte längere Zeit in Westafrika und Mittelamerika und zählt zu den bedeutendsten Schriftstellern der Gegenwart. Werke u.a.: ›Orient-Expreß‹ (1932, 1990), ›Am Abgrund des Lebens‹ (1938), ›Die Kraft und die Herrlichkeit‹ (1940), ›Der dritte Mann‹ (1950), ›Der stille Amerikaner‹ (1955), ›Unser Mann in Havanna‹ (1958), ›Ein Mann mit vielen Namen‹ (1988).

Graham Greene:
Ein Sohn Englands
Roman

Deutsch von Gerhard Beckmann

Deutscher
Taschenbuch
Verlag

dtv

Von Graham Greene
sind im Deutschen Taschenbuch Verlag erschienen:
Ein Mann mit vielen Namen (11429)
Orient-Expreß (11530)

Ungekürzte Ausgabe
September 1992
Deutscher Taschenbuch Verlag GmbH & Co. KG, München

Titel der englischen Originalausgabe:
›England Made Me‹, 1935

ISBN 3-552-04137-0
Umschlagtypographie: Celestino Piatti
Umschlagbild: Alexander Schütz
Gesamtherstellung: C. H. Beck'sche Buchdruckerei, Nördlingen
Printed in Germany · ISBN 3-423-11576-9

Für Vivien
Im Gedenken an
zehn Jahre der Liebe
1925–1935

Die ganze Welt müßte für meinen
Lebensunterhalt aufkommen

Walt Disney
›Die Heuschrecke und die Ameisen‹

Erster Teil

Erstes Kapitel

Sie hätte auf ihren Liebhaber warten können. Seit einer Dreiviertelstunde schon saß sie auf dem Barhocker, von der Theke halb abgewandt, und beobachtete die Schwingtür. Hinter ihr türmten sich Schinkensandwiches unter einer Glasglocke; die Teemaschinen dampften. Als die Tür aufschwang, schwemmte von draußen Lokrauch herein, legte sich staubig über die Haut und wie ein Geschmack von Kupfer auf die Zunge.

»Noch einen Gin.« Es war ihr dritter. Zum Teufel mit ihm, dachte sie liebevoll, ich habe Hunger. Sie schluckte den Gin in einem Zug. Skål! Skål! Aber hier war doch keiner, dem sie zuprosten konnte. Der Mann mit dem Bowlerhut stellte den Fuß auf die Messingstange, stützte den Ellbogen auf die Theke, trank sein Bier, redete, trank sein Bier, wischte sich den Schnurrbart und ließ sie nicht aus den Augen.

Sie starrte durch die staubige Scheibe der Tür in die lärmerfüllte Dunkelheit. In der verqualmten, stickigen Luft stoben Funken und erloschen, Funken von Lokomotiven, Zigarettenfunken, Funken von den Eisenrädern der Gepäckkarren auf Asphalt. Eine alte, müde Frau stieß die Tür auf und lugte herein, sie suchte nach jemand, der nicht da war.

Sie rutschte von ihrem Hocker. Der Mann mit dem Bowler beobachtete sie, die Kellnerinnen hielten im Abtrocknen inne und beobachteten sie, sie spürte ihre Gedanken im Rücken: Gibt sie ihn jetzt auf? Wie er wohl aussieht? Hat er ihr den Laufpaß gegeben? Sie stand in der Tür und ließ sie denken – die Konzentration, mit der sie schwiegen, amüsierte sie. Sie betrachtete die bläulichen, blanken Schienen, sah den Bahnsteig entlang, zu den Lichtern und den Zeitungsständen, dann drehte sie sich um und kehrte zu ihrem Hocker zurück und merkte, wie in der dampfigen Luft bei den Teemaschinen die Gedanken zusammenfielen: die Kellnerinnen trockneten Gläser, der Mann mit dem Bowler trank sein Bier.

»Es kommt immer alles zusammen. Denk nur mal an die Seidenstrümpfe...«

»Noch einen Gin.« Doch sie ließ das Glas stehen, nachdem sie kaum daran genippt hatte, und begann, sich hastig zurechtzumachen, als wäre das eine Pflicht, die sie in ihrer Aufregung vergessen hatte. Sie war zutiefst überzeugt, daß er nicht kommen würde, und jetzt lag noch eine ganze Stunde vor ihr, in der sie sich all dem widmen konnte, was sie vernachlässigt hatte: Mund, Nase, Backen, Augenbrauen. »Verdammt«, sagte sie. Der Augenbrauenstift brach ab, und sie zerdrückte das heruntergefallene Holzkohlenstückchen mit der Zehenspitze auf dem Boden. »Verdammt«, sagte sie, und es war ihr völlig egal, daß sie von neuem Neugier erregte, eine abweisende, unfreundliche Neugier, als hätte sie einen Spiegel zerbrochen – es brachte Unglück, war ungeschickt. Ihre Selbstsicherheit war erschüttert. Ihr kamen Zweifel, ob sie ihren Bruder erkennen würde, falls er doch noch auftauchen sollte.

Aber sie erkannte ihn sofort an der kleinen Narbe unter dem linken Auge, an dem runden Gesicht, das schon immer so ausgesehen hatte, als hätte es nur eben seine Frische verloren, wie bei einem übermüdeten Kind, an dieser Bonhomie, die selbst Leuten, die ihn nicht kannten, verdächtig vorkommen mußte. »Kate«, er tat ganz zerknirscht, »tut mir leid, daß ich mich verspätet habe. Es war nicht meine Schuld. Die Sache war die...« Und schon gab er sich beleidigt, nahm er an, daß ihm nicht geglaubt würde. Und warum, überlegte sie, als sie ihn küßte und am Rücken berührte, um sicherzugehen, daß er da war, daß sie wirklich beieinander waren, warum sollte ihm jemand glauben? Er braucht nur den Mund aufzumachen, und schon lügt er.

»Willst du meinen Gin?« Sie musterte ihn, während er langsam das Glas leerte, und registrierte, wie untrüglich ihr Bewußtsein seine Unruhe wahrnahm. »Du hast dich nicht verändert.«

»Du schon«, sagte er. »Du bist noch hübscher geworden, Kate«, und sie dachte, dieser Charme, dein verfluchter entwaffnender Charme. »Der Wohlstand tut dir gut.« Sie musterte seine Kleidung genauer, suchte nach einem Anzeichen dafür, daß ihn das Leben in all den Jahren nicht so verwöhnt hatte. Aber *einen* guten Anzug hatte er immer besessen. Hochgewachsen, breitschultrig, schlank, ein klein wenig angegriffen und mit der Narbe unter dem Auge – er zog die Aufmerksamkeit jeder Kellnerin im Raum auf sich. »Ein Bier, bitte«, und schon flitzte eine herüber, um ihn zu bedienen, und Kate merkte, wie er seinen Charme aufdrehte.

»Wo wollen wir essen? Wo ist dein Gepäck?« Zögernd wandte er seine Aufmerksamkeit ihr zu und rückte mit der Hand seine Krawatte zurecht – die Krawatte mit dem Wappen eines Internats.

»Die Sache ist die ...«, sagte er.

»Du kommst also nicht mit mir mit«, sagte sie mit hoffnungsloser Gewißheit. Einen Augenblick lang war sie verblüfft, wie sehr sie enttäuscht war, denn er gehörte hierher, zu dem Rauch, der draußen vor der Tür wirbelte, zu dem abgestandenen Bier. »Guinness is good for you« und »Try a Worthington«, das waren Sprüche, die zu ihm paßten – er hatte etwas von der Dreistigkeit, der seichten Munterkeit einer Werbung an sich.

»Woher hast du das gewußt?«

»Ach, ich weiß doch immer alles.« Sie hatte recht. Sie wußte immer alles. Sie war eine halbe Stunde vor ihm geboren worden, und diese Kleinigkeit, so dachte sie mitunter beschämt, hatte gereicht, ihm die eher männlichen Tugenden, Zuverlässigkeit, Tüchtigkeit, abzujagen und ihm das übrig zu lassen, womit Frauen immer besser gedient gewesen wäre, seinen Charme. »Du kriegst die Stellung in Stockholm also nicht?«

Er strahlte sie an. Er legte beide Hände – sie bemerkte, daß seine Handschuhe nicht die saubersten waren – auf die Krücke seines Regenschirms, lehnte sich an die Theke und strahlte sie an. Du kannst mir gratulieren, schien er sagen zu wollen, und seine lustigen, freundlichen, unehrlichen Augen strichen wie die Scheinwerfer eines alten Gebrauchtwagens über sie, der zum Kundenfang lackiert und aufpoliert worden war. Er hätte jeden überzeugt, daß ihm hier etwas ganz Schlaues gelungen sei, jeden – außer ihr.

»Ich habe gekündigt.«

Aber die Geschichte hatte sie schon zu oft gehört. Damit war er jahrein, jahraus dem Vater gekommen und hatte seinen Tod beschleunigt. Der Vater hatte gar nicht mehr ohne Angst und Zittern ans Telefon gehen können – »Ich habe gekündigt«, »Ich habe gekündigt«: stolz, als müsse man ihm dazu gratulieren – und später dann die Telegramme aus Fernost, die der Vater zitternd aufgemacht hatte. »Ich habe gekündigt« aus Shanghai; »Ich habe gekündigt« aus Bangkok; »Ich habe gekündigt« aus Aden; erbarmungslos rückte es näher: »Ich habe gekündigt.« Bis zum Schluß hatte der Vater den Telegrammen aufs Wort geglaubt, die sogar an Verwandte ein wenig hochtrabend mit vollem Namen unterzeichnet waren – »Anthony Farrant«. Kate aber hatte immer zuviel gewußt; ihr sagten diese Nachrichten etwas anderes, nämlich: »Rausgeworfen. Man hat mich rausgeworfen. Rausgeworfen.«

»Komm mit nach draußen«, sagte sie. Es wäre unfair gewesen, ihn vor den Kellnerinnen zu demütigen. Und wieder nahm sie das tiefe, angestrengte Schweigen wahr, spürte sie sich beim Fortgehen beobachtet. Am Ende des Bahnsteigs begann sie ihn auszufragen. »Wieviel Geld hast du?«

»Nicht einen Penny.«

»Aber sie müssen dir doch einen Wochenlohn ausgezahlt haben. Du hast doch die Kündigungsfrist eingehalten.«

»Die Sache ist die«, sagte er und stellte sich vor den Hintergrund von Rauch und Metall, vor die grüne Signallampe, die dem Ostküstenexpreß freie Fahrt gab, in Positur: »Ich bin auf der Stelle gegangen, es war wirklich eine Frage der persönlichen Ehre. Du würdest das nicht verstehen.«

»Wohl kaum.«

»Meine Vermieterin gibt mir Kredit, bis ich wieder flüssig bin.«

»Wie lang wird das dauern?«

»Ach, innerhalb einer Woche werde ich schon was finden.« Man hätte seinen Mut bewundern können, wenn der Mut nicht so unsinnig und nutzlos gewesen wäre. Irgendwie, dessen war er sich immer sicher gewesen, würde sich das nötige Geld schon finden, und so war es tatsächlich immer gekommen – auf der Straße bemerkte jemand, den er von der Schule her kannte, seine Krawatte mit dem Schulwappen, hielt ihn an und gab ihm Arbeit; er brachte bei Verwandten Staubsauger an; er kriegte es fertig, einem Australier im Londoner Strand einen falschen Goldbarren anzudrehen; und schlimmstenfalls hatte es immer noch seinen Vater gegeben.

»Du vergißt eins. Vater ist tot.«

»Was willst du damit sagen? Ich habe nicht die Absicht zu schnorren.« Er war ehrlich davon überzeugt, daß er nie »geschnorrt« hatte. Selbstverständlich, er hatte sich Geld geborgt – seine Schulden bei Verwandten mußten sich inzwischen auf annähernd tausend Pfund belaufen; doch das blieben Schulden; schenken ließ er sich nichts. Eines Tages, wenn er mit einem seiner vielen Projekte Erfolg hätte, würde er sie zurückzahlen. Während Kate wartete, bis der Schnellzug vorüber war, und ihr Gesicht vor dem Rauch schützte, erinnerte sie sich an einige seiner Projekte – an seinen Plan, die ausrangierten Romane von Leihbibliotheken aufzukaufen und in Dörfern auf dem Lande abzusetzen; an seine großartige Verpackungsidee (ein Geschäft zu gründen, das das Einpacken und Versenden von Weihnachtsgeschenken übernehmen sollte, zum Preise von zwei Pence pro Säckchen), an den patentierten Handwärmer (ein Stück glühende Holzkohle im hohlen Griff des Regenschirms). Sie alle hatten einleuchtend geklungen, wenn er sie skizzierte; sie hatten auch keine offenkundigen Mängel – bis auf den einen, verhängnisvollen Fehler, daß *er* etwas damit zu tun hatte. »Mir fehlt bloß Kapital«, pflegte er mit einem Strahlen zu verkünden, das zu keinem Zeitpunkt von der Einsicht getrübt wurde, daß niemand ihm je mehr als fünf Pfund anvertrauen würde. Dann nahm er seine Projekte ohne Kapital in Angriff. An den Wochenenden pflegten daraufhin seltsame Besucher aufzukreuzen, Männer, die viel älter waren als er und die Krawatte der gleichen Schule trugen und den gleichen strahlenden Eindruck von Tatkraft erweckten, nur daß der bei ihnen merklich angekratzt war. Dann mußte das Unternehmen dichtgemacht werden, und den langen, komplizierten Aufstellungen der Geschäftsbücher war zu entnehmen, daß er erstaunlicherweise nicht mehr Geld verloren als er sich geliehen hatte. »Wenn ich nur genügend Kapital gehabt hätte«, pflegte er nachher zu erklären; aber er gab keinem die Schuld, und keiner bekam sein Geld zurück. Er hatte seine Schulden vermehrt, aber nicht »geschnorrt«.

Für dreiunddreißig Jahre, dachte sie, wirkt sein Gesicht erstaunlich jung; es wirkt ein wenig abgekämpft, wie am Ende eines Wintertages, mehr aber nicht; reifer ist es seit seiner Schulzeit nicht geworden. So wie er dastand, hätte er ein Schuljunge sein können, der eben durchfroren und erschöpft von einem Fußballspiel heimkommt. Und das irritierte sie; ein Mann sollte erwachsen werden; ehe sie ihm jedoch mitteilen konnte, was sie empfand, regte sich angesichts seiner absurden Unschuld von neuem ihre zärtliche Fürsorge. Denn in der Welt der Wirtschaft, die ihr so vertraut war, der Welt, wo sie sich zu Hause wußte, war er hoffnungslos verloren; in einer Welt durchtriebener Männer hatte er die Durchtriebenheit eines Kindes; er war unredlich, aber nicht unredlich genug. Nachdem sie über dreißig Jahre seine Gedanken ebenso geteilt wie seine Ängste beinahe körperlich mitempfunden hatte, war sie sich seiner nicht einkalkulierbaren Hemmschwellen bewußt. Es gab Dinge, die würde er einfach nicht tun. Darin, so überlegte sie, bestand der erstaunliche Unterschied zwischen ihnen beiden.

»Hör zu«, sagte sie. »Ich kann dich hier nicht ohne Geld allein lassen. Du kommst mit mir mit. Erik wird dir eine Stelle geben.«

»Ich kann die Sprache nicht. Außerdem«, er stützte sich auf seinen Stock und lächelte mit einer Unbekümmertheit, als besäße er tausend Pfund auf der Bank, »mag ich Ausländer nicht.«

»Mein Lieber«, sagte sie gereizt, »du bist wirklich von gestern. In einem Unternehmen wie Krogh gibt es keine Ausländer; wir sind alle international; wir gehören keinem bestimmten Land. Wir sind nicht irgend so ein kleines, verstaubtes Kontor in der Londoner City, das sich seit zweihundert Jahren in Familienbesitz befindet.«

Manchmal schien es, als ob er seinerseits ihre Gedanken lesen und sie im Innersten durchschauen konnte. »Aber, Liebling«, bemerkte er, »vielleicht gehöre ich genau dahin. Ich bin ja selbst verstaubt«, erklärte er, und plötzlich wirkte er in seinem schicken, seinem einzigen guten Anzug gar nicht mehr weltmännisch und sicher. »Und im übrigen habe ich keinerlei Zeugnisse.«

»Du hast doch gesagt, du hättest gekündigt.«

»Na ja, so ganz stimmt das nicht.«

»Als ob ich das nicht wüßte.« Sie traten ein paar Schritte zurück, um einen Gepäckkarren vorbeizulassen.

»Ich bin verdammt hungrig«, sagte er. »Könntest du mir fünf Shilling pumpen?«

»Du kommst mit mir«, wiederholte sie. »Erik wird dir eine Stelle geben. Hast du deinen Paß bei dir?«

»Er liegt auf dem Zimmer.«

»Dann gehen wir ihn holen.« Die Lichter eines einfahrenden Zuges fielen über sein Gesicht, und in ihrer entschiedenen, zärtlichen Anteilnahme konnte sie sein Zögern und seine Angst erkennen. Wäre er nicht so hungrig gewesen, hätte er fünf Shilling in der Tasche gehabt, er hätte abgelehnt, das wußte sie ganz genau. Denn er hatte völlig recht, wenn er sich als verstaubt bezeichnete – der rußige Staub Londons lag wie ein Schatten um seine Augen; er war daheim in diesem Wirbel aus Qualm, Dampf, an den Marmortischen bei dem belanglosen Wirtshausgerede; er war daheim in Absteigen, in den schäbigen Büros, in der Welt kleiner, unsauberer Scheingeschäfte, der Scheinaktivitäten, mit kleinen Spekulanten auf Du und Du.

Sie dachte, wäre ich Erik nicht begegnet, ich wäre heute genauso. »Wir nehmen ein Taxi«, sagte sie.

Er starrte durchs Fenster, hinüber zu den Fahrradgeschäften der Euston Road; in der elektrischen Beleuchtung hinter den Motorradhupen, den Radspeichen, den Dosen mit Gummimilch zum Reifenflicken leuchtete es herbstlich, wurde es winterlich dunkel, als die Lichter abgeschaltet, die Fahrräder für die Nacht hereingeholt wurden. »Ah«, seufzte er, »ist das nicht schön.« Herbst – das waren die paar Laubblätter von Gott weiß woher, die über das Pflaster an der U-Bahn-Station Ecke Warren Street trieben, das Licht der Straßenlaternen auf dem nassen Asphalt, das Leuchten billigen Portweins in den Gläsern in den Händen alter Frauen in der Ladies' Bar. »London«, sagte er. »Das gibt's nur einmal auf der Welt.« Er drückte das Gesicht gegen die Scheibe. »Der Teufel soll sie holen, Kate. Ich will nicht weg von hier.«

Er hatte die eine Wendung gebraucht, an der sie das wahre Ausmaß seiner Gefühle erkennen konnte. »Der Teufel soll sie holen, Kate.« Sie erinnerte sich an die dunkle Scheune und an den Mond hinter den Strohstapeln und an ihren Bruder mit der zerdrückten Schulmütze zwischen den Händen. Sie teilten so viele gemeinsame Erinnerungen wie ein altes Ehepaar am dreißigsten Hochzeitstag. »Du mußt aber zurück zur Schule«; sie schaute ihm nach, bis er ihrem Gesichtskreis entschwunden war, ehe sie selbst den Rückweg zu ihrer Schule antrat, wo die Lehrerin sie erwartete, zwei Stunden lang verhörte und Meldung erstattete.

»Du mußt mitkommen.«

»Du weißt natürlich, was am besten ist«, sagte Anthony. »Du hast es immer gewußt. Ich habe gerade daran denken müssen, wie wir uns in der Scheune getroffen haben.« Aber sicher, dachte sie überrascht, manchmal weiß auch er intuitiv, was mich bewegt. »Ich hatte dir geschrieben, daß ich ausreißen würde, und wir trafen uns, weißt du noch, auf halbem Wege zwischen unseren Internaten? Es war gegen zwei Uhr morgens. Du hast mich zurückgeschickt.«

»Hatte ich denn nicht recht?«

»O doch«, sagte er, »natürlich hattest du recht«, und schaute sie mit einem so ausdruckslosen Blick an, daß sie zweifelte, ob er ihre Frage überhaupt gehört hatte. Sein Blick war so leer wie die letzten, leeren Seiten eines Buchs, die man erleichtert aufschlägt, um den Eindruck vom allzu traurigen oder fragwürdigen Schluß zu vergessen.

»Da wären wir«, sagte er, »laß dich in meiner bescheidenen Hütte willkommen heißen.« Sie zuckte zusammen. Dieser forsch-fröhliche Ton war weder bescheiden noch ein herzlicher Willkomm, sondern die auswendig gelernte Lektion einer Verkäuferschulung. Als seine Zimmerwirtin ihnen zulächelte und ihm mit einem penetranten Flüstern bedeutete, er würde bestimmt nicht gestört, da begann Kate aufzugehen, wie schlimm ihm seit ihrer letzten Begegnung das Leben mitgespielt hatte.

»Hast du einen Shilling für die Gasuhr?«

»Es lohnt nicht«, sagte sie. »Wir gehen sowieso gleich. Wo hast du deine Koffer?«

»Die Sache ist die ... Ich habe sie gestern versetzt.«

»Macht nichts. Wir können dir auf dem Weg zum Bahnhof etwas kaufen.«

»Die Geschäfte sind aber geschlossen.«

»Dann mußt du eben angezogen schlafen. Wo ist dein Paß?«

»In irgendeiner Schublade. Es dauert nur ein paar Sekunden. Setz dich solange aufs Bett, Kate.« Vom Bett aus konnte sie auf dem Tisch ein billig gerahmtes Foto sehen: *In Liebe, Annette.*

»Wer ist denn das, Tony?«

»Annette? Sie war ein süßes Ding. Ich glaube, ich nehm's mit.« Er begann, die Rückseite des Rahmens aufzuschlitzen.

»Laß es hier. Solche Mädchen gibt es in Stockholm genug.«

Er starrte auf das kleine harte geschminkte Gesicht. »Die wäre für mich die Richtige gewesen, Kate.«

»Ist das ihr Parfum auf dem Kopfkissen?«

»O nein. Nein. Das kann nicht von ihr sein. Sie ist lange nicht mehr hier gewesen. Ich hatte damals kein Geld, und das Mädchen mußte doch irgendwie leben. Weiß der Himmel, wo sie jetzt wohnt. Ihr möbliertes Zimmer hat sie aufgegeben. Da hab' ich's gestern versucht.«

»Nachdem du deine Sachen verscherbelt hast?«

»Genau. Weißt du, wenn man eine Frau wie sie einmal aus den Augen verloren hat, ist alles vorbei. Man sieht sie nie wieder. Es ist ein komisches Gefühl: Da hat man eine Frau gut gekannt, man hat sich gern gehabt, vor einem Monat hat man sie noch gesehen – und dann weißt du nicht, wo sie ist, ob sie tot ist oder lebt oder grad im Sterben liegt.«

»Das Parfum ist also von der anderen?«

»Ja«, sagte er, »das Parfum ist von der anderen.«

»Sie ist älter, nicht wahr?«

»Sie ist über vierzig.«

»Hat wohl eine Menge Geld?«

»Ach, Geld hat sie genug«, sagte Anthony. Er nahm das zweite Foto in die Hand und lachte, ohne besonders lustig zu klingen. »Wir sind schon ein Paar, du und Krogh und ich und Maud.« Darauf erwiderte sie nichts, sondern schaute ihm zu, wie er sich von neuem vorbeugte, um nach seinem Reisepaß zu suchen. Er war ziemlich in die Breite gegangen, seit sie ihn das letzte Mal getroffen hatte. Sie mußte daran denken, wie die Kellnerinnen ihn über ihren Geschirrtüchern angestarrt hatten, an das Schweigen, das sie in ihrer Unterhaltung mit Anthony umfangen hatte. Es kam ihr seltsam vor, daß er es nötig haben sollte, sich Liebe zu erkaufen. Aber als er sich umdrehte, erklärte sein Lächeln alles. Er trug es immer mit sich herum wie ein Aussätziger seine Glocke; es war eine unaufhörliche Warnung, daß man ihm nicht über den Weg trauen konnte.

»Na also, da ist er ja. Wird Krogh mir aber auch eine Stellung geben?«

»Ja.«

»Ich bin nicht besonders helle.«

»Mir«, sagte sie und zum ersten Mal lotete sie die ganze Tiefe ihrer traurigen Liebe zu ihm aus, »brauchst du das nicht zu erklären.«

»Kate«, sagte er, »ich weiß, es klingt albern, aber ich habe ein bißchen Angst.« Er ließ den Paß aufs Bett fallen und setzte sich. »Ich mag keine neuen Gesichter mehr. Ich habe einfach genug davon.« Sie konnte sehen, wie sie sich vor seinem inneren Auge drängten, die Männer im Club, die Männer auf Passagierdampfern, die Männer auf Polo-Pferden, die Männer hinter den Glastüren der Büros.

»Kate«, sagte er, »du hältst doch zu mir?«

»Selbstverständlich«, sagte sie. Kein Versprechen hätte ihr leichter fallen können. Sie hätte ihn gar nicht abschütteln können. Er war mehr als ihr Bruder; er war der Geist, der sie mahnte: Schau, all dem bist du entkommen; er verkörperte die ganze Lebenserfahrung, die ihr erspart geblieben war; er verkörperte den Schmerz, außer durch ihn hatte sie nie Schmerz gelitten; aus demselben Grund verkörperte er Angst, Verzweiflung und Schande – alles, außer Erfolg.

»Wenn du nur hier bei mir bleiben könntest.« Hier, das bedeutete Münzgaszähler, die schmutzige Fensterleiste, die langblättrige Zimmerpflanze, die Papierattrappe im leeren Kamin, das parfümierte Kopfkissen, die vertrauten Fotos, die versetzten Koffer, die leeren Taschen; das bedeutete Zuhause.

Sie sagte: »Ich kann Krogh nicht aufgeben.«

»Krogh würde dir auch eine Stellung in London geben.«

»Nein, würde er nicht. Er braucht mich dort, in seiner Nähe.« Und »dort«, das war die gläserne Sauberkeit, die Skulptur im Stil der letzten Mode, die schallschluckenden Fußböden und Diktaphone und Zinnaschenbecher und Erik in seinem »stillen Zimmer«, wo er die Berichte aus Warschau, Amsterdam, Paris und Berlin telefonisch entgegennahm.

»Also gut, ich komme mit. Kies hat er, was?«

»O ja«, sagte sie. »Kies hat er.«

»Und für meine Wenigkeit wird etwas abfallen?«

»Ja, für dich wird etwas abfallen.«

Er lachte. Die neuen Gesichter, vor denen er sich fürchtete, hatte er schon vergessen. Er setzte den Hut auf und blickte in den Spiegel und rückte das Tuch in der Brusttasche zurecht. »Was sind wir doch für ein Paar.« Als er sie emporzog, hätte sie vor Freude darüber, daß sie ein Paar waren, singen mögen, wäre ihr nicht beim Anblick seiner fadenscheinigen Eleganz, seiner verdorbenen Unschuld aller Mut gesunken, so hoffnungslos unvorbereitet stand er da mit der Krawatte seiner alten Schule...

»Was ist das für eine Krawatte?« fragte sie. »Das ist doch nicht...«

»Nein, nein«, sagte er und überrumpelte sie mit der Wahrheit, so plötzlich und unerwartet, daß sie ein Opfer des Charmes wurde, den sie haßte. »Ich habe mich befördert. Die ist von Harrow.«

Zweites Kapitel

Die Kameraden boten mir noch einen Whisky an. Alle wollten hören, was ich gesehen hatte. Wochenlang hatten sie kaum ein Wort mit mir gesprochen, erklärt, ich hätte Glück, daß ich nicht aus dem Klub geworfen würde, weil ich mir, sagten sie, einen militärischen Rang zugelegt hätte, der mir nicht zustünde. Draußen knallte die Sonne aufs Pflaster, und in einem Fleckchen Schatten lag ein Bettler und leckte sich die Hände; ich kann mir bis heute nicht erklären, warum er sich die Hände leckte. Die Hauptleute brachten mir noch einen Drink und die Majore rückten ihre Stühle näher heran, und die Obristen sagten, ich solle mir Zeit lassen. Die Generäle waren nicht da, die hielten wahrscheinlich ein Nickerchen in ihren Büros, es war nämlich an die Mittagszeit. Man hatte vergessen, daß ich eigentlich gar kein Hauptmann war, wir waren alle miteinander Handlungsreisende.

Ein Fischerboot schaukelt mit einer gelben Lampe in Mannshöhe am Mast in der Dünung, und ein Mann zerrt in dem blassen Licht, umrundet von Meer und Dunkel, auf Knien an einem Bündel Netze, und wir fahren hell erleuchtet vorbei, und ein Grammophon spielt.

Ich erzählte den Kameraden im Klub, ich hätte auf der Straße gestanden, als der Kuli die Bombe warf. Ein Karren war liegengeblieben, und der Wagen des Ministers hielt, und der Kuli warf die Bombe, aber das hatte ich natürlich nicht gesehen, ich hatte das Krachen über den Dächern gehört und die Wandschirme erzittern sehen. Ich wollte herauskriegen, wie viele Whiskys sie mir spendieren würden. Ich hatte es satt, von jeder Bridgepartie ausgeschlossen zu sein; ich war ratlos, wie ich an ein bißchen Bargeld kommen sollte. Also erzählte ich ihnen, ich sei von der Sache noch ziemlich mitgenommen, und sie spendierten mir drei Whiskys, und wir spielten Karten, und ich hatte über zwei Pfund gewonnen, als Major Wilber hereinkam, der wußte, daß ich gar nicht dabeigewesen war.

Whiskygeruch aus dem Rauchzimmer, Salzgeschmack auf den Lippen. Das spielende Grammophon, neue Gesichter. Also ging ich nach Aden.

Ich machte beim Kaninchenabhäuten zwischen den Ginsterbüschen am Dorfanger einen Moment die Augen zu, und das Messer entglitt mir und stach durch eine Hautfalte nach oben und verletzte mich unterm Auge. Ich mußte mir immer wieder anhören, ich hätte das Messer nach unten führen sollen, als ob ich das nicht sowieso gewußt hätte, und sie glaubten, daß ich auf dem Auge erblinden würde. Ich hatte Angst, und Vater war krank: Kate besuchte mich. Hellgrüne Schlafsaalwände, die gesprungene Glocke läutete zum Tee, mein Gesicht war unter Verband und ich horchte nach den Füßen auf der Steintreppe auf dem Weg nach unten zur Jause. Ich konnte hören, wieviele vor dem Zimmer der Hausmutter auf das Ei warteten, das mit Tintenstift ihren Namen auf der Schale trug, und dann läutete wieder die Glocke, bis der Hausbursche die Hand um den Klöppel legte. Und dann Stille, himmlische Stille, und ich war allein, bis Kate mich besuchte.

Der Mann rannte die Dächer entlang und von der Straße und aus den Fenstern wurde auf ihn geschossen. Er duckte sich hinter die Schornsteine und rutschte in den Regenpfützen auf den flachen Dächern aus. Er hielt sich mit beiden Händen den Hosenboden, weil er sich die Hosen bei der Flucht zerrissen hatte, und der Regen prasselte ihm auf den Kopf. Es war der erste Regen seit langem, aber dem Himmel und der Temperatur und dem Schweiß auf meinem Handrücken nach zu urteilen würde es jetzt wochenlang regnen.

»Kate«, sagte ich, und sie war wirklich da, wie ich erwartet hatte, und wir waren in der Scheune allein.

Es gibt viel zu bedenken im Laufe von dreißig Jahren,

Dinge, die man gesehen, gehört, geliebt und verschwiegen hat, Dinge, die man gefürchtet und bewundert und begehrt hat, Dinge, die man zurückgelassen hat, mit Kurs auf offene See, wenn das Feuerschiff hinter einem zurückbleibt wie in der Untergrundbahn bei Nacht eine kleine Station, hellerleuchtet und leer, wo niemand aussteigen will und der Zug nicht hält.

Ich hoffte, es wäre das Besetztzeichen, wußte aber, daß es das Rufzeichen war, viermal habe ich in einer Telefonzelle am Circus die Nummer gewählt, während mich durch die Scheibe Gesichter von Menschen anstarrten, die drauf warteten, daß endlich sie drankämen, und dreimal habe ich dran gedacht, den Knopf B zu drücken, um mein Geld zurückzukriegen, doch beim vierten Mal, als ich wußte, daß keiner da war, habe ich's vergessen. Irgendwer hat also umsonst telefonieren können, und die zwei Pence könnte ich jetzt gut gebrauchen. Ich könnte mit jemand knobeln, Kopf oder Wappen, und einen Drink gewinnen. Aber es gibt hier an Bord fast nur Schweden, und Ausländer spielen nicht fair, und ich kann ihre Sprache nicht.

Neue Gesichter, und die alten verloren, tot oder krank oder sterbend, und vor dem Wohnblock das Schild »Zu vermieten«. Als ich den Knopf drückte, läutete keine Klingel, und das Licht auf dem Treppenabsatz war gesperrt. Die Wand war mit Bleistift vollgekritzelt: »Bis nachher«, »Bin zum Bäcker«, »Stellen Sie das Bier vor die Tür«, »Übers Wochenende verreist«, »Heut morgen keine Milch«; da gab's kaum ein Fleckchen Weiß, das leer geblieben war, und alle Mitteilungen waren durchgestrichen, bis auf eine. Sie sah ein paar Monate alt aus, sie hätte aber auch ganz frisch sein können, sie lautete nämlich: »Bin nicht zu Hause. Um 12.30 zurück, Lieber«, und ich hatte ihr doch eine Postkarte geschrieben, daß ich um halb eins kommen würde. Ich wartete also, zwei Stunden lang saß ich auf der Steintreppe vor der Wohnung im obersten Stockwerk, und niemand kam.

Füße auf der Steintreppe, Laufen, Gedränge, Geschubse herauf zum Schlafsaal; ich war ohne Kate, ganz allein im vollen Saal, und die Präfekten machten das Licht aus. Nie einen Augenblick Ruhe, auch nachts nicht, irgendwer hinter der hölzernen Trennwand spricht immer im Schlaf. Ich lag da, leicht schwitzend, konnte nicht schlafen, vergaß den Schmerz unter meinem Auge, wartete auf den Wurf eines Schwammes, das Rascheln des Vorhangs, die Hand, die an meinem Bettzeug zupfte, das Kichern, das Klatschen nackter Füße auf den Holzdielen.

Alte Gesichter, verhaßte Gesichter, geliebte Gesichter, lebendige, tote, kranke, sterbende, nach dreißig Jahren ist der Kopf voll mit Gerümpel, das Schiff nimmt Kurs aufs offene Meer, das Feuerschiff liegt hinter mir zurück und das Grammophon spielt.

Die Steintreppe hinunter mit dem Geld in der Tasche, das für sie gedacht war; dreißig Shilling übrig, weil sie nicht da war; aus den Augen verloren, auf Nimmerwiedersehen. Häng dir das Zimmer voll mit Fotos von Filmschauspielerinnen, reiß die Porträtaufnahmen aus dem ›Tatler‹: »Würden Sie dieses Bild für einen unbekannten Verehrer mit Ihrem Autogramm versehen? Ein Shilling für Porto und Verpackung anbei.« In Hollywood Huren in Hülle und Fülle, doch keine Hure wie meine Hure. Unglück macht einen Mann reicher: dreißig Shilling mehr und keine, die man aufsuchen könnte.

Ich wußte natürlich sofort, worum es ging, als es hieß: »Der Direktor möchte Sie sprechen.« Ich hatte seit Tagen damit gerechnet, deshalb warf ich mich jeden Morgen in Schale und putzte mir die Zähne besonders gründlich. Ich hab vergessen, wer's war, irgendwer hat mir mal gesagt, ich hätte ein unwiderstehliches Lächeln, der wußte natürlich nicht, daß ich vor dem Spiegel übte, dauernd die Zahnpasta wechselte, was ich teuren Zahnärzten dafür zahlte, daß man die Füllungen nicht sehen konnte. Ein Mann muß genauso auf sein Aussehen achten wie eine Frau. Oft liegt darin seine einzige Chance. Maud, zum Beispiel.

Näher an die vierzig als an die dreißig, blond, ein bißchen zu voll in der Bluse. »Es gibt Dinge, die ein Mann einfach nicht tut«, sagte ich, »und dazu gehört auch, von einer Frau Geld anzunehmen«, und so gewann ich ihre Achtung, und sie machte mir Geschenke, und die versetzte ich, wenn ich Bares brauchte. Wir begegneten uns in der Untergrundbahn. Während der ganzen Fahrt von Earl's Court bis Piccadilly beäugten wir uns über die volle Länge des Wagens. Eine meiner Socken hatte ein Loch, und ich konnte deshalb nicht die Beine übereinander schlagen. Bloß nichts überstürzen. Die langsame Tour. Auf der Rolltreppe kamen wir endlich zusammen.

Wie schnell ging's da mit Annette. Ich klingelte an der Wohnungstür, in Erwartung eines anderen Mädchens, dann öffnete sie, und ich dachte: »Die ist die Richtige.«

Als ich die Tür öffnete, tat er, als ob er schrieb, ein uralter Trick, um einem Minderwertigkeitsgefühl einzuflößen; es funktioniert immer. »Ach ja, Mr. Farrant«, sagte er, »ich hätte gern Ihre Stellungnahme zu einer Beschwerde von seiten der Spediteure. Ich bin mir sicher, Sie können das aufklären.« Er mochte sich da sicher sein – ich war's jedenfalls nicht.

Also weiter nach Bangkok.

Das Spritzen und Zischen von Wasser; das Grammophon schweigt. An Deck alles dunkel, kein Mensch.

Strafpredigten. Mein Gott, wieviele Strafpredigten muß sich ein Mann im Leben anhören? Nur Kate hat mich nie abgekanzelt, glaube ich. Sagte einfach, tu dies, tu das, doch genörgelt hat sie nie. Und Annette auch nicht, die im Halbdunkel hinter den zugezogenen Vorhängen so zufrieden und still und zärtlich gewesen war. Aber Vorhaltungen gab es von Maud, Vorhaltungen von Vater, Vorhaltungen von den Vorgesetzten. Gott im Himmel, ich bin Anthony Farrant, ich bin doch nicht schlechter als die. Ich kann zwei Zahlenkolonnen im Kopf addieren, mit drei multiplizieren, die Zahl abziehen, die ich mir zuerst gedacht hatte. Das wissen sogar die Direktoren. »Hervorragend«, sagen sie anfangs, »ganz hervorragende Arbeit, Mr. Farrant«, weil ich ihnen Geld in die Taschen wirtschafte; Erklärungen verlangen sie erst später, wenn ich mir ein bißchen in die eigene stecke.

Etwa die Sache mit dem Tee. Dreihundert verdorbene Säcke, mit denen sie nicht wußten wohin, und draußen auf der Straße wurde geschossen. Ich hab ihnen den ganzen Posten für'n Appel und 'n Ei abgekauft und ihn dann zum vollen Preis weiterverkauft. Bei einer Revolution gibt's immer was zu verdienen. Aber danach haben sie mich schief angesehen. Sie haben mir nie wieder getraut.

Flüstern im Schlafsaal: »Jemand hat ein Leibchen im Umkleideraum liegenlassen. Die Ehre unseres Hauses«, das Spießrutenlaufen mit geknoteten Handtüchern, Krachen über den Dächern, das Erzittern der Wandschirme, verdorbener Tee, Schießen auf den Straßen, »die Ehre der Firma«.

Also weiter nach Aden.

Alles schläft. Die Nacht ist kalt, das Wasser unter den bleichen Schaumstreifen unsichtbar. Der Mann in der unteren Koje redet die ganze Nacht in einer Sprache, die ich nicht verstehe, und der neue Tag ist grau und windig, das Segeltuch der Liegestühle knattert, zum Frühstück ist kaum wer erschienen: einer mit unrasiertem Kinn, die Stewards mit ihrer elenden guten Laune, ein Mädchen mit Haaren wie Greta Garbo, für sich allein, ein Geruch von Öl und bis zum Mittagessen ist's noch lange hin, und Kate denkt an Krogh.

Wieso weiß ich, daß sie an Krogh denkt? Wie konnte ich wissen, daß sie in der Scheune auf mich warten würde?

Sie hat gesagt: »Wir bleiben die Nacht über in Göteborg«, und ich wußte genau, daß sie sich Sorgen machte.

Ich tat so, als wollte ich zur Toilette gehen und schlüpfte hinaus. Unter dem Morgenrock war ich angezogen, nahm heimlich Schuhe und Strümpfe mit, behielt die Hausschuhe an. Die Kälte der Steintreppe kroch durch die kaputte Sohle. Den Morgenrock ließ ich auf der Toilette. Ich lauschte an der Tür des Hausvaters. Es war alles so einfach. Er war zum Abendessen fort, und sein Fenster war nicht vergittert. Doch Kate schickte mich zurück, und ich vertraute ihr: Frost auf der Straße und ein Geruch von erfrorenem Laub und der Himmel klar und ich glücklich, weil alles hinter mir lag; die harten Wagenspuren auf dem Nebenweg und das laute Knacken der Zweige unter meinen Füßen und die Scheinwerfer der Autos auf der Hauptstraße, und ich unglücklich, weil alles so war wie vorher.

Doch zurück zu Krogh. »Nehmen Sie Kroghs. Kroghs sind die billigsten und die besten.« Wann ist das gewesen – vor zehn Jahren, nein, vor fünfzehn Jahren, vor zwanzig Jahren, beim Gemischtwarenhändler, wo man sich an der Tür unter den Körben bücken mußte, die Dosen mit Unkrautvernichtungsmitteln streifte und wo ich die Mähmaschinen bestaunte, während das Kindermädchen Kroghs kaufte. Heute sind sie nicht mehr die billigsten und die besten. Sie sind die einzigen. Kroghs in Frankreich, in Deutschland, in Italien, in Polen – Kroghs in aller Welt. »Kaufen Sie Kroghs« hat heute eine andere Bedeutung – zehn Prozent Dividende, und die steigt täglich.

Und ich hätte berühmt und reich werden können wie Krogh, wenn man mir vertraut hätte. Eine Fünfpfundnote hat man mir gegeben und Dankbarkeit von mir erwartet. Dabei hätte man bei jedem meiner Projekte mit einem Vermögen rechnen können, wenn man mir vertraut hätte. Hätte Krogh etwa hundert Säcke verdorbenen Tee verkaufen können?

Aber mir hat man nie vertraut.

Als Wilber hereinkam, war's mit den freien Whiskys der Kameraden vorbei; mit Schimpf und Schande wurde ich aus dem Klub gejagt. Also weiter, nach Colombo.

Graues Meer, die Telegramme nach Hause, der Bandit, der hinter dem Schornstein Schutz sucht, die Flucht aus der Schule, nachdem die gesprungene Glocke »Licht aus« geläutet hatte, Beschwerden der Spediteure und das Krachen der Bombe hinter den Dächern. Hundert Säcke verdorbenen Tees, der kleine chinesische Offizier mit der Goldrandbrille, der die billigen »Woodbines« rauchte, die grünen Wände des Krankenhaussaals und das graue Meer und das im Wind knatternde Segeltuch der Liegestühle; Kate, die an Krogh denkt; Krogh, wie Gott der Allmächtige, kehrt ein in jedes Haus; undenkbar, ohne Krogh auszukommen, nicht einmal in der kleinsten Hütte; in England, in Europa, in Asien, Krogh ist überall und doch ist Krogh, wie der Allmächtige, auch bloß ein Mensch.

Drittes Kapitel

Kate hörte Anthonys Stimme, lange bevor sie seinen Tisch ausfindig machen konnte. Die Stimme klang heiter, gewinnend; Kate erfüllte es mit Eifersucht, Zärtlichkeit, mit einer gereizten Bewunderung. Er hatte also bereits Freunde gefunden, dachte sie – zwei Stunden allein in Göteborg und er hatte Freunde gefunden. Darin hatte er ein beneidenswertes Talent; es war einfach schamlos.

Anfänglich hatte sie geglaubt, er sei ein wenig eingeschüchtert von diesem neuen, nördlichen Land, auf das ihn keine seiner tropischen Erfahrungen vorbereitet haben konnte – schweigend war er an den hohen, grauen, förmlichen Häusern, an den sauberen Kanälen entlanggegangen. Als sie am Bahnhof ihr Gepäck aufgab, sah sie ihn über die Blumenbeete hinter den Prellböcken die Nase rümpfen. Wie eine Primadonna trug auf den Straßen jeder Laternenpfahl, jeder Strommast sein Bukett. Die Luft war von durchsichtigem Grau.

Aber er schaute sich nur um; er war in mehr Häfen gewesen, als sie hätte zählen können. Als sie sagte: »Ich lasse dich jetzt bis zum Mittagessen allein«, und ihm Geld gab und ihm erklärte, in welchem Restaurant sie sich treffen wollten, nickte er abwesend, rückte augenblicklich seine Harrow-Krawatte zurecht und war auf und davon, mit hochgerecktem Kinn und breitem Rücken schritt er die erste beste Straße hinunter; er konnte gar nicht wissen, wohin sie führte.

Offenbar hatte sie zu Freunden geführt – und damit hatte er wahrscheinlich gerechnet. Er hatte sich schon mit dem neuen Land arrangiert.

»Und dann explodierte die Bombe«, sagte er eben. »Der Kuli ließ sie einfach fallen. Sie haben ihn stückchenweise in der ganzen Stadt aufgelesen. Meine Stimme hatte ihn erschreckt.«

Kate stieg langsam die Stufen hoch zur Terrasse. Im Garten waren die Tische aufeinander gestapelt, und auf einer kleinen Bühne, der Terrasse gegenüber, fegte ein Mann die nassen Blätter von den Brettern. Im Hintergrund lag eine große Trommel; ihr Fell hatte einen Riß. »Und der Minister?« fragte die Stimme eines Mädchens.

»Nicht einen Kratzer.«

Anthony hatte einen Ellbogen auf das Terrassengeländer gestützt. Er hatte nie besser ausgesehen. Er blühte geradezu vor dem Hintergrund einer Welt, die dem Winter entgegensank. Vom Restaurant aus gesehen hätte er ein Schuljunge sein können. Drei Touristen hingen an seinen Lippen, hatten ihre Stühle zurückgeschoben und leere Gläser – ein älterer Mann und eine ältere Frau und ein Mädchen. An den Resten von einer Platte *smörgåsbord,* den Krümeln auf vier Tellern erkannte Kate, daß das Mittagessen gegessen war.

»Ach, da kommt meine Schwester«, sagte Anthony. Sie war fünf Minuten zu früh. Irgendein müheloser Satz aus seinem Abenteuerrepertoire erstarb ihm auf den Lippen, als er sie sah. Für einen Augenblick ließ ihn sogar seine Höflichkeit im Stich, so daß er, während sich die drei Fremden erhoben, sitzenblieb; er war durch ausgestreckte Hände, Höflichkeitsfloskeln und beiseitegeschobene Stühle von Kate abgeschirmt. »Mr. Farrant war so freundlich, uns Göteborg zu zeigen«, sagte die ältliche Frau.

Kate blickte durch sie hindurch in sein Gesicht, sein mürrisches, schuldbewußtes Gesicht, das auf einmal seinen Charme verloren hatte.

»Er hat uns im ganzen Hafen herumgeführt«, sagte der alte Mann, »und uns die Lagerhäuser gezeigt.«

»Und er hat uns eben erzählt«, sagte das Mädchen, »wie er zu der Narbe da gekommen ist.«

»Wir hatten geglaubt«, sagte die ältliche Frau, »daß er sie vielleicht aus dem Krieg mitgebracht hätte.« Sie waren nervös und eingeschüchtert. Sie schienen Kate unbedingt überzeugen zu wollen, daß sie nichts gegen ihren Bruder im Schilde führten. Sie schützten ihn gegen den Vorwurf, er habe sich von Wildfremden aufgabeln lassen.

»Aber eine Revolution ist viel aufregender«, sagte das Mädchen. Kate musterte es genau, und ein Gedanke – das arme Ding ist in ihn verknallt – weckte ihr Mitleid, während sie alles auflistete, was gegen das Mädchen sprach: die großen dummen Augen, der kleine, feuchte, schlecht geschminkte Mund, die mageren Schultern, der abblätternde Puder am Hals. Sie erinnerte sich an Annette und an Maud, die aus dem zu kleinen Bettrahmen quoll, an das billige Parfüm auf dem Kopfkissen – er hat ordinäre Mädchen schon immer gemocht.

»Sie hätten ihm einen Orden verleihen müssen«, sagte das Mädchen, »er hat doch dem Minister das Leben gerettet.«

Kate lächelte Anthony an, der auf dem Stuhl hin und her rutschte. »Aber hat er Ihnen das denn nicht erzählt? Er ist viel zu bescheiden. Sie haben ihm den Orden des Himmlischen Pfaus Zweiter Klasse verliehen.«

Sie nahmen das völlig ernsthaft auf, ja, es beschleunigte ihren Aufbruch noch. Sie waren offensichtlich nicht willens, ihm die Zeit zu stehlen; damit hätten sie möglicherweise die Chance eines weiteren Zusammentreffens aufs Spiel gesetzt. Sie hofften, man werde sich in Stockholm sehen. Ob sie lange dort bleiben würden, fragte die Frau.

Kate sagte: »Wir wohnen dort.«

»Ach so«, sagte der Mann. Er zögerte. »Wir kommen aus Coventry.« Er gehörte zu jenen Männern, die es mit dem Austausch von Informationen peinlich genau nehmen. Er betrachtete Kate mit zusammengekniffenen Augen, als verfolge er die Abmessung eines heiklen Experiments im Laboratorium – ein Milligramm fehlte noch. »Wir heißen Davidge.« Seine Frau, dicht hinter ihm, nickte beifällig – die Gewichte stimmten. Angesichts des peniblen Gleichgewichts der Waage seufzte sie erleichtert auf; sie konnte sich anderen Dingen zuwenden, im großen Spiegel an der hinteren Wand den Sitz ihres Kleides korrigieren, ein loses graues Haar ordnen, sich die Handschuhe glattstreichen, zart durchblicken lassen, daß sie bald auf und davon sein würden.

»Sie machen eine Rundreise?« fragte Kate und bemerkte: das Mädchen, das nichts vom Zartgefühl der Eltern an sich hatte, das all die vornehme Dezenz, welche sie verkörperten, mit Absicht konterkarierte, das mit dem schlecht gewählten Lippenstift gegen ihre blassen Farben, ihre feinen Nuancierungen protestierte, eine Sensibilität besaß, der Kates Feindseligkeit nicht entging, während die Eltern nur Kates höfliche Formen wahrnahmen.

»Wir reisen privat«, präzisierte Mrs. Davidge milde.

»Wir werden uns«, sagte Kate bewußt vage, »sicherlich wiedersehen.«

Aber das Mädchen war noch nicht bereit zu gehen. Während seine Eltern mit der übertriebenen Vorsicht alter Leute in den kleinen braunen Garten zwischen der Terrasse und der geborstenen Trommel hinabstiegen, blieb es stur auf seinem Platz hocken. Es sah aus wie eine kleine, grell bemalte Holzstatue, die zu irgendeinem ordinären Zweck zwischen die Eßtische gesetzt worden war; man suchte den Aschenbecher und die Zigarettenstummel.

»Dienstag könnte ich«, sagte sie.

»Großartig«, sagte Anthony, der mit seiner Gabel spielte. Kate empfand Mitleid mit dem Mädchen, mit seiner primitiven Unschuld, aber Anthony an das erinnert zu sehen, wovor er gerettet worden war, paßte ihr durchaus nicht ins Konzept. Im Moment stand das Mädchen für die Rücklichter der Fahrräder, für die Blätter auf dem Gehsteig der Warren Street, für den Portwein in der Ladies' Bar.

»Dienstag könntest du also«, sagte Kate und schaute dem Mädchen nach, das zwischen den übereinandergestellten Stühlen seine Eltern einholte. »Und dem Minister hast du das Leben gerettet.«

»Man muß ihnen doch etwas erzählen«, sagte Anthony, »immerhin haben sie fürs Mittagessen bezahlt.«

»Ich habe für dein Frühstück bezahlt; mir ist aber nicht aufgefallen, daß du mir etwas erzählt hättest.«

»Ach Kate«, sagte er, »du kennst doch meine Geschichten. Habe ich dir nicht immer ausführlich geschrieben?«

»Nein«, sagte Kate, »du hast nur ganz wenig geschrieben. Telegramme an Vater. Ansichtskarten; ach, wie viele Ansichtskarten. Ansichtskarten aus Siam, aus China, aus Indien. An Briefe kann ich mich nicht erinnern.«

Er grinste. »Ich muß vergessen haben, sie abzuschikken. Aber an einen langen Brief kann ich mich doch erinnern, als ich dir zu deiner Stelle bei Krogh gratuliert habe.«

»Eine Ansichtskarte.«

»Und als Vater starb.«

»Ein Telegramm.«

»Das hat dafür mehr gekostet. Für dich würde ich keine Kosten scheuen, Kate.« Er wurde ernst. »Du Ärmste, du hast gar nichts zu essen bekommen. Es war eine Schande, ohne dich anzufangen, aber ich bin eingeladen worden. Es war eine Gelegenheit, Geld zu sparen.«

»Tony«, sagte Kate, »wenn du nicht mein Bruder wärst...« Sie ließ den Satz über den Krümeln und schmutzigen Gläsern verpuffen, unvollendet, bedeutungslos.

»Wärst du hemmungslos in mich verknallt«, sagte Anthony und schaute sie mit genau dem Blick an, mit dem er, sie wußte es, jede Kellnerin köderte – berechnendes Interesse, einkalkulierte kindliche Unschuld, ein Charme, das in seinen Einzelelementen erprobt und für den weiteren Gebrauch gespeichert worden war. Ihr kam der Gedanke: Wenn ich die Zeit zurückdrehen könnte, wenn ich diesen Ring, den Krogh mir geschenkt hat, drehen und alles hier verschwinden lassen könnte, die große Trommel und das fallende Laub und mein Gesicht dort im Spiegel, dann wär's dunkel jetzt und es wehte ein

Wind und es röche nach Dung, und er stünde mit der Mütze in der Hand, und heute würde ich sagen: »Geh nicht zurück. Laß die Leute doch sagen, was sie wollen. Geh nicht zurück«, und es wäre alles ganz anders.

»Sie ist ein süßes Ding«, sagte Anthony. »Sie hat alles, was ich gesagt habe, für bare Münze genommen. Mensch, als Verkäufer hätte ich ihr andrehen können, was ich nur wollte«, und Kate konnte ihn in Gedanken durch unzählige Vorortstraßen laufen sehen, sah ihn an Türen klingeln, zum Lieferanteneingang geschickt werden. Für einen Augenblick verstand sie ihn völlig, sie beobachtete, wie er seine Harrow-Krawatte zurechtrückte, den passenden Charme, die passende Erwartung, und sie versuchte zu erkennen, was darin wirklich Mut war und was einfach nur die Überzeugung, daß sich irgendwie immer eine Lösung finden lassen würde.

Und jetzt bin die Lösung ich.

Der Gedanke an das, was sie gemeinsam zustandebringen könnten, vertrieb ihre Eifersucht und Furcht. Er war schlau; daß er schlau war, hatte noch keiner bestritten; und sie war ausdauernd und beständig – es wäre niemand im Traum eingefallen, ihr Ausdauer abzusprechen. Sie hatte alles im Griff, sie ließ nie locker. Fünf Jahre in dem schäbigen Kontor in Leather Lane, dann beim Konzern Krogh, später bei Krogh persönlich. »Ich brauche einen Drink«, sagte sie, »ich hab Durst«, und als der Schnaps kam: »Auf unsere Partnerschaft.«

»Hast du aber einen Zug drauf, Kate«, sagte Anthony und winkte dem Kellner, während er sich mit der Zunge über die Lippen fuhr. Er mißbilligte das; er hielt nichts davon, daß Mädchen tranken; er war vollgestopft mit den Konventionen einer älteren Generation. Man selbst trank und hurte selbstverständlich; aber mit der Schwester seines Freundes schlief man einfach nicht, und »anständige« Mädchen waren nie angesäuselt. Daß es zwei große moralische Maßstäbe gab – einen für die Männer, einen für die Frauen, war die Grundlage seines Denkens. Sie konnte ihm die Maximen all der Herren Majore, die er an den Kaminen der Rauchsalons den Moralkodex hatte predigen hören, von den Lippen ablesen.

»Ach, Tony«, sagte sie, »ich liebe dich.«

Er wand sich unter dem Blick ihres totalen Verstehens.

»Trotzdem«, sagte er, »es ist nicht gut, auf leeren Magen zu trinken.« Es war fast bewundernswert, daß keinerlei Mißgeschick seine leichte Aufgeblasenheit hatte abschwächen können. Ein selbstkritisch unsicherer, ein nicht so widerstandsfähiger Mann hätte solche Aufgeblasenheit durch Minderwertigkeitsgefühle verloren. Bei ihm war sie durch Katastrophen nur noch stärker ausgeprägt worden. Er war, dessen durfte sie gewiß sein, in seinen erbärmlichsten Zeiten nicht besonders bescheiden gewesen. Sie stellte sich vor, wie er Annette Moral und Maud Abstinenz gepredigt hatte. Ein ausgefranster Ärmel würde ihn höchstens veranlassen, mit der Krawatte eines Garderegiments herumzulaufen.

Sie war in Stockholm gewesen, als der Vater starb, Anthony aber, der sich auf der Rückreise von Aden befand, hatte für einen Flug von Marseille sein letztes Pfund ausgegeben. Er verhielt sich so korrekt und proper, daß es den Beifall all der Klubs gefunden hätte, die ihn hinausgeworfen hatten. Sie erinnerte sich noch an sein Telegramm: »Am Sonnabend ist unser Vater friedlich im Schlaf verschieden«, eine Kostenexplosion für eine großartig nichtssagende Floskel, der sich dann eine so sparsame und ausgefallene Interpunktion anschloß, daß der Rest des Telegramms unverständlich wurde. »Bedaure Koffer Mabel Beschädigt Transit Semikolon Entlassen Angestellter Ärger Chef Strich Gouldsmith Bestätigung.« Dem Vater, so erfuhr sie später, hatte er erzählt, er habe gekündigt – über den Bettpfosten lehnend, hatte er sich dem Patienten gegenüber forsch und optimistisch gegeben (die verstohlen weggewischte Träne galt der Krankenschwester, der schwarze Anzug den Verwandten, der letzte saubere Kragen war für den Anwalt und den Priester reserviert). Zum Schluß nahm die menschliche Stimme das Thema auf, das so lange auf Telegramme und Postkarten beschränkt gewesen war – er war wieder zu Hause, und er hatte gekündigt. Es war wirklich eine Frage der persönlichen Ehre gewesen, wieso, das konnte er jedoch nicht erklären.

»Ich wüßte zu gern, woran du denkst«, sagte Anthony, und sie merkte, daß er sein inneres Gleichgewicht bereits wiedergefunden hatte und sozusagen vor einer neuen Türschwelle stand, voller Hoffnung, Elan und Verlangen, sein Verkaufstalent zu demonstrieren.

»Ich habe«, sagte Kate, »an Vater gedacht.«

Das war absolut richtig. Er hatte Anthonys lange Auslandsaufenthalte immer bedauert. Ein Bruder, so hatte er gemeint, war der naturgegebene Beschützer der Schwester, bis sie verheiratet war. Und in einer Hinsicht, überlegte Kate, hatte der alte Herr recht: Die Fähigkeit, gefährlichen Klemmen zu entkommen, hatte Anthony nie im Stich gelassen. In einer Spelunke oder vor einem Polizeigericht konnte man sich keinen besseren Führer oder Ratgeber wünschen. Man konnte sich absolut drauf verlassen, daß er instinktiv wußte, wo sich der Hinterausgang befand oder wen man bestechen konnte. Niemand hätte so viele schäbige Abenteuer so heil überstanden wie Anthony.

Er schaute sich schon wieder um, schätzte seine Umgebung ab, war strahlend, eifrig und erwartungsvoll. »Was kann man in dieser Stadt am Abend anstellen?« fragte er. Mit einer Scheinheiligkeit, auf die sie nicht vorbereitet war, fügte er hinzu: »Ich denke natürlich an Kintopp oder Varieté. In einer Hafenstadt muß man sich in acht nehmen« und tat plötzlich gelangweilt und betrachtete den kleinen, menschenleeren Garten, die unbelebte Bühne, die kaputte Trommel, das treibende Laub, den Besen, der die Blätter fegte. Dann wandte er sich ihr mit seiner reinsten Unschuldsmiene zu.

»Ach, wenn du nur einmal du selbst sein könntest!«

sagte Kate. Sie spürte Tränen der Einsamkeit hinter ihren Lidern. Er fehlte ihr, als er diese dünne Fassade vorgetäuschter Ehrbarkeit zwischen ihnen hochzog, so wie er ihr gefehlt hatte, als er das erste Mal ins Ausland ging – der Schrankkoffer auf dem Dach der Taxis, der Koffer, der fast die Schlösser sprengte, im winzigen, verstopften Flur, die Pyjamakordel, die über den Teppich schleifte; das Abschiednehmen zwischen dem Schirmständer und der bunten Glasscheibe. Damals hatte es jedenfalls keine Unehrlichkeit gegeben. Sie waren zueinander so offen und ehrlich wie fünf Jahre zuvor im Dunkel der Scheune. Er war bleich und den Tränen nahe, als sie ihm sagte, er müsse gehen, er werde seinen Zug verpassen, und ihm rasch einen Kuß gab und ihr schien das Gehirn in zwei Stücke gespaltet zu werden, als sie zusehen mußte, wie er sich mit der Taxitür mühte, ihr war, als trage er eine Hälfte ihres Körpers mit sich fort und als vibriere sie trostlos in den schwarzen, glänzenden Polstern. Aber damals glaubte sie, er würde schreiben; daß er nur Ansichtskarten schicken würde, damit hatte sie nicht gerechnet, nicht mit dem »Hier ist es sehr schön«, dem »Hier haben wir gebadet«, dem »Wo das Kreuz ist, das ist mein Fenster«, der zunehmenden Biederkeit, seinen eigentümlichen Wendungen, hinter denen er sich aus Selbstschutz versteckte, bis sich schließlich das Gefühl einstellte, daß er unwiderruflich einer von denen war, einer jener miesen kleinen Abenteurer, die nicht einmal den Mut aufbrachten, ins Gefängnis zu gehen. Und jetzt, dachte sie und hob ihre Puderdose, um ihre Hoffnungslosigkeit zu verbergen, jetzt würde ihn sogar eine Postkarte ihr näherbringen.

»Wenn du nur einmal du selbst sein könntest!« wiederholte sie und fragte sich, welche Taktik sie von Annette und Mabel hätte lernen können, um ihn zur Aufrichtigkeit zu veranlassen. Sie sagte: »Heute abend werden wir eine Menge trinken und dann zu Liseberg gehen.«

Er zuckte bei dem Vorschlag sichtlich zusammen. »Und das ist wirklich in Ordnung?«

»Oh«, sagte Kate, »absolut. Etwas für die ganze Familie. Du kannst ein bißchen tanzen oder ein bißchen schießen oder dir auf einer Achterbahn die Leber durchschütteln lassen. Verglichen mit dem, was du so alles kennst, ist es zweifellos langweilig, aber wenn wir vorher etwas trinken ...«

»Weißt du«, sagte Anthony, »wir haben uns noch gar nicht ernsthaft unterhalten.«

»Worüber?«

»Ach, einfach so«, sagte Anthony, »einfach so. Wenn du nichts essen willst, dann laß uns hingehen, wo es ruhig ist«, und sein Blick schweifte streng und mißbilligend durchs Restaurant, über die leeren Schnapsgläser und die Teller mit den Krümeln. Nein, erklärte er, als sie ihm vorschlug, er könnte ihr doch, wie schon Miss Davidge, einmal den Hafen zeigen, da sei es nicht annähernd ruhig genug.

»Was du aber auch immer mit diesem Mädchen hast«, sagte er gequält, »wenn man dich so hört, könnte man meinen, du wärst eifersüchtig. Können wir nicht ein bißchen aus der Stadt raus? Gibt's hier keinen Park in der Nähe?«

Eine halbe Stunde lang saßen sie auf einer Holzbank an einem Teich und sahen den Wasservögeln zu. Jungs schoben Fahrräder mit knallbunt bemalten Speichen von Göteborg weg bergauf. In den Wohnblocks am Rande des Parks gingen die Lichter an, eins nach dem andern, hell und klein und deutlich angehoben wie aufflammende Streichhölzer in einem Kino. Eine dünne Schleimschicht lag über dem Wasser, und wenn die Wasservögel über den Teich zogen, blieben ein paar Blätter an ihrem Gefieder haften.

»Du hast mich hergeschleppt«, sagte Anthony, »und jetzt ...« Seine Stimme klang auf einmal kalt und feindselig, und er schien aus der Fassung gebracht. »Also, auf eines lasse ich mich nie ein. Zum Schnorren bin ich nicht bereit. Ich habe noch nie geschnorrt.«

»Erik wird dir eine Stelle geben.«

»Du weißt, daß ich kein Schwedisch kann.«

»Das spielt bei Krogh keine Rolle.«

»Kate«, sagte Anthony, »ich wäre in so einem Unternehmen verloren. Ich bin so etwas Großes nicht gewöhnt. Hör zu. Während der ganzen Überfahrt hierher mußte ich daran denken, daß ich Krogh überhaupt nichts nützen würde. Ich hätte nicht die geringste Chance zu zeigen...« Ein Blatt kam kreiselnd herabgefallen, berührte ihn an der Schulter und landete zwischen ihnen auf dem Sitz.

»Da bitte«, sagte Anthony. »Gold. Du siehst, es hat mich verfehlt.«

»Es ist ja noch grün. Das hat nichts zu bedeuten. Schau mal«, Kate hob das Blatt auf und hielt es ihm in der tiefer werdenden Dämmerung hin, »es ist abgeknipst worden. Ein Eichhörnchen oder irgendein Vogel hat's getan.«

»Paß mal auf, Kate. Als ich heute morgen unten am Hafen war, habe ich einen Anschlag gesehen. Auf englisch. Man braucht dort jemand mit Erfahrung, einen Engländer, für eins der Lagerhäuser. Für die Buchhaltung.«

»Sicher, das würdest du können«, sagte Kate.

»Ich habe mehr Bücher geführt, als ich zählen kann.«

»Die Sache wäre ohne Zukunft.«

Sie hatte ihn aufgefordert: »Sei du selbst«, und in dem Augenblick, da sie sein Gesicht in der rasch hereinfallenden, kalten Dunkelheit kaum mehr zu erkennen vermochte, als sie zitterte und überlegte: Er hat keinen Mantel, was hat er mit seinem Mantel gemacht? und an Pfandleiher und Altkleiderhändler denken mußte, da kam er in völliger Aufrichtigkeit zu ihr wie ein fast vergessener Freund, der einen unerwartet am Ärmel festhält. »Ich habe auch keine Zukunft, Kate.«

Er war ruhig, er war aufrichtig, er war vollkommen er selbst, er war all das, was sie sich gewünscht hatte, und es erfüllte sie mit Verwunderung, auch dann noch, als sie die

Gelegenheit schon beim Schopf zu packen versuchte. Sie hatte gewußt, daß er unzuverlässig war, ein Betrüger im Kleinen, in Gelddingen ein hoffnungsloser Fall; daß er sich aber dermaßen selbst erkannt hatte, darüber war sie sich nicht im klaren gewesen.

Er wiederholte: »Du weißt das so gut wie ich, Kate. Ich habe keine Zukunft.«

Die Wasservögel kamen aus dem Wasser, aufgeplustert gegen die Kälte. Aufgeblasen wie kleine braune Fußbälle kamen sie den Grashang hochgerollt und verschwanden, über die Blätter watschelnd, einer nach dem anderen.

»Aber du hast bestimmt eine Zukunft, ganz bestimmt«, sagte sie, und ihre Angst davor, dem Augenblick nicht gewachsen zu sein, lag im Widerstreit mit ihrer Freude darüber, daß sie einander endlich, wie schon einmal vor so vielen Jahren, von Angesicht zu Angesicht, ohne Vorbehalte gegenüberstanden. »Vertrau mir.« Sie dachte: Jetzt habe ich ihn, das ist wirklich Anthony, ich darf ihn nicht loslassen, aber anstatt das richtige Wort zu finden, erlebte sie wieder diese Zweiteilung von Hirn und Herz, so daß sie es war, die ohne Mantel da saß, ohne eine Zukunft, ohne einen Freund, mit einer Harrow-Krawatte und einer gewissen Allüre. Sie hätte ihn in die Arme genommen, wenn er nicht gesprochen hätte.

»Natürlich«, sagte er, »kann sich das Blatt wenden. Vielleicht findet sich ja was.« Ihr war sofort klar: Der Augenblick war verstrichen. Anthony war so weit von ihr entfernt wie er überhaupt je gewesen war, sei's im Klub in Shanghai oder auf dem Golfplatz in Aden. Es war nicht so sehr Selbsterkenntnis gewesen als vielmehr ein vorübergehender Riß in der Wolke seiner Selbsttäuschung. Sie hatte gedacht, er brauche Hilfe von ihr, aber er brauchte nur eine Brise aus der richtigen Richtung, einen Gedanken, eine bestimmte Erinnerung. »Habe ich dir jemals von dem verdorbenen Tee erzählt?«

»Ich kann mich nicht erinnern. Mir ist kalt. Laß uns gehen. Was dieses Lagerhaus angeht...«

Aber jetzt stand der Wind günstig. Er war bereit zuzugeben, daß er unrecht gehabt hatte, ja, er verstieg sich sogar zu dem Eingeständnis, daß er schließlich doch eine Zukunft habe. »Ich sehe ja«, sagte er, »daß dir der Gedanke nicht gefällt.« Er lachte mit einer unglaublichen Sorglosigkeit. »Ich probier's mal mit deinem Freund Krogh.« Er war wie ein Mann, der um Haaresbreite einer großen Gefahr entronnen ist. Vor Erleichterung wurde er ausgelassen, und wenn er ausgelassen war, dann machte es großen Spaß, mit ihm zusammen zu sein.

Und so blieb es den ganzen Abend über. Er fiel von einem Extrem ins andere. Sie hatte sich glücklich geschätzt, ihn in einem Augenblick der Niedergeschlagenheit und Aufrichtigkeit zu erleben, aber es war auch ein Vergnügen, obwohl ein anders geartetes, ihn zu erleben, wenn er ganz besonders fröhlich und ganz besonders unaufrichtig war. Er erzählte ihr Geschichten, die zunächst auf eine ziemlich farblose Weise glaubwürdig klangen, aber bald so bunt wurden, wie er sie Maud und Annette oder der Davidge nicht wilder hätte erzählen können.

»Aber die von dem Fiat des Generaldirektors habe ich dir erzählt?«

»Nein, ganz bestimmt nicht«, sagte Kate, »von einem Fiat hat auf keiner Ansichtskarte was gestanden.« Nach zwei Schnäpsen war sie bereit zu glauben, was er ihr erzählte. Ihr Herz schlug ihm entgegen. Sie legte eine Hand auf seine Hand und sagte: »Es ist schön, daß du da bist, Tony. Erzähl weiter.« Aber noch ehe er darauf reagieren konnte, fiel ihr auf, daß er gar nicht seinen Ring trug (den Siegelring, der beiden am einundzwanzigsten Geburtstag überreicht worden war, das heißt, ihm war er per Einschreiben zugeschickt worden, sie konnte sich nicht mehr erinnern, in welche Stadt, aber »c/o Klub«).

»Was hast du mit deinem Ring gemacht? Hat er dich überhaupt erreicht?«

Sie konnte sehen, daß er ihre Stimme abschätzte und überlegte, wieviel er ihr zumuten konnte. Geht der

Abend doch noch schief? fragte sie sich. Ich muß mir abgewöhnen, wirklich ganz schnell abgewöhnen, immer Fragen zu stellen. Doch nach all den Jahren der Trennung kamen sie wie von selbst aus ihr herausgeschossen.

»Ist ja auch egal«, sagte sie, »erzähl nur weiter. Erzähl mir die Geschichte vom Auto des Generaldirektors.«

Anthony sagte, indem er mit einer beschützenden, gönnerhaften Geste seine Linke über ihre legte, auf ruhige, zuvorkommende und offene Art: »Aber ich will dir gern von dem Ring berichten. Es ist eine lange Geschichte, aber sie ist interessant. Ach Mädchen, du kannst dir gar nicht vorstellen, an was für merkwürdige Orte mich dieser Ring geführt hat.«

»Nein, nein«, sagte sie, »erzähl sie mir nicht. Erzähl mir die Geschichte vom Auto. Aber laß uns erst mal woanders hingehen, hier kriegen wir keinen Schnaps mehr.« Es machte ihr Spaß, ihn durch die Komplexitäten der Konzessionsgesetzgebung zu steuern, sich ein wenig mit Schnaps zu betrinken, trotz der Beschränkungen (zwei Schnäpse für einen Mann, einen für die Frau).

»Und jetzt«, sagte er, »auf nach Liseberg.«

Hinter dem Kanal, nach dem Platschen des Wassers längs dem grasüberwachsenen Ufer, nach dem Geflüster von Pärchen auf Bänken im Dunkel und der verlassenen Vorortstraße kam stockend eine Prozession von Tönen um die Ecke – eigentlich keine Musik, es war eher so, als ob in einem weit entfernten Haus ein Klavierstimmer die Tasten anschlüge, eine nach der anderen, völlig willkürlich, ohne bestimmte Melodie. Über den Dächern der Häuser erhob sich eine aus weißen Lichtern skizzierte Reihe von Türmen. Die Töne fügten sich zu einer Melodie, ihre vage Vertrautheit war irritierend, und dann traf sie Kate durch den hohen Rundbogen des Eingangstors mit der ganzen Wucht, die ein Rhythmus besitzt, an den man sich erinnert. (Der Außenminister im hohen Steifkragen erwiderte höchst förmlich ihr *skål,* während Krogh, von der Toilette kommend, über die Terrasse schritt und sich hierhin, dorthin verbeugte. Auf der anderen Seite der Glastüren, die wie Kristalleuchter klirrten und glitzerten, tanzten die Paare.)

»Komm, altes Mädchen«, sagte Anthony, »wir wollen das Tanzbein schwingen.« Je mehr er trank, desto tiefer sank er in die Vergangenheit. Begonnen hatte der Abend im Jargon der hohlen Munterkeit während der ersten Nachkriegsjahre, bald aber triefte er vom Schlamm der Schützengräben, wie er ihn von ehemaligen Frontoffizieren aufgeschnappt hatte, die unter den Pankhas von der Stunde X und dem Victoria Palace von den Urlauberzügen und der berühmten Revue »The Big Boys« schwatzten.

Eine Rakete spuckte und zischte in die Höhe und oben kam's nicht zur Explosion, sie erlosch, ihr Stock fiel zur Erde; auf einem Platz, den die steinernen Eingangssäulen von Tanzpalästen und Restaurants einfaßten, ergoß ein Springbrunnen sich smaragdgrün in ein breites flaches Smaragdbecken – höher, noch höher, wie die Krone eines Tropengewächses unter kaltem, dunklem, wolkenlosem Himmel, und wieder herunter ins grünliche Licht und vom Bassin klatschend aufs Pflaster, zum Rand hin ward es silbrig. Eine leere Achterbahn schoß über die Dächer und wie mit dem Jammern einer abgespielten Schallplatte aus dem Blickfeld. In den hinteren Buden schossen marode Exekutionskommandos ihre Salven.

»Hierher. Wir gehen hier lang.«

Auf einem stillen, mit Zigarettenschachteln übersäten See trieb ein Piratenschiff. Ein blumengesäumter Pfad wand sich zu einer kleinen Plattform, wo zwei Männer in weißen Overalls Schach spielten, gegen jeden, der wollte, für eine halbe Krone pro Spiel. Wo man auch ging, ob durch rosarote Höfe oder grüne Höfe oder durch raffiniert arrangiertes Dunkel, als Untergrund zu der Musik und dem Gewehrfeuer blieb stets das Zischen der großen verborgenen Lampen hörbar und an ihrem heißen, gewölbten Glas würden sich die Motten versengen, die man in Schwärmen vorbeiziehen sah.

Ins Licht hinauf und hinunter in die Dunkelheit der Wagen der Achterbahn; in einer düsteren Bude, mit blaßgrüner Haut und Turban, eine lebende Brunnenfigur, aus deren scharlachroten Wundmalen an Händen und Füßen das Wasser spritzte. Die Zellen der Riesendamen, Wahrsagerinnen, Löwenbändiger. Wie Flocken von Asche nach einem Brand die vorbeischwärmenden Motten, die stets in die gleiche Richtung flogen und sich von den trüben Kugellampen der kleineren Buden nie von ihrem Kurs abbringen ließen.

Hoch über den Dächern der Wagen der Achterbahn; am Himmel explodierte ein Feuerwerkskörper, der die Dunkelheit mit herabstürzenden gelben Teilchen füllte; das marode Kommando lud durch und feuerte.

»Du bist viel zu betrunken zum Tanzen«, sagte Kate.

»Paß auf«, sagte Anthony, »noch einen Schnaps und ich nehm's mit der ganzen Welt auf, in allem, ganz gleich was. Im Ringewerfen. Du hast mich noch nie Ringe werfen sehen.«

Auf einer Wassersäule tanzten bunte Pingpongbälle auf und ab.

»Möchtest du eine Puppe haben?« fragte Anthony. »Oder eine Glasvase? Ich schieß dir alles, was du willst. Was soll ich machen?«

»Komm weiter und wirf einen Ring. Du weißt doch, du kannst gar nicht schießen. Du müßtest mit fünf Schüssen fünf Bälle treffen, sonst gewinnst du überhaupt nichts. In der Schule hast du nicht einmal eine Zielscheibe treffen können.«

»Ich habe seit damals einiges dazugelernt.« Er nahm sich eine Pistole und faßte das Ziel ins Auge. »Sei kein Spielverderber, Kate«, flehte er sie an, »bezahl für mich.« Er war aufgeregt; er fühlte das Gewicht; er wog die Pistole in der Hand. »Weißt du, Kate«, sagte er, »ein Job, der mit Schießen zu tun hat, das wäre was für mich. Als Ausbilder an einer Schule oder so was.«

»Aber Tony«, wandte sie ein, »du hast doch nie getroffen. « Sie öffnete ihre Handtasche, ehe sie jedoch ihr Geld finden konnte, hatte er bereits geschossen. Sie blickte hoch und sah auf der Wasserspitze einen gelben Ball ins Taumeln geraten.

»So ein Glück«, rief sie. Er, zu ernst, um zu sprechen, schüttelte den Kopf, lud ein kleines gefiedertes Geschoß nach, senkte die Pistole auf Augenhöhe herab, zielte kurz und drückte ab. Sie wußte, daß er treffen würde, noch bevor der Ball fiel. Sie erlebte ihn hier möglicherweise beim einzigen, was er wirklich gut beherrschte, nämlich beim Jahrmarktschießen. Sie achtete nicht auf die getroffenen Bälle, sie beobachtete sein Gesicht, das tiefernst, konzentriert und seltsam verläßlich wirkte. Seine breiten Hände mit den abgekauten Nägeln wurden plötzlich wie die Hände einer Krankenschwester, kompetent und sanft. Er klemmte sich eine scheußliche blaue Vase unter den Arm und begann von neuem.

»Tony«, sagte sie, als er einen Spielzeugtiger neben sich auf die Erde stellte, »was willst du denn damit anfangen?« Er hielt stirnrunzelnd im Nachladen inne. »Was? Was hast du gesagt?«

»Die Vase da und der Tiger. Was willst du denn damit machen? Tu mir den Gefallen. Hör mit dem Preisschießen auf. Tony. Komm, trink was.«

Er schüttelte langsam den Kopf – es dauerte eine ganze Weile, bis er verstand, was sie sagte. Seine Augen wanderten immer wieder zu den in der Fontäne tanzenden Bällen. »Eine Vase«, sagte er, »kann man doch immer gebrauchen, oder? Für Blumen oder so.«

»Aber der Tiger, Tony?«

»Der ist gar nicht übel.« Er sah ihn überhaupt nicht an, sondern steckte unentwegt neue Geschosse in den Lauf.

»Wenn du ihn nicht willst«, sagte er, »werde ich ihn verschenken.« Er schoß und lud und schoß und lud, während die Bälle sprangen und herunterfielen und sich hinter ihm eine kleine Zuschauermenge bildete. »Das werd ich Dienstag diesem Mädchen geben«, sagte er seufzend und deutete auf ein grünes Zigarettenetui aus Blech mit der Initiale »A«. Dann steckte er es in die Tasche und ging mit der Vase unter dem einen und dem Tiger unter dem anderen Arm davon. Kate mußte rennen, um ihn einzuholen.

»Wo willst du denn hin?« rief sie hinter ihm her und spürte wie einen stechenden Schmerz sein Heimweh in ihrem Gehirn, als er antwortete: »O Kate, davon könnte ich nie genug kriegen«, während er mutlos unter den Bogenlampen weiterlief. Er sagte: »Früher, an Feiertagen ... seit damals habe ich solche Feiertage nie wieder zu Hause erlebt.«

»Wie hieß das Mädchen noch?«

»Weiß ich nicht mehr.«

Sie schob die Hand unter seinen Arm, und die Vase rutschte und fiel hin und lag in blauen, häßlichen Scherben zu ihren Füßen wie eine zerbrochene Flasche am Ende einer durchzechten Nacht.

»Macht nichts«, sagte er zärtlich und zog sie fester an sich, »wir haben ja noch den Tiger.«

ZWEITER TEIL

Erstes Kapitel

Die Bronzetüren glitten auseinander, und Krogh stand im kreisförmigen Innenhof, Krogh war umgeben von Krogh. Im Kubus aus Glas und Stahl spannte sich der kalte, klare Nachmittagshimmel. In der Tiefe eines Raumes lagen die niederen Stockwerke offen vor ihm; er konnte die Buchhalter im Erdgeschoß bei der Arbeit sehen, das vor den elektrischen Heizgeräten gelblich aufblitzende Glas. Er bemerkte sofort, daß der Brunnen fertiggestellt war; das grüne Objekt beunruhigte ihn, wie ihn selten etwas beunruhigte; es bezichtigte ihn der Feigheit. Er hatte sich einer Mode unterworfen, die er nicht verstand; ihm wäre eine Marmorgöttin, ein nacktes Kind, eine Nymphe mit vorgehaltenen Händen im Brunnen viel lieber gewesen. Er blieb stehen, um den Stein zu begutachten; er besaß keinen Instinkt dafür, ob das künstlerisch gut oder schlecht war; er verstand es einfach nicht. Ihm war unbehaglich zumute; aber diese Unbehaglichkeit war ihm nicht anzumerken. Sein langes Gesicht unter der kahlen Stirn war wie eine Zeitungsrolle; von weitem waren nur die fettgedruckten Schlagzeilen zu erkennen; das kleiner Gedruckte, die Feinheiten, die unklaren Ängste waren unsichtbar.

Er spürte, daß er durch die Fenster beobachtet wurde – von einem Buchhalter, der über seine Maschine blickte, von einem der Direktoren, der auf seinem Chromstahlbalkon stand, von einer Kellnerin, die die schwarzen Ledervorhänge in der Kantine zuzog. Das Tageslicht über ihm nahm zusehends ab, hinter den geschwungenen Glaswänden gingen die Lichter an, während er vor der grünen Skulptur seine Zeit vertrödelte.

Krogh schritt die Stahltreppe hoch auf den breiten Eingang von Krogh zu. Als sein Fuß die oberste Stufe berührte, glitt die Doppeltür auf. Beim Eintreten bückte er sich – eine Angewohnheit, die er nie losgeworden war; bei seiner Größe von einsachtundachtzig und seinem geraden, unbeugsamen Rücken hatte er sich in der Tür seines möblierten Zimmers, seiner kleinen Wohnung, seiner ersten Fabrik viele Jahre lang bücken müssen. Während er auf den Fahrstuhl wartete, versuchte er, den Gedanken an die Plastik zu verdrängen.

Einen Fahrstuhlführer gab es nicht; Krogh war gern allein. Nun war er doppelt hinter Glas, war er eingefaßt von der gläsernen Wand des Fahrstuhls und der gläsernen Wand des Gebäudes; das Büro demonstrierte Transparenz, wie ein Mensch, der nicht vertrauenswürdig ist. Während des langsamen und leisen Gleitens bis hinauf zum obersten Stock konnte Krogh den Brunnen noch immer sehen; er fiel zurück, wurde kleiner und flach; als im Hof ringsum die indirekte Beleuchtung anging, warf das brutale Gebilde einen zarten Schatten auf das glänzende Rund des Pflasters; wie Porzellanmalerei. Ich versäume etwas, dachte er mit einem Gefühl des Bedauerns.

Er trat in sein Zimmer und schloß die Tür; die Unterlagen, die er angefordert hatte, lagen fein säuberlich im Stapel auf einem Schreibtisch, dessen geschwungene Form der Krümmung der gläsernen Wand folgte. Er konnte den Widerschein des Holzfeuers im Fenster sehen; ein Scheit rutschte und fiel, und auf dem Glas stieg ein Sprühen von blassen, hitzelosen Funken in die Höhe. Es war der einzige Raum im ganzen Gebäude, der nicht elektrisch beheizt wurde. Das sanfte Züngeln der Flammen bedeutete für Krogh in seinem schalldichten Zimmer, in seiner eisigen Abgeschlossenheit so etwas wie Gesellschaft. Wie Tintenschwaden in eine grau leuchtende Flüssigkeit sank die Nacht in den Hof. Er fragte sich, ob er mit dem Brunnen nicht einen Fehler gemacht hatte.

Er trat an seinen Schreibtisch und stellte sich zu einer

seiner Sekretärinnen durch. »Wann wird Miss Farrant zurück sein?«

Eine Stimme antwortete aus der Sprechanlage: »Wir hatten sie heute zurückerwartet, mein Herr.«

Er ließ sich am Schreibtisch nieder, spreizte müßig die Hände und betrachtete seine Handflächen – mit dem, was in seiner linken Hand eingegraben steht, wird ein Mann geboren; was er aus seinem Leben macht, steht in seiner Rechten. Er verstand von dieser fragwürdigen Wissenschaft genug, um herauszulesen: Erfolg, langes Leben.

Erfolg: er war fest überzeugt, er hatte ihn verdient, alles: diese fünf Etagen aus Stahl und Glas, den plätschernden Brunnen im Licht der indirekten Beleuchtung, die Dividenden, die Emission neuer Aktien, die innerhalb von zwölf Stunden gezeichnet waren; der Gedanke, daß ihm bei diesem Erfolg niemand geholfen hatte, befriedigte ihn. Wenn er am nächsten Tag stürbe, wär's mit der Firma aus. Das hochkomplizierte Geflecht von Tochtergesellschaften wurde nur von seiner persönlichen Bonität zusammengehalten. Redlichkeit war ein Begriff, der ihm nie Sorgen bereitet hatte; ein Mann war redlich, solange er kreditwürdig war; und seine eigene Kreditwürdigkeit, das durfte er sich voller Stolz sagen, stand einen Punkt über der der französischen Regierung. Jahrelang war es ihm möglich gewesen, Geld zu vier Prozent aufzunehmen und zu fünf Prozent der französischen Regierung zu leihen. Das war Redlichkeit – etwas, was in Zahlen meßbar war. Nur in den letzten drei Monaten hatte er gespürt, daß seine Kreditwürdigkeit, nein, nicht erschüttert, doch unmerklich geschrumpft war.

Aber er hatte keine Angst. In ein paar Wochen würden die Fabriken in Amerika die Sache wieder ins Lot gebracht haben. Er glaubte nicht an Gott, aber er glaubte bedenkenlos an die Linien seiner Hand. Sie sagten ihm, daß er ein langes Leben haben werde, und er glaubte, daß er sein Unternehmen nicht überleben würde. Falls sein Unternehmen zusammenbräche, würde er sich, ohne zu zögern, das Leben nehmen. Ein Mann von seiner Bonität ging nicht ins Gefängnis. Sein Vorbild war Kreuger, den man von eigener Hand erschossen in einem Pariser Hotel aufgefunden hatte. Am Mut zu dieser letzten Tat zweifelte er genausowenig wie an der eigenen Redlichkeit.

Der seltsam beunruhigende Gedanke, daß er etwas versäumt hatte, kam ihm von neuem. Die Plastik im Hof machte ihm wieder zu schaffen. Mit der Errichtung dieses Gebäudes hatte er Männer betraut, die ihm als die besten Architekten, Bildhauer und Innenarchitekten Schwedens empfohlen worden waren. Er blickte von seinem geschwungenen Schreibtisch aus Thujaholz zu den gläsernen Wänden, von der Uhr ohne Ziffern zur kleinen Statue einer Schwangeren zwischen den Fenstern. Er verstand nichts. All das bereitete ihm kein Vergnügen. Er war gezwungen gewesen, alles auf Treu und Glauben zu akzeptieren. Für einen kurzen Moment, nicht länger als die Uhr brauchte, um halb zu schlagen, drängte sich ihm die Erkenntnis auf, daß er nie gelernt hatte, sich an irgend etwas zu freuen.

Und doch mußte er die Abende irgendwie hinter sich bringen, bis er zum Einschlafen müde genug war. Er zog eine Schublade seines Schreibtisches auf und nahm einen Umschlag heraus. Er wußte, was drin war, Opernkarten für diesen Abend, für den folgenden Abend, für die ganze Woche. Er war Krogh; also mußte sein musikalischer Geschmack in Stockholm zur Schau gestellt werden. Er saß jedoch immer in einer selbstgeschaffenen kleinen Einöde, mit einem leeren Platz zu beiden Seiten. Das hob seine Anwesenheit hervor und schützte ihn gleichzeitig in seiner Unwissenheit; denn so konnte kein aufdringlicher Nachbar ihn fragen, wie ihm die Musik gefalle, und falls er einnickte, blieb es unbemerkt.

Er rief seine Sekretärin. »Wenn mich jemand sprechen will«, sagte er, »ich bin zum Tee in der Britischen Gesandtschaft. Verbinden Sie alle Ferngespräche dorthin.«

»Die Wallstreet-Notierungen?«

»Ich bin rechtzeitig zurück.«

»Eben hat Ihr Chauffeur angerufen, Herr Krogh. Der Wagen hat eine Panne.«

»In Ordnung. Das macht nichts. Ich gehe zu Fuß.«

Er erhob sich, wobei er mit dem Mantel einen Aschenbecher vom Tisch riß. Die eigenen Initialen wurden sichtbar, E. K. Das Monogramm war vom führenden Künstler Schwedens entworfen worden. E. K. – die gleichen Initialen bildeten in endlosen Wiederholungen das Muster des dicken Teppichs, über den er zur Tür schritt. E. K. in den Warteräumen; E. K. im Sitzungssaal; E. K. in den Restaurants; das Gebäude war übersät mit seinen Initialen. E. K. stand in elektrischen Lichtern über dem Eingang, über dem Brunnen, über dem Hoftor. Die blinkenden Buchstaben schienen wie Lichtsignale, die ihm über die riesigen Entfernungen, die ihm von anderen Menschen trennten, eine Nachricht zutrugen, die Mitteilungen von Bewunderung; wenn er den Lichtern zusah, vergaß er völlig, daß sie auf seine Anordnung installiert worden waren. E. K. funkte über die kalte Hochebene hinweg die Hochachtung seiner Aktionäre; zu einer engeren menschlichen Beziehung hat er es nie gebracht.

»Na, jetzt ist sie endlich soweit, Herr Krogh.«

Krogh senkte den Blick; das reflektierte Licht in seinen Augen erlosch; er fixierte die Gestalt des Portiers, der ihn anstrahlte und sich in hoffnungsloser Freundlichkeit die Hände rieb, aus großer Distanz.

»Ich meine die Skulptur, Herr Krogh, sie ist fertig.«

»Und was halten Sie von ihr?«

»Tja, also Herr Krogh, ein bißchen komisch ist sie ja. Ich kann sie nicht verstehen. Ich habe Herrn Laurin gehört, wie er sagte...«

Krogh fand es irritierend, daß ein junger, unerfahrener Mann, der ihm alles verdankte – denn wer außer ihm hätte im Traum daran gedacht, Laurin, dem blassen, untüchtigen, Laurin, einen Direktorenposten zu geben –

ihn auch nur für einen Augenblick mit seinen Zweifeln belästigen sollte.

»Merken Sie sich eins.« Er sah, wie der Überschwang des kleinen Mannes in sich zusammenfiel. »Diese Skulptur stammt vom größten Bildhauer Schwedens. Es ist nicht Aufgabe eines Portiers, sie zu verstehen. Seine Aufgabe besteht darin, Besucher zu informieren, daß es ein Werk von, von ... lassen Sie sich den Namen von meiner Sekretärin geben, aber wehe, ich höre Sie Besuchern gegenüber äußern, die Gruppe sei schwer zu verstehen. Es ist ein großes Kunstwerk. Merken Sie sich's.«

Er schritt über den Hof, wandte sich dann noch einmal um; durch das herabstürzende Wasser flackerte das Licht seines Monogramms. »Wenn es kein Kunstwerk wäre, hätte die Firma von Krogh es nicht in Auftrag gegeben.«

Über den Himmel dehnten sich die Lichter der Hänge von Djurgården, die Restaurants, der hohe Turm im Skansen, die Türmchen und Achterbahnen im Tivoli. Vom Wasser her kam ein dünner bläulicher Nebel gekrochen, deckte die Motorboote zu, kroch höher, auf die Ankerlichter der Dampfer zu. Ein englischer Luxusdampfer lag dem Grand Hotel gegenüber, sein weißer Anstrich leuchtete im Licht der Straßenlampen, und durchs Tauwerk hindurch konnte Krogh sehen, wie die Tische gedeckt wurden, die Kellner Blumen hereintrugen, am Nordufer reihenweise Taxis warteten. Auf der Terrasse vor dem Schloß schritt ein Wachposten auf und ab, in seinem Bajonett fing sich das Lampenlicht, der Nebel kroch über die Terrasse bis an seine Füße. In der feuchten Luft schien die aus allen Richtungen kommende Musik zu schweben, ein musikalisches Gespenst, das über dem herbstlichen Verfall schwebte.

Auf der Nordbrücke schlug Krogh den Mantelkragen hoch. Er war von Nebelwirbeln umgeben. Das Restaurant unterhalb der Brücke war geschlossen, am verglasten Vorbau lief es feucht herunter, und ein paar Kübelpalmen streckten ihre sterbenden Blätter den Scheiben, der Dunkelheit, den verträumten Dampfschiffen entgegen. Es war früh Herbst geworden; wie Rauch blätterte er von den nackten Schenkeln einer Statue ab. Aber offiziell war noch Sommer – der Tivoli war noch nicht geschlossen –, trotz Kälte, Wind und matschigen Lehms, trotz der Regenschirme, die im Umkreis des steinernen Gustav Adolf der Wind blähte und hochriß. Eine alte Frau zerrte ein Kind hinter sich her an ihm vorbei; eine Studentin mit einer Schirmmütze auf dem Kopf wich einem Taxi aus, das am Bordstein entlangschlich; ein Maronibrater schob seinen Karren die ansteigende Brücke hoch auf ihn zu.

Er konnte die Lichter des quadratischen Blocks mit Balkon am Norr Mälarstrand erkennen, wo sich seine Wohnung befand. Die Breite des Mälarsees trennte ihn von den Arbeitervierteln auf der gegenüberliegenden Uferseite. Von seinem Wohnzimmerfenster aus konnte er die von Göteborg einfahrenden Kanalfähren mit ihrer Ladung ausländischer Passagiere beobachten. Sie waren an seinem Geburtsort vorbeigekommen, unauffällig tauchten sie in der Abenddämmerung auf, aus dem Herzen Schwedens, von den Weißbirkenwäldern um den Vättensee her, den bunten Holzhäusern, den kleinen Landebrücken, wo in der dünnen Erdschicht über Fels die Hühner nach Würmern pickten. Krogh, der in der ganzen Welt zu Hause war, der in Amerika und Frankreich in Fabriken gearbeitet hatte, der Englisch und Deutsch so gut sprach wie Schwedisch, der allen europäischen Regierungen Geld geliehen hatte, beobachtete sie abends wohl, wie sie näherkrochen, um dem Rathaus gegenüber anzulegen, und das Gefühl, etwas verloren, etwas verpaßt zu haben, wollte in ihm nicht zur Ruhe kommen.

Krogh ließ das Ufer hinter sich. Die Geschäfte in der Fredsgatan waren geschlossen; wenige Menschen nur waren unterwegs. Es war zu kalt, um zu Fuß zu gehen, und Krogh sah sich nach einem Taxi um. Oben in der schmalen Straße zu seiner Rechten erblickte er ein Auto, und er blieb an der Ecke wartend stehen. Die Straßenbahnen quietschten durch Tegelbacken; im Wind zog der langgezogene Pfiff einer Eisenbahn über die Dächer. Ein Auto, das zu schnell fuhr, um ein Taxi sein zu können, geriet dort, wo Krogh stand, fast auf den Bürgersteig und war gleich darauf wieder zwischen den Straßenbahnen und Schienen und Lichtern von Tegelbacken verschwunden und ließ einen Eindruck von Rücksichtslosigkeit, den Knall einer Explosion und Gestank zurück. In einer Nebenstraße setzte sich ein Taxi in Bewegung und puckerte auf die Ecke zu, wo Krogh stand. Der Knall des Auspuffs brachte den Vättensee zurück und die wilden Enten, die mit schwerem Flügelschlag aus dem Schilf hochrauschten. Er hielt die Ruder waagrecht und saß still, während sein Vater schoß; er hatte Hunger, und was er abends zu essen bekäme, hing von diesem Schuß ab. Der beißend bittere Geruch legte sich über das Boot, und der Vogel taumelte in der Luft, als hätte eine große Hand ihm Handschellen angelegt.

»Taxi, Herr Krogh.«

Das hätte ein Schuß sein können, dachte Krogh, wenn das hier Amerika wäre, und er fuhr wütend den Taxichauffeur an: »Woher wissen Sie meinen Namen?«

Der Mann sah ihn mit ausdruckslosem, verwittertem Gesicht an. »Wer kennt Sie nicht, Herr Krogh? Sie sehen so aus wie auf den Fotos.«

Der Vogel sank flügelschlagend, als wäre die Luft zu dünn geworden, um ihn zu tragen. Er kam auf und lag still auf dem Wasser. Als sie ihn erreichten, war er tot, der Schnabel halb unter Wasser und ein Flügel wie ein kaputtes, aufgegebenes Flugzeug untergegangen.

»Fahren Sie mich zur Britischen Gesandtschaft«, sagte Krogh.

Er lehnte sich im Wagen zurück und beobachtete die Gesichter, die durch den Nebel dem Fenster zu schwammen und wieder zurückfielen. Sie strömten in ihrer sicheren und glücklichen Anonymität vorbei auf ihrem Weg zu den Achterbahnen im Tivoli, den billigen Sitzen im Kino, der Liebe in ruhigen Zimmern. Er zog die Rollos herunter und versuchte, in seinem dunklen, widerhallenden Käfig an Ziffern, Berichte und Verträge zu denken.

Ein Mann in meiner Position sollte nicht ohne Schutz bleiben, sagte er sich, Polizeischutz müßte aber mit Fragen bezahlt werden. Sie würden dann das amerikanische Monopol in Erfahrung bringen, von dem selbst seine Direktoren glaubten, es sei über das Verhandlungsstadium noch nicht hinaus; sie würden von allzuvielen Dingen viel zu viel erfahren, und was heute die Polizei wußte, das wußte allzuoft am nächsten Tag die Presse. Ihm wurde klar, daß er es sich gar nicht leisten konnte, beschützt zu werden. Als er den Fahrer bezahlte, empfand er seine Isolation zum ersten Mal als einen Nachteil.

Von See her konnte er die Sirene eines Dampfers und das schwere Stampfen der Maschinen vernehmen. Durch den Nebel drangen gedämpft Stimmen, gedrosselt ihre menschliche Wärme, wie die Maschinen eines überfluteten, eines sinkenden Schiffes.

Zweites Kapitel

Krogh war nicht der Mann, der Gefühle analysierte; er konnte sich höchstens sagen: »Bei der Gelegenheit war ich glücklich, jetzt bin ich unglücklich.« Durch die Glastür konnte er den englischen Diener gemessen die Marmorstufen herunterkommen sehen.

Jenes Jahr in Chicago war er glücklich.

»Ist Seine Exzellenz zu Hause?«

»Selbstverständlich, Herr Krogh.«

Dicht hinter dem Diener die Treppe hoch: in Spanien war er glücklich. Frauen spielten in seinen Erinnerungen keine Rolle. Er dachte: In dem Jahr war ich glücklich, und dachte an die kleine Maschine, nicht größer als sein Koffer, die auf dem Tisch in seinem möblierten Zimmer zu mahlen begonnen, daran, wie er sie den ganzen Abend lang beobachtete, nichts aß, nichts trank, und wie er dann die ganze Nacht auf dem Rücken lag und nicht schlafen konnte und nur immer und immer wieder laut wiederholte: »Ich hatte recht. Dabei entsteht keine nennenswerte Reibung.«

»Herr Erik Krogh.«

Der Raum war voller Frauen, und es bereitete ihm überhaupt kein Vergnügen, wie sie voller Neugier und verstohlener Habsucht zur Tür blickten (der reichste Mann in Europa) mit ihren alten, faltenlosen und grell geschminkten Gesichtern; sie glichen der Illuminierung einer mittelalterlichen Handschrift, die, sorgsam unter Glas aufbewahrt, den Besuchern immer die gleiche Seite zukehrt. Der Gesandte wirkte auf ältere Frauen anziehend. Momentan war er mit der kleinen silbernen Spirituslampe unter dem Kessel beschäftigt (den Tee schenkte er stets selber ein), und kurz darauf, nachdem er Krogh zugenickt hatte, faßte er mit einer kleinen silbernen Greifzange Zitronenscheiben.

»Dies ist ein großer Tag, Mr. Krogh«, sprach ihn eine raubvogelähnliche Frau an. Er war ihr in der Gesandtschaft häufig begegnet und hielt sie für irgendeine Verwandte des Gesandten, doch ihr Name war ihm entfallen.

»Ein großer Tag?«

»Der neue Gedichtband!«

»O ja, der neue Gedichtband.«

Sie nahm seinen Arm und führte ihn zu einem gebrechlichen kleinen Chippendaletisch in die Ecke des Raumes, die am weitesten vom Tee servierenden Gesandten entfernt lag. Alles hier war Chippendale und Silber; dem Wesen Stockholms entsprach das ganz und gar nicht; der Raum ähnelte einem kultivierten Ausländer, der zwar die Landessprache recht gut beherrscht und sich vieles von der landeseigenen Zurückhaltung zu eigen gemacht hat, aber doch nicht genug, um Krogh die Befangenheit zu nehmen.

»Ich verstehe nichts von Gedichten«, sagte er zögernd. Er gab nicht gern zu, daß es etwas gab, von dem er nichts verstand; er zog es eigentlich vor zu warten, bis er mithören konnte, was ein Kenner äußerte, und seine Meinung dann als die eigene zu übernehmen; ein Blick in die Runde jedoch hatte genügt, um ihm klarzumachen, daß er hier umsonst warten würde. Die ältlichen Damen der englischen Kolonie zwitscherten wie Stare um den Teetisch.

»Der Gesandte wird so enttäuscht sein, wenn Sie ihn sich nicht anschauen.«

Krogh schaute. Neben der Titelseite befand sich eine Porträtaufnahme von Laszlo: das glatte, silberweiße Haar, die ziemlich prüde blickenden, fragenden Augen in einem Netz von Falten, die kleinen runden Apfelbäckchen. ›Viol and Vine‹.

›Viol and Vine‹, sagte Krogh. »Was bedeutet das?«

»Nun«, sagte die Frau mit dem Raubvogelblick, »die Viola da gamba, nicht wahr, und ... und Wein.«

»Ich finde englische Lyrik immer sehr schwer verständlich«, sagte Krogh.

»Aber Sie müssen unbedingt ein wenig drin lesen.« Sie

drückte ihm den Band in die Hand, und er gehorchte ihr aus dem tiefen Respekt heraus, den er ausländischen Frauen gegenüber empfand, stand steif in Habachtstellung, das Buch mit halb ausgestrecktem Arm fast in Augenhöhe haltend – »Dowson zum Gedächtnis« – und hörte hinter sich unter dem Klirren des Porzellans die klirrende Stimme des Gesandten.

Der ich die gleichen Rosen brach, voll Gram
Die Stunden kostete, die schnell enteilten,
Erblicke, wo dein Herz zur Ruhe kam,
Die Schatten jener Dirnen, die wir teilten ...

»Nein«, sagte Krogh, »nein, das verstehe ich nicht.« Er war ganz verlegen. Korrektheit war die Eigenschaft, die er am meisten schätzte – das korrekt genaue Funktionieren einer Maschine, die Korrektheit eines Berichts. Es war gelegentlich notwendig, überlegte er, daß ein Mann mit einer Frau ging, so wie es hin und wieder notwendig war, gewisse Aktivposten nicht offenzulegen, den wahren Wert gewisser Aktien geheimzuhalten, aber all das handhabte man auf eine ganz bestimmte Art und Weise, und mit Erstaunen und Mißtrauen musterte er den Gesandten, der an einer Makrone knabberte. Angesichts von Manieren, die er nicht begreifen konnte, und von Worten, die ihm nichts sagten, überkam ihn eine gewisse Müdigkeit, und zum zweiten Mal an diesem Nachmittag dachte er an sein möbliertes Zimmer in Barcelona und das kleine Maschinenmodell, dessen Funktionieren ihn zum reichen Mann machte: ja, es hatte ihm großen Reichtum gebracht und Einfluß und jetzt die Müdigkeit und Nervosität. Er hatte sich auf den amerikanischen Markt gewagt, er mußte auf amerikanische Methoden gefaßt sein.

Er mußte an Chicago denken. Er war glücklich gewesen in Chicago, einem Chicago, das noch keine Bandenkriege kannte. Das war lange her, noch vor Barcelona, er konnte sich inzwischen gar nicht mehr erinnern, warum er glücklich gewesen war. Erinnern konnte er sich nur noch an das Eis auf dem See, ein Zimmer in einem Mietshaus mit einem Feldbett, die Brücke, auf der er arbeitete, und an den Abend, als es schneite, als er an einer Straßenecke einen Hot dog gekauft und an einer windgeschützten Stelle unter einem der Bögen gegessen hatte. Er mußte wohl auch Freunde gehabt haben, aber er konnte sich nicht an sie erinnern, Mädchen, doch kein einziges Gesicht war ihm geblieben. Da war er ein Mann gewesen, der noch nicht von seiner Karriere geprägt war.

Jetzt war sein Leben hoffnungslos von der Karriere bestimmt, selbst hier in diesem hellen, luftigen Zimmer mit den weißen Wänden. Als er den Blick auffing, den der Gesandte ihm über den Spirituskessel hinweg zuwarf, wußte er, gleich würde er das übliche Kreuzverhör über sich ergehen lassen müssen: Bestanden seiner Meinung nach die geringsten Aussichten für Kautschuk? Wie standen die Chancen bei Silber? Für Kaffee aus São Paulo, Mexikanische Eisenbahnen, Rio Improvements? Und schließlich das Dankopfer, die gönnerhafte Erklärung: Ich habe meinen Makler angewiesen, zweihundert von Ihren neuaufgelegten Aktien zu kaufen, ganz als ob Erik Krogh dem Verfasser von ›Viol and Vine‹ für ein Darlehen von zweihundert Pfund dankbar sein müßte.

Die Stimmen kamen wie Wellen auf ihn zu, brachen sich dort, wo der Gesandte über sein Rockinghamporzellan gebeugt stand, plätscherten ihm noch seicht entgegen, liefen wenige Meter vor ihm aus und fluteten in einem Schwall zurück, um sich über dem Teetisch erneut zu heben und zu senken. Selbst die Frau mit dem Raubvogelgesicht hatte sich zurückgezogen; wie die anderen auch, fühlte sie sich außerstande, über finanzielle Angelegenheiten zu reden; weder seine geduldigen Nachtwachen in der Oper, noch seine gemessenen Foxtrotts mit Kate im auffälligen Rahmen, noch seine Abendgesellschaften in der Umgebung kompletter Erstausgaben hatten sie davon zu überzeugen vermocht, daß er jemand war, der ihre Interessen teilte. Und sie haben ja auch recht, dachte er und schlug ›Viol and Vine‹ aufs Geratewohl auf, ich verstehe das alles nicht. Wenn doch bloß Kate hier wäre.

Der Diener öffnete die Tür und trat mit leisen Schritten zu ihm. »Ein Ferngespräch aus Amsterdam, Sir.« Der Satz gab ihm Kraft, und vorübergehend war er glücklich, als er dem Diener nach draußen folgte, durch den hellen, mit Bildern geschmückten Gang zum Arbeitszimmer des Gesandten. Er wartete, bis der Mann gegangen war, ehe er den Hörer aufnahm. »Hallo«, sagte er auf Englisch, »hallo. Sind Sie's, Hall?« Eine schwache, sehr klare, durch die Entfernung zwischen ihnen abgekratzte, gereinigte und polierte Stimme antwortete: »Ich bin's, Mr. Krogh.«

»Ich spreche hier von der Britischen Gesandtschaft aus. Sagen Sie, was hat sich an der Börse getan?«

»Sie stoßen immer noch ab.«

»Sie haben natürlich gekauft?«

»Ja, Mr. Krogh.«

»Haben Sie den Preis stabil halten können?«

»Ja, aber...«

Ja, aber – es war dieselbe zweifelnde Stimme mit der Andeutung eines Cockney-Tonfalls, die sich in sein möbliertes Zimmer in Barcelona hineingedrängt hatte. Ich sage dir doch, es gibt keine nennenswerte Reibung. Ja, aber... Beim Gedanken an Hall wurde er verstimmt; es war wirklich seltsam sich vorzustellen, daß sie einmal auf gleicher Stufe miteinander verkehrt hatten, so daß sie füreinander Jim und Erik (und nicht Hall und Mr. Krogh) gewesen waren, sich gegenseitig den Overall gepumpt und in der Bodega in der Nähe der Stierkampfarena zusammen Wein getrunken hatten.

»Kaufen Sie weiter. Lassen Sie den Preis nicht um mehr als einen halben Punkt fallen.«

»Ja, Mr. Krogh, aber...«

Wäre er nicht so vertrauenswürdig, dann wäre jetzt er

Direktor und nicht Laurin. Hall und Kate, Kate und Hall. »Hören Sie«, sagte Krogh, »die Aktien sind praktisch wertlos. Es ist entschieden besser, wenn sie in unserer Hand sind. Fragereien können wir nicht gebrauchen.« Man mußte Hall alles erklären, wie einem Kind.

»Wenn die I. G. S. es sich leisten kann...«

»Natürlich kann sie es sich leisten. Wir haben inzwischen Rumänien und in ein oder zwei Wochen auch Amerika.«

»Geld ist knapp.«

»Geld kann ich immer beschaffen.«

»Die drei Minuten sind abgelaufen«, sagte die Vermittlung.

»Moment mal«, sagte Hall, »da ist noch etwas.«

»Ja?«

»Die drei Minuten sind abgelaufen.«

»Dongen hat...« Halls Stimme wurde abgeschnitten wie ein Stück Blech, das Telefon pfiff und stöhnte, eine schwächer werdende Stimme sagte *»Une femme insensible«*, dann Stille. Jemand klopfte vorsichtig an die Tür.

»Herein«, sagte Krogh.

»Mein Bester«, der Gesandte steckte den Kopf durch die Tür, trat auf Zehenspitzen ein, »ich möchte nicht stören, aber ich wollte Sie gern einen Augenblick für mich haben, ohne diese Harpyien. Eine gräßliche Frau hat eben eine meiner Tassen angeschlagen. O je, ich sehe, Sie telefonieren ja noch.«

»Nein«, sagte Krogh, »ich bin fertig«, und er hängte den Hörer ein.

»Was für ein Leben«, sagte der Gesandte, »so ans Telefon gefesselt zu sein. Geld, Zahlen, Aktien von morgens bis abends. Sie sind gestern nicht einmal in der Oper gewesen, nicht wahr?«

»Nein«, sagte Krogh, »ich hatte vor hinzugehen, aber mir ist was dazwischen gekommen.«

»Übrigens«, sagte der Gesandte, »ich habe neulich ein paar Ihrer neuaufgelegten Aktien gekauft.«

»Das war bestimmt nicht das Dümmste«, sagte Krogh.

»Ich hatte natürlich gar nicht damit gerechnet, überhaupt noch welche zu bekommen, so langsam, wie ich in diesen Dingen bin. Ich war völlig überrascht, mein Bester, als dann noch gar nicht alle gezeichnet waren. Nach zwölf Stunden!«

»Geld ist knapper geworden.«

»Ich will natürlich nicht spekulieren. Es ist nur so, daß ich Krogh-Aktien für mündelsicher halte...« Er huschte, ein graues, besorgtes Phantom, von der Tür ans Fenster, vom Fenster zum Bücherschrank. Irgend etwas schien ihn zu quälen.

»Aber doch nicht bei zehn Prozent, Sir Ronald.«

»Ich weiß, ich weiß, mein Bester, aber Ihnen vertraut man eben. Es ist nämlich so – möchten Sie einen Whisky? –, ich habe da etwas getan, Krogh, was ich vor ein paar Jahren vielleicht noch für unbesonnen gehalten hätte. Ich habe viel Geld, für meine Begriffe verdammt viel Geld in Ihre jüngsten Aktien investiert. Die Sache ist doch solide, oder?«

»So solide wie die Muttergesellschaft.«

»Ja, natürlich. Es muß Ihnen seltsam vorkommen, daß ich so direkt frage, aber so viel habe ich noch nie auf eine Karte gesetzt. Zum Teufel, Krogh, ein Mann in meinem Alter sollte sich keine Geldsorgen machen müssen. Mein Vater brauchte sich keine Sorgen zu machen. Für ihn waren Staatsanleihen gut genug. Aber heutzutage kann man selbst denen nicht trauen. Labour-Regierungen, Moratorien, es ist alles so unsicher geworden. Stellen Sie sich vor, Krogh, im vergangenen Jahr traf zwei meiner Freunde der Ruin. Im wahrsten Sinne des Wortes. Nicht daß sie einfach nur ihr Auto oder ihre Pferde und Jagdhunde verkaufen mußten, nein, sie saßen völlig auf dem Trockenen, ihnen blieben vielleicht noch zwanzig Pfund in der Woche. Das läßt einen schon nachdenklich werden, Krogh, sehr nachdenklich.«

»Sie haben doch ein paar Metallic Industries, nicht wahr?«

»Ja, zweitausend. Eine gute Anlage. Keine Krogh-Aktien, mein Bester, trotzdem, sehr anständig.«

»Wenn ich Ihnen einen guten Rat geben darf«, sagte Krogh, »dann setzen Sie sich morgen früh als erstes mit Ihrem Makler in Verbindung. Ich denke, sie werden morgen auf über hundertfünfundzwanzig Shilling steigen, sie könnten sogar hundertdreißig erreichen, aber sagen Sie ihm, er solle verkaufen, sobald sie bei hundertfünfundzwanzig stehen; sie werden noch vor Ende der Woche auf achtzig Shilling fallen.«

»Das ist sehr freundlich von Ihnen, wirklich sehr freundlich. Tja, schade, daß Ihre Emission schon gezeichnet ist, sonst würde ich gern noch ein bißchen mehr auf diese Karte setzen.«

»Rufen Sie doch morgen meine Sekretärin, Miss Farrant, an. Ich denke, ich könnte Ihnen unter Umständen noch so um die tausend zum Nennwert überlassen. Um unserer Freundschaft willen«, sagte er in dem eisigen Versuch, liebenswürdig zu sein. Der Gesandte trippelte aufgeregt im Zimmer auf und ab, schwenkte sein Monokel, redete von Kautschuk, von Rio Improvements und kam immer wieder auf Metallic Industries zu sprechen. Seine Gier ähnelte der eines Kitzes, wurde nur abgemildert durch seine Art, die kindlich und unerfahren war. Krogh hörte und sah ihm leicht irritiert zu. Steif stand er da an dem Bücherschrank, der einige von Sir Ronalds eigenen Werken enthielt – ›Silverpoint‹ und ›Once at the Mermaid‹ und ›A Pilgrim in Thessaly‹. Zum Teil war seine Steifheit Stolz, zum Teil die nicht zu verhehlende Abneigung gegen jeden Dilettantismus in Finanzdingen und zum Teil schlicht die Unbeholfenheit, die aus den Zeiten seiner ärmlichen Vergangenheit rührte: das kleine Holzhaus und die Nächte auf dem See, die wilden Gänse und die Brücke in Chicago.

»Wann haben Sie zum letzten Mal den Prinzen getroffen?«

»Den Prinzen, den Prinzen«, sagte Krogh, »ach so, vorige Woche, glaube ich.« Das melodische Schlagen einer kleinen Uhr machte ihn darauf aufmerksam, wie spät es war. »Ich muß gehen«, sagte er, »die Wallstreet-Notierungen dürften durch sein.« Doch nach zwanzig Jahren des Wohlstands war er immer noch unsicher, hatte er noch immer Angst, ihm könne ein Fauxpas unterlaufen, der seine bäuerliche Herkunft verriete. Er beobachtete den anderen mit fast gieriger Unruhe – ob er sich verneigen oder dem anderen die Hand geben sollte, oder ob ein Lächeln und Kopfnicken genügten, das beschäftigte ihn im Augenblick so intensiv wie sonst ein Finanzproblem.

»Wenn ich also anrufe ...«, sagte der Gesandte, sein Monokel herumwirbelnd.

Da kam Krogh aus den tiefsten Tiefen einer ihm nicht mehr erinnerlichen Vergangenheit ganz plötzlich ein unanständiger Witz in den Sinn, ein Witz, wie er ordinärer kaum sein konnte. Er überraschte ihn mit der wohltuenden Wärme einer wiedergefundenen Freundschaft und veranlaßte Krogh zu einem ungewöhnlich menschlichen Lächeln.

»Was ist denn so komisch, mein Bester?« fragte der Gesandte verblüfft.

Aber wie einen alten Freund, so konnte man auch den Witz nicht weiterreichen – er gehörte einem anderen, härteren, schäbigeren, freundlicheren Zeitabschnitt an. Jetzt schämte er sich seiner, seinen neuen Freunden konnte er ihn einfach nicht vorstellen, weder dem Gesandten, noch dem Prinzen. Selbst Kate nicht. Also steck ihm heimlich was zu essen und ein bißchen Geld zu und schick ihn fort; er wenigstens würde nie zurückkommen, um ihn zu erpressen; doch er selbst blieb mit einem Gefühl der Einsamkeit zurück, der Öde, als wäre sein Leben jetzt beengter anstatt unendlich viel freier. »Und als sie beim Bordell ankamen ...«

»Ach nichts. Nur ein Gedanke. Ich muß jetzt wirklich gehen.«

Da klingelte jedoch das Telefon. Der Gesandte nahm

den Hörer ab und gab ihn dann an Krogh weiter. »Für Sie, mein Bester. Ich lasse Sie allein. Läuten Sie, wenn Sie fertig sind, Calloway wird Sie dann hinausbegleiten.« Er drückte liebevoll Kroghs Arm und verließ den Raum auf Zehenspitzen. Einmal noch steckte er seinen Kopf herein, um Krogh zu erinnern: »Ich werde morgen um elf anrufen.«

»Aber das ist doch unmöglich«, sagte Krogh eben. »Wir haben in allen Abteilungen Informanten – haben die denn geschlafen?« Als er die Stimme des Gesandten hörte, sagte er: »Ich komme sofort. Versuchen Sie, Herrn Laurin zu erreichen; der weiß, wie man mit diesen Leuten redet.« Er war ungeduldig; er stürzte zur Tür; er wollte nicht auf Calloway warten; im Gang ließ er sich vom zarten Klirren der Teetassen, vom Anblick der Würdenträger in ihren Goldrahmen jedoch zurückhalten. Er nahm Haltung an, ging zurück und läutete die Glocke.

»Kein schöner Abend, Sir«, sagte Calloway und zog seine Jacke straff. »Schon wieder dieser scheußliche Nebel, wie gestern.«

»Ein Taxi, bitte.«

Er beobachtete Calloway, der mitten auf der Straße stand und zwei Finger hochhielt, und dachte: Er wollte mit mir sprechen; vermutlich kauft selbst Calloway Aktien. Oder vielleicht wollte er wirklich nur über das Wetter schwatzen. Wie redet man mit Leuten? Wie spricht man mit jemand, der andere Interessen, andere Maßstäbe hat? Zwischen ihm und Calloway ritt ein Trupp Kavallerie vorbei; der kahlköpfige Mann in der kurzen, schwarzen Jacke wurde von einem sich bewegenden Hain aus Messingbeschlägen und Helmbüschen vorübergehend verdeckt. Der Offizier erblickte Krogh auf den Stufen der Gesandtschaft, nickte und winkte mit einer weißbehandschuhten Hand; die Pferde warfen die Köpfe und zuckten mit den Schweifen, als sie unter den Lampen tänzelten. Die Leute auf dem Bürgersteig blieben stehen, ließen den Trupp vorbeireiten und lächelten den Reitern zu, so als ob etwas Junges, etwas Schönes ohne eine Last der Verantwortung seines Weges zöge. Nur Calloway schien unbeeindruckt, während er erst in die eine, dann in die andere Richtung schaute und einem Taxi winkte.

Das Monogramm über dem Eingang zum Hof war ohne Beleuchtung. Der Ring aus kleinen, angeschwärzten Birnen erinnerte ihn an eine angelaufene Stahlbrosche. Er fuhr den Portier scharf an: »Warum sind hier die Lichter nicht an?«

»Herr Laurin hat neulich einen Zettel heruntergeschickt. Die Lichter hätten nach sechs Uhr abgeschaltet zu sein.«

»Schalten Sie sie sofort ein«, befahl Krogh.

Auf seinem Schreibtisch lag eine getippte Liste mit den New Yorker Schlußnotierungen; draußen tickte der Papierstreifen des Telegraphen wie eine Nähmaschine.

»Ist Miss Farrant zurück?«

»Noch nicht, Herr Krogh.« Ihre Vertreterin, dünn, grauhaarig, mit einem nervös zuckenden Augenlid, wartete neben seinem Schreibtisch.

»Dieser Streik – wann ist das bekannt geworden?«

»Gleich nachdem Sie das Büro verlassen hatten, Herr Krogh.«

»Und er ist für morgen angesagt?«

»Morgen mittag.«

»In wievielen Fabriken?«

»Drei.«

»Der Anführer?«

»Unser Informant in Nyköping gab Andersson an ...«

»Ging es um eine Entlassung«, fragte Krogh, »oder ging es bloß um Lohnforderungen? Die Sache muß heute abend noch bereinigt werden.«

»Der Bericht aus Nyköping – er liegt dort, Herr Krogh, neben den Blumen – vermutet, daß er von Amerika gesteuert wird ...«

»Klar«, sagte Krogh, »das liegt auf der Hand. Aber der Vorwand?«

»Man spricht von den niedrigen Löhnen, die Sie in Amerika zahlen wollen; daß Sie dort unterbieten; von Arbeitslosigkeit.«

»Was kümmert es die, was in Amerika passiert?«

»Dieser Andersson gilt als Sozialist...«

»Sehen Sie zu, daß Herr Laurin herkommt. Sofort. Wir dürfen keine Zeit verlieren. Er weiß, wie man mit diesen Leuten klarkommt.« Es war das einzige, wozu Laurin wirklich taugte; nur aus dem Grunde hatte er ihn in den Vorstand geholt; es gab Zeiten, da brauchte man jemand, der keine spezifischen Qualifikationen besaß, außer seiner Liebenswürdigkeit, der Fähigkeit, mit seinen Mitmenschen zurechtzukommen.

»Ich habe versucht, Herrn Laurin zu erreichen. Aber er befindet sich nicht in Stockholm.«

»Dann muß er zurückkommen.«

»Ich habe bei ihm zu Hause angerufen. Er liegt krank im Bett. Soll ich Herrn Asplund anrufen oder Herrn Bergsten?«

»Nein«, sagte Krogh, »die könnten überhaupt nicht helfen. Wenn doch bloß Hall da wäre!«

»Sollte ich vielleicht Andersson mit dem Wagen holen lassen? Sie könnten hier dann selbst mit ihm sprechen, Herr Krogh. Er könnte in spätestens zehn Minuten da sein.«

»Ihre Vorschläge«, sagte Krogh scharf, »sind unbrauchbar. Ich werde persönlich zu dem Mann hinfahren müssen. Sehen Sie zu, daß der Wagen in fünf Minuten bereit steht.«

Er nahm sich die Wallstreet-Notierungen vor und versuchte zu lesen. Er hatte keine Ahnung, was er Andersson sagen sollte. E. K. auf dem Aschenbecher, E. K. auf dem Teppich, E. K., das über dem Brunnen aufleuchtete, als er hinübersah, über dem Tor – er war von sich selbst eingekreist. Es kam ihm so vor, als ob er schon immer auf diese Weise eingekreist gewesen sei. Was konnte er Andersson nur sagen? Er konnte ihm Geld anbieten; wenn er aber kein Geld wollte... Er mußte freundlich sein, ihn beruhigen, mußte von Mann zu Mann mit ihm sprechen. Es kam ihm grausam ungerecht vor, daß Laurin, den er gestern so mühelos vergessen hatte, Laurin, den er verachtete, daß dieser Laurin keinerlei Schwierigkeiten haben sollte, mit solchen Männern zu reden. Wie würde Laurin beginnen? Er hatte ihn bei seinem Spielchen oft beobachtet. Laurin machte einen Witz, er schaffte es, daß sich die Leute entspannten.

Ich muß auch einen Witz machen, dachte Krogh. Er riß ein Blatt aus seinem Notizblock und schrieb das Wort »Witz« und unterstrich es. Welchen Witz? »Und als sie beim Bordell ankamen...« In der Gesandtschaft hatte ihn die Erinnerung zum Lächeln gebracht. Sie war aus einer geheimen Vergangenheit aufgestiegen und brachte etwas von dem Pathos und der Schönheit zurück, die allen Dingen einer unglücklichen, nie ganz vergessenen Jugend anhafteten. Er merkte, daß er darüber jetzt nicht mehr lächeln konnte. Ihn ergriff ein Gefühl der Scham und der Melancholie bei dem Gedanken, daß er sogar diese Geschichte für seine beruflichen Zwecke nutzen mußte. An eine andere konnte er sich aber nicht erinnern.

Und dann, überlegte er, was dann? Was würde Laurin als nächstes gesagt haben? Vielleicht sollte er sich nach der Familie des Mannes erkundigen. Er rief die Sekretärin und notierte sich gleich darauf unter dem Wort »Witz«: »Verheiratet, zwei Söhne, einer arbeitet in der Fabrik, eine zehnjährige Tochter.« Er schrieb sorgfältig und unterstrich die Wörter; dann zerriß er den Zettel und ließ die Stückchen zu Boden ballen. Eine menschliche Beziehung konnte man nicht entwerfen wie einen Produktionsplan. Er versuchte, sich selbst Mut zuzusprechen: Das tut mir gut, ich habe mich zu ausschließlich mit Gelddingen befaßt, ich muß meinen Gesichtskreis erweitern, die menschliche Seite entwickeln. Er sagte sich: Es muß doch eine Zeit gegeben haben, als es mir leichtfiel, mit anderen Menschen zusammenzusein, und versuchte, sich zu erinnern, konnte sich aber nur an das Wasser erinnern, das von den Rudern tropfte, an seinen Vater, der schweigend verharrte, an das Licht früh am Morgen, die müde Heimkehr.

Die Nieter auf der Brücke, dachte er; das waren meine Freunde. Als er im Windschatten den Hot dog aß, da war er aber allein gewesen, und auf dem Feldbett hatte er auch allein gelegen (er konnte sich an kein einziges Mädchengesicht erinnern); von jenem geselligen Leben war ihm nur ein zotiger Witz geblieben.

Aber später war Hall dagewesen; wir haben in der Nähe der Stierkampfarena zusammen billigen Rotwein getrunken und uns unterhalten; einmal, während einer Fiesta, trug Hall eine Nase aus Papiermaché. Oft haben wir uns bis Mitternacht und drüber hinaus unterhalten – aber worüber? Die Maschine, die Reibung, die Ausdehnung von Metallen waren die einzigen Themen, die ihm wieder einfielen.

»Ihr Wagen, Herr Krogh.«

Er nahm die Liste mit den Kursnotierungen vom Schreibtisch und tat so, als ob er sie studiere. Warum sollte ich zu ihm gehen?

Air Reduction	94½	94¾
Alaska Juneau	20¼	20½
Allied Chemical	148	148
American Woollen	13½	14
Bethlehem Steel	40⅛	41¾

Von dem, was er da vor sich sah, nahm er wenig auf.

»Ihr Wagen, Herr Krogh.«

»Ja, ja, ich habe gehört. Ich komme.«

Chile Copper	14	14
Colgate-Palmolive-Peet	15½	16⅛
Continental Can	76	77

Er wandte sich dem Ende der Liste zu. *US Industrial Alcohol, US Leather, US Rubber, US Steel.* Er dachte grimmig und gänzlich ohne Belustigung: Ich bin ein schüchterner Mensch.

Woolworth Co.	49¾	50⅜
Worthington Pump	24½	25½
Youngtown Sheet and Tube	26½	27½

Der Gedanke, daß an dieser Stelle bald ein neues, von ihm beherrschtes Unternehmen notiert werden würde, so wie er bereits in Stockholm, London, Amsterdam, Berlin, Paris, Warschau und Brüssel notiert wurde, machte ihm keine Freude mehr.

Ein Witz, dachte er, eine Erkundigung nach seiner Familie; sollte ich ihm eine Zigarre oder eine Zigarette anbieten?

»Es müßte doch Schnellboote geben«, sagte Anthony. »Bist du sicher, daß es keine Schnellboote gibt?«

»Horch«, sagte Kate, »ist das der Fahrstuhl?« Sie konnte ihre Angst nicht verbergen; sie hatte alles vorhergeplant, das hörte er klar aus ihrer Stimme heraus, aber bei Krogh konnte selbst sie nicht garantieren, was dabei herauskam.

»Was machst du«, fragte Anthony, »wenn er mich nicht haben will?«

»Was machst *du* dann?«

»Och«, sagte Anthony. »Ich schlage mich schon durch. Weshalb soll ich mir den Kopf zerbrechen?« Er war es gewohnt, wie ein Eingeborenenkrieger Riesenentfernungen mit einem Minimum Nahrung zu überstehen; man verhungerte nicht; man starb nicht; in seiner Art von Krieg war das Überleben der größte Sieg. Kate stand mit angespanntem, blassem Gesicht zwischen Kroghs Bücherschrank und Kroghs Wohnungstür, und er wußte, daß sie seinetwegen Angst hatte. Er hätte ihr gerne klargemacht, warum ihre Angst völlig grundlos war, ihm fehlten aber die richtigen Worte. »Ich habe schon öfter mal im Hemd gestanden«, sagte er, aber diese Redewendung schien selbst ihm keine rechte Vorstellung von der Art seines Erfolgs zu vermitteln. Sieg – das heißt, überhaupt existiert zu haben; Glück war nebensächlich, ein zufälliges Vergnügen – der unerwartete Drink, das Mädchen, mit dem man nicht gerechnet hatte. Das war vielleicht die einzige Lektion, die er in der Schule gründlich gelernt hatte, die Lektion, die die dreizehn Wochen von drangvoller Enge, Langeweile und Furcht ihm eingetrichtert hatten. Irgendwie ging alles vorbei, sogar das Schlimmste; es gab Pausen, es gab Augenblicke des Glücks; eine Krankheit, die Jause im Zimmer der Hausmutter, Strafen, die eine vorübergehende Popularität mit sich brachten. Man paßte sich nach einer gewissen Zeit sogar den Umständen an, kam dahinter, wie man es schaffen konnte, toleriert zu werden, trug die gemeinsame Uniform mit Überzeugung.

Aber Kate, das war ihm klar, war anders: Sie hatte Ehrgeiz, oder, was sie vielleicht noch mehr von ihm unterschied (denn Ehrgeiz hatte er auch: das bewies sein praktischer Handwärmer – den Ehrgeiz nämlich, Geld zu haben und ausgeben zu können), sie hatte Hoffnung. Bei ihm verbarg sich hinter der strahlenden Liebenswürdigkeit seines Blickes, hinter seinem festen Händedruck und seinem leichten Witz ein tiefer Nihilismus.

Als er wieder zu sprechen begann, hatte seine Stimme einen leicht gönnerhaften Ton, als wäre Kate ein Kind, für das er verantwortlich war, ein phantasievolles Kind, ein Kind, das zuviel nachdenkt. »Nun mach dir über das, was er sagen wird, mal keine Sorgen, Kate. Es ist wirklich egal, weißt du. Warum amüsieren wir uns nicht? Zeig mir die Wohnung. Sind das seine Bücher?«

»Ja.«

»Liest er sie auch?«

»Ich glaub nicht.«

»Und wo geht's hier hin?«

»In sein Schlafzimmer.«

Sie fühlte sich unbehaglich; im Augenblick kam er sich als der Ältere vor, als der Verantwortlichere, der sich besser auskannte. Er war ja gewohnt, Zeit totzuschlagen, ein Meister im Verdrängen von Sorgen und Ängsten, und folglich ganz in seinem Element. Es hatte in seinem Leben eine Zeit gegeben, als er in Schulbetten angstvoll die Hand erwartete, die an seinem Bettzeug zupfte, als er sich in den engen Schiffskojen unruhig hin und her warf und auf den Mann vom Kontor im weißen Drillich wartete, der mit dem Zoll an Bord kam. Im Laufe der Jahre hatte er aber gelernt, für den Augenblick dankbar zu sein, nicht vorauszuschauen. Jetzt, in diesem Augenblick, bin ich in meiner Schlafzelle allein, in diesem Augenblick jetzt bin ich glücklich in meiner Koje, jetzt und nur jetzt bin ich mit Kate zusammen, sie ist mein Freund. Er schob die Schiebetür des großen Schrankes zur Seite und sah einen dichten Wald von Anzügen vor sich.

»Wie ein Secondhand-Laden«, sagte er. »Kauft er sie etwa en gros?« Er begann zu zählen, aber bei zwanzig hörte er auf. »Der Stoff ist ja gut, aber die Muster... Dieser mit den roten Streifen ist ein bißchen vulgär, findest du nicht auch? Und die Krawatten! Er scheint ja eine Menge von Krawatten zu haben, aber die Farben...« Reihenweise baumelten sie da wie bunte, tote, tropische Fische. »Ich würde mich mit keiner von denen sehen lassen«, sagte Anthony. »Diese Ausländer haben einfach keine Ahnung, wie man sich anzieht. Hilfst du ihm denn nicht bei der Auswahl?«

»Nein, er hat extra einen Einkäufer.«

»Das wäre ein Job für mich«, sagte Anthony. »Was dabei für eine Provision herausspringen könnte! Sieht er sich eigentlich den Stoff vor dem Kauf gar nicht an?«

»Er geht nicht mal zur Anprobe«, sagte Kate. »Er hat sich seit zwei Jahren nicht mehr Maß nehmen lassen. Alle sechs Monate kommt solch ein Haufen Anzüge ins Haus.«

»Aber warum?«

»Bevor er reich war, hat er seine Sachen selbstverständlich von der Stange gekauft. Ich glaube allerdings, daß er noch nie bei einem Schneider gewesen ist. Ich vermute, er hat Angst vor ihnen.« Sie zögerte. »Er ist ein schüchterner Mensch. Er hat nicht viele Interessen.«

»Was wäre das für ein Spaß«, sagte Anthony, »die Sache für ihn in die Hand zu nehmen. Als erstes würden wir mal diese Schlipse rauswerfen.«

»Nein«, sagte Kate plötzlich, »nein.« Sie stand in der Tür zwischen den beiden Zimmern; sie distanzierte sich von seiner ungenierten Herumschnüffelei. Ihm fiel auf, daß ihren Lippen ein Make-up fehlte, sie waren zu blaß, sie paßten farblich nicht zum Kleid. Er dachte: Ist er einer von diesen alten Knaben, die was gegen Schminke und Puder haben? Hat er etwa ein Recht, ihr Vorschriften zu machen? Und in einem plötzlichen Anfall von Eifersucht fuhr er fort: »Wir würden das ganze Zeug rausschmeißen.«

»Laß ihn in Ruh.«

Sein Ärger verflog, wie er gekommen war. Er lauschte der Stimme, die zu Kroghs Verteidigung laut geworden war, mit einer Melancholie, als ob jemand, den er vor vielen Jahren einmal gut kannte, ihn auf der Straße nicht wiedererkannt hätte und inzwischen in einer geistigen Welt zu Hause wäre, in der es keine gemeinsamen Erinnerungen mehr gab. Die Kate, die neben seinem Bett stand, als die gesprungene Schulglocke zur Pause läutete; die Kate, die im dichtgedrängten Flur sagte: »Du wirst noch den Zug verpassen. Du mußt jetzt gehen«, die Kate, die Geld für ihn borgte, die Kate, die Pläne schmiedete, Kate, die Entscheidungen traf – inwieweit wurden diese Erinnerungen, so fragte er sich, bei ihr von Fall zu Fall durch Krogh verdrängt? Er sah auf die Anzüge, die Krawatten, das Bett aus Stahl und Glas und zum ersten Mal bemerkte er ihre Platinuhr, das teure Ohrgehänge.

»Na gut«, sagte er, »er wird auch ohne mich auskommen. Ich werde morgen um das Geld für meine Rückfahrkarte bitten.«

»Er muß dir eine Stelle geben«, sagte Kate.

»Weil du ihn liebst?«

»Nein«, sagte sie, »weil ich dich liebe.«

»Du Schatz«, sagte Anthony, »jemand wie dich hab ich wirklich noch nirgends kennengelernt. Blut muß wohl doch dicker als Wasser sein. Würdest du mich hassen, wenn ich nicht dein Bruder wäre!«

»Das ist nicht wahr«, sagte sie.

»Denk doch – die billigen Buden, die Pfandleihe, all die Stellungen, die ich verliere, die gräßlichen Freunde, die ich mit nach Hause brächte, um an unserem kärglichen Familienmahl teilzunehmen. Nein, nein, altes Mädchen, du hast es zu was gebracht. Wenn du behauptest, du liebst mich, so weißt du nicht, was Liebe bedeutet.« Er mußte über die Ernsthaftigkeit, mit der sie ihm zuhörte, lachen. »Du empfindest für mich nur geschwisterliche Zuneigung, meine liebe Kate.«

»Nein«, sagte sie, »ich liebe dich. Wenn er dir keine Stelle anbietet, fahre ich morgen mit dir zurück nach London.«

»Ich würde dich da gar nicht wollen«, sagte er. »Du würdest dich mit den Zimmerwirtinnen anlegen. Was liegt hinter der Tür da? Sein Arbeitszimmer?«

»Nein«, sagte Kate, »das ist mein Schlafzimmer.«

Anthony versetzte die Jacketts mit einer raschen Handbewegung ins Schwingen. »Mein Gott«, sagte er, »dieser rote Streifen! Da tun einem ja die Augen weh. Und diese Krawatten! Wie jemand bloß so was tragen kann! Wenn ich Aktionär wäre, ich würde so einem Menschen nicht trauen.«

»Und was erwartest du von Erik?« fragte sie, und ihr Zorn entflammte wie ein Streichholz, mit dem sie sich nur die eigenen Finger verbrannte. »Soll er etwa einem Mann vertrauen, der eine getürkte Schulkrawatte trägt, der aus mehr Stellen herausgeflogen ist, als ich zählen kann?«

»Hör auf«, sagte Anthony, »hör auf.« Er trat auf sie zu. »Wenn ich unbedingt gewollt hätte, mit deiner Methode hätte ich auch eine Menge Geld verdienen können.«

Sie wollte ihm die geballte Faust ins Gesicht schlagen, und er schnappte ihr Handgelenk in einer raschen Reaktion, die Übung verriet, stellte sich sofort aber die schmerzliche Frage: Wie viele Male ist mir das nun schon passiert, wie oft, verdammt, mit wie vielen Frauen?

»Du hast völlig recht«, sagte er sanft und ließ ihre Hand los, »bei mir gibt es Maud.« Er gab zu, daß er im Unrecht war, auf die Art und Weise, die er parat hatte. »Ich war eifersüchtig auf den Kerl. Ich muß dich wohl lieben, Kate; eine andere Erklärung gibt's nicht.«

»Geschwisterliche Zuneigung«, sagte sie traurig. Er widersprach nicht. Für Streitereien war das Leben zu kurz, und jetzt brachte er seine ganze Beschwichtigungstaktik ins Spiel. Er vergaß Krogh; er vergaß sogar Kate, sie verschwamm zu einem Vexierbild aus Maud, Annette, der Bardame im »Crown and Anchor«, der Amerikanerin auf der »City of Nagpur«, der Tochter seiner Zimmerwirtin in der Edgware Road; sie alle wurden eins. »Liebling«, sagte er, »die Farbe deines Lippenstiftes gefällt mir. Die ist neu, nicht?« Und gleich darauf fiel ihm ein, daß sie gar keinen Lippenstift trug; er hätte statt dessen ihr Kleid oder ihr Parfüm erwähnen sollen.

»Aber ja«, sagte Kate, »ja, das ist ein neuer Farbton. Ich freu mich, daß er dir gefällt«, und er versetzte sich viele Jahre zurück, um für ihre Reaktion den passenden Jargon zu finden: »Kate, du bist 'ne Wucht.«

Beim Geräusch des Schlüssels, der sich unerwartet in der Wohnungstür drehte, verlor er sein Selbstvertrauen. Das war der Preis für seine Keßheit, für die schulbubenhafte Art, mit der er Welterfahrenheit vortäuschte; er lebte für den Augenblick und war auf die plötzliche Krise, das fremde Gesicht, die neue Stellung nie vorbereitet. Ehe er Kate ins Wohnzimmer folgte, sah er sich verzweifelt um, ob sich unter dem Bett, im Kleiderschrank oder hinter der anderen Tür Versteckmöglichkeiten boten.

Kaum aber war er Erik Kroghs ansichtig geworden, hatte er sich wieder gefaßt; selbst die Eifersucht flaute ab. Schließlich war dieser Mann bloß ein armseliger verdammter Ausländer. Er trug einen Anzug mit viel zu krassen lila Streifen; das karierte Hemd war ordinär, die Krawatte paßte nicht im Ton. Und in seiner ganzen physischen Erscheinung konnte er sich mit Anthony in keinem Punkt messen. Er war groß und mochte früher eine gute Figur gehabt haben, hatte aber Fett angesetzt; er hatte sich nicht gut gehalten. Er gehörte zu den Männern, die in der Öffentlichkeit beeindruckender sind als privat. Anthony begann hinter Kates Rücken fast vor guter Laune zu platzen. Da war er auf wen gestoßen, den man erleichtern könnte, der ein bißchen naiv war und einen Haufen Bares besaß. Es war erstaunlich, beinahe unglaublich, daß der Mann da Erik Krogh sein sollte, und wieder einmal kam ihm der Gedanke, der ihm nach jedem Mißerfolg, vor jeder möglichen Aussicht auf Erfolg in den Sinn gekommen war: Alles nur Glückssache! Was für ein Witz! Also, Junge halt dich ran.

»Ich bin froh, daß du zurück bist, Kate«, sagte Krogh. Er ging wieder in die Diele zurück; er nahm nicht einmal den Hut ab; er betrachtete Anthony mit Unbehagen; er war zu müde, um höflich zu sein. Die Müdigkeit ging im Dunkel der Diele wie ein Ektoplasma von ihm aus. Durch den Türspalt drangen kleine Geräusche vom Gang herein, Schritte, die sich entfernten, das Schließen der Fahrstuhltüren; irgendwer hustete, eine Möwe klagte vor dem Fenster, und die Müdigkeit floß aus ihm heraus, als befände er sich auf einer Séance, aufgestört vom Schütteln des Tamburins, vom Tischrücken.

»Wo bist du gewesen, Erik?« Er schloß behutsam die Tür, drückte den dünnen Lichtstreifen vom Gang zu.

»Da hängt ein Reporter herum.«

»Was hat er vor?«

Das Ausströmen von Müdigkeit hörte einen Moment auf; er sagte mit betonter Vitalität: »Eine Serie über große Schweden.« Danach war er wieder so müde wie vorher, tastete nach einem Platz, wo er seinen Hut ablegen konnte. »Irgendwer hat sie auf mich angesetzt. Ich weiß nicht, warum.«

»Das ist mein Bruder. Du erinnerst dich. Ich habe dir telegrafiert...«

Er trat wieder ins Licht des Zimmers, und Anthony bemerkte, daß sein Haar von den Schläfen zurückwich, wodurch der Eindruck entstand, er hätte eine viel größere Stirn als die meisten Männer. »Ich freue mich, Sie kennenzulernen, Mr. Farrant. Wir müssen morgen miteinander sprechen. Heute abend müssen Sie mich entschuldigen. Ich hatte einen anstrengenden Tag.« Er wartete steif, daß Anthony ging; es war nicht so sehr, daß er unhöflich wirkte; eher wirkte er unbeholfen.

»Also, dann zieh ich mal ab zum Hotel«, sagte Anthony.

»Ich hoffe, Sie hatten eine angenehme Reise.«

»Och, war nicht unflott«, sagte Anthony.

»Die Elektrifizierung«, setzte Krogh an und hielt inne. »Oh, Sie müssen mir verzeihen. Nicht unflott. Den Ausdruck hatte ich ganz vergessen.«

»Also, auf Wiedersehen«, sagte Anthony.

»Auf Wiedersehen.«

»Kannst du dich allein amüsieren, Tony?« fragte Kate.

»Aber ja, ich werde schon ein Kino finden«, sagte Anthony, »... oder die Davidge vielleicht.« Er ging allein aus dem Raum und zog die Tür ganz langsam hinter sich zu; er war neugierig, wie sie sich begrüßten, wenn sie allein waren. Aber Krogh sagte bloß: »Nicht unflott. Ich hatt's ganz vergessen«, und gleich darauf: »Laurin ist krank.«

Durch den gläsernen Fahrstuhlschacht konnte er tief unter sich das strahlend erleuchtete Vestibül sehen; der über das Gästebuch gebeugte Kahlkopf des Portiers segelte ihm langsam entgegen; zwei Männer im Vestibül entrollten sich wie Uhrfedern, bis er ihre Westen, ihre Beine, ihre Schuhe erkennen konnte, bis die Männer ihn durch die Fahrstuhltür anblickten. Er stieg aus; er schloß die Tür. Als er sich wieder umdrehte, waren sie aufgestanden und beobachteten ihn. Einer der beiden, ein junger Mann, trat näher und sprach ihn freundlich auf Schwedisch an.

»Ich bin Engländer«, sagte Anthony, »ich verstehe kein Wort.« Über die Schulter des jungen Mannes hinweg sah er das Lächeln, das im Gesicht des anderen zu leuchten begann. Klein, zerknittert, staubig, einen Zigarettenstummel an der Unterlippe geklebt, so kam er mit ausgestreckter Hand auf ihn zu. »Sie sind also Engländer«, sagte er. »Ist das nicht ein glücklicher Zufall? Ich bin auch Engländer.« Der Mann hatte eine Art an sich, eine Großspurigkeit und Servilität, die Anthony bekannt vorkam. Er war das schäbige Abzeichen eines Berufs, unverkennbar wie ein abgenutzter Aktenkoffer oder eine Golftasche, die die abnehmbaren Teile eines Staubsaugers verbarg.

»Ich will nichts kaufen«, sagte Anthony. Der Schwede stand mit leicht seitlich geneigtem Kopf neben ihm, hörte aufmerksam zu in der Hoffnung, etwas mitzubekommen.

»Nein, nein, Sie irren sich«, sagte der Mann. »Ich heiße Minty. Trinken Sie einen Kaffee. Der Portier wird uns den Gefallen tun. Ich bin hier kein Unbekannter. Erkundigen Sie sich bei Miss Farrant nach mir.«

»Miss Farrant ist meine Schwester.«

»Ich hätt's mir denken sollen. Sie sehen ihr ähnlich.«

»Ich will keinen Kaffee. Wer sind Sie überhaupt?«

Der Mann pellte sich den Zigarettenstummel von der Lippe; der klebte fest wie Heftpflaster, ein paar gelbe Stückchen blieben hängen. Den Rest zertrat er auf dem schwarzen Glasfußboden mit dem Absatz. »Aha«, sagte er, »Sie sind mißtrauisch. Sie trauen Minty nicht. Sie meinen, Minty haut Sie übers Ohr. Aber Sie würden in ganz Stockholm für eine Story keinen besseren Preis kriegen.«

»Ach so«, sagte Anthony, »Sie sind Journalist, was? Laufen Sie immer hinter ihm her? Wollen Sie eine Zigarette?«

»Er hat Nachrichtenwert«, sagte der kleine, staubige Mann und nahm zwei. »Wenn Sie wüßten, wie wenig Nachrichten es hier gibt, würden Sie verstehen, wie dicht ich ihm auf den Fersen bleiben muß. Ich werde nach Zeilen bezahlt. Nils hier, der hat's besser, der gehört zur Redaktion. Ich kann's mir nicht leisten, was zu verpassen.« Er hustete; es war ein anhaltender, trockener Husten; er stank nach Tabak. »Der ist für mich die ganze Miete«, sagte er, »meine Nahrung, Zigaretten, mein Kaffee. Ich hab nur die eine Angst, daß er vor mir stirbt – es gäbe ein paar schöne, willkommene Spalten über Begräbnis, Kränze, den ganzen Zauber; eine Woche lang täglich eine halbe Spalte mit Nachrufen und Würdigungen – was für ein Fest! – und dann: Schweigen, Minty ade.«

»Tja«, sagte Anthony, »ich muß aber jetzt gehen. Warum kommen Sie nicht ein Stück mit?«

»Trau mich nicht«, sagte er. »Er könnt' noch mal fortgehen. Heut nachmittag ist er in der Britischen Gesandtschaft gewesen und früh wieder weg, viel zu früh, damit hatte ich nicht gerechnet. Ich war schnell mal über die Brücke geflitzt, auf einen Happen essen und zur Segnung in die Kirche. Ich darf ihn heute nicht noch mal verpassen.«

»Heute verläßt er das Haus bestimmt nicht mehr«, sagte Anthony, »er ist hundemüde.«

»Hundemüde? Warum bloß?«

»Vielleicht«, sagte Anthony aufs Geratewohl, »weil Laurin krank ist.«

»Ach wo«, sagte er, »das kann nicht der Grund sein. Laurin ist völlig unwichtig. Für Laurin interessiert sich niemand. Aber er hat nicht zufälligerweise irgend etwas von einem Streik erwähnt, oder? Es gibt da gewisse Gerüchte ...«

»Er war viel zu müde«, sagte Anthony, »um heute abend mit mir über ernsthafte Dinge zu reden. Ich werde allerdings morgen mit ihm zusammentreffen.«

»Vielleicht könnten wir«, sagte Minty, »... haben Sie Feuer? Besten Dank ... eine Vereinbarung treffen. Eine kleine Story aus seiner Privatsphäre kann ich immer gebrauchen. Was sind Sie eigentlich? Sie sind doch bestimmt neu hier.« Er rauchte während des Sprechens; er nahm die Zigarette nie aus dem Mund; er war vom Inhalieren ganz grau im Gesicht; manchmal stieg der Rauch ins Gesicht und brannte ihm in den Augen.

»Ja«, sagte Anthony, »ich bin gerade erst in die Firma eingetreten. Ich werde eine Vertrauensstellung einnehmen.«

»Großartig«, sagte Minty. »Dann werden wir zusammenarbeiten. Geben Sie Nils eine Zigarette. Er ist in Ordnung.« Er suchte etwas in den Taschen seines schäbigen Anzugs. »Na so was, ich hab meine Visitenkarten zu Hause liegengelassen; ich werde Ihnen meine Adresse auf den alten Briefumschlag hier schreiben.« Er lutschte an einem Bleistiftstummel, und sein Blick fiel auf Anthonys Krawatte und sein plötzliches, waches Interesse war wie ein Funke in toter Asche. »Mensch, wir haben ja die gleiche Penne besucht«, sagte er. »Das waren noch Zeiten, was? Aber Henriques werden Sie nicht mehr erlebt haben. Und Patterson. An den alten Tester können Sie sich wohl nicht erinnern (sechs Monate wegen Notzucht)? Ich versuche, in Kontakt zu bleiben. Wer war Ihr Hausmeister?«

»Ach«, sagte Anthony, »der dürfte nach Ihrer Zeit gekommen sein. Wir nannten ihn ... Stodger. Wollen Sie denn die ganze Nacht hier warten, Mr. Minty?«

»Um Mitternacht gebe ich auf«, sagte Minty. »Dann heißt's für Minty ab nach Hause ins Bett. Sind Sie in letzter Zeit dagewesen, Mr. Farrant?«

»Da? Ach, Sie meinen in Harrow. Nein, schon lange nicht mehr. Sie?«

»Eine Ewigkeit nicht.« Eine Zigarettenwolke verdeckte seine Augen; blutunterlaufen und voller Tränen wurden sie wieder sichtbar. »Aber ich halte mich auf dem laufenden. Hin und wieder organisiere ich ein kleines Essen für Altschüler. Der Gesandte ist ein Harrowianer. Er schreibt Gedichte.«

»Treffen Sie sich gelegentlich mit ihm?«

»Ach, er tut alles, um Minty zu ignorieren«, sagte er mit einer Stimme, die Anthony an die gesprungene Glokke erinnerte, mit der der Hausbursche von Schlafsaal zu Schlafsaal zog, und dann, die Hand auf dem Klöppel, die Stiefel schwer auf dem Stein, zu seinem Kabuff unter der Treppe herabstieg. Mit schriller Stimme, als suche er den alten Tonfall, den Jargon der Turnhallen und Umkleideräume vergeblich zu treffen«, fügte Minty hinzu: »Er ist ein gemeiner Schönling.«

»Ich bin müde«, sagte Anthony, »ich muß jetzt wirklich gehen. Auf ein andermal.« Er streckte die Hand aus, und ihm entging nicht, daß Minty die durchgescheuerte Stelle an seiner Manschette sofort wahrnahm. »Für eine gute Story«, sagte Minty, »würde ich im voraus bezahlen. Ich müßte sie allerdings exklusiv bekommen. Falls Sie bei Krogh arbeiten, werden Ihnen haufenweise andere nachjagen. Lassen Sie sich mit denen nicht ein. Das sind doch bloß Ausländer. Ich wohne seit zwanzig Jahren hier, und ich weiß, wovon ich rede. Ehemalige aus Harrow sollten sowieso zusammenhalten. Wenn man nicht zusammenhält, fällt für einen nichts ab.« Er drehte sich blitzschnell um, als der Fahrstuhl in eins der oberen Stockwerke gerufen wurde und folgte ihm mit müder Gier auf dem glitzernd kristallenen Weg nach oben. Der junge, alerte Schwede stand neben ihm, sah dorthin, wo er hinblickte, drehte sich dorthin, wo er sich hinwandte, mit der Ergebenheit eines Pagen aus einem Drama der Shakespearezeit, der einem Monarchen in Exil und Armut gefolgt ist. Anthony ließ sie allein.

Er trat durch die platten Türen und befand sich gleich am Visby-Kai. Der Mälarsee leckte weich die untersten Steinstufen; die Reling eines kleinen Dampfers ragte über die Straße. Das Licht einer Laterne reichte eben weit genug, um das Wasser zu erfassen, das über den Stein vor- und zurückspülte; im Salon saßen zwei Matrosen beim Kartenspiel. Anthony stand auf dem Fußweg und starrte durch die Glasscheibe zu ihnen herüber, über die gepolsterte, samtbezogene Sitzbank zum glänzenden, rechteckigen Tisch, an dem sie saßen.

Karten, dachte Anthony, ein Kartenspiel käme mir gerade recht. Er klimperte mit den paar Münzen in seiner Tasche und starrte, um zu entdecken, was sie spielten. Das Schiff scheuerte leise am Kai, und eine schwarze Katze strich unentwegt über das Deck und schärfte sich an den Planken die Krallen. Er konnte das Klingeln der Straßenbahnen am Rathaus hören, und während er den Kartenspielern zuschaute, kam eine Straßenbahn vorbei und warf ihr Glitzern aufs Wasser wie eine tiefstehende späte Nachmittagssonne. Einer der beiden Spieler blickte auf und lächelte.

Anthony schlug den Mantelkragen hoch und ging weiter zum Hotel. Diese Stadt hier, dachte er, ist auch nicht schlechter als alle anderen; sie ist besser als Schanghai; ich kann mich mit Minty zusammentun und genug verdienen, um mich ein Weilchen über Wasser zu halten. Eine Woche werde ich bleiben, auch wenn Krogh mich nicht nimmt; und auf seinem Hotelzimmer öffnete er ein Fenster und lehnte sich in die kalte, feuchte Abendluft hinaus und sah auf weit ausgebreiteten Flügeln eine Möwe die enge Straße zwischen den hinteren Mauern der Hotels hinabsegeln, und er dachte an Dienstag, ich brauch von Minty oder Kate oder Krogh ein bißchen Geld. Was soll ich mit ihr machen? Ich werde ihr den Tiger schenken; sie ist ein süßes Ding. Sie hat alles geglaubt, was ich ihr über Göteborg erzählt habe, wir werden uns irgendeinen Vergnügungspark suchen, die Art von Vergnügen ist spottbillig. Sie heißt Davidge und kommt aus Coventry. Die Möwe faltete ihre Flügel und ließ sich auf einer Hotelmülltonne nieder. Kate will den Tiger ja nicht, und die Vase ist zerbrochen.

Kate und Krogh, dachte er, und ich und Maud. Er schloß die Augen, weil es ihm plötzlich so weh tat, und als er sie wieder aufmachte, war die Möwe fort. Wir waren in der Scheune, und sie sagte zu mir: Geh zurück. Sie hatte natürlich recht, nach zwei Jahren war ich so beliebt wie nur irgendeiner. Sie stand neben meinem Bett, und ich war glücklich; ich hatte große Schmerzen und sollte mein Auge verlieren. Im Flur spürte ich nichts, als ich mich umdrehte, um ein Gepäck aufzuheben, riß ich mir an einem Nagel die Hand auf, und ich spürte nichts; an Bord lag ich mit der Blutvergiftung sechs Tage krank im

Bett, und als wir Aden erreichten, schickte ich eine Ansichtskarte. Wir waren seither nie wieder zusammen; sie wußte meistens, wenn mir etwas weh tat, und ich wußte meistens, ob sie unglücklich war. Es hieß, das sei so, weil wir Zwillinge sind, ein Fluch, aber ich glaube, wir waren glücklich, weil wir wußten, was der andere dachte, und fühlten, was der andere fühlte. Der Fluch besteht darin, daß es nicht mehr so ist.

Jetzt ist Krogh bei ihr.

Er begann rasch mit dem Auspacken. Jeder Gegenstand, den er aus dem Koffer nahm, den sie ihm in Göteborg gekauft hatte, schien ihn in seiner Annahme zu bestärken, daß gewisse Dinge unvermeidlich wären, daß gewisse Dinge der Vergangenheit angehörten, daß man das Leben nehmen mußte, wie es kam, Erfolg und Unwissenheit, Fehlschläge und die fremde Frau im Bett; das ziemlich mitgenommene Foto von Annette, das er aus dem Rahmen gerissen hatte (er lehnte es gegen seinen Zahnputzbecher), die Schlipse, die er sich auf seiner Bude in die Jackentasche gestopft hatte, die neuen Unterhosen, die neuen Unterhemden, die neuen Socken, ›The Four Just Men‹ in einer Tauchnitz-Ausgabe, den dunkelblauen Schlafanzug, eine Nummer der Zeitschrift ›Film Fun‹. Er leerte seine Taschen: ein Bleistift, ein billiger Füller, ein leeres Visitenkartenetui, eine Schachtel Zigaretten *De Reszke*. Er trug nicht viel in den Taschen herum; sein guter Anzug mußte lange halten. In Göteborg hatte er sich eine Krawattenpresse gekauft, und in die legte er nun sorgfältig seine Harrow-Krawatte ein; die übrigen konnten warten. Er hängte sein Jackett über einen Stuhl und legte die Hose unter die Matratze. Dann lag er in Hemd und Unterhosen ein Weilchen da; er war müde, er hatte die Angst vor den neuen Gesichtern durchgestanden und das unvermeidliche Stadium erreicht, wenn er darüber nachsann, wo sein Vorteil lag. Auf diese Art hatte er öfter als er zählen konnte auf einem fremden Bett gelegen, ohne all dieser Gedanken, all dieser Hoffnungen je endgültig müde zu werden, und sie hatten doch so wenig gebracht.

Ich werde mit Minty halbe-halbe machen müssen, außer ich kriege eine gute Stelle.

Er schloß die Augen, und plötzlich, ohne jede Vorahnung, wurde ihm mit der ganzen Klarheit von früher bewußt, wie er in seinem Hirn Kates Gedanken dachte. Es war, als ob durch das verwüstete Land zwischen ihnen, über die gesprengten Brücken, durch die feindseligen Dörfer, an den alten Drahtverhauen vorbei ein Spion seinen Weg gefunden hätte, um an der Grenze zwei Drähte zusammenzufügen und die Verbindung zwischen ihnen wiederherzustellen, damit sie ihm sagen konnte, daß alles in Ordnung sei, daß sie wieder die Verantwortung übernommen habe, daß sie alles im Griff habe, und vor allem, daß sie ihn liebe.

Aber Liebe, dachte er, das heißt doch ich und Maud, du und Krogh. »Das ist mein Schlafzimmer«, hatte sie gesagt, als er auf eine Tür deutete, und bald darauf hatte sie versucht, ihn mit der Faust zu schlagen.

Anthony stand vom Bett auf und begann, sich ganz auszuziehen. Aber das Zimmer – er machte das Fenster zu – war kalt. Und es war kahl. Er riß die farbige Titelseite von ›Film Fun‹ heraus und klebte sie mit ein bißchen Seife an die Wand: ein Mädchen mit vollen Schenkeln im grünen Badeanzug saß mit gespreizten Beinen auf einer Schaukel. Er riß ein Foto von Claudette Colbert in einem römischen Bad heraus und plazierte es auf seinem Koffer. Zwei Mädchen beim Strip-Poker brachte er mit Hilfe weiterer Seife über seinem Bett an.

Na, dachte er, so ist's schon ein bißchen gemütlicher, und stand mitten im Zimmer und überlegte, wie er es wohl noch heimeliger machen könnte, während er den Warmwasserrohren lauschte, die in der Wand jaulten.

Viertes Kapitel

Ich liege wach und Erik schläft und seine Hand an meiner Seite ist kalt. Alles in Ordnung. Er sagte: »Laurin ist krank«, aber ich wußte, damit hatte es nichts zu tun, daß er so müde war. Nie so müde erlebt jetzt im Schlaf so kalt seine Hand. Anthony schläft jetzt, die Narbe unter seinem Auge, das Messer, das plötzlich durchs Fell des Kaninchens ausrutscht, nach oben ausrutscht, der Schrei, er schrie und schrie: ohne jede Selbstbeherrschung, sagte die Hausmutter. Ich wachte mitten in der Nacht auf, weil ich ihn achtzig Kilometer entfernt hörte. Wußte, er hatte Schmerzen. Vater krank. Sie wollten mich nicht fortlassen. Die Französischprüfung den ganzen Tag über, die unregelmäßigen Verben, und zweimal begleitete die Aufsicht mich zur Toilette. Ich sprach sie an, und sie erklärte mir: »Du darfst nicht reden, bis du deine Arbeit abgegeben hast.«

Wie ein altes Ehepaar nach dreißig Jahren. Silberne, kupferne, wie heißt es doch gleich, goldene Hochzeit.

Erik sagte: »Der Streik ist abgesagt. Laurin hätte es nicht besser machen können als ich.« Er sagte: »Ich habe ihm einen Witz erzählt, mich nach seiner Familie erkundigt, ihm eine Zigarre gegeben.« Ich sagte: »War das wirklich alles, was du ihm gegeben hast?« Er sagte: »Ich gab ihm eine Garantie, daß die Löhne in Amerika nicht gesenkt würden.« Ich sagte: »Hast du's ihm schriftlich gegeben?« Er sagte: »Nein. Ich habe ihm nur mein Wort gegeben.« Wie müde er war!

Ich wach, er schlafend, die Hand kalt, alles geregelt.

Er fragte: »Was kann dein Bruder?« Ansichtskarten aus Aden, der Staubsauger, die Kellnerinnen, die zuhörten, »you made me love you«, damals im Varietétheater lud er mich in der Bar zu einem Drink ein, meinem allerersten, und Vater fragte: »Wo habt ihr den ganzen Tag gesteckt?« und er antwortete: »Wir waren im Park, spazieren.« Ich war völlig hilflos. Ich sagte: »Im Rechnen war er immer gut.« Erik sagte: »Ich kann nichts für ihn tun. Sag' mir doch: Wozu ist er brauchbar?« Ich sagte: »Er ist zu nichts zu gebrauchen, er kann bloß Tiger gewinnen.« Er meinte, ich hätte sie nicht mehr alle. Er sagte: »Tiger gewinnen?« Ich sagte: »Gestern abend in Göteborg hat er die Schießbuden ausgeräumt, bis ich ihn hinderte weiterzumachen.« Ich hätte nie gedacht, daß Erik das gefallen könnte, liegt nicht in seiner Natur, der Witz, sich nach der Familie erkundigen, die Zigarre, die kalte Hand an meiner Seite. Er sagte: »Ich geb ihm eine Stellung.«

»Ich gebe Ihnen eine Stellung«, hat er zu mir gesagt. Im kleinen, schäbigen Kontor in Leather Lane. Er saß aufrecht und steif im einzigen anderen Stuhl und hatte die Handschuhe anbehalten, während Hammond ihm pausenlos liebedienerte. Der Kneifer, der Hammond dauernd von der spitzen Nase rutschte, die nagende Stimme, das Rattengesicht. Er sagte: »Sie hat stets völlig zufriedenstellend gearbeitet«, und warf auf seinem Schreibtisch das Tintenfaß um, als er zu hastig aufstand, um die Tür zu öffnen. Als Freund meines Vaters fühlte er sich für mich verantwortlich. Die Firma aufgekauft und das Kontor in den Händen der Abrißfirma und mein Vater im Sterben.

Als ich England verließ, sagte mein Vater: »Ich wünschte, Anthony wäre bei dir.« Er sagte, ich müsse vorsichtig sein, es werde Versuchungen geben. Aber er selbst war nie in Versuchung geraten, er wußte überhaupt nicht, was das bedeutete, wie er da in seinem Bett lag und langsam starb und die Welt nicht kannte. Der Geruch von Medikamenten, die Pflegerin an der Tür, die bunten Glasscheiben im Flur, im Bücherschrank aus Mahagoni eine vollständige Ausgabe von ›Punch‹ in blauem Leder; sein Onkel hatte Du Maurier gekannt, und er wußte noch, wie der mit seinem Roman ›Trilby‹ die Leute schokkiert hatte. Und einmal sagte er zu mir: »Miss Mollison mag ich nicht. Ein junges Mädchen sollte sich nicht mit seinem Arbeitgeber im Theater sehen lassen.« Ehret die Toten, nach solchen Grundsätzen lebte er, ein Stück England, Anthony schrieb, daß Vater einen Stein aus Marmor bekommen müsse, ich sagte, »In Liebe« sei als Inschrift zu stark, aber Anthony meinte, »In Liebe von deinen Kindern« sei kürzer und billiger und außerdem schicklich. Seine Grundsätze lauteten: Zeige nie deine Gefühle. Sei zurückhaltend in der Liebe. Sei keusch, umsichtig, bezahl deine Schulden. Kauf nie auf Kredit. »In Liebe« war zu stark. Auf Mutters Grab stand »Zum ewigen Gedenken«, ihm selbst kam es auf ein paar Buchstaben nicht an, wenn es um den richtigen Ausdruck ging.

Er las Shakespeare und Walter Scott und Dickens und löste sein ganzes Leben lang Kreuzworträtsel. Ein Teil von England. Die Dienstboten konnten ihn nicht leiden. Er war ein ehrenwerter Mann. Er hatte genauso warme Hände wie ich. Vielleicht hat er auf seine Art auch Anthony geliebt. Warum habe ich Vater so gar nicht gemocht?

Aus folgenden Gründen. Ich will aufrichtig sein und mich ganz genau erinnern. Er hätte das geschätzt, und um diese Stunde mitten in der Nacht kommen die Toten aus den Gräbern. Er selbst hielt nichts von ›The Bride of Lammermoor.‹ Er sagte, der Roman übertreibe, sei das Werk eines Kranken. Und ›Troilus and Cressida‹ stamme nicht, da sei er sich ganz sicher, von Shakespeare; Shakespeare sei kein Zyniker gewesen. Er selbst vertraute der menschlichen Natur voll und ganz. Aber sei keusch, umsichtig, bezahl deine Schulden und übe Zurückhaltung in der Liebe.

Aus folgenden Gründen. Anthony, der lernen mußte (die Schläge im Kinderzimmer, seine Tränen, bevor er ins Internat kam), Haltung zu bewahren, Anthony, der lernen mußte (die Schläge im Arbeitszimmer, als er das unanständige Buch mit den hübschen Bildern nach Hause brachte), daß man die Schwestern anderer Männer zu achten habe. Anthony, der lernen mußte, in der Liebe Zurückhaltung zu üben. Anthony in Aden, Anthony in Shanghai, Anthony weiter weg von mir als je zuvor, Anthony, der sich bewähren mußte; doch, er hatte Anthony lieb, und er hat Anthony ruiniert, und er litt bis zum Schluß unter Anthony. Die Telegramme, die Telefonate, das strahlende Gesicht über dem Krankenbett: »Ich habe gekündigt.«

Nun sei aber fair, es ist dunkel, der schlafende Erik, die kalte Hand an meiner Seite, alles geregelt, zwischen uns nur der Mälarstrand, ein Streifen Wasser und eine Straße – scheinen tiefer, dunkler zu sein als im vorigen Jahr und mahnen, wir können darüber nicht kommen, schade, wie schade.

Er sagte: »Tiger gewinnen?« Er hat gesagt: »Ich gebe ihm einen Job.« Ich versteh nicht, was er damit meint. Ich würde ihn ja wecken und fragen, aber er ist müde, er würde meinen, ich will ihn. Ich habe ihn nur ein einziges Mal wirklich gewollt, wir hatten einen Botschafter zum Abendessen und ich war betrunken, und der Erste Botschaftssekretär zog mir das Kleid hoch, während die beiden andern im Nebenzimmer über Geschäfte sprachen. Ich sagte: »Was soll das? Aber wie denn? Wie? Sie können jede Minute zurückkommen. Möchten Sie noch einen Kognak?« Er war groß, wie Anthony, er hatte Eriks Größe, er hatte von einem Duell eine Narbe unterm rechten Auge (im Spiegel über dem Kamin war's das linke), er brachte mir bei, in seiner Sprache zu fluchen, und wir lachten. Ich hätte ihn gern gelassen, aber sie waren im Nebenzimmer und sprachen über Geschäfte, und ich fragte: »Häuten Sie Kaninchen?« und er dachte, ich hätte sie nicht mehr alle. In jener Nacht wollte ich Erik, ich hätte jeden gewollt, ich wollte sogar den Mann, den ich beim Ausziehen vom Fenster aus sah, er hatte sich am Kai untergestellt. Erik sagte: »Sie nehmen das Darlehen, sie nehmen das Darlehen«, und er konnte nicht schlafen, und ich konnte nicht schlafen, und bald waren wir zusammen glücklich und müde und alles wegen der Narbe des einen Mannes und des Darlehens des anderen. War das eine Nacht.

Anthony in der Nähe von Marseille, Vater im Sterben: das elektrische Licht unter dem dicken Schirm brannte bis früh um sieben, die Pflegerin las, der Wasserkessel kochte, die sterilisierten Tupfer in der mit Mull abgedeckten Schale waren griffbereit. Mein Jahr im Krankenhaus. Verwendete Jod, wo ich Vaseline verwenden sollte.

Die blaue Vase in Scherben, das hat Anthony gesagt: »Wir haben ja noch den Tiger.« Wäre es heute abend für Erik das gleiche gewesen, wenn ich gesagt hätte: »Blaue Vasen gewinnen, Zigarettenetuis mit der Initiale A gewinnen« – hätte er dann auch gesagt: »Ich gebe ihm einen Job«? *Tiger tiger burning bright** im Tivoli, hellodernd, *immortal eye*, die Hand an meiner Seite, Füße, die meine berühren. Sogar im Tivoli fasziniert er die Frauen, wenn er sich umdrehte, wenn er lächelte, *what shoulder and what art*, während die Feuerwerksraketen *ihre Speere herabwarfen.* Ich habe den Blick gesehen, mit dem das Mädchen in Göteborg ihn ansah, habe das schlecht geschminkte Gesicht, das Vertrauen, die Unschuld, die Schläue gesehen, die darum bittet, betrogen zu werden. Die wir lieben, vergessen wir, aber die wir verraten, bleiben uns in Erinnerung. *Lächelte* sie auch, als sie *ihr Werk sah?* Er sagte: »Ich werde ihr den Tiger geben.« Und *als* mein *Herz zu schlagen anfing*, im Bedford Palace in Camden Town (er erzählte Vater, »wir waren im Park, spazieren«), da liebte ich ihn mehr denn je. Die Orangenzeit war vorbei, aber er kaufte mir Erdnüsse.

Und eine Hand *drehte die Sehnen meines Herzen zusammen*, als ich eifersüchtig der Akrobatin zusah, wie sie den Bühnenbrettern entgegenfiel, dem Trikot, dem

* vgl. William Blake ›The Tiger‹ (Anm. d. Red.)

zähnebleckenden Lächeln, der wasserstoffblonden Königin. Es war mein sechzehnter Geburtstag. Ich starrte auf die Uhr, und als die Zeiger 6.43 zeigten, sagte ich: »Heute ist mein Geburtstag«, und bei 6.49 fügte ich hinzu: »Herzlichen Glückwunsch.« Ein Komiker mit karierten Hosen kam auf die Bühne und zog ein Spielzeuglamm hinter sich her.

In solchen Erinnerungen blätterte man wie dreißig Jahre verheiratete Eheleute, die erste Liebe, ersten Haß, ersten Drink, ersten Verrat teilten. Ich sagte: »Du wirst deinen Zug verpassen.« Das Altbier vom Faß. Er kriegte sein Glas nicht runter, prustete, drehte sich weg, der aufgehende Vorhang rettete ihn, aber ich trank meinen Sherry aus und hielt den Atem an und gab keinen Ton von mir. An der U-Bahn-Station Mornington Crescent haben wir hinterher Äpfel gegessen, damit wir nicht nach Alkohol rochen.

Vater wieder mal hinters Licht geführt. Die liebevollen Kinder. Aber wie wundervoll, wie schön waren diese gemeinsamen Erlebnisse, wenn wir ihn täuschten.

In dem Jahr, als ich zur Ausbildung im Krankenhaus war, kam er mich besuchen und fragte, ob die Oberschwester wohl einen Staubsauger kaufen würde. Von der Station, den mit Äther abgewaschenen Tischen, den genau abgezählten Tupfern in der richtigen Schale, dem Verbandmull, dem gedämpften Licht nach unten zu Anthony, der wartete, über dem Straßenpflaster ging die Wintersonne unter, und er pfiff eine neue Melodie. Ich besaß fünfzehn Shilling, er fünf. Kino, der Club in Gerrard Street, der letzte Drink, mehr erlaubte er mir nicht, guterzogene Mädchen trinken nicht. Geliebter Idiot. Die Oberschwester erklärte mich zur Krankenschwester ungeeignet, und als er ins Ausland ging, ging ich in die Leather Lane. Buchführung, Stenografie, den Preis für Schnelligkeit überreichte er mir selbst, dieser Hammond mit dem Rattengesicht. Von dem Zeitpunkt an, so könnte ich meinen Biographen erzählen, gab's für mich kein zurück mehr. Für eines nur habe ich gearbeitet, für eines nur Pläne geschmiedet, für eines nur gespart – daß wir wieder beisammen sein würden. Endlich.

Ich bin wach, die Hand kalt. Alles geregelt. Du kannst jetzt ruhig schlafen.

Keine neuen Emissionen, der Markt ruhig. Jetzt kannst du ruhig schlafen. Die Stabilität hält an, höhere Mittelwerte, höhere Dividende, Tendenz steigend, Reaktion auf Nachfrage, Aktien wieder gefragt, Kurs steigend, weiter steigend, kein nachlassendes Interesse, steigend, Anthony, unsere Pfandbriefe Wertpapiere, Anthony, welch ein Gewinn für uns beide, die Einlösung, Sicherheiten, endlich, steigend, steigend.

Hab keine Angst. Du brauchst nicht zu zögern. Es gibt keinen Grund zur Besorgnis, nicht an dieser Börse. *Der Tiger hellodernd. Die Wälder.* Schlafen. Unsere Sicherheiten. Die neue Ausschreibung, endlich. Und wir steigen, wir steigen. Und Gott, *der das Lamm* erschuf, schuf Whitaker, schuf Loewenstein. »Sie haben wirklich Glück«, sagte Hammond damals in Leather Lane, »Krogh bedeutet Sicherheit. Was immer passieren wird, Krogh werden die Menschen in aller Welt stets kaufen müssen.« Der Markt ist ruhig. Der Mälarstrand, das Wasser und eine Straße zwischen uns. Schlafen. Die Einlösung, endlich, die Erlösung. Keine Haussiers, der Tiger und das Lamm. Die Baissiers. *Die Wälder.* Schlafen. Die Aktien sind sicher. Die Schlußnotierung. Wir steigen.

Dritter Teil

Erstes Kapitel

Minty wußte schon beim Aufstehen, daß der Tag für ihn ein Glückstag war. Er sang beim Rasieren leise vor sich hin: »Minty, Minty, du mußt wandern.« Trotz der frischen Klinge schnitt er sich kein einziges Mal; er rasierte sich eher vorsichtig als gründlich, während die Kanne Kaffee, die ihm seine Wirtin gebracht hatte, auf dem Waschtisch allmählich kalt wurde. Minty trank seinen Kaffee gern kalt; sein Magen konnte Heißes nicht vertragen. Eine Spinne unter seinem Zahnputzglas beobachtete ihn. Seit fünf Tagen schon saß sie dort; er hatte damit gerechnet, daß seine Wirtin sie entfernen würde, aber am zweiten, am dritten Tag war sie noch immer da. Er putzte sich die Zähne unter dem Wasserhahn. Seine Wirtin nahm inzwischen wahrscheinlich an, daß er die Spinne zu Studienzwecken hielt. Er fragte sich, wie lange sie wohl leben würde. Er beobachtete sie, und sie, mit haariger Geduld, beobachtete ihn. Sie hatte ein Bein verloren, als er das Glas über sie stülpte.

Über dem Bett hing eine Gruppenaufnahme seines Hauses im Internat, Reihen von Jungen, die in die Sonne blinzelten, davor die Aufsichtsschüler, die Präfekten, in der Mitte der Hausvater mit seiner Frau. Merkwürdig, aber ein Schnurrbart, dessen Enden gewichst waren, konnte seinen Träger genauso auf eine Epoche festlegen wie die Kleidung eine Frau – die weiße Bluse, der steife Kragen, die Keulenärmel. Gelegentlich wurde Minty aufgefordert, sich auf dem Foto selbst zu identifizieren; darin war er durch Übung inzwischen perfekt; früher hatte er manchmal gezaudert, hatte er sich nicht entscheiden können, ob Patterson, der zur Linken des Lehrers saß, oder Tester, der sehr viel undeutlicher hinter ihm stand, weil sein Kinn von einem Puffärmel verdeckt wurde, seinem Ebenbild besser entsprach. Minty selbst war nämlich nicht auf dem Bild; er hatte der Aufnahme vom Fenster des Krankenzimmers aus zugesehen: ein explodierendes Licht, die blinzelnden, geschwärzten Gesichter, der Fotograf, der unter seinem Tuch verschwand.

»Minty, Minty, du mußt wandern.« Er nahm einen Zigarettenstummel aus der Seifenschale und steckte ihn an. Anschließend begutachtete er im Spiegel der Schranktür sein Haar; heute war ein besonderer Tag; er müßte sich überall sehen lassen können, selbst in der Gesellschaft. Die Schuppen machten ihm Kummer, was von der Pomade noch übriggeblieben war, massierte er in die Kopfhaut ein, er bürstete sich die Haare, warf einen letzten kritischen Blick drauf. Minty war zufrieden. Er trank seinen lauwarmen Kaffee, ohne die Zigarette aus dem Mund zu nehmen; der Rauch stieg hoch und brannte ihm in den Augen. Er fluchte so leise vor sich hin, daß außer ihm keiner hätte wissen können, daß er fluchte. »Heiliger Knut.« Die Wendung hatte er selbst geprägt. Als guter Anglokatholik hatte er, sozusagen instinktiv, unanständige Ausdrücke nie leiden können. Es war, so glaubte Minty, ebenso befriedigend, »Heiliger Strohsack« zu sagen, wie Wörter zu benutzen, die einen beschmutzten.

Minty zog sich den schwarzen Mantel über und ging nach unten. Es war Dienstag, der dreiundzwanzigste. Ein Brief von zu Hause war fällig. Seit fast zwanzig Jahren holte sich Minty nun schon seinen monatlichen Brief vom Hauptpostamt ab; auf diese Weise ließen sich Peinlichkeiten vermeiden. Gelegentlich war es nötig, die Wohnung zu wechseln, ohne die üblichen Kündigungsfristen einzuhalten. Auf dem Bahnhofsplatz empfand er die Sonne als fast zu heiß, aber er trug immer einen Mantel, wenn er seine Briefe abholen ging. Seine Zigarette legte er draußen an einer Stelle ab, wo ein Bettler sie wohl kaum finden würde. Als er am Schalter für postlagernde

Sendungen seine Visitenkarte mit Eselsohren vorwies, war er fest überzeugt, daß er, ein Engländer und ehemaliger Harrow-Schüler, Stockholm eine Ehre erwiese, wenn er hier wohnte. Denn niemand hätte abzustreiten vermocht, daß er ein Gentleman war, der nur seinen Interessen nachging und überall leben könnte, wo es ein Postamt und für eine Persönlichkeit ausreichende Entfaltungsmöglichkeiten gab.

Zu seiner Überraschung waren zwei Briefe da. Das war nun wirklich ein Ereignis, das mit einer weiteren Tasse lauwarmen Kaffees gefeiert werden mußte. Im Hotel gegenüber dem Bahnhof suchte er sich im Foyer einen Ledersessel, von dem aus er die Straße im Auge behalten konnte. Dort saß er und wartete, daß sein Kaffee kalt würde. Er war so fest davon überzeugt, daß dies ein Glückstag sei, daß er den Stummel seiner Zigarette austrat und sich eine Packung kaufte. Dann probierte er den Kaffee vorsichtig mit dem Löffel; er war aber noch immer zu heiß.

Er wollte gerade einen der Briefe öffnen, hielt aber inne, als ihm vor dem Bahnhof eine ungewöhnliche Betriebsamkeit auffiel. Da liefen verschiedene Männer mit Filmkameras über die Straße. Er sah Nils vorbeischießen und winkte ihm zu. Er wußte plötzlich wieder, was das alles zu bedeuten hatte. ›Die Heimkehr des Filmstars.‹ Er hatte sich vor ein paar Tagen sechzig Kronen damit verdient, daß er all den Schmonzes, den er in den Filmzeitschriften ausfindig machen konnte, ins Schwedische übersetzte. ›Die größte Liebende der Leinwand‹, ›Die Geheimnisvolle von Hollywood‹. Einige Menschen (wurden sie wohl stundenweise angeheuert? fragte sich Minty) brachen in Jubel aus, und auf dem Bürgersteig blieben ein paar Geschäftsleute mit Aktenmappen unter dem Arm stehen und blickten mißbilligend hinüber zum Bahnhof. Sie versperrten Minty die Aussicht. Minty stellte sich auf seinen Sessel. Es war immer ratsam, die Augen offen zu halten, auch wenn ihn das hier eigentlich nichts anging. Die Schauspielerin war in Schweden nicht sehr beliebt; es könnte ja irgend etwas Skandalöses passieren, etwas, was irgendwer am liebsten unter den Teppich kehren würde. Wenn sie zum Beispiel ausgepfiffen würde...

Es passierte aber nichts. Eine Frau in einem Kamelhaarmantel mit breitem Kragen trat aus dem Bahnhof; man konnte gerade noch erkennen, daß sie graue Flanellhosen trug; flüchtig sah Minty das blasse, magere, humorlose Gesicht, die lange Oberlippe, den unwirklichen Zauber und die unwirkliche Tragik einer Maske, die wie die Totenmaske Dantes nur allzu bekannt war. Die Filmkameras surrten, die Frau verbarg ihr Gesicht hinter den Händen und stieg in ein Auto. Irgendwer warf ihr ein teures Blumenbukett zu (wer hat das wohl bezahlt? fragte sich Minty), das den Wagen verfehlte und auf der Straße landete. Niemand nahm davon Notiz. Eine kleine Frau in tiefschwarzer Trauerkleidung und mit schwarzem Schleier hastete zum Auto, stieg eilends ein; das Auto fuhr davon. Die Zeitungsleute gruppierten sich vor dem Bahnhof; Minty konnte sie lachen hören.

Er machte den ersten Brief auf. Anwaltskanzlei Scott und James. *Als Anlage übersenden wir Ihnen eine Zahlungsanweisung über £ 15, Ihre monatliche Zuwendung für die Zeit bis zum 20. September. Bitte unterschreiben Sie die beigefügte Empfangsbestätigung, die Sie bitte an uns zurückschicken.* Unser Zeichen (GL/RS). GL, grübelte Minty, nein, diese Initialen kenne ich noch nicht. Endlich mal frisches Blut in der Kanzlei. Nach zwanzig Jahren amüsierte ihn die geringste Abweichung von der üblichen Briefform. Bevor er den zweiten Brief öffnete, trank er seinen Kaffee; das sollte ihm Glück bringen.

Heiliger Strohsack, der ist ja von Tante Ella. Ich hatte ganz vergessen, daß die alte... die alte Dame (Vorsicht, Minty) noch am Leben ist.

Mein lieber Ferdinand. Der Name ließ Minty innehalten. Diese spezielle Buchstabenanordnung hatte er schon sehr lange nicht mehr gesehen. Sicher, Schecks unterschrieb man mit seinem Taufnamen, aber irgendwie sah er sich doch immer nur als Minty. *Mein lieber Ferdinand.* Er lachte und rührte seinen Kaffee um. Das bin ich.

Es scheint mir, als hätte ich schon recht lange nichts mehr von Dir gehört. Recht lange, dachte Minty. Das würde ich aber auch sagen – fast zwanzig Jahre lang. *Zufällig stieß ich neulich auf einen Deiner alten Briefe, als ich in Vorbereitung meines jüngsten Umzuges meine Schubladen ausleerte. Er war ganz hinten in einer Schublade gelandet, in der ich meine alten Zeichenblöcke aufbewahre. Ich mußte plötzlich denken, daß wir die letzten Mintys sind. Die Familie Deiner Kusine Delia gibt es natürlich noch, und dann ist da auch noch die Hertfordshire-Linie, aber mit der hatten wir nie viel zu tun. Und dann Deine Mutter natürlich, aber sie ist ja nur angeheiratet. Ich nehme an – ein merkwürdiger Gedanke, nicht? – daß wir alle irgendwie bloß Mintys durch Heirat sind. Jedenfalls war da Dein Brief, und es machte mir solche Freude, ihn wieder zu lesen. Typischerweise trägt er kein Datum, so daß ich nicht sagen kann, vor wie langer Zeit ich ihn bekommen habe. Es dürfte schon einige Jahre her sein, nehme ich an. Ich lese hier, daß Dir Stockholm gefällt, und ich hoffe, daß dies noch immer der Fall ist. Ich kann mich nicht mehr genau entsinnen, warum Du nach Stockholm gegangen bist, ich muß Deine Mutter fragen, wenn ich sie das nächste Mal sehe, ihr Gedächtnis, armes Ding, ist auch nicht mehr, was es früher mal war, und es würde mich überhaupt nicht wundernehmen, wenn sie vergessen hätte, was für eine Position Du bekleidest. In finanzieller Hinsicht muß sie jedenfalls wohl zufriedenstellend sein, sonst wärst Du nicht all die Jahre fortgeblieben. Ich stelle fest, daß mein Makler gerade Norwegische Staatsanleihen für mich gekauft hat, ein merkwürdiges Zusammentreffen, nicht? Komisch – ich lese Deinen Brief, während ich schreibe – ich sehe hier gerade, daß Du mich bittest, Dir fünf Pfund zu leihen, das mußt Du also wirklich vor vielen Jahren geschrieben haben, als Du gerade anfingst mit dem, was Du jetzt tust, was immer das auch ist. Ohne Zweifel habe ich Dir das Geld geschickt, aber ich bin nicht sicher, ob Du es mir jemals zurückgezahlt hast. Wie dem auch sei, wir wollen es zu Deinen Gunsten einfach annehmen. Es ist jetzt ohnehin eine alte Geschichte. Du wirst sicher wissen wollen, was zu Hause los ist, aber Du dürftest von Onkel Lauries Tod und von der Geschichte mit Delias Zwillingen durch Deine Mutter erfahren haben. Sie hat Dir sicher alles Wichtige berichtet. Neulich habe ich einen Harrow-Schüler auf dem Bahnsteig von Fakenhurst gesehen, noch so ein Zusammentreffen.*

Deine Dich liebende Tante Ella.

Also, dachte Minty, das ist wirklich ein Tag zum Stolzsein. Nachrichten von der Familie zu erhalten. Wie lange es doch dauert, bis der Kaffee kalt wird. Ich hätte große Lust, auf diesen Brief hin meiner Mutter zu schreiben. »Tante Ella erwähnte in ihrem letzten Brief...« Was für einen Schreck die gute Frau kriegen würde, wenn sie auf einem Briefumschlag meine Handschrift entdeckte. Nicht süß genug. Noch ein Stück. Aber ihre Adresse ist mir nicht bekannt, und wenn ich den Brief an das Anwaltsbüro schickte, würde er zurückkommen. Unser Zeichen GL/RS. Jetzt ist er kalt genug. Ich könnte den Brief in einem extra Umschlag an Tante Ella beilegen und sie bitten, ihn zu frankieren und weiterzuleiten. Meine Handschrift unter einer englischen Briefmarke. Welch eine Überraschung für Mutter, aber Vorsicht, Minty, Vorsicht. Die fünfzehn Pfund im Monat, die so regelmäßig und so charmant ausgezahlt werden, dürfen auf keinen Fall gefährdet werden. Unser Zeichen GL/RS.

»Ich kann Sie sehen, Nils«, sagte Minty und drohte dem jungen Mann auf dem Bürgersteig schalkhaft mit dem Finger. »Sie haben gewußt, daß heute Zahltag ist, und wollen eine Tasse Kaffee. Die sollen Sie haben. Heute ist ein besonderer Tag. Ich habe einen Brief von der FAMILIE bekommen.«

Nils kam die Stufen von der Straße herauf, scheu und anmutig wie ein junges Reh, das seine Nase gegen einen Zaun drückt und auf der anderen Seite der Planken das Leben vorbeiziehen sieht. Minty, das war das Leben, Minty, der schlückchenweise seinen kalten Kaffee trank, Minty, gelb um die Lippen, sagte: »Nehmen Sie sich eine Zigarette.« Der großzügige Minty.

»Vielen Dank, Mr. Minty.«

»Ein ziemlicher Auflauf am Bahnhof.«

»Ja. Mr. Minty. Sie ist eine großartige Schauspielerin.«

»Hat sie das Bukett selbst bezahlt?«

»Nein, das glaube ich nicht, Mr. Minty. Die Karte ist herausgefallen. Ich habe sie mitgebracht.«

Minty sagte: »Geben Sie her.«

»Ich dachte, Sie könnten sie eventuell gebrauchen, Mr. Minty.«

»Sie sind ein guter Junge, Nils«, sagte Minty. »Nehmen Sie sich noch eine Zigarette. Stecken Sie sie sich in die Tasche.« Er betrachtete die Karte. »Sie können die ganze Schachtel haben.«

»Nein, wirklich, Mr. Minty.«

»Na gut«, sagte Minty. »Wenn Sie nicht wollen.« Er ließ die Zigaretten rasch in der eigenen Tasche verschwinden und stand auf. »Die Arbeit ruft. Brot und Butter. Die gemeine Notwendigkeit, Geld verdienen zu müssen.«

»Der Chefredakteur will Sie sprechen«, sagte Nils.

»Ärger?«

»Ja, ich glaube schon.«

»Heute macht es mir nichts«, sagte Minty. »Ich habe fünfzehn Pfund in der Tasche. Ich habe Nachricht von der FAMILIE.« Er ging kühnen Schrittes nach draußen und um die Ecke. Mit seiner kleinen Gestalt, in seinem langen schwarzen Mantel sah er lächerlich aus. Und er wußte, daß die Leute über ihn lächelten und warum sie lächelten. Früher hatte es ihm das Leben vergällt, doch das war viele Jahre her. Er hatte das Gift in kleinen Dosen so oft geschluckt, sich von Seitengasse zu Seitengasse geschlichen, daß er jetzt – wie Mithridates – immun war. Jetzt konnte er offen in die Hauptstraßen hinaustreten, konnte stehenbleiben, Selbstgespräche führen und in den Scheiben der Kurzwarengeschäfte sein trostloses Spiegelbild anschauen, und das Lächeln der Passanten machte ihm kaum noch etwas aus; nur, daß eine leichte Bosheit sich in seinen Adern rührte, in seinem Blut kreiste.

Nach den langen Treppen, nach dem Maschinenraum, nach dem Öffnen und Schließen von Glastüren, regte sie sich beim Anblick des Chefredakteurs. Ihn ärgerte dessen roter, militärischer Schnurrbart, die kurzangebundene Art, die Effizienz; da könnte man ja auch gleich in einer Fabrik arbeiten. »Nun, Herr Minty?«

»Mir ist mitgeteilt worden, Sie wünschen mich zu sprechen.«

»Wo war Herr Krogh gestern abend?«

»Ich war nur schnell eine Tasse Tee trinken. Es gab keinen Grund, warum er die Gesandtschaft so plötzlich hätte verlassen sollen.«

Der Chefredakteur sagte: »Wir bekommen nicht gerade viel von Ihnen, Herr Minty. Es gibt eine Menge Leute, die wir für eine freie Mitarbeit einsetzen könnten. Wir sollten es vielleicht mit jemand anders versuchen. Ihnen fehlt der geschulte Blick dafür, was nachrichtenträchtig ist.« Er ließ seine Brust anschwellen und sagte plötzlich: »Es hängt mit Ihrer schlechten Gesundheit zusammen. Herr Minty. Diese Tasse Tee. Ein Schwede hätte keine Tasse Tee gebraucht. Gift. Wahrscheinlich trinken Sie ihren Tee stark.«

»Sehr schwach, Herr Redakteur, kalt und mit Zirone.«

»Sie sollten Gymnastik treiben, Herr Minty. Haben Sie ein Radio?«

Minty schüttelte den Kopf. Geduld, dachte er haßerfüllt, Geduld.

»Wenn Sie ein Radio besäßen, könnten Sie so wie ich jeden Morgen unter Anleitung eines erstklassigen Lehrers Gymnastik treiben. Baden Sie kalt?«

»Lauwarm, Herr Redakteur.«

»Alle meine Reporter baden kalt. Mit einem krummen Rücken, einem unterentwickelten Brustkorb und schlaffen Muskeln können Sie einfach nicht effizient sein, Herr Minty.«

Aber dieses Gift war er gewöhnt. Darauf hatten Eltern, Lehrer, Fremde auf der Straße ihn nach und nach vorbereitet. Als Mensch, der krumm, gelbhäutig und hühnerbrüstig war, fand er seine Zuflucht in einer unerschöpflichen Findigkeit des Geistes. Er blinzelte mit seinen rauchgeröteten Augen und fragte tapfer und keck: »Ich bin also entlassen?«

»Wenn Sie sich noch einmal eine Gelegenheit durch die Lappen gehen lassen...«

»Da würde ich lieber jetzt gehen«, sagte Minty, »wo ich was zu verkaufen habe.«

»Und was haben Sie anzubieten?«

»Ein Freund von mir, Miss Farrants Bruder, ist soeben in die Firma eingetreten. In einer Vertrauensstellung.«

»Sie wissen sehr gut, daß wir Ihnen den besten Preis zahlen.«

»Dafür ja«, sagte Minty, »aber hierfür?« und er schnippste eine Visitenkarte auf den Schreibtisch. Sie war schlammbefleckt. »Sie hat die Blumen nie bekommen«, sagte Minty, »sie sind auf die Straße geflogen. Das kommt davon, wenn man sportlichen Reportern einen Auftrag gibt. Die können nicht richtig zielen. Sie hätten damit zu Minty kommen sollen.« Er drohte mit dem Finger und ging. Die zwei Tassen Kaffee, sein monatlicher Scheck und Tante Ellas Brief hatten ihn völlig besoffen gemacht. Im Reporterzimmer entdeckte er Nils. »Dem hab ich's gegeben«, sagte er. »Der wird mich fürs erste in Ruhe lassen. Hat Krogh seine Wohnung schon verlassen?«

»Nein. Ich habe den Portier gerade erst angerufen.«

»Er verspätet sich«, sagte Minty. »War das ein Wiedersehen, was, Nils? Eine Liebesnacht. Wir sind alle bloß

Menschen«, sagte er und sog die Wangen ein; er zitterte in der Zugluft vom breiten Fenster her, maliziös suchte er auf einem unbesetzten Schreibtisch nach einer herrenlosen Zigarettenpackung, fand aber keine. »Es wird kalt. Es gibt bald wieder Regen«, und während er noch suchte, setzte der Regen ein – vom See her trieb eine große, aufgeblähte Wolke wie ein herrenloses Luftschiff über die Dächer und brachte Schatten, brachte die ersten langsamen, bedachtsamen Tropfen, die auf dem Fenstersims aufschlugen, platzten und an der Außenwand abliefen.

Zweites Kapitel

Die Menschen, die vor dem Restaurant im Freien saßen, wurden vom Schauer überrascht. In der Sonne war es heiß gewesen, ehe vom Mälarsee die Wolke herüberzog. Anthony wurde von den Schutzsuchenden mitgerissen. Eine unliebsame Dämmerung brach herein, die Beleuchtung wurde lange nicht eingeschaltet, weil man jeden Augenblick damit rechnete, daß die Sonne wieder hervorbrechen würde. Dann knipsten die Kellner zögernd doch ein paar Lampen an, die aber kein rechtes Licht gaben und eine nach der anderen bald wieder gelöscht wurden. Auf die Tische draußen trommelte der Regen, erweichte das braune Laub auf dem Platz, reinigte den Bürgersteig. Anthony bestellte ein Bier.

Er hatte weder Mantel noch Schirm. Also blieb er am besten, wo er war. Er wollte nicht gehen – auf dem Weg zu Krogh würde er nur naß werden und sich seinen einzigen Anzug ruinieren. Er dachte ans Geld, an seine Gesundheit, er dachte an das Kinderzimmer, das Kate und er das eine Jahr im Mornington Crescent gehabt hatten, im Jahr bevor er auf die Schule kam. Wie schwarze, triefende Seehunde zogen die Regenschirme vorbei. Eine fremde Sprache, die er nicht verstehen konnte, belastete ihn neuerlich. Wollte er um ein Streichholz bitten, nach dem Weg fragen, er würde sich einfach nicht verständlich machen können. Der Kellner brachte ihm das Bier; das schien einen Anflug von Gemeinsamkeit zu schaffen; soviel hatte der Mann immerhin verstanden. Die Lampen, die in der Tagesdämmerung brannten, der Kellner, der ihn bedient hatte, sein Stuhl, sein Tisch, »ein Fleckchen dort im fremden Land, das nun auf ewig England« – er nahm all das mit einer tiefen Wehmut wahr. Seine Haltung hatte etwas vom Adel, von der Würde eines Mannes im Exil, als er durch die regennassen Scheiben in die Welt draußen starrte und momentan an nichts Dringendes dachte, nicht an Krogh oder an Kate, die mit der Nachricht auf ihn wartete, ob sie Arbeit für ihn gefunden hatte, sondern an den Regen, der auf nicht gepflegte, namenlose Gefallenengräber niederrauscht, durch ihren Lehmboden sickert.

»Wie naß es ist«, sagte er zu dem Kellner. »Die Bäume ...« Mit einem Gespräch über das Wetter wollte er sein Fleckchen England absichern. Er wollte dem Kellner sagen, wie bald die Bäume kahl sein würden, falls der Regen nicht aufhörte. Er hätte sein Fleckchen England gern sozusagen mit dem Gesprächspendant zum Foto von Annette, den Bildern aus ›Film Fun‹ ausstaffiert; er wollte sich über Stunden von hier nicht fortrühren müssen. Er würde alle seine Mahlzeiten hier einnehmen; auf die Weise würde er hier als Gast heimisch.

Der Kellner verstand nicht. »Bitte?« sagte er ängstlich, *»bitte?«* Der Oberkellner kam. *»Bitte?«* sagte er, *»bitte?«* Er ging und holte eine Frau, die die Treppe saubermachte. »Was wollen Sie?« fragte sie ihn auf Englisch. Ihm fiel keine Antwort ein; er mußte ein weiteres Bier bestellen, obwohl sein Glas noch voll war. Er konnte sehen, wie die Kellner am anderen Ende des Restaurants über ihn tuschelten.

Sein Problem bestand gewissermaßen darin, daß es Kellner waren; wären es Kellnerinnen gewesen, hätte sich seine englische Ecke viel leichter richten lassen. Obwohl er während der letzten zehn Jahre um die halbe Welt gereist war, war England für ihn weit weg gewesen. Er hatte stets in Orten gearbeitet, wo andere vor ihm das Fleckchen England schon begründet hatten – Englisch wurde sogar in den Bordellen des Fernen und Mittleren Ostens gesprochen. Da hatte es immer den Klub gegeben (solange er seine Mitgliedschaft behielt), Bridgepartien, die neugotische anglikanische Kirche. Er starrte durch die fremde Glasscheibe hinaus in den fremden Regen und dachte: Krogh wird mir keine Stelle geben. Ich fahre morgen zurück. Dann lächelte er; er vergaß seinen Entschluß; denn durch die Fensterscheibe sah er, mit hochgeschlagenem Mantelkragen und Hut jemand zurückstarren – England.

»Minty«, rief er zur Überraschung der Kellner, »Minty.«

Minty kam herein, vorsichtig, drehte sich hierhin, dorthin, spähte die Tischreihen entlang. »Hier komm ich nicht her, normalerweise«, sagte er. »Die Burschen von der Gesandtschaft... wir kommen nicht gut miteinander aus.« Er setzte sich und legte den Hut unter den Stuhl. Er beugte sich vor und sagte vertraulich: »Der Gesandte hetzt sie auf mich. Da bin ich mir ganz sicher. Er mag mich nicht.«

»Was tun sie Ihnen denn?«

»Sie lachen«, sagte Minty. Er sah die Bierflaschen. »Erwarten Sie jemand?«

»Nein«, sagte Anthony. »Wollen Sie eine Flasche?«

»Also, um ehrlich zu sein«, sagte Minty, »eine Tasse Kaffee wäre mir lieber. Alkohol mag ich überhaupt nicht. Nicht aus moralischen Bedenken, aber mein Magen – ich vertrag's einfach nicht. Seit der Operation vor zehn Jahren, vor fast genau zehn Jahren. Am einundzwanzigsten August. Der Tag der Heiligen Jeanne-Francoise Fremiot de Chantal, Witwe. Fünf Tage hing mein Leben an einem seidenen Faden. Daß ich wieder gesund wurde, schreibe ich dem Heiligen Zephyrinus zu. Aber ich langweile Sie.«

»Nein«, sagte Anthony, »überhaupt nicht. Ich finde das sehr interessant. Ich hatte im August vor zehn Jahren selbst eine Operation.«

»Wegen Ihres Auges?«

»Nein. Das war... eine Verwundung. Durch eine Explosion. Nein, ich wurde am Blinddarm operiert.«

»Meine war auch in der Gegend«, sagte Minty. »Aber den Blinddarm hat man mir nicht entfernt. Das wäre viel zu gefährlich gewesen. Man hat einen Einschnitt gemacht und die Geschichte drainiert.«

»Drainiert.«

»Ja, drainiert. Sie würden nie glauben, wieviel Eiter man herausgeholt hat. Der Eiter hätte einen Milchkrug gefüllt, einen großen Milchkrug.« Er blies auf den Kaffee, den der Kellner gebracht hatte. »Es tut gut, mit einem Landsmann reden zu können. Und was für ein Zufall, daß Sie bei demselben alten Haufen waren.«

»Alten Haufen?«

»Auf der alten Penne«, sagte Minty und rührte seinen Kaffee um. Plötzlich schaute er ihn mit boshaftem Vergnügen von unten heraus mit zusammengekniffenen Augen an und fügte hinzu: »War das ein Leben. Wie wir den Muff rumgekickt haben. Waren Sie ein Fes?«

Anthony zögerte. »Nein«, sagte er.

»Und in wessen Haus, sagten Sie ...«

Anthony blickte auf seine Uhr. »Tut mir leid. Ich muß sausen. Ich muß mich heute vormittag bei Krogh sehen lassen.«

»Ich komme mit«, sagte Minty. »Ich muß auch in die Richtung. Aber Sie brauchen sich nicht zu beeilen. Krogh ist gerade erst im Büro eingetroffen.«

»Woher wissen denn Sie das?«

»Ich habe vor ein paar Minuten den Portier an der Strippe gehabt. Man muß die Dinge im Auge behalten. Gestern habe ich ihn verloren.«

»Ist denn alles, was er tut, Nachrichtenstoff?«

»So ziemlich alles«, sagte Minty. »Und alles, was er heimlich tut, bedeutet Schlagzeilen, Sonderausgaben, Telegramme nach England. Ich bin ein religiöser Mensch«, sagte Minty, »und ich finde es beruhigend, daß Krogh – der reichste Mann der Welt, Krogh, der den Markt beherrscht, Regierungen Geld leiht, unser Geld nimmt und es zu ... Krogh-Streichhölzern macht, Millionen und Abermillionen, die in Kroghs umgewandelt werden, die man für ein paar Pence in jedem Gemischtwarenladen kaufen kann – daß dieser Krogh auch nur ein Mensch ist wie wir, daß Minty ihn im Auge behält, beobachtet, dokumentiert, ihm vielleicht hin und wieder eine Reißzwecke unter den Hintern legt (sagen Sie, können Sie sich noch an Collins erinnern, den Geschichtslehrer?). Also, Farrant, das ist Musik für Minty, ein Gottesdienst, da bin ich die ganze *vox humana* – ›Er stößet die Gewaltigen vom Thron und erhebt die Niedrigen‹. Partridge hat immer gesagt... Sie wissen doch, wen ich meine...«

»Partridge?«

»Der Schulgeistliche. Er ist erst vor ein oder zwei Jahren pensioniert worden. Wie seltsam, daß Sie sich nicht an Partridge erinnern können.«

»Ich habe grad an was anderes gedacht«, sagte Anthony. »Der Regen hat aufgehört. Ich muß das Bürohaus erreichen, bevor er wieder einsetzt. Ich habe keinen Mantel.«

Er ging außergewöhnlich schnell, doch Minty hielt Schritt, ja, Minty zeigte den Weg, legte ihm hier die Hand auf den Ärmel, hielt ihn dort zurück, führte ihn über eine Straße. Er redete ununterbrochen über Meßgewänder. Harrow schien er völlig vergessen zu haben. Erst am Eingang des Krogh-Gebäudes kam er plötzlich wieder auf die Schule zu sprechen. »Ich bin dabei, ein Essen für ehemalige Harrowschüler in Stockholm zu organisieren«, sagte er. »Sie werden selbstverständlich auch teilnehmen, und irgendwann werde ich Sie bitten, an den Gesandten heranzutreten. Der Gesandte mag Minty nicht, und wenn Minty ein Mensch wäre, der flucht, wie würde er« – er hob seine nikotingefleckten Finger wie zum bischöflichen Segen – »ach du heiliger Knut«.

Anthony schaute sich um, und England war ausgesperrt, behielt ihn von draußen im Auge, durch das schmiedeeiserne Muster des Tores nach mit je einem blutunterlaufenen Auge zu beiden Seiten einer grazil verzweigten Eisenpflanze. Er weiß das mit Harrow, dachte Anthony, er will, daß ich es zugebe. Du große Güte, dachte er, als er abrupt zur Seite ging, um Mintys Blick zu entkommen, welch ein Standbild oder Brunnen oder was immer das sein soll, haben die hier bei Krogh einen komischen Geschmack. Im ganzen Umkreis von Mincing Lane würde man so was nie antreffen. Was soll das eigentlich sein? Das sieht doch nicht wie ein Mensch aus. Als er dem Portier durch die Glastür in den gläsernen Fahrstuhl folgte, wurde alles, auch Minty, verdrängt von dem altvertrauten Schmerz darüber, Bittsteller zu sein. Nichts haßte er mehr, als um Arbeit betteln zu müssen, und es schien ganz so, als ob eben darin seine Lebensarbeit bestünde. Er nahm es Krogh schon jetzt übel, daß er ihn abwies, daß er ihn nahm. Wenn er mich nimmt, tut er es bloß Kate zuliebe. Was für ein Recht hat er, mir Almosen zu geben? Mir kann wenigstens keiner nachsagen, daß ich ein Unmensch bin. Der in sein graues Becken versprühende Brunnen sank hinter ihm zurück, und er dachte voller Stolz: Ich bin Gottseidank menschlich. Ich mag meine Fehler haben, aber es sind menschliche Fehler. Mal ein Gläschen zu viel, ab und zu ein Mädchen, das ist doch eigentlich nicht schlimm. So ist nun mal die menschliche Natur, und ich bin ein MENSCH, und er warf sich in die Brust und stürmte kampfbereit aus dem Lift, und so stand er vor Kate, die am Treppengeländer auf ihn wartete, vor Kate, die ihn lächelnd begrüßte, Kate, die bereit war, ihn vor den Augen des Fahrstuhlführers zu umarmen, vor den Augen des Büroangestellten, der mit einer Mappe vorübereilte, und ich bin ein Mensch, flüsterte sein Kampfgeist schwach, kaum mehr hörbar, in Dankbarkeit ersterbend wie eine Gruppe von Straßenmusikanten, die abzieht, die laute Straße hinunter, während sich eine andere Gruppe nähert und lauter und lauter spielt und die ganze Aufmerksamkeit beansprucht: Die gute alte Kate, sie hat immer getan was sie konnte, hat mich noch nie im Stich gelassen.

»Da kommst du ja endlich«, sagte Kate.

»Ich wurde vom Regen überrascht. Ich mußte mich unterstellen.«

»Komm einen Augenblick zu mir ins Büro.« Er folgte

ihr über den Gang: ein Stahlrohrsessel, ein Glastisch, eine Schale mit gelben Rosen, an den Wänden eine Serie von Schautafeln in Einlegearbeit, die die Uhrzeit aller Hauptstädte der Welt, die Postabgangszeiten aller Länder, die Routen der Überseedampfer anzeigten. In ihrem Büro mit den gleichen Stahlrohrsesseln, den gleichen Glastischen, den gleichen gelben Rosen drehte sie sich zu ihm um. »Du hast eine Stellung.« Sie klatschte einmal in die Hände; sie wirkte zehn Jahre jünger. »Dafür habe ich all die Jahre gearbeitet.« Sie sah ihn mit so unverhüllter Hingabe an, daß er erschrak, mit einer Hingabe des Blutes, nicht des Verstandes. »Ach, Anthony, wird das schön, dich hier zu haben.«

Er versuchte, ihre Intensität zu erwidern. »Schön? Das will ich meinen.« Er wollte, daß sie seinen Triumph genoß; er war dankbar; doch seine Liebe war unkonzentriert, verteilt, ausgerollt wie Strudelteig auf einer großen Platte. Liebe hatte nichts mit Dankbarkeit zu tun, hatte nichts zu tun mit diesem Aufeinanderabgestimmtsein der Gehirne, mit diesem Gedankenlesen, dieser unangenehmen Last geteilten Schmerzes, das alles war nur ein unglückseliger Nebeneffekt der Tatsache, daß sie Zwillinge waren; Liebe bedeutete Spaß, Zeitvertreib, Amüsement, das war Annette, das war Mabel. »Was soll ich denn für ihn tun, Kate, Liebling?«

»Ich weiß es nicht. Aber hör zu. Du brauchst dir keine Gedanken zu machen. Es geht um eine richtige Arbeit, nicht etwa um einen Wohltätigkeitsbeweis. Er braucht dich.«

»Es kann natürlich sein, daß mir die Sache nicht liegt.«

»Aber, sie wird dir liegen, bestimmt, Anthony, ich bin mir da ganz sicher. Laß es wenigstens auf einen Versuch ankommen. Ich möchte dich bei mir haben. Hör zu. Wir können dann zusammen alles mögliche unternehmen, Besichtigungen, Reisen.«

»Das wär schon toll«, sagte Anthony und lächelte sie an, »aber vergiß nicht, hin und wieder werde ich auch ein bißchen arbeiten müssen. Was meinst du, wo wird er mich hinstecken? In die Fabrik vielleicht. Für Maschinen habe ich mich schon immer interessiert. Kannst du dich an das alte Auto erinnern, das ich zusammengebastelt habe und mit dem ich auf der Brighton Road zwanzig Meilen die Stunde schaffte? Aber ich werde wohl in die Buchhaltung kommen. Da liegt schließlich meine ganze Erfahrung.«

»Und es wird nicht mehr so sein wie bisher: du in China, ich in London, du in Indien, ich in Stockholm.«

»Wir werden viel zusammen sein. Vielleicht bekommst du mich über.«

»Nein.«

»Das kennen wir nicht mehr, seit wir ganz klein waren. Anschließend war ja immer Schule. Die Ferien schienen nie lang zu dauern.«

»Ich habe nur Angst, daß es uns jetzt wieder so gut geht«, sagte Kate.

»Wie meinst du das?«

»Daß es uns auch jetzt gar nicht lange vorkommen wird.«

Voll Staunen und Schmerz wurde er sich bewußt, daß er sich geirrt hatte, daß dies doch Liebe war, daß er von Geburt an ein verdammtes Pech gehabt hatte: sie war seine Schwester. Er empfand es als eine große Verschwendung, eine große Enttäuschung. Keine, dachte er, könnte sie im Aussehen ausstechen, sie hat Stil, sie ist Klasse. Die unzureichenden Worte wühlten in seinem Herzen. Sie sagt, was sie meint, sie weiß, was sie will, sie tut, was sie mag, ihr kann ein Mann vertrauen. Er wollte ihr sagen, er liebe sie, aber über einer Tür leuchtete eine Lampe auf, und sie sagte: »Das ist Erik. Er wartet auf dich.« Die Gelegenheit war verstrichen, zurück blieb ein Gefühl von Schuld, von Melancholie, von vertanen Möglichkeiten, als ob man sich, während die schwache Musik der erbärmlichen Straßenmusikanten, die um die Ecke bogen, verklang, eingestehen mußte, daß es einem an

Nächstenliebe und Entschiedenheit gefehlt hatte. Das nötige Kleingeld hätte er bei sich gehabt, es hätte ihm nicht gefehlt, und wer weiß, welches Glück eine einzige spontane Geste ihm beschert hätte.

»Ich gehe hinein. Bin ich auch fein genug? Kein Rotz an der Nase, gut rasiert...?«

»Du bist in Ordnung. Erik würde es sowieso nicht merken.«

Erik dies und Erik das, dachte er und versuchte, seinen Neid zu schüren, indem er sich Kroghs Gesicht vorstellte, voller Triumph, weil Kate ihm gehörte, sah aber nur die Steintreppe zu einer vertrauten Wohnung, die weißgetünchte Wand, die Nachrichten mit Bleistift. »Bin um 12.30 Uhr zurück.« »Heute keine Milch.« Das gehört ihm, und dies gehört mir; wir teilen uns die Welt.

Kate öffnete eine Tür. Er berührte sie beim Vorbeigehen. Bruder und Schwester, Zuneigung, sie kennt mich und ich kenne sie, welch eine tiefe Befriedigung, weil wir uns nichts vormachen müssen. Warum sollte ich ihn beneiden? fragte er sich und erinnerte sich an Liebe, an die Klingel, die in der leeren Wohnung schellte, an die Suche nach einer persönlichen Nachricht, an verschlungene Herzen, »Bin in der Kneipe um die Ecke«, »Bin um 12.30 wieder zurück«, »Heute keine Milch«, an die Steintreppe, die beim Heruntergehen glitschig von Seife gewesen war; erst das Vergnügen und danach die Verzweiflung.

»Sehr freundlich von Ihnen, Mr. Krogh«, sagte er, »mich zu empfangen.« Er hatte Angst, er gab sich forschfröhlich, er war auf bittere Weise glücklich, das war nämlich das Letzte, tiefer konnte man nach allen Klubmaßstäben gar nicht sinken, als den Liebhaber der eigenen Schwester um Arbeit zu bitten. Er wandte sich mit der ganzen trügerischen Offenheit seines Charmes Krogh zu.

Aber es war vergebens. Krogh sah ihn überhaupt nicht an. Er deutete mit dem Kopf auf einen Stuhl. »Setzen Sie sich.« Er spielte mit einem Feuerzeug. Anthony dachte ungläubig: Er ist ja schüchtern.

Krogh sagte: »Zuerst habe ich gar nicht geglaubt, daß ich Ihnen eine Stelle anbieten könnte. Unsere Buchhaltung ist besetzt. Da liegt doch Ihre größte Erfahrung, nicht wahr?«

»Ja«, sagte Anthony.

»Sie werden verstehen: Ich weiß natürlich nicht in allen Einzelheiten Bescheid. Ich verlasse mich auf die Berichte des Abteilungsleiters. Er war mit niemand unzufrieden. Sie können kaum von mir erwarten, daß ich einen erfahrenen Mitarbeiter entlasse, über den wir uns nicht beklagen können...«

»Natürlich nicht.«

»Ich wußte, daß Sie das verstehen würden«, sagte Krogh. »Andererseits möchte ich aber etwas für Sie tun – Sie sind Miss Farrants Bruder. Miss Farrant ist...«, er suchte nach einem Wort; er hob sein trockenes, leidenschaftsloses, irgendwie besorgtes Gesicht zur Tür seiner Sekretärin. Er blickte auf den Lichtschalter auf seinem Schreibtisch; er schien drauf und dran, Kate nach dem richtigen Wort zu fragen. »Sie ist für mich unentbehrlich«, sagte er endlich und fragte gleich weiter: »Kennen Sie Amerika?«

»Ich war mal in Buenos Aires.«

»Ich meine die Vereinigten Staaten?«

»Nein«, sagte Anthony, »in den Staaten bin ich nie gewesen.«

»Ich habe dort geschäftliche Interessen«, sagte Krogh. Und wieder suchte er nach Worten. »Zigarette?«

»Danke.«

Krogh hielt ihm sein Feuerzeug entgegen und begann mit einer lauten, unsicheren Stimme, die in der ziemlich stickigen Luft zwischen den geräuschisolierten Fenstern und der gepolsterten Tür gleich wieder erstarb: »Der Vorschlag, den ich zu machen habe, mag Ihnen merkwürdig vorkommen. Sie werden ihn vielleicht nicht annehmen mögen.« Er war verlegen. Es war schon fast peinlich. Als hätte er vergessen, daß er noch gar nichts erklärt hatte, fuhr er fort: »An die Polizei könnte ich mich deswegen nicht wenden.«

Anthony fragte leise: »Was soll ich denn für Sie tun? Stehlen?«

»Stehlen?« sagte Krogh, »natürlich nicht.« Er rutschte unruhig hin und her, schluckte, gab sich einen Ruck. »Ich will nur einen Leibwächter. Gestern mußte ich plötzlich denken – ich weiß, es war eigentlich nichts, nur ein Auto mit Fehlzündung, aber es gab mir einen Schock –, wie schutzlos ich doch gegenüber jedem wirklich skrupellosen ... Es muß Ihnen verrückt vorkommen, aber in Amerika passieren solche Sachen. Ich hatte erst gestern Ärger in den Fabriken. Sie mögen es vielleicht nicht glauben ...«

»Selbstverständlich glaube ich Ihnen«, sagte Anthony. Er zögerte keine Sekunde, nur eine gewisse Geistesabwesenheit in seinem ernsthaften Blick ließ ahnen, daß er in Gedanken weit weg war, in Buenos Aires, in Afrika, in Indien, in Malaya, in Shanghai, und eine alte Geschichte für neue Zwecke frisierte. »Wissen Sie, ich hab mal jemand getroffen, der hat bei Morgan persönlich als Leibwächter gearbeitet. Das war in Shanghai. Der erzählte mir, alle hätten Leibwächter. Und der erzählte mir auch ...« Anthony hielt inne. »Wirklich, das ist doch absolut nur vernünftig. Selbst Filmstars haben ihre Leibwächter.«

»Aber hier in Stockholm ...«

»Man muß mit der Zeit gehen«, sagte Anthony. Er war inzwischen recht zuversichtlich; er verkaufte sich selbst, so wie er Seidenstrümpfe und Staubsauger verkauft hatte – die Augen fest auf sein Gegenüber gerichtet. Den Fuß in der Tür, der Redeschwall, der doch immer gentlemanlike blieb. (»Er war ein richtiger Gentleman«, pflegten die Frauen zu ihrer Entschuldigung vorzubringen, wenn sie ihren Ehemännern unnötige Einkäufe zeigten.) »Sie haben sich an die richtige Adresse gewandt, Mr. Krogh. Ich hätte Ihnen Pokale zeigen können, die ich gewonnen habe, Silber!« Er vergaß sogar den leichten Druck auf die Tränendrüse nicht, der dem Käufer noch eine Entschuldigung liefern würde – »Der arme Kerl hat schwere Zeiten hinter sich«. »Aber die meisten von ihnen habe ich verkauft, Mr. Krogh. Es hat Zeiten gegeben, da habe ich mir die Schuhsohlen abgelaufen. Ich habe in meinem Leben schon vieles versetzt und den Pfandschein in den nächstbesten Mülleimer geworfen. Von nichts habe ich mich aber so schwer getrennt wie von dem silbernen Tafelaufsatz, den ich im Klub in Singapur gewonnen hatte. Da war die Konkurrenz stark – alles nur Meisterschützen. Es war ein wunderschöner Tafelaufsatz.«

»Sie nehmen also die Stellung an?« fragte Krogh.

»Natürlich nehme ich sie an«, sagte Anthony.

»Solange ich im Büro bin, haben Sie frei; außerhalb des Bürogebäudes müssen Sie mich begleiten.«

»Sie sollten die Sache in großem Stil aufziehen«, sagte Anthony. »Kugelsicheres Glas, Stahljalousien.«

»Ich glaube, das ist in Stockholm nicht nötig.«

»Trotzdem«, sagte Anthony und betrachtete die gläsernen Wände mit unverhülltem Abscheu, »in dieses Gebäude hier könnte jeder eine Bombe schmeißen. Dem Brunnen könnte es allerdings nicht schaden.«

»Was meinen Sie damit?« fragte Krogh schnell. »Gefällt Ihnen der Brunnen nicht?«

»Ich bitte Sie«, sagte Anthony, »gibt es auch nur einen Menschen, dem er gefallen könnte?«

»Er ist vom besten zeitgenössischen Bildhauer Schwedens.«

»Hochgestochene Kunst ist es natürlich«, sagte Anthony. Er trat ans Fenster und schaute mißmutig auf den Brunnen hinab, auf diesen grünen, triefenden Stein unter dem grauen Himmel. »Eine schöne Umgebung hat er«, sagte er zur Aufmunterung.

»Aber Sie finden ihn ... schlecht?«

»Ich finde ihn grauenhaft«, sagte Anthony. »Wenn man das in Schweden für schön hält, dann ist mir die Edgware

Road allemal lieber, und was man da so als schön empfindet.«

»Die besten Kunstkritiker«, sagte Krogh, »alle haben mir bestätigt ...«

»Ah! Die kochen doch nur ihr eigenes Süppchen«, sagte Anthony. »Sie müssen die einfachen Leute fragen, die Krogh's kaufen.«

»Gefällt Ihnen der Aschenbecher hier?« fragte Krogh.

»Oh, der Aschenbecher ist in Ordnung.«

»Den hat derselbe Mann entworfen.«

»Von Kleinkram versteht er was«, sagte Anthony. »Sie hätten ihm einfach nicht soviel Stein zum Rumspielen geben dürfen. Irgendwas Kleineres.«

»Ihrer Schwester gefällt er.«

»Die gute Kate«, sagte Anthony, »hatte schon immer einen Stich ins Hochgeistige.«

Krogh stellte sich neben ihn ans Fenster. Er starrte schwermütig nach unten auf den Hof. »Dem Portier hat er nicht gefallen«, sagte er.

»Solange Sie ihn mögen ...«

»Ich bin mir aber nicht sicher. Ich bin mir nicht sicher«, sagte Krogh. »Es gibt Dinge, die ich nicht verstehe. Lyrik. Was der Gesandte Ihres Landes geschrieben hat. Ich habe für solche Dinge nie die Zeit gehabt.«

»Mir ging's genauso«, sagte Anthony, »aber ich hab von Natur aus Geschmack.«

»Mögen Sie Musik?«

»Ich liebe Musik«, sagte Anthony.

»Heute abend«, sagte Krogh, »müssen wir in die Oper. Würde Ihnen das gefallen?«

»Für eine schöne Melodie hab ich immer was übrig«, sagte Anthony. Er summte ein, zwei Takte von »Picking Daisies by Daylight«, brach ab und winkte dem Mann, der ihn besorgt beobachtete, zum Abschied freundlich zu. Ich bin wieder in Lohn und Brot. Es geht aufwärts mit meines Vaters Sohn. Hier gibt's was abzustauben. »Sie sind sicherlich sehr beschäftigt«, sagte er. An der Tür blieb er stehen: »Ich werde etwas Geld für feine Klamotten brauchen.«

»Feine Klamotten?«

»Weiße Fliege und was sonst noch dazugehört.«

»Miss Farrant… Ihre Schwester… wird sich darum kümmern.«

»Gut«, sagte Anthony, »dann bis später.«

Ex für alle, dachte Minty. Die Ausdrücke aus der Schulzeit verbrannten ihm schier die Lippen, und doch kamen sie ihm immer zuerst über die Zunge. Es machte ihm ein bitter schmerzliches Vergnügen, nicht etwa »ein freier Nachmittag« zu sagen, sondern »ex für alle«. Er haßte und liebte zugleich. Die Schule und er waren in einem quälenden Akt vereint, in einer Paarung ohne Leidenschaft, die nur ein Gefühl des Bedauerns zurückläßt, keine Liebe, nur Haß, die aber die eine Vorstellung nicht zerstören kann: Wir sind ein Leib.

Und er bildet sich ein, er könnte sich einfach eine Harrow-Krawatte umhängen und damit durchkommen. Kein Kapitän der Schulmannschaft, kein Mitglied des Philatelistischen Clubs mit Fliege und litzenbesetzter Weste hätte sich aufrichtiger entrüsten können. Nur besaß Minty die größere Selbstbeherrschung. Die hatte er gründlich gelernt – wie oft hatten sie ihm den Arm umgedreht, die Stahlfedern in die Wade getrieben, den Weihrauch verschüttet, die heiligen Bilder zerbrochen. Es war für Minty in der Tat ein langer und mühsamer Akt gewesen, und als die sorgsam gewählte, böse Stunde der Rache gekommen war, nach dem Briefwechsel mit dem Apotheker in der Charing Cross Road, nach dem Empfang der unauffälligen Päckchen, war es nicht etwa Minty gewesen, der zurückschreckte, sondern sein Komplize. Sein Komplize blieb auf der Schule, schaffte es nicht bis zur letzten Klasse, wurde irgendwas in der City; es war Minty, der abging, nach langen Gesprächen mit dem verantwortlichen Lehrer seines Hauses; er wurde nicht von der Schule verwiesen, aber von seiner Mutter von der Schule genommen. Es war alles sehr ruhig, äußerst diskret über die Bühne gegangen – den Mitgliedsbeitrag für den Verein der Ehemaligen zahlte seine Mutter.

Ex für alle. Es bestand keinerlei Anlaß, das Krogh-Gebäude weiterhin zu beobachten, da Farrant ja wohlbehalten drinnen war. Farrant brauchte Geld. Farrant trug eine Krawatte, die ihm nicht zustand. Farrant war ihm sicher. Doch dieser Tag, der mit einem Brief von der Familie so positiv angefangen hatte, mußte bestmöglichst genutzt werden. Morgen würde er drauf achten müssen, zu Ehren des heiligen Zephyrinus seine Gedanken von Bosheit und Lieblosigkeit frei zu halten, heute aber durfte er allen niederen Regungen hemmungslos nachgeben. Der heilige Ludwig hatte nie einen Finger gerührt, um ihm zu helfen. Als er krank und geschwächt im Bett lag, nachdem ihm der Eiter abgezapft worden war, hatte er zum heiligen Ludwig gebetet, der heilige Ludwig hatte ihn aber nicht erhört. Erhört hatte ihn der verachtete, der vergessene Zephyrinus.

Ich werde den Gesandten aufsuchen. Ach Minty, sagte er sich mit einem verschmitzten Grinsen, was bist du doch für ein Schelm. Wirklich, in deinem Alter! Ein arger Schelm! Er kicherte selbstgefällig vor sich hin, als er auf den Gustav-Adolf-Platz hinaustrat, in seinem vom Regen triefenden Mantel. Der graue Herrscher blickte gen Rußland, von seinem Schwertgriff lief das Wasser, und unter den Säulen des Opernhauses drängten sich, wie Pilze, die Regenschirme. Minty und ein verirrtes Taxi hatten den Platz ganz für sich. Minty ist eigentlich gar nicht bös, dachte er, und heckte einen Plan aus, wie er am übertüchtigen Calloway, am Heer der jungen Diplomaten mit ihren Rundfunkstimmen vorbei zum Gesandten durchkommen könnte.

Calloway hätte ihm beinah die Tür vor der Nase zugeschlagen, aber Minty war zu schnell. »Ich muß mit Captain Gullie sprechen«, sagte er. Er kannte sich im Gebäude der Gesandtschaft recht gut aus und schlüpfte an Calloway vorbei durch einen weißgetäfelten Gang ins Zimmer des Militärattachés. Der blickte mißbilligend hoch. »Schon wieder Sie, Minty! Was zum Teufel wollen Sie diesmal?« Verlegen zwirbelte er seinen rotblonden Schnurrbart, rückte er sein Monokel zurecht. Vor ihm auf dem Schreibtisch lag die gebundene Jahresausgabe einer Zeitschrift.

»Ich bin mit dem Gesandten verabredet«, sagte Minty, »aber der hat gerade zu tun. Da hab ich mir gedacht, ich sag mal rasch guten Tag. Beschäftigt?«

»Sehr beschäftigt«, sagte Gullie.

»Ich dachte, es könnte Sie interessieren, daß ein neuer Schotte in der Stadt eingetroffen ist. Heißt Farrant. Behauptet, er sei ein MacDonald.«

Gullies Nacken lief rot an. »Sind Sie sicher? Farrant. Den Name kenne ich nicht. Geben Sie bitte einmal mein Clanverzeichnis herüber. Dort, gleich neben Ihrem Ellbogen.« Minty reichte ihm das rote Büchlein über die schottischen Clans und ihre Tartans.

»Wir Camerons«, sagte Gullie, »können selbstverständlich einen MacDonald nicht ausstehen. Ein Cameron kann sich mit einem MacDonald genausowenig einlassen wie ein Franzose mit...«

»Ich hatte neulich die Ehre, Ihre Frau Mutter kennenzulernen«, sagte Minty, der sich mit einem Ausdruck heimlicher Belustigung im Zimmer umtat. Gullie errötete von neuem. »Welch ein wunderbarer Akzent. Man würde nie vermuten, daß sie Deutsche ist. Sagen Sie, was haben die Camerons eigentlich gegen die MacDonalds?«

»Glencoe«, sagte Gullie.

»Ja, ja«, sagte Minty. »Was lesen Sie denn da, Gullie?« Er blickte über die Schulter des andern in den aufgeschlagenen Band einer deutschen Zeitschrift für Freikörperkultur. »Da haben Sie ja eine richtige kleine pornographische Bibliothek«.

»Sie wissen ganz genau«, sagte Gullie, »daß mein Interesse daran künstlerischer Natur ist. Ich male Schiffe und die...«, er drehte sein Monokel, »... die menschliche Gestalt. Verdammt noch mal, Minty, hier ist kein Farrant verzeichnet. Der Bursche muß ein Hochstapler sein.«

»Vielleicht habe ich die Clans durcheinandergebracht. War vielleicht ein MacWasanderes. Sind das alles Ihre Schiffe?« Er zeigte auf die kleinen Bilder, die in einer Doppelreihe ringsum an den weißen Wänden hingen – kleinere Schiffe aller Art, Barken, Brigantinen, Fregatten, Schoner, und alle tanzten auf leuchtend blauen, stilisierten Wellen. »Und wo bewahren Sie Ihre menschlichen Gestalten auf?«

»Die Bilder habe ich bei mir zu Hause«, sagte Gullie. »Hören Sie, Minty. Der Bursche ist weder ein MacPherson, noch ein Macfarlane, noch ... glauben Sie, daß er ein ehrlicher Kerl ist?«

»Kann ich mir eigentlich nicht vorstellen.«

»Er sollte nicht herumlaufen und behaupten können, ein MacDonald zu sein.«

»Es kann auch MacWasanderes gewesen sein.«

»Beim Kaledonischen Dinner werden wir ihn uns vornehmen. Da werde ich seinen Tartan ja zu Gesicht bekommen.«

»Ich bin hier, um den Gesandten«, sagte Minty, »wegen eines Harrow-Dinners anzusprechen. Ich muß mich sputen. Er wird sicherlich schon ungeduldig. Sie haben doch nichts dagegen, wenn ich durch Ihre Tür zu ihm gehe, nicht wahr?« Wo er gestanden hatte, blieb eine kleine Wasserpfütze zurück. »Bis dann, Gullie. Bleiben Sie bei den Schiffen. Schenken Sie sich die menschliche Gestalt.« In seinem neckenden Ton schlich sich auf einmal ein Quäntchen Haß, ein Schuß Aufrichtigkeit. »Sie ist so häßlich, Gullie. All diese Auswüchse und Schwellungen.« Ehe Gullie ihn zurückhalten konnte, war er durch die Tür hinter dem Schreibtisch verschwunden.

Ja, sie war häßlich, die menschliche Gestalt. Ob Mann oder Frau, Minty war's gleich. Die Körperform, die laufende Nase, Exkremente, die albernen Verrenkungen der Leidenschaft, das alles widerte Minty an. Nichts hatte Minty mehr in seinem bösartigen Haß bestärken können als der Anblick von Gullie beim Anglotzen der Fotos nackter Brüste und Schenkel. In Mintys Erinnerung raste eine Horde Schuljungen vorbei, johlend zerbrachen sie sein Bild der Madonna mit Kind, rülpsten sie, furzten.

Der Gesandte saß auf der anderen Seite des dicken Teppichs zwischen all seinem Nippes und schrieb; kaum hörbar schloß Minty die Tür. Seine Augen waren ein wenig geweitet. Er nahm alles auf: das gesetzte weiße Haar des Gesandten, die nach der Rasur leicht gepuderten, rosa Wangen, den teuren, grauen Anzug. Er fand das Ausmaß des Hasses, den Gullie in ihm freigesetzt hatte, fast beängstigend. Daß man Puder benutzte, dermaßen auf seine Kleidung achtete, sich so sorgfältig frisierte, solche Schönfärberei ekelte Minty an. Der Körper blieb, was er war, selbst die feinsten Schneider von Savile Row konnten das nicht verheimlichen. Sich vorzustellen, daß Gott der Herr ein Mensch geworden war! Minty konnte keine Kirche betreten, ohne daß ihm der Gedanke kam; er machte ihn krank; das bedeutete ihm mehr als die Seelenangst im Garten von Gethsemane, die Verzweiflung am Kreuz. Schmerz war leicht zu ertragen verglichen mit der Demütigung, die des Morgens mit dem Aufstehen begann und nachts mit einem zu Bett ging. Er erhob sich, tropfte am Teppichrand vor sich hin und dachte, man müßte immerhin nicht so ordinär sein und den Körper auch noch lieben wie Gullie; und es wäre nicht nötig, ihn so geschmacklos unter Puder und eleganten Nadelstreifanzügen zu verstecken wie der Gesandte es tat. Er haßte die Heuchler; er wartete, daß der Gesandte von seiner Arbeit aufblickte; mit wehmütig gehässigem Stolz stellte er sich in der ganzen eigenen Schäbigkeit in Positur. Schließlich sagte er: »Sir Ronald.«

»Ach, du guter Gott!« sagte der Gesandte. »Haben Sie mich aber erschreckt, mein Bester. Wie sind Sie nur hereingekommen?«

»Ich hatte einen Termin bei Gullie«, sagte Minty, »der mir sagte, Sie seien momentan nicht allzu beschäftigt.

Da hab ich mir gedacht, ich schau mal herein, um Sie wegen eines Harrow-Dinners anzusprechen.«

»Wie konnte Gullie nur so etwas behaupten.«

»Sie übernehmen natürlich den Vorsitz, nicht wahr, Sir Ronald?«

»Aber mein Bester, mir scheint, solch ein Altschüleressen hätten wir erst kürzlich gehabt. Außerdem, ehrlich gesagt, ich habe furchtbar viel zu tun.«

»Zwei Jahre ist's her.«

»Sie können aber nicht behaupten«, sagte der Gesandte, »daß es ein Erfolg gewesen ist. Nein wirklich, es ist ja fast zu einer Schlägerei entartet. Und irgendein grauslicher Kerl hat mir Zigarrenasche in den Portwein gestreut.«

»Es wäre eine gute Gelegenheit, allen den neuerlichen Spendenaufruf ans Herz zu legen, den die Schule an die Ehemaligen geschickt hat.«

»Mein lieber Minty, keiner weiß Ihren wirklich bewundernswerten Einsatz für die Schule besser zu schätzen als ich, aber irgendwo gibt es eine Grenze, Minty. Das Unangenehme ist, daß sich unter den Ehemaligen hier in Stockholm einfach zu viele Armeeleute aufhalten. Warum können die nicht zu Hause Russisch lernen – oder in Tallinn?«

»In Stockholm lebt seit kurzem noch ein ehemaliger Harrowianer. Jedenfalls trägt er die Krawatte. Der Bruder von Kroghs Freundin.«

»Das ist interessant«, sagte der Gesandte.

»Er arbeitet in der Firma.«

»Erinnern Sie ihn daran, daß er seinen Namen in unsere Namenliste der Ehemaligen einträgt.«

»Ich glaube, er war überhaupt nicht in Harrow.«

»Haben Sie nicht gerade das Gegenteil behauptet?«

»Ich habe gesagt, er trägt unsere Krawatte.«

»Was sind Sie doch für ein mißtrauischer Kerl, Minty. Wenn er nicht in Ordnung wäre, hätte Krogh ihn nicht angestellt. Ich würde Krogh meinen letzten Penny anvertrauen.«

»Warum tun Sie's nicht?« fragte Minty. »Auf Krogh-Aktien kriegen Sie zehn Prozent.«

»Nun ja, das eine oder andere Sümmchen hab ich ja in dieser Richtung angelegt«, sagte der Gesandte. Er lehnte sich zurück und lächelte mit einer gewissen Selbstgefälligkeit. »Davon kann ich im kommenden Winter meinen Urlaub bestreiten.«

»Was ist mit dem Essen?« Minty begann sich ernstlich ins Zeug zu legen; er trat dem Gesandten näher und ließ eine feuchte Spur auf dem Teppich zurück. »Es ist eine gute Sache. So bleiben wir im Kontakt. Und es ist der eine, der einzige Abend des Jahres, an dem man kein Ausländer ist.«

»Zum Teufel, Minty, wir leben hier nicht in der Sahara. Wir sind schließlich bloß sechsunddreißig Stunden von Piccadilly entfernt. Heimweh brauchen Sie wirklich nicht zu haben, Sie können doch jederzeit übers Wochenende rüberhuschen. Nehmen Sie Gullie. Der fährt dauernd rüber. Ich selbst ziehe es allerdings vor, zu warten und über Weihnachten dann einen ganzen Monat lang drüben zu bleiben, es ist in England die schönste Zeit des Jahres. Vielleicht gehe ich auch ein paar Tage auf die Jagd. Nein, Sie können wirklich nicht so tun, als seien wir hier abgeschnitten.«

Er hatte recht. Er war nicht abgeschnitten – er in seinem weißgetäfelten Zimmer, hinter der Vase mit Herbstrosen; sein Wohlstand wirkte wie eine vorsätzliche Beleidigung. Er hat mich nicht einmal aufgefordert Platz zu nehmen, er hat Angst um seine gobelinbezogenen Sessel, weil mein Mantel ein bißchen naß ist. »So ein Essen wäre eine gute Sache«, wiederholte Minty, um Zeit zu gewinnen, während er nach irgendeiner Geschichte, einem Witz, einem Gerücht suchte, nach irgend etwas, womit er dem Gesandten zum Abschied die Laune verderben könnte.

Er sagte: »Ich habe eine Besprechung Ihres Buches im ›Manchester Guardian‹ gesehen.«

»Nein«, sagte der Gesandte, »nein wirklich? Was steht denn drin? Kritiken lese ich nie.«

»Gedichte interessieren mich nicht«, sagte Minty. »Ich hab nur die Überschrift gelesen: ›Ein schwacher Dawson-Epigone.‹ Haben Sie nicht eben erwähnt«, fuhr er fort, »daß Sie neue Krogh-Aktien gekauft haben? Sie sollten vorsichtig sein. Es gibt da so Gerüchte.«

»Was meinen Sie damit, Gerüchte...?«

»Na ja, Minty kommt so einiges zu Ohren. Es heißt, daß in seiner Fabrik fast ein Streik ausgebrochen wäre.«

»Unsinn«, sagte der Gesandte. »Krogh war vorhin zum Tee hier. Er hat mir zum Kauf geraten.«

»Ja, aber wohin ist er anschließend gegangen? Das würden alle gern wissen. Hat er einen Anruf bekommen?«

»Zwei Anrufe.«

»Hab ich mir's doch gedacht«, sagte Minty.

»Ich habe eine Menge von diesen neuen Aktien gekauft«, sagte der Gesandte.

»Nun ja«, meinte Minty, »es gibt da eben Gerüchte. Nichts Genaues. Sie könnten natürlich zu einem gewissen Kurseinbruch führen. Aber man darf ja nicht erwarten, daß sich jede kleine Spekulation auszahlt. Außerdem sind Sie ein Dichter. Von solchen Dingen verstehen Sie nichts.« Minty kicherte in sich hinein.

»Worüber lachen Sie?«

»›Ein schwacher Dawson-Epigone‹«, sagte Minty. »Sie müssen zugeben, das ist sauber formuliert. Sie können sich auf mich verlassen. Ich sag Ihnen, was in der Welt passiert, keine Angst. Von einem Diplomaten kann man nicht verlangen, daß er weiß, was in den Niederungen des Lebens vorgeht. Dafür haben sie Minty.« Er näherte sich der Tür; sein Mantel tropfte. »Einem alten Schulkameraden helfe ich immer gern.«

Auf dem langen, weißen Gang blieb er unter den Porträts von Sir Ronalds Vorgängern stehen; auf diesen Bildern einheimischer Künstler hatten sie mit ihren Halskrausen und ihren Allongeperücken etwas unenglisch

Barbarisches an sich; sie hatten einen Zug um die Augen, der rein skandinavisch war; ihr Brustharnisch wurde von Pelzwerk verdeckt. Hinter einem Höfling der Stuart-Zeit konnte man ein paar Rentiere und eine bergige, eisbedeckte Landschaft erkennen. Die späteren Porträts hatten dann überhaupt keinen nationalen Einschlag mehr; diese Männer in förmlicher Kleidung mit Kniehosen, Orden und Ordensbändern repräsentierten eine internationalisierte Kunst vom Zuschnitt eines Sargent oder De Laszlo. Sir Ronald, der ihnen an der Wand bald Gesellschaft leisten würde, schätzte die Bilder sehr, wie Minty wußte, und neben der eher üblichen Bitterkeit empfand Minty ein ungewohntes Mitgefühl mit den Perückenmännern in ihren Rahmen, die tatsächlich isoliert gewesen waren, wenn auch nicht so völlig isoliert wie Minty; er spürte eine geradezu zärtliche Zuneigung zu diesen alten Gemälden, die Sir Ronald als »merkwürdig« bezeichnete. Mit leisen Schritten, die auf dem silbergrauen Teppich eine Spur feuchter Fußabdrücke hinterließen, ging er zur Tür und aus dem Haus.

Es hatte aufgehört zu regnen; ein östlicher Wind trieb die grauen Wolken herdenweis über den Mälarsee, und die Sonnenstrahlen trafen scharf und spitz auf die nassen Steine von Schloß, Oper und Parlamentsgebäude. Die Motorboote, die unter der Nordbrücke hindurchglitten, sprühten Gischt, die der Wind einfing und wie einen feinen Regen gegen den verglasten Vorbau des geschlossenen Restaurants schleuderte. Der nackte Mann auf dem glänzendnassen Sockel reckte sich über dem krausen Wirbel kleiner Wellen zum Grand Hotel hin; der Brücke und den Passanten kehrte er den Hintern zu.

Minty trat in eine Telefonzelle und rief in Kroghs Firma an. Er sagte zum Portier: »Ist Herr Krogh noch im Haus? Minty am Apparat.«

»Ja, Herr Minty, er ist noch nicht fortgegangen.«

»Wird er heute abend die Oper besuchen?«

»Er hat seinen Wagen noch nicht bestellt.«

»Verbinden Sie mich mit Herrn Farrant, wenn möglich.«

Er wartete lange; er war nicht ungeduldig. Er zeichnete mit dem Finger kleine Bildchen aufs staubige Glas der Zelle, ein paar Kreuze, einen Kopf mit einem Birett.

»Hallo. Sind Sie's, Farrant? Hier spricht Minty.«

»Ich bin gerade zurück. Hab feine Klamotten eingekauft«, sagte Anthony. »Schuhe, Socken, Krawatten. Wir gehen heut abend in die Oper.«

»Sie und Krogh?«

»Ich und Krogh.«

»Sie scheinen dicke mit ihm zu sein. Hören Sie, Farrant, könnten Sie mir ein bißchen Internes über den Streik sagen, von dem alle reden?«

»Er ist nicht gerade redselig.«

»Ich kann Ihnen für Ihre Story einen guten Preis zusagen.«

»Machen wir halbe-halbe?«

Minty zerrieb das Gesicht, das Birett mit dem Daumen; er zeichnete noch ein Kreuz, eine Dornenkrone, einen Heiligenschein. »Hören Sie, Farrant. Ich verdiene damit meinen Lebensunterhalt, mein tägliches Brot, ja, Farrant, sogar meine Zigaretten. Sie haben eine gute Stelle; Sie sind nicht auf fünfzig Prozent angewiesen. Ich werde Ihnen also ein Drittel geben. Ich verspreche es Ihnen.« Er kreuzte beinahe automatisch die Finger und befreite sich damit von der Verantwortung für ein gebrochenes Versprechen. »Sie sind doch mit einem Drittel zufrieden, nicht?« Er stellte sich drauf ein, weiter betteln zu müssen, seine Stimme nahm den Ton eines kleinen Jungen an, der vor dem Süßwarenladen seine älteren Kameraden um ein Stück Korinthenbrötchen oder einen Riegel Schokolade anbettelt. »Wissen Sie, Farrant, wirklich« – doch Anthony überraschte ihn total, gab auf der ganzen Linie nach. »Na, wenn das so ist, Minty, nehm ich nur ein Viertel. Wiederhören. Bis bald.«

Minty hielt den Hörer in der Hand und fragte sich: Was will er damit sagen? Will er mich reinlegen? Ist einer von den anderen hinter ihm her? Und ihn erfüllte eine Eifersucht auf die Horde der armseligen Männer, die, wie er selbst, vor den Toren von Krogh herumlungerten, den Portier bestachen, die Eingänge beobachteten, wenn Krogh auswärts aß und selber ausgehungert erst spät in der Nacht in ihre billigen Unterkünfte auf der anderen Uferseite zurückkehrten. Hat Pihlström ihn sich geschnappt? Beyer? Hat Hammarsten ihn bestochen? Er sah Pihlström im schlammbespritzten Anzug vor sich, wie er einen Automaten mit ausländischen Münzen zu füttern versuchte. Er sah Beyer seinen Bierdeckel unter das Glas des Nachbarn schieben. Er sah Hammarsten... Denen ist alles zuzutrauen, überlegte er, denen ist alles zuzutrauen. Er legte den Hörer auf, strich mit der flachen Hand über die Heiligenscheine und Kreuze und trat aus der Zelle in den grauen Herbstnachmittag hinaus.

Einen Happen zum Mittag, Minty? Es ist der erste Tag des neuen Finanzmonats: ein Brief von der Familie; ein neues Zeichen am Briefkopf des Begleitschreibens vom Anwalt; ich habe den Chefredakteur geärgert, ich habe Gullie geärgert, ich habe den Gesandten geärgert; eine kleine Extravaganz wäre bestimmt angebracht: ein kleines Mittagessen. Aber zuerst die Pflicht, Minty, die Pflicht kommt immer zuerst.

Er rief die Zeitung an und teilte mit, daß ein Fotograf vor dem Opernhaus postiert werden sollte.

Dann auf zum Mittagessen.

Doch wieder wurde er aufgehalten. Eine Kirche lockte. Ihr Dunkel, das Glühen des Lämpchens vor dem Tabernakel waren stärker als Essen. Es war natürlich eine lutherische Kirche, sie hatte aber die echte Atmosphäre von Gipsheiligen, ewigem Licht und Absolution. Er blickte sich unsicher um, er neigte den Kopf, und mit der Vorsicht und in der dürstenden Erregung eines heimlichen Lüstlings stürzte er zur offenen Tür.

Viertes Kapitel

Bis die Lichter erloschen, glaubte Anthony alle Blicke auf sich zu ziehen, aber es war ihm Wurscht. Er wußte, daß er im Abendanzug gut aussah, selbst wenn er von der Stange kam. Zu seiner Linken wie zu Kroghs Rechten waren zwei Plätze frei. Er und Krogh saßen in der vierten Reihe bewußt isoliert; die beiden Plätze unmittelbar hinter ihnen waren ebenfalls leer. Anthony begann zu rechnen, wieviel es Krogh kostete, ins Theater zu gehen.

»Kommen Sie oft her, Mr. Krogh?« fragte er und nahm die glitzernden Logen mit ihren Diademen wahr, die seltsam überalterte Atmosphäre des Hauses: Schultern, Diamanten, graues Haar; eine Frau inspizierte sie durch eine Lorgnette. Es war, als nähmen sie an einer Traditionsfeier teil, die für Betagte reserviert war.

»Zu jeder Premiere«, sagte Krogh.

»Müssen Sie musikalisch sein«, sagte Anthony.

Die königliche Loge war besetzt; der König war nicht anwesend (er spielte im Ausland Tennis), aber da saß der Kronprinz mit Gemahlin und setzte sich geduldig den Blicken der Stockholmer Gesellschaft aus; er hatte, solange das Theater beleuchtet war, die Pflicht, sich sehen zu lassen. Die Zuschauer waren hin und her gerissen: sollten sie der Loge ihre Aufmerksamkeit schenken oder dem Parkett, wo Krogh saß, dem Stande oder dem Geld? Anthony gewann den Eindruck, daß das Geld siegte.

»Kennen Sie sich?« fragte er. »Ich meine, kennen Sie den Kronprinzen?«

»Nein«, sagte Krogh. »Ich bin nur einmal im Schloß gewesen, auf einem Empfang. Ich kenne seinen Bruder.«

Die betagten Witwen wandten sich den beiden begierig zu, sobald sie miteinander sprachen, die Diademe neigten sich vor, die Operngläser blitzten; ein kleines, graues, vertrocknetes Männlein mit einem glänzenden Ordensband über der Hemdbrust verbeugte sich, lächelte und versuchte, Kroghs Aufmerksamkeit auf sich zu lenken. Als Anthony zur königlichen Loge hochblickte, merkte er, daß sogar der Kronprinz zu ihnen herüberschaute. Es war eine merkwürdige Vorstellung, daß Krogh vermutlich der einzige Fremde war, den der Prinz vom Sehen kannte. Sein eckiges, kluges Gesicht war ihnen voll geduldigen Interesses zugewendet.

Beide Männer waren müde, aber Kroghs Müdigkeit machte den Eindruck physischer Erschöpfung. Sein Frack saß schlecht um die Schultern herum; seine diamantenbesetzten Hemdenknöpfe schienen nicht ihm zu gehören und wirkten ein wenig vulgär und geschmacklos; es war, als trüge er eines anderen Kleider, die Geschmacklosigkeit eines anderen. »Hören Sie, Farrant«, sagte er, »falls ich einschlafe, müssen Sie mich vor Ende des Aktes wecken. Man darf mich nicht schlafen sehen.« Er setzte hinzu: »Dienstag ist immer ein anstrengender Tag.«

Die Lichter des großen Kronleuchters in der Mitte des Theaters erloschen; Dunkelheit huschte die Ränge entlang, senkte sich aufs Parkett. *Dienstag.* Die Geigen begannen unsicher nach irgend etwas zu suchen, konnten's nicht finden, zitterten und gerieten in Verzweiflung. *Dienstag.* Eine Frau nieste. Das Licht an der Spitze des Dirigentenstabes schoß wie ein Glühwürmchen erdwärts. *Dienstagabend.* Ich hatte es versprochen, überlegte Anthony, das ist für sie ein harter Schlag, und die Geigen trafen, trugen die Empfindung des Bedauerns: den Verlust, das Leid, das man zufügt, das, was man vergißt. Sie ist nicht gerade helle; sie hat vielleicht den ganzen Tag herumgesessen und gewartet. Zittern und Klagen, der Schrei eines Vogels über weitem, grauem Land, ein vergifteter Trank, heillose Liebe, Tod, der allem ein Ende setzt, und wieder das Niesen einer Frau; es ist für sie ein harter Schlag, Steintreppen, »heute keine Milch«. Sie ist dumm. Ihr Name ist Davidge und das schwarze Segel der Tod.

Der Vorhang hob sich; lange giftgrüne, violette Gewänder schleiften den Staub der Bühnenbretter mit sich; eine ältliche Frau sang und schüttelte blonde Zöpfe; auf blechernen Brustpanzern glitzerte das Rampenlicht; ein Becher Wein wurde geleert, und ein Schiff stach in See. Es war völlig sinnlos. *Dienstag.* Ich werde in der ersten Pause sofort anrufen. Man fühlt sich ganz schuldig (er kehrt zurück, der falsche Freund, um König Marke gegenüberzutreten), wenn sie so dumm und töricht sind und sich in einen verknallen. Irgendwie ist sie unschuldig, naiv; sie sollte lernen, sich richtig zurechtzumachen: der Lippenstift paßt nicht zu dieser braunen Tönungscreme; den Schnaps neulich in Göteborg hat sie getrunken, als ob sie vorher noch nie etwas Stärkeres als Sherry getrunken hätte.

Das gefärbte Wasser im Becherglas, die Schauspielerin, die es ansetzt, der präparierte Trank, die Sopranhexerei, dieses Theater um heillose Liebe.

Das hat mit Liebe nichts zu tun; aber wenn sich eine so in einen verknallt, möchte man – ja, was denn, zum Teufel, es ihr halt schonend beibringen, nach dem Motto: Was du nicht willst, das man dir tu ... (die Erinnerung an seinen Schmerz bei Annettes plötzlichem Verschwinden erdrückte die Musik, diese Qual, die man hörte, erschien oberflächlich verglichen mit der Qual dessen, was ihm vor Augen stand – die mit Bleistift vollgekritzelte Wand, die seifigen Treppen). Wenn sie nicht ganz so dumm und töricht wäre, wenn sie sich nicht gar so leicht von all diesen saublöden Geschichten hätte einwickeln lassen, dann wär's mir ja egal. Er sah Krogh an. »Mr. Krogh.« Er schüttelte ihn am Ellbogen, und Krogh wachte auf.

»Es wird so laut«, flüsterte Anthony, »ich vermute, es wird gleich zu Ende sein.«

Er hatte recht; ein mächtiges Aufbranden der Musik bauschte den purpurnen Samt; stämmige Wikinger schritten singend zum Rampenlicht; Verrat; der wogende Busen eines weinenden Soprans; mein Freund; das Fallen des Vorhangs.

»Hätten Sie was dagegen«, fragte Anthony, »daß ich schnell mal telefonieren ginge?«

»Unmöglich«, sagte Krogh, »das können Sie mir nicht antun. Es werden Leute kommen und mich ansprechen wollen. Sie werden fragen, ob mir die Geschichte gefällt.«

»Sagen Sie, Sie seien zum Zuhören zu müde gewesen.«

»Wenn alles nur so einfach wäre«, sagte Krogh, »aber Sie sehen das nicht richtig. Das hier ist Kunst. Große Kunst.« Er senkte die Stimme. »Ich habe irgendwo etwas darüber gelesen. Es ist eine der großen Liebesgeschichten der Welt.«

»Aber nein«, sagte Anthony, »da bringen Sie was durcheinander. Sie verwechseln das mit ›Carmen‹.

»Sind Sie sicher?«

»Natürlich bin ich mir sicher. Ich bin schließlich wach geblieben, Mr. Krogh. Außerdem kenne ich den Inhalt. Es geht da bloß um einen Typ, der einen Freund losschickt, damit er ihm eine Frau mitbringt. Und es gibt dann ein Tohuwabohu wegen eines Tranks, der die Leute angeblich aufeinander geil macht; den trinken der Freund von dem Typ und das Mädchen und werden ganz geil aufeinander. Aber er muß sie trotzdem mit nach Hause bringen, und sie muß den andern Kerl heiraten. Das kann man doch keine große Liebesgeschichte nennen. Das Ganze ist viel zu unrealistisch. Weshalb mußten sie den ganzen Quatsch mit dem Trank da hineinpacken. Man muß doch nicht trinken, um sich zu verlieben.«

»Sie könnten recht haben«, meinte Krogh.

»Ich kann also telefonieren gehen?«

Krogh fragte plötzlich voller Mißtrauen: »Hat es mit der Presse zu tun? Ich behalte Sie nicht einen Tag, wenn Sie mit der Presse in Verbindung treten.«

»Aber nein, Mr. Krogh«, sagte Anthony, »es geht bloß um ein Mädchen.« Er begann zu erklären. »Wir hatten ein Stelldichein, und ich hab's vergessen.«

»Sie meinen«, sagte Krogh, »Sie hatten zusammen ausgehen wollen?«

»Ja. Wir wären ins Kino gegangen oder in einen Park. Gibt es hier einen Park, wo man einfach so sitzen kann?«

»Und das hätte Ihnen Spaß gemacht?« fragte Krogh. Er drehte sich in seinem Sitz herum und sagte mit leiser Stimme: »Sie würden mit ihr in den Park gehen und ... wie nennen Sie das?«

»Schmusen«, sagte Anthony.

»Richtig, das ist das Wort. Ich erinnere mich an Freunde ... ach, das ist Jahre her ... in Chicago.« Im Ton freudiger Überraschung sagte er: »Murphy. O'Connor. Williamson. Wie merkwürdig. Ich dachte, ich hätte ihre Namen total vergessen. Wir arbeiteten dort zusammen am Bau einer Brücke. Das war in der Zeit, bevor ich die Schneidemaschine erfand. Hall, glaube ich, war damals nicht dabei. Aronstein. Noch ein Name. Der gehörte auch dazu.«

»Hören Sie, Mr. Krogh«, sagte Anthony, »gefällt es Ihnen in der Oper hier?« Alle hatten gewartet, bis der Prinz aufhörte zu applaudieren; jetzt strömten sie, und die Damen mit ihren Juwelen und die Herren mit ihren Orden blinkten wie Verkehrsampeln, hinaus zu den großen Treppen und zum Foyer.

»Selbstverständlich«, sagte Krogh.

»Es ist aber langweilig. Was Sie nach einem harten Arbeitstag brauchen, ist ein bißchen Gesang und Tanz. Etwas Leichtes. Gibt es hier denn keine Kabaretts?«

»Das weiß ich nicht«, sagte Krogh. Er setzte langsam hinzu: »Ich habe mich Ihrer Schwester immer anvertrauen können. Ich habe ihr nie etwas verheimlicht. Und Sie sind schließlich ihr Bruder.« Er schien sich zu einem Geständnis von größerer Bedeutung durchzuringen. »Ja, mir erscheint es auch langweilig. Und dann diese Skulptur – aber Kate gefällt sie.«

»Mr. Krogh«, sagte Anthony, »Sie kommen jetzt mit. Wir verlassen die Oper. Wir werden irgendwo, wo es ein bißchen Musik gibt, in Ruhe einen trinken, und dann bringe ich Sie nach Hause ins Bett.« Er fügte hinzu: »Ich kann vom Restaurant aus telefonieren.«

»Das ist unmöglich«, sagte Krogh, »es würde auffallen.«

»Keiner wird's merken. Die sind doch alle unterwegs zum Foyer.«

»Man wird bei Beginn des nächsten Akts unsere leeren Plätze bemerken. Man wird annehmen, ich sei krank. Was dann an Gerüchten aufkommt, können Sie sich gar nicht vorstellen. Und das ausgerechnet vor einer neuen Aktienausgabe. Und draußen warten die Reporter.«

»Dann bin ich eben krank, und Sie bringen mich nach Hause. Mich kennt keiner. Man wird mich für einen Freund von Ihnen halten.«

Krogh sagte: »Wenn ich doch bloß könnte, Farrant! Aber damit würden wir nie durchkommen. Und noch zwei Stunden von diesem Zeug! Können Sie Theater spielen?«

»Ob ich Theater spielen kann?« fragte Anthony. »Und ob ich das kann. Sie hätten mich im ›Privatsekretär‹ sehen sollen. Die ganze Schule hat gelacht. Selbst die Lehrer. Die Frau des Direktors – wir nannten sie nur Wuschelkopf – schenkte mir eine Schachtel Pralinen. Ich bin natürlich ein bißchen aus der Übung, aber spielen kann ich.«

Aber nein, meinte Krogh, nein, es würde doch nicht gelingen. Er sei ihm dankbar, aber Farrant könne nicht wissen, wie sehr er im Scheinwerferlicht der Presse stehe. Es gäbe da besonders einen kleinen, miesen Burschen ... Er sagte: »So geht das nun schon seit Jahren.« Er sagte: »Natürlich, in gewisser Weise ist es ein Zeichen der Anerkennung ... es könnte gut sein, daß ich mir ohne diese Aufmerksamkeit ganz verloren vorkäme. Gehen Sie telefonieren; anschließend kommen Sie wieder her.« Er schlug zum ersten Mal das Programmheft auf und begann, es durchzulesen, ganz methodisch, Seite für Seite, angefangen bei der großen Krogh-Anzeige bis hin zur schauspielerischen Besetzung.

Im Foyer hatte sich ein freier Raum gebildet, in dem

ging der Prinz auf und ab; er ging in Begleitung seiner Frau, eines älteren Mannes mit kleinem, spitz zulaufendem Schnurrbart und einer alt-jungen Frau mit langem Haar und einem ungepuderten, pickligen Gesicht; auf und ab, auf und ab gingen sie, wie Tiere, die im Käfig zur Fütterungszeit beobachtet werden. Wenn sich die vier Rücken entfernten, erhob sich ein Flüstern und Raunen, das in eine desinteressierte Konversation umschlug, wenn sich die Gruppe näherte.

Auf dem Schreibblock in der Telefonzelle hatte jemand ein Herz gemalt, ein unbeholfenes, schiefes Herz. Der Mann bei der Vermittlung verstand eine ganze Weile nicht, was Anthony wollte; Anthony wiederholte unentwegt: »Hotel York«. In dem Herzen stand eine Telefonnummer, und der Künstler hatte damit begonnen, einen Pfeil zu zeichnen. Auf und ab schritt im Foyer der Prinz, und die Frauen beäugten die Robe der Prinzessin, und die Männer flüsterten. Das Bleistiftherz schien zunächst ziemlich naiv, fast rührend, bis einem in der Ecke des Blattes der französische Vers auffiel, ein leichter Reim der Art, wie man ihn zu Weihnachten wohl in einem Knallbonbon findet, und während Anthony in den Hörer hineinlauschte und wartete, gewann das ganze Bild einen raffinierten Zug, es wurde zur Persiflage, zu einem subtilen Witz.

»Ist Miss Davidge im Haus?« Der Portier im »York« sprach Englisch. »Ich bin mir nicht sicher. Ich werde mal nachsehen. Wer spricht dort, bitte?« und Anthony konnte das Tappen der Schritte hören, die sich entfernten. Er schaute auf die Uhr. Es war dreiviertel zehn. Er dachte: Wie heißt sie bloß mit Vornamen? Sie hat's mir gesagt; aber er konnte sich nicht erinnern. Ihm ging auf, daß er sich nicht einmal richtig an ihr Aussehen erinnern konnte, nur an das, was er daran auszusetzen gehabt hatte, an den falschen Ton des Lippenstifts, den falschen Puder. Der Gedanke, daß sie völlig anonym war, bewegte einen Moment lang seine Phantasie. Er fühlte sich verantwortlich, als ob ein Tier in seine Obhut gegeben worden wäre und er hätte es verloren. Wenn du rufst, kommt es sofort – Ja, aber was ist, wenn man den Namen vergessen hat?

»Hier ist Anthony«, sagte er. Die Stimme war ihm bekannt – auch die hoffnungslose Unfähigkeit, sich zu verstellen, war ihm vertraut, dieser schnelle, kleine Seufzer der Erregung oder Hoffnung oder möglicherweise Erleichterung, der hemmungslos durch die Drähte lief und über einen See, eine Brücke und einen Kai hinweg zu vernehmen war.

Er sagte: »Wer spricht da?«

»Hier ist Lucia.« Wie hatte er diesen absurden, prätentiösen Namen nur vergessen können? In der Ecke eines Lagerhauses hatte sie ihm anvertraut, sie habe auch einen Bruder, der heiße Roderick. Schuld war ihr Vater, er war ein begeisterter Leser der unbedeutenderen Klassiker, der Klassiker, die, falls sie überhaupt je lebendig gewesen waren, inzwischen mausetot unter dem Staub begraben lagen, der sich auf den Regalen öffentlicher Bibliotheken ansammelte. Durch ganz Göteborg hatte ihr Vater sein Lieblingsbuch mit sich herumgeschleppt. Er hatte sich noch nie für längere Zeit von ihm getrennt, er war auch für den Namen Roderick verantwortlich – Lockharts ›Spanish Ballads‹. Sie konnte sich nicht mehr erinnern, welches Buch ihn auf den Namen Lucia gebracht hatte. Beim *smörgasbord* hatte Mr. Davidge sich erboten, ihm den Lockhart zu leihen. »Der Lockhart der Scott-Biographie, wissen Sie«, erläuterte er. Er hatte ihm anschließend mitgeteilt, daß er ein begeisterter Leser von Dichtung sei. Mit gesenkter Stimme sprach er ehrfurchtsvoll von Horne und Alexander Smith. »Ich lese gern etwas, woran ich mich festbeißen kann«, hatte er gesagt. »Keine lyrischen Gedichte. Epen.« Und weil er die Unterhaltung an sich gerissen hatte, warf seine Tochter mit plötzlich auffunkelnder Bosheit ein, seine Lektüre sei doch davon abhängig gewesen, was sich in den Grabbelkisten billiger Buchantiquariate finden ließ. »Da, sehen Sie. Sehen Sie sich's doch an«, hatte sie verächtlich gesagt und auf den Lockhart gezeigt, der mit einem alten Leihbibliotheksschild auf der Rückseite im schwarzen, zerkratzten Einband neben den Salzheringen lag.

»Lucia«, sagte Anthony. »Natürlich. Ihre Stimme würde ich überall wiedererkennen. Ich dachte nur, es hätte wer von Ihrer Familie ans Telefon kommen können, und für Ihre Mutter waren meine Herzensergüsse eigentlich nicht bestimmt.«

»Ich nehme an«, sagte die Stimme ganz geknickt, »Sie haben es vergessen.«

»Ich habe es selbstverständlich nicht vergessen«, sagte Anthony. »Aber Krogh hat mir gerade eine ziemlich wichtige Aufgabe anvertraut. Bis zu diesem Augenblick habe ich nicht einmal zum Telefonieren Zeit gehabt. Ich wußte überhaupt nicht mehr, wo mir der Kopf steht. Sie können sich gar nicht vorstellen, was ich heute alles gemacht habe. Hören Sie. Mögen Sie Tiger?«

»Tiger?«

»Spielzeugtiger. Ich habe Ihnen heute einen gekauft. Ist das etwa kein Beweis, daß ich Sie nicht vergessen habe? Kann ich ihn im Hotel vorbeibringen?«

»Aber wann?«

»Ich könnte gegen Mitternacht bei Ihnen sein.«

»Ach Anthony, ich wünschte, Sie wären zur Verabredung gekommen. Jetzt ist es zwecklos. Ich bin schon halb im Bett.«

»Aber es ist noch nicht zehn!«

»Zu Hause gehen wir immer um zehn schlafen.«

»Morgen abend, wenn ich mich frei machen kann...« Mein Gott, der arme Wurm, dachte er, um zehn in die Heia, das ist hart. Ich würde ihr das Leben gern ein wenig versüßen. Meine gute Tat des Monats. Er dachte mit einem Gefühl quälender Dankbarkeit: Sie findet mich toll. Sie glaubt, was ich ihr erzähle. Das ist zwar einfältig, aber es ist süß.

»Unmöglich. Mutter hat für irgendwas Karten besorgt.«

»Übermorgen ...«

»Ein Freund meines Vaters ... Anthony, es ist zwecklos. Und nächste Woche sind wir schon fort.«

»Essen Sie mit mir zu Mittag.«

Die kleinlaute, verzweifelte Stimme bedrückte ihn. »Es ist zwecklos, Anthony. Sie sollten mal das Programm sehen, was Vater auf die Beine gestellt hat. Das Rathaus, die Museen, ein Mittagessen hier, ein Mittagessen da. Wir haben uns Stockholm vorgenommen, aber gründlich!«

»Also gut«, sagte Anthony, »Sie könnten aber wenigstens mit mir frühstücken.« Er sagte nonchalant: »Wir nehmen uns einen Wagen und fahren irgendwo hin. Wann würde es Ihnen passen?«

»Morgen?« Vor lauter Aufregung kam die Stimme nicht klar durch die Leitung. »Da kommt Mutter. Sie darf davon nichts erfahren. Sie würde es mir sofort verbieten. Treffen wir uns um acht an der Nordbrücke?«

»O. K.«, sagte Anthony. Er legte auf. Acht, das war verflucht früh. Das hieße, er müßte um halb acht aufstehen; um die Zeit war es morgens meist sehr kalt; und er sah plötzlich sein trostloses Zimmer vor sich – die Zahnbürste im Becher, die geräuschvollen Rohrleitungen, das Fenster mit Ausblick auf die enge Straße und die Mülltonnen, den Warmwasserhahn mit kaltem Wasser, die Bilder, die immer noch mit Seife an der Wand klebten; er hatte vergessen, Reißzwecken zu kaufen. Meine gute Tat des Monats. Es klopfte leise an der Tür.

Eines Tages mußte etwas geschehen. Sie treiben mich zur Verzweiflung. Er hatte keine Ahnung, wer »sie« sein könnten.

Er drehte sich um und sah Krogh vor der Telefonzelle auf ihn warten, und schon lächelte er wieder, war er blendend gelaunt, war er ein prima Kerl. »Hat's lange gedauert?«

»Ich bin gegangen«, sagte Krogh. Mit Verwunderung, als ob er kaum glauben könnte, daß es so einfach war, sagte er: »Alle sind wieder auf ihre Plätze gegangen, und da wären wir nun.« Mit großen Augen schaute er die breite, verlassene Treppe hoch. »Und was nun?«

»Großartig«, sagte Anthony. »Wir gehen einfach fort. Unsere Garderobe und Ihren Wagen lassen wir da.«

Krogh lächelte. »So einfach ist das also«, sagte er. »Auf die Idee bin ich nie gekommen.« Seite an Seite gingen sie die menschenleere Treppe nach unten. Sie konnten jemand singen hören, es klang schwächer als eine Stimme durchs Telefon. »Das ist ja ein richtiges Abenteuer, Farrant. So etwas Abenteuerliches habe ich schon lange nicht mehr erlebt.«

»Als Ihr Leibwächter«, sagte Anthony, »trage ich die Verantwortung. Und ich habe nicht einmal einen Revolver.«

»Das waren die Nerven. Ich brauche keinen Leibwächter.«

»Sie brauchen einen Drink.«

»Ganz recht.« Er faßte Anthony unter, und an den erstaunten Theaterpförtnern vorbei traten sie auf den Platz ins Freie. Ein Mann, der etwas wie einen Bilderrahmen an einem Griff trug, kam auf sie zugelaufen, sie wurden von einem weißen Licht geblendet, für einen Moment schien ihnen in dem unbarmherzig grellen Licht alles verzerrt, eine taumelnde, zurückweichende Welt in Schwarz und Weiß.

»Ein Taxi. Schnell. Besorgen Sie ein Taxi«, sagte Krogh. Zwei Männer traten vor und sagten etwas zu Krogh auf Schwedisch, ein Taxi hielt an der Bordkante, und Krogh drängte sich durch zur Tür. Auf dem Platz sammelte sich im Nu eine überraschende Menschenmenge. Durch die Windschutzscheibe sah Anthony sechs oder sieben Leute über die Brücke laufen. Eine Frau unter dem Gustav-Adolf-Standbild schrie: »Herr Krogh! Hurra!« und als das Taxi sich in Bewegung setzte, stimmten alle ein dünnes, unsicheres Hurra an. »Dummköpfe«, sagte Krogh. Er lehnte sich weit zurück, so daß er nicht mehr gesehen werden konnte, und auf den Fenstern glitten die Lichter des Grand Hotels vorüber. Ein Schwall von Tanzmusik schlug über ihnen zusammen und verebbte.

»Sollen wir hier anhalten?« fragte Anthony.

»Nein, nein«, sagte Krogh, »irgendwo, wo es nicht so laut ist. Fahren wir zum Hasselbacken hinauf, gegenüber vom Tivoli. Ich bin dort seit zwanzig Jahren nicht mehr gewesen.«

»Ein gutes Varieté, das Tivoli?«

»Ich war noch nie da.«

»Eines Tages gehen wir hin«, sagte Anthony.

Das im Mondlicht schwimmende Mauerwerk des Nordischen Museums versank unter ihnen, während sie höher stiegen. Vom Tivoli her kroch Musik in die kalte Luft, die sie einfing, einschloß, so wie ein Eisblock zwei menschliche Körper vor der Verwesung bewahren möchte – eine gefrorene Orgie, vereiste Selbstvergessenheit.

»Was könnte ich im Tivoli tun?« sagte Krogh. »Sie sind ein tollkühner Bursche, Farrant. Ich bin bei Ihnen nicht sicher. Einfach so aus der Oper fortzulaufen. Morgen wird es in allen Zeitungen stehen. Sie haben die Reporter ja gehört. Ob mir die Inszenierung mißfalle, wollten sie wissen, ob mir nicht wohl sei, ob ich schlechte Nachrichten hätte.«

»Da folgt uns wer«, sagte Anthony, der sich umgesehen hatte und den breiten gelben Lichtbesen beobachtete, der bei Skansen um die Kurve fegte. »Im Restaurant werden sie uns mit Sicherheit abfangen. Sagen Sie dem Mann, er soll uns zum Tivoli fahren. Das ist unsere einzige Chance; in dem Gedränge werden sie uns verlieren.« Er klopfte selber an die Scheibe: »Tivoli«, sagte er, »Tivoli.«

»Nein, nicht doch«, sagte Krogh, »das können wir nicht machen. Was würden die Zeitungen schreiben? Die Opernpremiere zu verlassen, um ins Tivoli zu gehen! Man würde mich für verrückt erklären. Was wäre dann wohl an der Börse los?«

»Nun schlagen Sie sich doch mal die Börse aus dem Kopf«, sagte Anthony.

»Die Börse aus dem Kopf schlagen«, meinte Krogh erstaunt und lachte ein unsicheres, schuldbewußtes Lachen. »Was für ein tollkühner Bursche Sie sind«, wiederholte er. »Diese Narbe da – haben Sie sich damals auch die Börse aus dem Kopf geschlagen?«

»Ach, die Narbe«, sagte Anthony. »Das ist eine lange Geschichte. Können Sie sich an die »Neptun« erinnern, die vor ein paar Jahren im Indischen Ozean gesunken ist? Aber in Ihren Zeitungen hier hätte darüber natürlich nichts gestanden. Es gab eine Panik; die Passagiere versuchten, die Rettungsboote zu stürmen; ich half dem Ersten Offizier, die Leute zurückzuhalten, und da hat mich jemand niedergeschlagen.«

Krogh lachte. Erschrocken, ungläubig fragte Anthony: »Sie glauben mir nicht?«

»Kein Wort«, sagte Krogh. Das Taxi hielt, aber Anthony lehnte sich zurück und starrte Krogh an.

»Warum glauben Sie mir nicht? Habe ich denn etwas Falsches gesagt?« Und er begann, die Geschichte leise zu wiederholen – *»Neptun ...* Panik ... Sturm auf die Boote.«

»Aussteigen!« sagte Krogh. »Da kommt das andere Taxi.« Als sie durch die Sperre waren, legte er Anthony die Hand auf den Arm und hielt ihn zurück. »Ich will sehen, wer uns gefolgt ist.«

Das zweite Taxi blieb hinter dem ersten stehen. Ein Mann in einem dünnen, grauen Sommeranzug stieg aus; während er den Fahrer bezahlte, sah er sich bedächtig um: seine Bewegungen waren langsam und gemessen; obgleich sein Gesicht mager war, hing die Haut schlaff herab und bildete unter Augen und Kinn Säcke und Wülste. »Es ist Pihlström.« Aber das Taxi fuhr noch nicht weg. Zwei Beine in engen, schwarzen Hosen tasteten nach dem Trittbrett, baumelten ausgerenkt lang und dünn zur Erde wie Schnakenbeine. »Zwei sind's!« rief Krogh. »Ich habe noch nie erlebt, daß Pihlström paarweise jagt. Nanu, das ist doch – das muß ihnen aber sehr wichtig sein ...«, ein Gehrock, eine schnürsenkeldünne Krawatte, die unter dem alten Kinn zu einer Schleife gebunden war, die weißen Stoppeln, das humorlose Gesicht mit der hohen Stirn, »das ist – das ist ja Professor Hammarsten«, der schwarze Schlapphut, die stahlgeränderte Brille, die blaßgraue Haut.

»Schnell«, sagte Krogh, »bevor sie uns sehen.« Er ging voran; er sah erstaunte Gesichter; er erinnerte sich, daß er im Abendanzug und ohne Hut war, aber er fühlte sich seltsam. Er dachte an Hall, wie er mitten im Wirbel der Fiesta mit seiner falschen Nase dagesessen und gesagt hatte: »Und was ist mit der Reibung?« Plötzlich außer Atem, blieb er hinter einer Schießbude stehen. »Was würde wohl der arme Hall dazu sagen.« Der arme, treue Hall. Er konnte sich in jeder Beziehung auf Hall verlassen, aber diese plötzliche Offenheit, dieses Gelächter, das war nichts für Hall. Das blieb jemandem vorbehalten, der nicht einmal überzeugend lügen konnte. Leise und zwischen den Worten nach Luft schnappend, sagte er: »Es war nicht der Indische Ozean.«

»Verdammt«, sagte Anthony; er lächelte nervös, mußte im grellen Licht der Scheinwerfer blinzeln. Er sagte: »Ich will's Ihnen sagen. Sonst weiß es nur Kate. Es ist beim Häuten eines Kaninchens passiert, als mir das Messer ausrutschte.«

»Pihlström«, sagte Krogh. Vorsichtig kam der Mann im grauen Anzug von der Hauptallee um die Ecke, mit dem leisen Schritt einer Katze, die eine Mülltonne umkreist. Krogh sagte lustlos: »Das Spiel ist aus.« Mit dem gleichen unruhigen Gewissen, das er vielleicht beim wissentlichen Betrug eines ihm lieben Menschen empfinden mochte, dem er wertlose Aktien – nicht nur langfristig wertlose, sondern in eben diesem Moment bereits nicht wieder verkäufliche Aktien verkauft hätte, fügte er hinzu: »Wir haben uns kindisch benommen.«

»Überlassen Sie ihn mir«, sagte Anthony.

Er steuerte auf Pihlström zu, packte ihn an einem Arm,

drehte ihn um und schob ihn um die Ecke. Pihlström stieß eine Folge rascher kläffender Schreie aus: »Hammarsten! Hammarsten!« Professor Hammarsten stand mit zwei oder drei anderen Männern vor einer Wettbude mit kleinen Messinggriffen. »Hammarsten!« Es schien eine Auseinandersetzung über eine Münze in Gang, die Hammarsten vorgelegt hatte. »Hammarsten!« Er drehte sich so schnell um, daß die Brille von der Nase fiel. »Pihlström!« Er tastete mit dem Fuß blind den Kies ab und zog dabei einen unregelmäßigen Kreis um seine Brille. »Pihlström!« rief er flehend. Anthony trieb Pihlström vor sich her. »Hammarsten!« Professor Hammarsten begann sich nach seiner Brille zu bücken, sprang jedoch, die Hand im Kreuz, schreiend vor Schmerz sofort wieder auf. »Pihlström!« Drei Männer wollten ihm etwas von einer Münze erzählen, die der Budenbesitzer in der Hand hielt. Anthony ließ Pihlström los und schubste ihn in die Arme des Professors. »Hammarsten.« Sie hielten einander einen Augenblick lang umarmt; dann bückte sich Pihlström und hob Hammarstens Brille auf; Anthony und Krogh schauten aus einer gewissen Entfernung zu. Gleich darauf trennten sich die beiden – der eine ging dahin, der andere dorthin – und verschwanden. Sie hatten es nicht eilig; irgendeine Art von Begeisterung war ihnen nicht anzumerken.

»Haben Sie schon mal als Rausschmeißer gearbeitet?« fragte Krogh. Anthony seufzte: »Nein«, sagte er, »zum Geschichtenerzählen bin ich nicht aufgelegt; nicht nach dem Fehler, den ich vorhin gemacht habe. Ich hätte schwören können, daß es der Indische Ozean war.«

»War es auch«, sagte Krogh.

»Mein Gott«, sagte Anthony. »Sie meinen, an der Geschichte war gar nichts falsch? Erwarten Sie von mir bloß nie, mit Ihnen Poker zu spielen! Es muß bei Rommé bleiben; irgendwas, wo es auf ehrliches Glück ankommt, wo für Bluffen kein Platz ist. Was für ein Pokerface!«

»Können Sie wirklich schießen?«

»Ob ich schießen kann?« sagte Anthony. Er faßte Krogh unter und zog ihn schnell mit sich fort. Gelegentlich blieben sie an einer Bude stehen, aber Anthony meinte: »Zu leicht.« Schließlich fand er, was er suchte. Die Preise waren nummeriert. »Möchten Sie ein Zigarettenetui?« fragte Anthony.

»Ich habe doch das hier.« Krogh zog ein mit Intarsien verziertes, schmales Holzetui aus der Tasche. Es war von demselben Künstler entworfen worden wie die Skulptur und die Aschenbecher und trug das Monogramm E. K. Krogh war stolz darauf. Er sagte: »So eins gibt es auf der ganzen Welt kein zweites Mal.« Kaum schwerer als eine Puderquaste lag es in seiner Hand.

»Hübsch«, sagte Anthony, »aber Sie brauchen etwas für offizielle Anlässe, etwas in Schweinsleder. Das da drüben – das würde mit einem goldenen Monogramm großartig aussehen. Ich werde es für Sie gewinnen.«

Hinterher sagte er: »Jetzt trinken wir was.«

Er konnte kein einziges Wort Schwedisch, aber er hatte die Führung übernommen. Sie tranken ihr Bier. »Schwaches Gesöff«, sagte Anthony. »Kommen Sie mal nach England, da könnte ich Ihnen zeigen, was Bier ist. Ein Younger wäre für mich jetzt genau das Richtige, oder zwei Gläser Stone's Special – mehr als zwei braucht man davon gar nicht.«

Krogh war hingerissen von Anthonys natürlicher Selbstsicherheit, von seiner Lebensauffassung in Dingen, bei denen Krogh sich am wenigsten auskannte. Er betrachtete Anthony, so wie eine Frau in mittleren Jahren, die unter strengeren Verhältnissen aufgewachsen ist, vielleicht einem jungen Mädchen zuschaut, das sich mit Kosmetika auskennt und mit dem Mixen von Cocktails und das weiß, welchen Arzt man aufsucht, wenn man plötzlich in sich trägt, was man am Ende gar nicht will. Er war ein bißchen neidisch, ein bißchen freundlich bemüht, sogar ein bißchen belustigt, vor allem aber fühlte er, wie schnell für ihn die Zeit vergangen war und wie langsam sie für den anderen vergangen sein mußte, der so früh so viel wußte.

»Was hielten Sie davon, ein Beinchen zu schwingen?«

»Ich verstehe nicht.«

»Ein bißchen tanzen.«

Aus dem Lautsprecher klangen die vermutlich neuesten Melodien, ein Ring von Bogenlampen tauchte den Holztanzboden in helles Licht; die kleinen, hübschen Mädchengesichter verrieten die verkniffene Aufmerksamkeit, mit der sie der komplizierten Musik folgten; langsam schritten die Mädchen auf ihren zierlichen kleinen Füßen im Takt, feierlich kommunizierten sie mit ihren Partnern, als empfingen sie das Sakrament – einen Fuß seitwärts, einen Fuß dazwischen, einen Fuß zurück – und dachten dabei an den Laden, ans Büro, an das Kleid, das sie sich nicht leisten konnten – »in meinem Zimmer, einsam, still« – daran, daß der Sommer vorbei war – »Tag und Nacht« –, an die Wintermode.

»Nein, ich will nicht tanzen. Aber gehen Sie nur. Ich schaue Ihnen zu.« Es half nichts, sich einzureden, ich bin Krogh, an seine Initialen aus elektrischen Lichtern zu denken, an die Fabriken, wo rund um die Uhr gearbeitet wurde, in der ersten Schicht bis um sieben, in der zweiten bis drei Uhr früh; er hatte Angst, eins von den Mädchen, die um die Tanzfläche herumstanden, aufzufordern. Er sah Anthony seine Runde machen und hier und da ein Mädchen genauer mustern; von der Landessprache verstand Anthony nicht ein Wort, und doch war er hier nicht fremder als Krogh, der Schwede, der im Holzhaus am Vättensee zur Welt gekommen war und das Rechnen dort in der Dorfschule gelernt hatte. Vielleicht, überlegte er, als er sah, wie Anthony ein Mädchen am Arm ergriff und auf die Tanzfläche führte, habe ich zuviel verlernt; als ich jung war...

Aber er wollte sich nichts vormachen; die Atmosphäre des Tivoli war irgendwie offen und ehrlich; wo die Besucher aus so eindeutigen Motiven kamen, wo der einzige, unverhüllte Grund des Besuchs Vergnügungssucht war, konnte man einfach kein Heuchler sein. Als ich jung war, dachte er, war ich auch nicht anders. In Stockholm erzählte man sich Geschichten aus seiner Schulzeit, von seinen frühen Erfolgen als Geschäftsmann und Erfinder; wie er ein Periskop konstruiert hatte, mit dessen Hilfe man durchs Fenster erkennen konnte, wann der Lehrer um die Ecke des Schulgebäudes bog; wie er Briefmarken gegen Obst eingetauscht hatte, das er, in Stroh verpackt, bis in den Hochsommer hinein aufbewahrte, wenn seine Kameraden sämtliche Briefmarken für etwas Saftiges hergeben würden. Er kannte diese Geschichten. Er wußte, daß sie nicht stimmten; er wußte, wie öde die Wahrheit war – wie mühsam der Fleiß, die Zeugnisse, die er sich eins nach dem andern erarbeitete; er hatte kaum angefangen, überhaupt zu leben, als ihm, an einem Frühlingstag in Chicago, die Idee zu der neuartigen Schneidemaschine gekommen war. Er sah die Bewegung, die der große Bagger am Himmel vollführt hatte, genau vor sich; er hatte sie durchs Fenster der Vorarbeiterhütte beobachtet; er hatte sich hinausgelehnt und dem Baggerführer zugeschrien: »Anderthalb Meter weiter nach links«; der lange, harte nordamerikanische Winter war vorüber, durch den Geruch des flüssigen Asphalts, des Rauchs, des regennassen Metalls hindurch hatte er den Frühling gerochen; die geschotterten Straßen rissen unter dem sanften, unnachgiebigen Druck der Gräser. Die Natur bedeutete ihm jedoch nichts, und an diesen Frühlingstag erinnerte er sich nicht, weil er schöner gewesen wäre als andere, sondern weil er, während der Schaufelarm des Baggers vor dem blaßblauen Himmel hin und her, auf und ab schwang, beim Betrachten des Konstruktionsplans der Brücke auf dem Zeichenbrett überlegt hatte: Wenn ich das Messer so anbrächte, den Schlitten so, den Hebel, der die Sperre löst, so, wäre dann die Reibung zu stark? Er war sich nie bewußt gewesen, über diese kleinen, lächerlich billigen, lächerlich notwendigen Artikel, die jetzt unter dem Namen Krogh liefen, intensiv nachgedacht zu haben. Als er noch ein kleiner Junge war, hatte sein Vater einmal gesagt, Soundso sei bestimmt Millionär; in Nyköping hatte er eine Woche lang in der Fabrik gearbeitet und die alte Schneidemaschine in Arbeit gesehen; er hatte gekündigt, weil er in einem so altmodischen Betrieb auch bei zähestem Fleiß keine Zukunft für sich sah. Dann, völlig unerwartet, war ihm fast wie von selbst die Idee für eine neue Schneidemaschine gekommen und mit ihr war die Erinnerung an jenen Frühlingstag, den Geruch von Sträuchern und Asphalt, und den schwankenden, sich hebenden und senkenden Bagger unvergeßlich geblieben.

Die ihm ungewohnte Unbefangenheit, die er in Anthonys Gesellschaft empfand, brachte diese Zeit irgendwie zurück. Es war kein Zufall, daß ihm die Namen von Murphy, O'Connor, Williamson und Aronstein wieder eingefallen waren. (O'Connor war in Panama umgekommen, begraben unter vierzig Tonnen Schlamm, als ein Bagger umstürzte; Aronstein war ins Ölgeschäft eingestiegen; Williamson und Murphy waren vermutlich in Frankreich gefallen.) Er hatte sie nie gut gekannt, obwohl er achtzehn Monate lang mit ihnen zusammengearbeitet hatte, aber ihnen gegenüber war er nicht schüchtern gewesen wie er Andersson oder den feierlich tanzenden, sonnengebräunten Verkäuferinnen gegenüber schüchtern war. Er gab sich Mühe, ganz bewußt zurückzudenken, all die Jahre und ihre ganze Unmenschlichkeit abzupellen wie man alte, überholte Kalenderblätter abreißt, nur einen flüchtigen Blick wirft auf die Sinnsprüche, die Verse, die banalen Aussprüche toter Phrasendrescher und gelegentlich bei einer unerwartet treffenden Zeile verweilt: 1912, als er Teilhaber wurde, 1915, als er seinen Teilhaber auskaufte, 1920, als er zum ersten Mal daran dachte, das Weltmonopol zu erstreben, 1927, das Spitzenjahr, als er den deutschen Markt an sich riß, der französischen Regierung eine Anleihe andienen konnte und sich in Italien etablierte; das brachte ihn jedoch nur wieder zurück in die Gegenwart, zu den kurzfristigen Anleihen, dem drohenden Streik, der albernen Stimme von Laurin aus der Fernsprechanlage, die zur Vorsicht mahnte.

Er dachte: Was habe ich hier zu suchen? Das ist doch absurd. Das leise Knarren der Holzdielen unter den Füßen der Tänzer; die Menschenmenge, die sich in einer ordentlichen Reihe zu den Schießbuden bewegte und in einer zweiten, in Gegenrichtung an den Wahrsagerinnen, der Achterbahn und den Modelleisenbahnen vorbeischob; die an beiden Enden überraschend kühlen Plätze, wo zwischen schwarzem Himmel und weißem Beton bunte Springbrunnen rauschten; die Bänke am Seeufer, das Licht eines Fährschiffes, das sich auf dem glatten, dunklen See wie das Rücklicht eines Fahrrads entfernte – all das gehörte genauso zu Schweden wie die Weißbirkenwälder um den Vättensee, das bunt angestrichene Holzhaus, die hoch oben in der Luft taumelnde Ente, seine wartende Mutter auf der winzigen Landungsbrücke zu Schweden gehörten; aber diese Bilder hatten für ihn keine Bedeutung mehr; er war wie ein Mann ohne Paß, ohne Nationalität, wie ein Mensch, der nur Esperanto konnte.

Der Tisch schwankte und kam wieder zum Stehen; Krogh sah sich um und sah den langen, dürren alten Hammarsten einen Stuhl heranziehen. »Guten Abend, Herr Krogh.« Er rieb einen Finger an den weißen Kinnstoppeln, beugte sich näher und sagte vertraulich: »Ich habe Pihlström fortgeschickt.« Er sagte: »Mir war gleich klar, daß Sie von einem Mann wie Pihlström nicht belästigt werden wollten. Ich habe ihm erzählt, ich hätte Sie in einem Taxi wegfahren sehen.«

»Und er hat Ihnen geglaubt?«

»Aber Herr Krogh, ich habe es natürlich ein bißchen raffinierter formuliert. Ich habe ihn gebeten, mir Geld für ein Taxi zu leihen, damit ich Ihnen hinterherfahren könnte.«

»Sehr schlau, Herr Professor, doch im Grunde . . .«

»Er ist selbstverständlich sofort ins Taxi gestiegen und davongefahren.«

Der alte Mann machte ein Geräusch, als schlürfe er heißen Tee. Er sagte mit immenser Befriedigung: »Er dürfte sich schon auf der anderen Seite des Sees befinden.«

»Wie laufen Ihre Sprachkurse, Herr Professor?«

»Nicht besonders, Herr Krogh, nicht besonders. Man ist genötigt, kräftig zur Feder zu greifen. Es bringt einen in merkwürdige Gesellschaft – Pihlström, der Engländer Minty, Beyer... haben Sie Beyer kennengelernt?«

»Ich hatte noch nicht die Ehre«, sagte Krogh.

»Es ist völlig unmöglich, Beyer zu vertrauen«, sagte Hammarsten. »Er war neulich für diesen Artikel über Ihren Werdegang verantwortlich.«

»Der war recht schmeichelhaft.«

»Aber so ungenau! Inmitten der Ablenkungen eines – ich gebe es ja zu, Herr Krogh – nicht sehr distinguierten Berufes sind nur die Älteren unter uns der Wahrheit verpflichtet.« Halblaut, als ob er mit sich selbst spräche, sagte er giftig: »Diese Dreckschleudern!«

»Der Artikel schien im großen und ganzen zu stimmen.«

»Aber 1911 als das Jahr anzugeben, in dem Sie Teilhaber wurden! Sie müssen zugeben, Herr Krogh, daß 1912 – nun, sagen wir, der Wahrheit näher gekommen wäre.«

»Ja, es war 1912.«

»Ich hab es doch gewußt. Ich weiß Bescheid. Mit meiner emsigen, wenn auch bescheidenen Feder habe ich Jahr um Jahr die Laufbahn von Schwedens größtem...« Der alte Mann meinte es schrecklich ehrlich. Seine Stahlbrille beschlug sich vor lauter Rührung. Er konnte sich kaum mehr klar ausdrücken. »Ich sehe den Tag vor mir, wenn neben Gustav Adolf...«

»Ein Glas Bier, Herr Professor?« fragte Krogh mit einer Müdigkeit und einer Ungeduld, die er nicht zu verbergen suchte. Er dachte an die vielen Interviews, die er diesem Sprachlehrer über die Jahre hatte geben müssen, nicht aus Mitleid, sondern aus Notwendigkeit, weil der nämlich die angesehenste Zeitung Schwedens vertrat und weil er sich nicht ganz zu Unrecht rühmte, sich wenigstens um Genauigkeit zu bemühen. Als eine Antwort von Hammarsten ausblieb, wiederholte er scharf: »Ein Glas Bier?«

»Danke, Herr Krogh«, sagte Hammarsten traurig (als habe man ihn aus irgendeinem hochdramatischen Traum gerissen, nur um ihm seine körperlichen Bedürfnisse zu vergegenwärtigen). Er wurde schweigsam, wiegte das Glas in der Hand und sah völlig geistesabwesend den Tanzenden zu.

»Sie wollten mit mir sprechen?« fragte Krogh.

»Ich dachte nur«, sagte der alte Mann, »daß Sie vielleicht eine Erklärung abgeben möchten. Daß Sie die Oper nach dem ersten Akt verlassen haben, dürfte doch nicht unbemerkt geblieben sein. Es wird Gerüchte geben.« Er hielt inne und sprach ins Bierglas hinein, das er bis ans Kinn gehoben hatte: »Glauben Sie mir, Herr Krogh, ich weiß, was Sie von uns halten. Sie empfinden uns als Plage; Sie können uns nicht loswerden.« Seine Brille rutschte ihm ein Stückchen die Nase herunter. »Sie müssen aber bedenken, davon leben wir.«

»Ich habe keine Erklärung abzugeben«, sagte Krogh. »Kann ich denn nicht hin und wieder einfach tun, was ich möchte, ganz spontan, ohne hinterher ausgefragt zu werden? Ist das so unmöglich?«

»Völlig unmöglich«, sagte der Professor.

»Sie und die anderen sind wirklich zu beneiden.«

»Für uns ist es genauso unmöglich«, sagte Hammarsten, »nur werden wir im Unterschied zu Ihnen nicht kompensiert.« Er tauchte sein Gesicht ins Bier und kam mit weißem Schaum auf der Nase wieder hoch. Er hatte sein Taschentuch verlegt. Deswegen benutzte er seinen Jackenärmel und schaute sich errötend mehrmals um, ob ihn jemand dabei beobachtet hätte. »Es ist zum Beispiel immer mein größter Wunsch gewesen – Sie werden mich auslachen, Herr Krogh –, es ein einziges Mal, nur ein ganz klein bißchen mit dem Theater zu versuchen. Ich würde gern – ach, ›gern‹ ist ein viel zu schwaches Wort – in Stockholm ...«, er zögerte.

»Nun?«

»Den großen ›Perikles‹ inszenieren.«

»Was ist das?«

»Shakespeares ›Perikles‹. In meiner eigenen Übersetzung.«

»Ist es ein gutes Stück?«

»Ach, Herr Krogh, es ist ein großes, ein kühnes Drama! Es war seiner Zeit voraus. Nimmt ›Frau Warrens Gewerbe‹ vorweg. Seit Jahren lege ich meinen Schülern ans Herz, sie sollten, wenn sie den Kern, den Geist verstehen wollen ... Es ist Shakespeares großartigstes, sein absolut dichterisches ... Natürlich ist es nicht immer einfach. Da ist etwa das Problem des Gower. Wer ist Gower?«

»Da müssen Sie meinen englischen Freund fragen. Hier ist er ja. Wer ist Gower, Farrant?«

»Sie haben doch nichts dagegen, Mr. Krogh, wenn sich diese junge Dame zu uns setzt, nicht wahr? Sie hat Durst; es ist offensichtlich; aber sie versteht kein Wort von dem, was ich sage.«

Die tiefe Sonnenbräune unter dem aschblonden Haar wirkte wunderschön: Ein paar Schweißtropfen standen ihr auf der Oberlippe; sie betrachtete die Männer ohne das geringste Zeichen von Intelligenz; sie setzte sich, sie nahm sich ihr Glas, sie gab keinen Ton von sich, daß man sie ignorierte, machte ihr nichts. Krogh hatte völlig vergessen, daß es solche Frauen gab. Er sagte: »Professor Hammarsten spricht Englisch, Farrant.«

»Der alte Gower in William Shakespeares ›Perikles‹. Wer ist der alte Gower, Mr. Fecund?«

»Ich habe das Stück leider nie gelesen, Herr Professor.«

»Nein, nein. Aber Sie müssen das Stück doch in London oft auf der Bühne gesehen haben. Der alte Gower. ›From ashes ancient Gower is come.‹«

»Ich habe ›Hamlet‹ und ›Macbeth‹ gesehen.«

»Nein, nein, die interessieren mich nicht. *Perikles*, das ist das größte Drama. Ich habe dazu eine Theorie. ›From ashes‹ – das heißt nicht etwa: von Asche, von verbrannter Kohle, sondern von Bäumen. Von Eschen. Esche, Eiche und Weißdorn, die heiligen Bäume. ›Ancient Gower‹ ist ein britischer Druide und uralt in dem Sinn, wie Methusalem uralt war, ein Priester und König. Und dementsprechend habe ich es übersetzt. Wörtlich heißt es also: ›Von den heiligen Eschen ist der Druide Gower zu euch gekommen‹ – und nicht etwa der alte Gower. Stimmen Sie mir zu?«

»Klingt einleuchtend.«

Vielleicht spürte das Mädchen, wie wenig Krogh das Gespräch interessierte. Ohne ein Wort zu sagen, nahm sie seine rechte Hand und spreizte sie, mit der Handfläche nach oben, vor sich auf dem Tisch; sie tat es ohne jede Koketterie; sie spielte nur »ihre Rolle«. Die Männer hatten es gern, wenn man ihnen so aus der Hand las; es gab ihnen ein Gefühl von Bedeutung; sie hatten es gern, wenn ein Mädchen sagte »Sie werden sich auf eine lange Reise begeben«; sie hatten es gern, wenn sich – unverfänglich wie beim Tanz – die Hände berührten; sie ließen sich gern warnen: »Hüten Sie sich vor zwei Frauen, die eine ist dunkel, die andere blond«, sie fühlten sich dann als ganz tolle Hechte.

»Sie werden natürlich folgenden Einwand erheben: Die Schauplätze sind Tyrus, Antiochia, Ephesus. Also werden Sie sagen – was soll da ein britischer Druide?«

»Ja, ich verstehe, das ist ein Problem, Herr Professor. Die Sache scheint wirklich seltsam.«

»Aber auf diesen Einwand antworte ich in folgender Weise: Shakespeare ist Ihr Nationaldichter. Er lebte in der großen alten Zeit der guten Königin Bess, in einer Zeit nationalistischer Expansion.«

»Sie sind sehr erfolgreich«, sagte das Mädchen. »Sie sollten bei dem bleiben, was Sie momentan tun.«

»Woher kommen Sie?« fragte Krogh, erstaunt, daß sein Gesicht ihr unbekannt war.

»Aus Lund«, sagte sie und fuhr mit dem Finger seine Lebenslinie entlang. »Sie sind sehr gesund – Sie haben ein langes Leben vor sich.«

Er konnte nicht anders, er hörte es mit Befriedigung. »Ist sie nirgends unterbrochen?«

»Nirgends.«

Sie sagte: »Sie schließen nicht leicht Freundschaften. Sie sollten sich vor einem Mann und einer Frau in acht nehmen. Sie sind sehr großzügig.«

Der Professor sagte: »Ich werde Gower in einem Kostüm auftreten lassen, das den Imperialismus respektive die nationalistische Expansion symbolisiert.«

»Sie machen sich nicht viel aus Frauen. Sie arbeiten am liebsten.«

»Und worin besteht meine Arbeit?«

»Irgendwas mit dem Kopf.« Sie ließ seine Hand los und schien sofort alles Interesse an ihm zu verlieren; sie trank ihr Bier und starrte aus großen hellen Kulleraugen auf die Tanzfläche. Gleich darauf kam ein junger Mann vorbei und verbeugte sich, sie verließ den Tisch und ließ sich von ihm zur Tanzfläche führen und tanzte mit ihm. Sie war völlig desinteressiert und wahnsinnig hübsch und absolut dumm; sie ließ Krogh ein Gefühl von Ungezwungenheit und Glück zurück, doch kaum wurde es ihm bewußt, verschwand es wieder. Es war wie ein unerwarteter Duft in einer armseligen Straße, wie ein Geruch nach Minze zwischen Mietskasernen – man kehrt um, sucht sich seinen Weg über das Pflaster, zwischen leeren Zigarettenschachteln und Kartoffelschalen und über das Rinnsal in der Gosse (sie hat nicht gewußt, wer ich bin... ein langes Leben... großzügig), aber der Duft ist weg. Die Musik hatte aufgehört; das Mädchen saß an einem anderen Tisch und legte die

Hand des Jungen mit der Handfläche nach oben auf die Platte.

»Wann werden Sie das Stück also auf die Bühne bringen, Mr. Hammarsten?«

»Nie. Das sind alles nur müßige Gedanken, Träume – mir fehlt das Geld, Mr. Fecund.«

»Farrant.«

»Ferrett. Ich habe keine Beziehungen, die Theaterdirektoren sehen sich meine Übersetzung nicht einmal an. Ich bin bloß ein Schulmeister mit einer großen Verehrung für William Shakespeare.«

(Ein langes Leben ... großzügig)

»Ich werde Ihnen fünfundzwanzigtausend Kronen zukommen lassen, Professor Hammarsten.« Der alte Mann sagte nichts, er wandte sich von Anthony ab und starrte mit leicht geöffnetem Mund Krogh an; er schien vor Entsetzen sprachlos. Doch genau das, dachte Krogh, hat er sich immer vorgestellt: Jahrelang hat er davon geträumt, daß ein reicher Mann ihn von diesem Stück – wie heißt es noch? Ich weiß es nicht mehr – sprechen hört, sich überzeugen läßt und ihm dafür Geld gibt. Darauf hatte der alte Narr es angelegt, und jetzt kann er's nicht glauben, er hat Angst, daß ich scherze. »Rufen Sie morgen meine Sekretärin an«, sagte er.

Professor Hammarsten sagte: »Ich finde keine Worte ... ich weiß nicht ...« An seiner Nasenspitze klebte noch immer Schaum, er versuchte, ihn abzuschütteln. Er sagte: »›Perikles‹? In meiner eigenen Übersetzung?«

»Selbstverständlich.«

Professor Hammarsten sagte plötzlich: »Aber meine Übersetzung, ich weiß nicht, vielleicht ist sie ja schlecht. Ich habe sie nie wem gezeigt.« Er sagte: »Und wenn die Leute sie nicht verstehen? Der Druide Gower.« Er sagte: »Seit vielen, vielen Jahren ...« Er wollte ganz offensichtlich klarmachen, daß man nach einer sehr langen Reise nicht plötzlich am Ziel ankommen konnte, ohne sich über den Empfang zu ängstigen. Die Freunde sind älter geworden; vielleicht wird man nicht einmal erkannt. Die weißen Stoppeln auf seinem Kinn, die Stahlbrille verrieten deutlich genug, wie lang die Reise gedauert hatte. »Es ist zwanzig Jahre her, daß ich's schrieb.«

»Treffen Sie Ihre Entscheidung, welches Theater, welche Schauspieler Sie wollen«, sagte Krogh. Seine Großzügigkeit langweilte ihn bereits. Wie oft hatte er so etwas nicht schon getan! Es wurde von ihm erwartet: ein Hundertkronenschein für eine Papierblume; ein neuer Krankenhausanbau; für den ersten Arbeiter, der seine Hand in der neuen, verbesserten Schneidemaschine verlor, eine Rente, die seinem Lohn mehr als adäquat war. Darüber wurde in der Presse berichtet; es wirkte positiv. Je ausgefallener die Spende, desto größer die Publicity, und es gab Augenblicke, da war solche Publicity nützlich, etwa vor einer neuen Aktienemission, gerade in einer Zeit wie jetzt, da man kurzfristige Kredite aufnehmen, in Amsterdam verkaufen, gutes Geld in eine wertlose Firma stopfen mußte. Es war kurios, daß ausgerechnet der armselige alte Hammarsten profitieren sollte, daß ausgerechnet er in die Sorgen und Ängste von Laurin und Hall hineingeraten war. Krogh empfand tiefe Verachtung für den alten Sprachlehrer und Teilzeit-Journalisten, der da jetzt in panischer Angst vor seinem Glück hockte, an sich zweifelte, sich die Brille von der Nase rutschen ließ, ganz den Eindruck machte, ihn habe irgendeine tödliche Katastrophe ereilt.

»Verzeihen Sie, Herr Krogh«, sagte eine Stimme, eine erregte, rauchige Stimme, und zwischen Teich und Tanzfläche, Mütze in der Hand, grau und dürr, mit Hautfalten unter dem Kinn, erschien Pihlström. Das Licht der großen Scheinwerfer bleichte sein dünnes, farblich undefinierbares Haar. Ehe sich Anthony oder Krogh rühren konnten, war der Professor auf den Beinen. Er zitterte vor Entrüstung, die Brille bebte, er schob die Hände unter die Rockschöße. »Pihlström.«

»Hammarsten!« rief Pihlström. Er kam vorsichtig näher. »Sie alter Lügner«, sagte er plötzlich, »sie sollten sich schämen.«

»Wir wollen mit Ihnen nichts zu tun haben, Pihlström«, sagte der Professor. »Ich dulde nicht, daß Herr Krogh auf diese Weise von Ihnen belästigt wird. Wenn Sie es unbedingt wissen wollen, Pihlström, Herr Krogh befindet sich jetzt hier, weil er mit mir ein kleines Projekt besprechen will, ein Spielchen, bei dem wir unserer gegenseitigen Hilfe bedürfen. Mit Ihnen, Pihlström, oder mit der Zeitung, die Sie vertreten, hat das nichts zu tun.«

»Aber Hammarsten ...«

»Ziehen Sie ab, Pihlström«, sagte der Professor und wandte sich ihnen mit einer kümmerlichen Geste von Größe zu und ihm zitterte zwischen dem Kleingeld in der Tasche die Hand. »Meine Herren«, sagte er, »wollen Sie eine Flasche Wein mit mir köpfen?«

Fünftes Kapitel

Die lange Treppenflucht hoch und hinauf zum vierten Stock aus dem Fegefeuer (hinter ihm, zurückgelassen am anderen Ufer, die öffentlichen Toiletten mit den schmutzigen Witzen, der Neid, die Abneigung des Chefredakteurs, das Mißtrauen, die Zeitschriften für Freikörperkultur) empor zum Paradies (die Gruppenaufnahmen aus der Schule, der vertraute Waschlappen, das harte, asketische Bett), steige ich, Minty, unversehrt.

Er wußte, wieviele Stufen es waren, sechsundfünfzig – vierzehn bis zum ersten Stock, wo in einer Zweizimmerwohnung mit Telefon und Elektroherd die Ekmans wohnten; er war Müllmann, schien aber nie knapp bei Kasse. Er kam oft so spät wie Minty nach Hause, war dann leicht angetrunken und rief, während er die vierzehn Stufen hochstieg, einem Freund unablässig »Auf Wiedersehen« zu, und beim Klang seiner Stimme kam Frau Ekman aus der Wohnung heraus, um gleichfalls »auf Wiedersehen« zu rufen. Es schien sie nie zu stören, daß ihr Mann betrunken war; manchmal war sie selbst angesäuselt, und in der Wohnung drängten sich Freunde zum Abschied, und der Gestank von billigen Zigarren verfolgte ihn bis zum nächsten Flur und brannte ihm in den Augen.

Achtundzwanzig Stufen, und man stand vor der leeren Wohnung. Sie war die größte im ganzen Haus und, obwohl eingerichtet und vermietet, immer unbewohnt. Die Mieter hielten sich im Ausland auf; zwei Jahre waren sie nicht mehr nach Hause gekommen, aber die Miete war bezahlt. Minty hatte die Leute nie gesehen; seine Neugier pirschte auf dem Flur herum; er geißelte sich mit dem eigenen Unwissen; doch hatte er Angst davor, dies Unwissen aufzugeben, es mit direkten Fragen zu versuchen; die Neugier hielt ihn beschäftigt. Einmal, als die Vermieterin die Tür öffnete, um in der Wohnung staubzuwischen, hatte er einen Blick in den Korridor werfen können und einen Stahlstich von Gustav Adolf gesehen und einen Schirmständer mit einem ausgedienten Regenschirm. Er stieg höher und ließ die Wohnung hinter sich, die Ekmans fielen um weitere vierzehn Stufen zurück. Im dritten Stock wohnte eine Italienerin, die Unterricht gab; sie erinnerte ihn an seinen Kollegen Hammarsten, die beiden waren nämlich an derselben Schule beschäftigt; er eilte weiter, noch vierzehn Stufen, zum vierten Stock, dann war er in Sicherheit, war er zu Hause – bei dem braunwollenen Morgenmantel an der Tür, dem Kakao und den Kräckern im Schrank, der kleinen Madonna auf dem Kaminsims, der Spinne unter dem Zahnputzglas.

Er war müde; er war müde; es war noch früh; aber es gab nichts zu tun als schlafen.

Als er das Licht angeknipst hatte, ging er sofort das Fenster zumachen – er hatte Angst vor Motten. Die unteren Wohnungen bildeten kleine Lichtsprossen zwischen ihm und der Straße – alle waren zu Hause – die Ekmans hatten ihr Radio angestellt. Neben der Spinne lag seine monatliche Abrechnung auf dem Waschtisch. Minty ging in die Knie und wählte im Schrank; er goß Kondensmilch in einen Topf und gab zwei Löffel Kakao dazu; er machte den Gaskocher an, der neben einer polierten Mahagonikommode stand, und während das Gemisch warm wurde, suchte er nach seiner Teetasse. Er fand die Untertasse, doch von der Tasse keine Spur. Dann entdeckte er den Zettel, den ihm seine Wirtin aufs Kopfkissen gelegt hatte: »Herr Minty, Ihre Teetasse ist leider zerbrochen«, mit schwungvoller Unterschrift, ohne weitere Entschuldigung. Ich werde mein Zahnputzglas nehmen müssen.

Die Spinne war offensichtlich tot; sie war geschrumpft; die Wirtin hätte sie eigentlich fortschaffen können. Er nahm das Glas und trank seinen lauwarmen Kakao, als er sich aber nach der Seifenschale umschaute, wo er seine Zigarettenstummel aufbewahrte, merkte Minty, daß die

Spinne sich bewegt hatte. Nicht der Tod hatte sie schrumpeln lassen, es war List gewesen; jetzt ließ sie sich, zu doppelter Größe aufgebläht, an ihrem unsichtbaren Faden auf den Boden fallen.

In Minty erwachte der Jagdinstinkt, die Lust am Quälen; er hatte an diesem Tag viel Spaß gehabt. Er nahm das Glas und fing die Spinne, zerriß, als sie hochzuklettern begann, den Faden, und mit einer raschen, geschickten Drehung des Handgelenks hatte er sie neben dem Waschbecken auf der Marmorplatte wieder gefangengesetzt. Die Spinne hatte ein zweites Bein verloren; sie saß in einer kleinen Kakaopfütze. Geduld, dachte Minty, während er sie betrachtete, Geduld; du kannst mich überleben. Er trommelte mit dem Fingernagel aufs Glas. Zwanzig Jahre in Stockholm, ich bin nicht mehr der Jüngste. Morgen werde ich einen Zettel schreiben: »Nicht berühren.« Ich werde nicht nur eine neue Teetasse, sondern auch ein neues Zahnputzglas kaufen müssen – wird das ein Einkaufstag werden für Minty; und in seiner Aufregung vergaß er vor dem Schlafengehen sein Nachtgebet. Als er erst einmal im Bett lag, kam es ihm unnötig vor, noch einmal aufzustehen und auf dem kalten Linoleum zu knien: Gott sah die Stellung so wenig an wie die Person. Nur auf eins kam es an: das Gebet sollte aus dem Herzen kommen; also faltete er unter der rauhen Decke die Hände und betete inbrünstig: daß Gott die Gewaltigen vom Throne stoßen und die Niedrigen erheben möge, daß er, Minty, sein täglich Brot geben und vor Versuchung schützen wolle und, mehr ins einzelne gehend, daß ihm Anthony vor Pihlström und den übrigen bewahrt werde, daß der Gesandte einem Harrow-Dinner zustimmen und daß er für die zerbrochene Teetasse ein Äquivalent finden möge; und zu guter Letzt dankte er Gott für Seine großen Zeichen von Barmherzigkeit, für einen glücklichen und erfolgreichen Tag. Im gegenüberliegenden Haus gingen eins nach dem andern die Lichter aus; es dauerte nicht lang, und er konnte die Motte, die sich hartnäckig an der Fensterscheibe emporarbeitete, gar nicht mehr sehen; er knipste seine eigene Lampe aus und lag im Dunkeln geduldig wie die Spinne, hinter dem Glas.

Und wie die Spinne schrumpelte auch er, war er gar nicht mehr aufgebläht, um der Verachtung zu begegnen; sein Leib lag regungslos, ausgestreckt in der Haltung des Todes, so lag er da, demütig, und versuchte Gott, das Glas zu heben.

Vierter Teil

Erstes Kapitel

Anthony war pünktlich. Als er die Nordbrücke erreichte, schlug es von allen Seiten gerade acht Uhr. Seiner üblichen Taktik entsprach das nicht. Er schätzte es nämlich gar nicht, von einer Frau warten gelassen zu werden; das schuf für jede Art von Beziehung die falsche Ausgangsbasis. Zuerst sollte die Frau eintreffen, und mit einiger Verspätung, frisch, fromm, fröhlich, frei und voller Entschuldigungen und unverbesserlich vage dann er, selbst wenn das bedeutete, daß er an einer zugigen Straßenecke just außer Sichtweite eine Weile herumhängen mußte. Aber die Lage hatte sich geändert. Er hatte eine Stelle, und während er eilig durch den Morgennebel schritt, der vom Mälarsee hochstieg und wie Tau auf seinem neuen Mantel lag, legte er sich seine neue Taktik sorgfältig zurecht: er war effizient, pünktlich, ohne allzu viel Zeit für Frauen, in der Männerwelt zu Hause – muß kurz nach neun im Büro sein, kann für Sie höchstens eine Stunde erübrigen; die schwere Verantwortung.

Doch am anderen Ende der Brücke wartete sie bereits auf ihn, und schon ließ seine forsche Art nach. Sie hieß Lucia, ein absurder Name – armes Ding, welch ein Pech. Sie hatte sich ganz besonders schick gemacht, bemühte sich nicht, ihre Absicht zu verbergen – der kleine, flotte Hut, der so schlecht zu dem ernsthaften Gesicht paßte. Als ob sie sich, dachte er, mit ihrem Liebsten träfe und nicht mit irgendwem, den sie in Göteborg aufgegabelt hat, und einmal mehr erweichte es ihm das Herz, daß eine Frau sich die Mühe machte, ihm zu gefallen (selbst wenn dies, wie bei Lucia Davidge, dazu führte, daß sie zuviel Puder auflegte). Man konnte sagen, was man wollte, selbst die Abgebrühtesten unter ihnen hatten eine törichte Unschuld, die einfach bezauberte; sogar Mabel hatte solche Unschuld besessen.

Als er ihr näher kam, rannte sie fast. Sie waren ganz allein auf der Brücke. Mit ihren viel zu hohen Absätzen geriet sie auf dem nebelfeuchten Pflaster ins Rutschen, und sie stieß ihm mit dem Kopf gegen die Brust, so daß der kleine Hut anschließend noch schiefer saß. Sie küßten sich ganz absichtslos, als wären sie seit langem miteinander befreundet. Er zog unter seinem Mantel den Tiger hervor, doch beim Verlassen seines Zimmers hatte er nicht gleich daran gedacht, ihn zu schützen, und das Fell war triefend naß.

»Du Guter«, sagte sie. »Wie naß er ist. Ihr seid ja beide ganz naß. Ihr seid ja beinahe ertrunken.« Der schwere Nebel lag wirklich wie starker Regen auf seinem Mantel und seinem Hut. Man könnte kaum nasser sein, dachte er, wenn man aus dem See gefischt worden wäre, und weil solch ein Gedanke wie eine kalte Kompresse ihm nur zu lang auf den Geist drücken konnte, lachte er ihn rasch fort: »Ich bin ein guter Schwimmer.« Das war jedoch gar nicht wahr. Er hatte immer Angst vor dem Wasser gehabt: Als Sechsjährigen hatte ihn sein Vater in ein Schwimmbecken geworfen, so sollte er schwimmen lernen, er war aber untergegangen. Jahrelang hatte er danach vom Ertrinken geträumt. Aber er hatte der wie immer gearteten Vorsehung, die es darauf abgesehen haben mag, einem genau den Tod zukommen zu lassen, den man am meisten fürchtet, ein Schnippchen geschlagen. Ein guter Schwimmer ging Risiken ein – Anthony, der schlechte Schwimmer, ging kein Risiko ein. Deshalb war er sicher. Selbst in diesem Augenblick, als er auf seinen nassen Mantel aufmerksam gemacht wurde, mied er jedes Risiko. Er war um die eigene Gesundheit so besorgt wie eine Mutter um die ihres Kindes. »Was uns beiden jetzt fehlt«, sagte er, »ist ein guter heißer Kaffee.«

»Und Toast mit Orangenmarmelade.«

»Und Eier mit Speck.«

»Wenn wir doch bloß in London wären.«

Sie lachten und seufzten und empfanden sich als Engländer und fühlten sich wehmütig und im Exil. Aber es gibt keine Zeit zu verlieren, dachte Anthony – er wußte, wie leicht er sich erkältete; sein Brustkorb war eine imponierende Fassade, hinter der sich eine angeborene Schwäche verbarg. Er rannte hinter einem Taxi her, und sie stürzten sich einfach hinein, atemlos, lachend und ohne zu wissen, wohin sie wollten, und mit der Beklommenheit, die zwei Menschen immer erfaßt, wenn sie zum ersten Mal allein zusammen unterwegs sind.

»Wohin sollen wir gehen?« fragte Anthony, während der Taxifahrer an der Tür wartete und der schwere Nebel sich am Brückengeländer niederschlug und leise auf das Pflaster tropfte, und aus der Richtung des Rathauses pfiff eine Schiffssirene und ihr Pfeifen schrillte und verfing sich im Rohr und schrillte erneut wie ein Regenpfeifer, der eine Verletzung am Flügel simuliert. »Ich kenne mich hier überhaupt nicht aus. Entscheide du. Wohin sollen wir fahren.« Er zog seinen nassen Mantel aus und befühlte heimlich sein Hemd – es war trocken. Vor einem fühlte er sich bei einer Vergnügungsfahrt nie sicher – daß sie im Bett enden würde und mit einer bösen Erkältung, vielleicht gar einer Lungenentzündung.

Sie sagte: »Drottningholm. Da bin ich noch nicht gewesen. Es gibt dort ein Schloß.«

»Aber gibt es dort auch Frühstück?«

»Da muß es Frühstück geben.«

Der Nebel rutschte die Fenster entlang, und sie wischte die Scheibe an ihrer Seite mit der Hand. Anthony küßte sie auf den Nacken. Sie sagte: »Wenn mein armer Vater wüßte, was für ein Leben ich führe.«

»Spielst du auf mich an?«

Sie drehte sich ihm mit einem Blick zu, der Übermut und Leichtsinn ausdrücken sollte, doch eher der Blick eines verängstigten Tieres war. »Du glaubst doch wohl nicht, daß du der einzige bist?« Er dachte: Du großer Gott, was will sie bloß? Am liebsten hätte er ihr förmlich mitgeteilt, seine Motive seien lauter und im Augenblick denke er einzig und allein an ein Frühstück. Sie sagte leichthin: »Sogar in Coventry, weißt du, gibt es den einen oder anderen präsentablen Mann.« Ihre Augenbrauen waren ungleichmäßig gezupft – überhaupt, ihr Make-up mit dem viel zu stark aufgetragenen Lippenstift und dem abblätternden Puder am Hals hatte etwas Dilettantisches. Ihr forsches Auftreten war so wenig überzeugend wie die Angeberei eines Neuankömmlings im Internat, der irgend etwas, einen körperlichen Defekt oder auch nur einen lächerlichen Namen, zu verbergen hat. Lucia, dachte er, Lucia.

Nachdem sie eben einmal klargestellt hatte, was für ein Mordsweib sie war, schien sie ihm gern alles Weitere überlassen zu wollen; sie fragte nämlich: »Was macht die Arbeit?«

»Alles bestens«, sagte Anthony. »Ich komme irrsinnig gut mit Krogh aus.« Er legte den Arm um sie und streichelte ihr geistesabwesend die linke Brust.

»Und was ... was machst du eigentlich?«

»Ich bin sein Leibwächter. Weißt du, all diese Großindustriellen haben doch Angst, daß irgendwer auf sie losballert. Tja, und meine Aufgabe«, sagte er, und gab *er* an, »besteht eben darin, schneller zu sein.«

Sie lehnte sich zurück, mit verrutschtem kessen Hütchen und trockenem Mund lehnte sie sich an ihn an und sagte mit unsicherer Stimme: »Irgendwie finde ich das nicht richtig.« Ihre Erregung machte ihn auf die Situation aufmerksam, in der er sich ihr gegenüber befand; er drückte freundlich unverbindlich ihre Brust und sagte: »Es ist goldrichtig. Er stinkt vor Geld.«

»Nein, ich meine«, sagte sie, »das ist keine Arbeit für einen Gentleman.«

»Ich bin kein Gentleman«, sagte Anthony und küßte sie.

»Doch«, wiedersprach sie. Von den blumenübersäten Vorstadtstraßen begann der Nebel abzupellen, nur hier und da blieben ein paar weiße Tupfer zurück – an Schornsteinen, zerbrochenen Säulen, großen Blumenkübeln und Brunnen. »Deswegen habe ich dich nämlich von Anfang an so gemocht. Die Krawatte da – die ist von Eton, nicht wahr?«

»Harrow«, gab Anthony zu.

»Ich bin ein Snob«, sagte sie. Ihre Bekenntnisse waren ein merkwürdiges Durcheinander von tollkühnen Behauptungen bis zu kleinlauten Demutsäußerungen. »Ich bin ein gräßlicher Snob.« Da gab es nichts, was sie nicht von sich zu sagen bereit gewesen wäre, dachte Anthony, außer dem Geständnis, daß sie Angst hatte, daß sie nicht wußte, wie sie sich im nächsten Augenblick verhalten sollte. »Nach all den Ausländern ist es so schön, mit dir zusammen zu sein.«

»Aber du bist doch noch keine Woche in Schweden.«

»Braucht man eine Woche, um ein paar Männer kennenzulernen?« prahlte sie, um gleich darauf recht bescheiden zuzugeben: »Ich bin zum erstenmal im Ausland.« Er war verwirrt; eben noch ließ sie durchblicken, wie erfahren sie war, und im nächsten Moment tat sie ganz unschuldig; er kam da nicht mit. Im Zweifelsfall, sagte er sich, ist man zärtlich und hält den Mund. Er küßte sie von neuem, spielte mit ihrer Brust, streichelte ihren Schenkel, doch ihre Reaktion brachte ihn völlig aus der Fassung. Er kam sich wie ein gewiefter Pokerspieler vor, der sich mit einem allzu unerfahrenen Gegner eingelassen hat – man hat zwar, weil einen der Jackpot reizt, ein zusätzliches As im Ärmel verborgen gehabt, hat gekonnt abgehoben, aber man erwartet von seinem Gegner gleichzeitig doch eine gewisse rudimentäre Zurückhaltung, wenigstens den Ansatz eines Versuchs zu spielen; es gibt Formen, die sogar ein Falschspieler gewahrt sehen möchte. Sieht man das Gesicht, das wie ein offenes Buch vor einem liegt, hört man das ach so naive Reizen ohne alle Tricks, so irritiert einen der Gedanke, daß man auch ohne den ganzen Schmus hätte gewinnen können, ohne die präparierten Karten; da hätte man genauso gut ehrlich spielen können.

Sie legte ihm die Hände um den Kopf und drückte seinen Mund auf ihren; er spürte, wie ihre Beine sich bewegten, sich spannten. Sie war hungrig, sie wollte befriedigt werden, die ganze Naivität des provinziellen Coventry verriet sich in der einen Geste, wozu da tricksen und lügen und charmant sein? Wozu die Mühe? Er fragte sich bestürzt, ob er etwa nur benutzt werde, ob diese Affäre für ihn nicht eher eine Niederlage als einen Sieg bedeute. Während er sie umarmte, dachte er angestrengt an Fahrräder und wie man in Rugby umsteigen mußte.

Aber es war unmöglich, so zu tun, als fühle man sich schuldig. Das Verführen wird einem heutzutage wirklich zu leicht gemacht, dachte er einigermaßen schockiert – dem Ganzen fehlt der Prickel der verschlossenen Türe, der mitternächtlichen Flasche Champagner auf dem Zimmer eines »alleinstehenden Herren«; er war sich nicht sicher, ob er solch einer Art von Erregung gewachsen wäre, und deshalb war er unsäglich erleichtert, als sie sich in ihre Wagenecke zurückzog und ihr Gesicht wieder herzurichten begann, obschon er ihr am liebsten geraten hätte: »Wirf den Lippenstift weg, er hat den falschen Farbton.« Er mußte an Kroghs Anzüge denken, bei denen es schade um den Stoff war, und an Kroghs entsetzliche Krawatten. Ich muß diese Menschen unter meine Fittiche nehmen; wenn ich mit ihnen fertig bin, werden sie wenigstens das eine oder andere dazugelernt haben. Beim Gedanken an einen Besuch bei Kroghs Schneider, an einen Einkaufsbummel mit Lucia nahm sein Gesicht einen verantwortungsvollen Ausdruck an. Er sagte: »Ich kann dich unmöglich Lucia nennen. Ich werde dich einfach Lu nennen müssen.« Er sagte: »Ich nehme an, die Geschäfte in Coventry sind ziemlich erbärmlich.«

Lu antwortete hinter ihrer Puderdose hervor, wobei sie duftende Puderstäubchen durch das ganze Taxi pustete:

»Oh, du würdest dich wundern. In Coventry haben wir ein paar sehr gute Geschäfte. Und dann ist man in weniger als zwei Stunden in London, weißt du, und es gibt die ganze Woche über verbilligte Rückfahrkarten.«

Er sagte: »Du amüsierst dich wahrscheinlich nicht schlecht.«

»Ach«, sagte Lu, »herumschlafen tu ich nicht, wenn du das meinst. Ich bin doch nicht promiskuös. Das wäre zu Hause außerdem gar nicht so leicht. Vater tobt, wenn ich um Mitternacht nicht zurück bin. Du kannst dir den Spektakel gar nicht vorstellen. Er bleibt sogar auf und wartet auf mich.«

»Da hat er völlig recht«, sagte Anthony böse. »In deinem Alter wäre es wirklich nicht in Ordnung...«

»Bist du etwa nicht für Freiheit?« fragte Lu. »Du wirst doch wohl nicht auf einmal spießig, oder? Wozu bist du denn in der ganzen Welt herumgereist und in Revolutionen und was weiß ich gewesen, wenn du nichts von Freiheit hältst?«

»Für einen Mann ist das was anderes«, sagte Anthony.

»Heute nicht mehr«, sagte Lu. »Nicht heutzutage, wo es die Empfängnisverhütung gibt.«

»Von Empfängnisverhütung halte ich gar nichts.«

»Wie kannst du dann nur erwarten, daß ein Mädchen mit dir ausgeht...«

»Verdammt noch mal«, rief Anthony, »wir gehen aber doch bloß frühstücken!«

Sie sagte enttäuscht: »Liebst du mich denn wirklich kein bißchen, Tony? Ich meine natürlich nicht vom Gefühl her. Ich hasse es, wenn Menschen bei so einfachen Dingen gefühlsduselig werden. Ehe man sich's versieht, wollen sie einen besitzen. Dann wollen sie nur noch dich, und von dir erwarten sie, daß du nur noch sie willst, als ob der Mensch ein molygames, ich meine monogames Tier wäre. Aber physisch, findest du mich physisch denn nicht ein ganz klein bißchen attraktiv?«

»Du weißt gar nicht, wovon du redest«, sagte Anthony.

»Nun ja«, meinte sie, »ich behaupte ja nicht, so viel Erfahrung zu haben wie du. In jedem Hafen ein Mädchen, und jeden Hafen im Sturm genommen.«

»Ich glaube, du hast überhaupt noch nie mit einem Mann geschlafen«, sagte Anthony. »Ich glaube, du bist noch Jungfrau.«

Sie schlug ihm hart ins Gesicht.

»Entschuldige«, sagte Anthony. Er war beleidigt und wütend.

»Entschuldige. Wie oft soll ich's noch sagen!«

Das Taxi hielt. Sie waren in Drottningholm angekommen. Während sie Kaffee tranken und Brötchen aßen, lagen sie sich nur in den Haaren. Sie hatten beide Hunger, kannten jedoch nicht das schwedische Wort für Ei.

»Wie kannst du in Schweden arbeiten, ohne Schwedisch zu können?« fragte Lu.

»In meinem Job braucht man keine Sprachkenntnisse«, meinte Anthony.

»Das ist kein seriöser Beruf.«

»Dir kann es doch egal sein, ob er seriös ist oder nicht.«

Daraufhin begann sie ihm sofort zu erklären, ganz freundlich, weil sie keinen Hunger mehr hatte, daß Seriosität und Freiheit sich keineswegs widersprächen. Sein Ärger verflog; er hörte ihr durchaus interessiert zu. Daß sie intelligent war, ließ sich nicht bestreiten. Sie benutzte das Wort Freiheit mehrere Male; da sie aber diese Freiheit nicht an ihm ausprobierte, schockierte es ihn nicht mehr; sie war im Grunde genauso altmodisch wie er. In Coventry bemühte man sich offensichtlich noch immer um Theorien, um das eigene Vergnügen zu rechtfertigen. Lu gehörte der Generation von Mädchen an, für die Hausschlüssel ein großes Problem darstellten. Er mußte an Kate denken, und der Vergleich konnte für ihn nur zu Lucias Gunsten ausfallen. Kate war ein bißchen kaltblütig; sie benutzte keine Ausreden; ihn erfüllten noch immer Scham und Zorn, wenn er an jenen Augenblick in Kroghs Wohnung dachte – »das ist mein Schlafzimmer«.

Natürlich hatte er gewußt, und zwar schon lange, bevor er nach Stockholm kam, daß sie Kroghs Geliebte war, aber so unverblümt hatte er es noch nie gehört, und gerechtfertigt oder entschuldigt hatte sie es nie. Er hatte das ungute Gefühl, daß Kate, falls es ihr vorgehalten würde, wahrscheinlich eher von Geld und Arbeit spräche als von Freiheit.

Die gute Lu, dachte er; altmodisch ist sie; sie hat Prinzipien. Sie gingen die Straße zum Schloß hoch. Der Nebel hatte sich verzogen; unter einem schreiend bunten Schirm auf einer grauen Brücke stellte ein Mann Flaschen mit Mineralwasser, Kirschbrause und Limonade auf. »Ich möchte eine Kirschbrause«, sagte sie.

»Du hast doch eben erst Kaffee getrunken.«

»Ich mag Kirschbrause aber so gern.«

Hintereinander, in Reih und Glied, kam flußabwärts eine Entenfamilie geschwommen. Wie eine Pfadfindergruppe schienen die Enten ein ernsthaftes, wenngleich ziemlich kindisches Ziel zu verfolgen. Man erwartete fast, daß sie im nächsten Augenblick Kreidebotschaften an die Ufermauer schreiben oder sich versammeln und mit zwei Streichhölzern ein Lagerfeuer anzünden würden.

»Die Leute machen so viel Theater wegen Sex«, sagte Lu. Die leuchtend rosa Kirschbrause in ihrem Glas sprudelte. Die Enten machten der Reihe nach Kopfstand. »Bloß weil man mit einem Mann schläft...«

Anthony schaute weg, sah über mehrere Morgen verdorrten Augustrasen hinweg zum niedrigen, weißen Schloß, wie ein toter, ausgestopfter Seevogel mit ausgebreiteten Flügeln lag es da. »Sag mal, mit wie viel Männern hast du denn schon...«

»Bloß zwei«, sagte sie. »Ich bin nicht promiskuös.«

»In Coventry?«

»Einer in Coventry und einer in Wotton-under-Edge.«

»Und du wärst für einen dritten bereit?«

»Allzeit bereit«, sagte sie.

»Aber in ein paar Tagen wirst du schon fort sein.« Sie

erreichten die Terrasse auf der Rückseite dieses kalten, nordischen Versailles. Heimatloser hatte Anthony sich noch nie gefühlt. Es war windig auf der Terrasse: ein paar Bäume mit sich gelb verfärbendem Laub, vor einer Tür in einem der Flügel eine Flasche Milch. Die beiden standen nebeneinander, Hand in Hand, über dem braunen Gras. Ein Mann mit einem Besen kam näher und erklärte ihnen auf Englisch, das Schloß sei für Besucher noch nicht geöffnet.

Das Lyons in der Coventry Street hätte jetzt geöffnet, dachte Anthony, und in London ließe sich nach dem Frühstück immer was finden, wohin man gehen konnte. Da gab es in der Nähe der Wardour Street ein Hotel und über den ausländischen Restaurants unzählige Zimmer, die man stundenweise mieten konnte – nicht sehr romantisch, nicht sehr sauber, aber, Mädchen und Bett vorausgesetzt, konnte man jederzeit glücklich werden; es gab glückliche Menschen, die nicht in einer Wohnung am Nordufer wohnten. Die Sehnsucht nach der Teemaschine, der Schlampe mit den frischen Handtüchern, den Stapeln englischer Zigaretten schüttelte ihn plötzlich so arg, daß er sich die Fingernägel in die Handfläche drückte. Er dachte: Es war idiotisch von mir, daß ich weggegangen bin. Hätte ich gewartet, ich hätte schon Arbeit gefunden. Dort konnte mir keiner was – da kannte ich mich aus.

»Man läßt uns nicht rein?«

»Nein, man läßt uns nicht rein.«

»Dann bleibt uns wohl nichts anderes übrig als umzukehren.«

»Warte hier«, sagte er, »ich versuch's mal mit einem Trinkgeld.« Er ging hinter dem Mann mit dem Besen her und entdeckte ihn vor einem kleinen, alleinstehenden Gebäude am Ende der Terrasse. Nein, sagte der Mann, er könnte ihm das Schloß nicht zeigen, er habe die Schlüssel nicht. Wenn er in einer Stunde wiederkäme ... aber, falls sie Lust hätten, sich das anzusehen, die Schlüssel fürs Theater habe er.

Das kleine Theater war so geblieben, wie es im 18. Jahrhundert erbaut worden war. Die königlichen Sitzplätze zeigten noch immer ihre Kronen, die langen, weinroten Bänke mit ihren Schildchen waren für Zuschauer reserviert, die längst gestorben waren, für die Hofdame, die Kammerherren, den Barbier und den Perückenmacher. Anthony und Lu setzten sich, und hinter der kleinen, tiefen Bühne begann ihr Führer an den Seilen zu ziehen, die die alte, kunstvolle Bühnenmaschinerie in Gang setzten. Blaue und weiße Wolken, rundlich wie die Popos kleiner Barockengel, schwebten herab und umkränzten den abgewetzten Sessel, der in Maskenspielen oder Opern Venus oder Jupiter als Thron gedient haben mochte. Dann machte der Führer das Licht aus und ließ den Donner rollen. Staub wirbelte auf, setzte sich wieder.

Anthony sagte: »Wir müssen ein Zimmer oder irgendwas finden, wo wir hingehen können. Wenn wir jetzt in London wären...«

»Oder in Coventry.«

»Was habt ihr denn in Wotton-under-Edge gemacht?«

»Wir hatten ein Auto.«

Die gesamte Kulisse setzte sich nach einer Seite hin in Bewegung, und von der anderen Seite ruckelte ein verblaßter, eleganter Blumengarten herein. Da saßen sie nun nebeneinander auf einer Bank, wo einst der königliche Barbier und der Hofkaplan gesessen hatten, und ihre Beine berührten sich, preßten gegeneinander, drängten zueinander, durch die Kleidung hindurch, sie spürten es; und das Fehlen des Bettes machte sie physisch krank. Auf der Bühne schoß plötzlich ihr Führer aus der Versenkung empor. Alles funktionierte noch genauso perfekt wie am ersten Tag, sagte er und verschwand wieder. Sie hörten ihn unter der Bühne herumpoltern.

»Ich hab's«, sagte Anthony, »wir fahren zu Minty.«

»Wer ist Minty?«

»Ein Journalist. Ein einsamer Teufel. Wir tun so, als

kämen wir zum Frühstück. Er weiß bestimmt, wo wir hin könnten.«

»Möchtest du wirklich mit mir zusammensein?« fragte sie mit absurder Förmlichkeit. »Ich möchte dich nicht dazu zwingen.«

»Mehr als alles in der Welt. Es wäre wie daheim.«

»Es tut einem gut.«

»Ach«, sagte er – da war es plötzlich wieder, dieses Bewußtsein der Kälte, der Fremdheit, der steinernen Gebäude rings um die Seen, Wasser, überall Wasser, und die Männer, die sich über ihrem Schnaps steif voreinander verbeugten; und gleichzeitig die Sehnsucht nach unkomplizierten Freundschaften, nach einer Sprache, die er verstand, nach den Gardesoldaten im Park, den Autos, die auf Mädchen warteten, die sich aufgabeln ließen, nach den Verkäuferinnen und den Saloon Bars. »Ach, wenn du doch hier bliebst oder ich von hier weg könnte. Kate kommt es nur auf die Karriere an, sie versteht mich nicht. Ich brauche ja so wenig, um glücklich zu sein« ... Whisky mit Soda, eine Nummer des »Razzle«, die Hotels in Paddington und den Klub unterhalb der Lisle Street, aber nicht das hier – den Millionär, diesen Bau aus Stahl und Glas, die unverständliche Skulptur. »Wenn ich doch bloß mit dir heimreisen könnte.«

»Deine Arbeit ist nicht seriös. Ich wünschte mir wirklich, du hättest eine seriöse Arbeit.«

»Ich kenne hier keine Menschenseele mehr, wenn du abreist.«

»Es ist vielleicht besser so. Wir wollen doch kein Verhältnis anfangen.«

»Warum nicht?« fragte Anthony. »Was hättest du daran denn auszusetzen? Nun spiel nicht den Snob. Ich mag dich, und du magst mich. Warum sollten wir uns nicht solange sehen, bis es uns keinen Spaß mehr macht?«

»Aber ein Verhältnis macht so unfrei«, sagte Lu. Sie küßten sich, und in ihrem Kuß machte sich die Verzweiflung, das wilde Verlangen des Abschieds, die Traurigkeit der Bahnhöfe breit; der eine fuhr ab, der andere blieb zurück; ein Urlaub war zu Ende; die Feuerwerkskörper lagen ausgebrannt im Gras, jetzt sahen andere den Spaßmachern zu, saßen andere am Abend aneinandergekuschelt in den gläsernen Schutzhäuschen auf der Strandpromenade; und zu einer größeren Erfüllung als diesen Kuß hatte man es nicht gebracht. Meine Adresse hast du, Türenzuschlagen, schreib mir, das Zeichen zur Abfahrt, wir werden uns wiedersehen, und dazwischen die Dampfwolken. Sie löste ihren Mund von seinen Lippen. »So unfrei«, wiederholte sie unsicher. Er suchte ihren Mund, verfehlte ihn; ihre Wange schmeckte nach Salz. »So ein verdammter Mist«, sagte sie und: »Entschuldige meine Ausdrucksweise«; sie versuchte, sich frivol zu geben.

Das ist doch Wahnsinn, dachte er, ein völliger Wahnsinn, daß mir das passieren muß. Er fragte hoffnungslos: »Kommst du nächstes Jahr wieder?«

»Ausgeschlossen«, sagte sie. »Die beiden Alten verbringen hier dies Jahr den Urlaub ihres Lebens. Falls sie durch Krogh nicht zu reichen Leuten werden. Sie haben ein bißchen was in Krogh-Aktien investiert, seit sie hier sind.«

»Krogh-Aktien bringen zehn Prozent Dividende.«

»Es müßten schon fünfzig Prozent sein, wenn meine Eltern wiederkommen sollen.«

Ihr Führer ließ den Donner ein zweites Mal rollen. Dann begann er, den Sessel der Venus hochzuziehen, der ein Weilchen an den zerfransten Seilen über der Bühne pendelte, dann schoß er empor, über die Wolken hinweg, und verschwand. »Wir haben nicht viel Zeit«, sagte Anthony, »und das bißchen Zeit verschwenden wir auch noch.«

»Das kann ja wohl nur eins bedeuten«, meinte Lu.

»Du hast doch sicher nichts dagegen, oder?«

»Natürlich nicht. Es ist ja gesund, oder?« Sie wurde übertrieben bitter. »Wotton-under-Edge ist schon volle sechs Monate her.«

»Ich flehe dich an«, sagte Anthony, »schlag dir endlich Wotton-under-Edge aus dem Kopf.«

Die Straße entrollte sich in entgegengesetzter Richtung; es schien ein langer Weg für so wenig, einen Kaffee für beide und eine Kirschbrause für Lu; und passiert war nichts. »Wir haben zwei Stunden verschenkt«, sagte Anthony.

»Wir sind ja beide noch jung«, sagte sie. Weit von ihm abgerückt saß sie in einer Ecke des Taxis mit hochgezogenen Knien, als der Wagen rüttelte, stießen sie ihr gegen das Kinn. »Nächstes Jahr um diese Zeit...«

»Wo wirst du dann sein?«

»Wir machen wahrscheinlich Ferien in Bournemouth.« Sie hielten bei einem Laden und kauften ein paar Sandwiches. Lu trug das Päckchen. Anthony haßte es, mit so einem Päckchen gesehen zu werden.

In Mintys Mietshaus ging ihnen bereits vor dem dritten Stock die Puste aus, und sie blieben an einem Fenster stehen, um zu verschnaufen. Sie konnten die ganze Straße hinunterblicken, bis wo das Wasser begann; sie hörten das Klingeln der Straßenbahnen vom Hauptbahnhof über den See und das Wasser gegen die Kaimauern klatschen. Dann stiegen sie noch eine Etage höher. An der Tür war mit einer Reißzwecke Mintys Visitenkarte befestigt. Mr. F. Minty. Sie suchten nach einer Klingel, konnten aber keine finden, also schlug Anthony mit der Hand heftig gegen die Tür.

»Wofür soll wohl F. stehen?« fragte Lu.

Minty öffnete, und Anthony sagte erklärend: »Wir möchten mit Ihnen frühstücken.«

»Aber bitte«, sagte Minty, »mit dem allergrößten Vergnügen. Entschuldigen Sie Minty einen Augenblick, warten Sie, er muß nur eben schnell das Bett machen.« Sie konnten hören, wie er Decken zurechtzog, eine Waschschüssel ausleerte, in seinen Hausschuhen hierhin und dorthin schlappte, eine Schranktür schloß, einen Stuhl rückte. Dann kam er wieder zu ihnen auf den Flur. »Treten Sie ein, treten Sie ein«, sagte er.

»Ich möchte Sie gerne mit Miss Davidge bekanntmachen.«

»Guten Morgen«, sagte Minty. »Ich freue mich so, ich bin ganz verlegen. Würde es Ihnen etwas ausmachen, auf dem Bett zu sitzen? Möchten Sie einen Kakao?«

»Wir haben ein paar Sandwiches mitgebracht.«

»Das wird ja ein richtiges Picknick«, sagte Minty. Er stöberte auf den Knien in seinem Schrank umher, dann fiel es ihm plötzlich ein. »Ach ja, richtig, meine Wirtin hat meine einzige Tasse zerbrochen. Ich werde nach unten gehen und eine von den Ekmans borgen.« Aber er blieb, eine Dose Kondensmilch in der Hand, auf den Knien. »Oder wir trinken einfach das. Ich kenne die Ekmans nicht näher. Sie möchten vielleicht gar nichts ausleihen.« Er schloß fröhlich: »Es wäre wieder wie früher, was, Farrant?«

»Früher?«

»In der Vorschule hatten wir doch immer Milch in unserer Freßkiste. Erinnern Sie sich nicht mehr? Man saugte die Milch durch ein Loch im Deckel.« Mißtrauisch setzte er hinzu: »Sie haben sicherlich nie Kondensmilch gesaugt, Miss Davidge?«

»Nennen Sie sie einfach Lu«, sagte Anthony. »Wir sind hier doch unter Freunden. Möchten Sie ein Sandwich?« Minty holte ein Messer aus der Tasche. Es besaß zwei Klingen, ein gebogenes Werkzeug, mit dem man aus Pferdehufen Steine entfernen konnte, und einen Korkenzieher. Angesichts der Größe des Messers wurde klar, warum Mintys Jackentasche so merkwürdig nach unten durchhing. Er begann, auf die Dose einzustechen.

»Wäre es nicht einfacher«, fragte Lu, »wenn man mit einem Dosenöffner den ganzen Deckel abschnitte?«

»Das haben wir nie gemacht«, sagte Minty scharf, »und außerdem habe ich keinen Dosenöffner.« Er reichte ihr die Dose und warf ihr einen finsteren Blick zu, als sie sich weigerte zu saugen, und sie Anthony weiterreichte. »Warum«, fragte er, »besuchen Sie Minty wirklich?«

»Rein aus Freundschaft«, sagte Anthony. Er saugte

mit Kennermiene. »Ich wollte Sie erwischen, bevor Sie zur Arbeit unterwegs sind.«

»Keine Neuigkeiten?«

»Nicht die Spur«, sagte Anthony. »Ich habe nur gedacht, wir sollten uns mal sehen.«

»Aber Hammarsten hat Neuigkeiten. Pihlström auch.«

»Wir haben sie gestern oben im Tivoli getroffen.«

»Genau das meinte ich ja«, sagte Minty. Er kniete auf dem Fußboden neben dem Waschtisch und sagte traurig: »Ich hab ja gewußt, daß die beiden Sie aufspüren würden – und Sie sind jetzt wahrscheinlich nur hier, um es mir schonend beizubringen. Sie werden für die anderen arbeiten, und nicht für mich. Die haben Ihnen angeboten, halbe-halbe mit Ihnen zu machen.« Er holte eine weitere Dose aus dem Schrank, schüttelte sie dicht an seinem Ohr und stellte sie wieder zurück. »Die habe ich gestern leergetrunken.«

»Was haben die beiden denn geschrieben?«

»Pihlström schreibt, daß Krogh die Oper vor dem Ende verlassen hat und mit einem Taxi zum Tivoli fuhr. Hammarsten schreibt, er sei zum Tivoli gefahren, um dort mit ihm ein Theaterprojekt zu besprechen, über das seine Zeitung morgen exklusiv berichten wird.«

»Und das nennen Sie Neuigkeiten?«

»Alles, was Krogh tut, hat Nachrichtenwert.«

»Wenn das alles ist, was Sie wissen wollen…«, sagte Anthony. »Es betrifft ›Perikles‹. Krogh stellte Hammarsten das Kapital für eine Aufführung.«

»Was?« rief Minty aus. »Hammarsten?« Er setzte die Milchdose ab. »Er ist verrückt, sie sind alle verrückt, diese Geldmenschen. Denen geht was durch den Kopf und damit hat es sich. Es hätte Ihnen nützen können, es hätte mir nützen können. Zufällig hat Hammarsten den Nutzen.«

»Er kann mit seinem eigenen Geld schließlich machen, was er will«, sagte Lu.

»Wenn er doch nur an mich gedacht hätte«, sagte Minty. »Ich bin während der letzten zehn Jahre doch oft genug mit ihm zusammengewesen.« Er ging zur Tür und suchte in den Taschen seines Morgenrocks nach Zigaretten; da waren keine, da waren nur die Flusen, die man unter Betten findet, und ein Stückchen Papier. Er las laut vor, was auf dem Papier stand: »Nicht vergessen: Kanarienvogel, Kuchen, Stachelbeermarmelade (?).«

»Haben Sie einen Kanarienvogel?« fragte Lu.

Minty sagte: »Das muß fünf Jahre her sein. Er hat sich zu Tode gesungen. Aber warum hab ich bloß die Stachelbeermarmelade aufgeschrieben? Ich habe Stachelbeermarmelade nie gemocht.« Er knüllte das Stückchen Papier zusammen, als wollte er es wegwerfen. Dann besann er sich und steckte es wieder in die Tasche. »Wenn mir vor zehn Jahren passiert wäre, was jetzt Hammarsten passiert ist...«

»Oder mir«, sagte Anthony. »Ich hatte mir einen Winter-Regenschirm mit eingebautem Handwärmer patentieren lassen. Mir fehlte nur das Kapital. Die Sache wäre ein Bombengeschäft geworden.«

»Tut mir bitte einen Gefallen«, sagte Lu, »und sprecht von der Gegenwart. Redet doch nicht immer nur von der Vergangenheit. Das ist euer Fehler. Hat denn von euch beiden keiner eine Zukunft?«

»Ehrlich gesagt, nein«, erwiderte Minty. »Wenn wir eine Zukunft hätten, wären wir jetzt nicht hier.«

»Aber wieso nicht? Was ist denn an Stockholm auszusetzen?«

»Stockholm ist nicht London«, sagte Anthony.

»Genau. Stockholm ist nicht London.«

»Es ist hier verdammt viel besser als in Coventry«, sagte Lu.

»Mein armes Kind«, sagte Minty und spielte mit dem Finger in der Seifenschale herum. Die beiden flüsterten hinter seinem Rücken. Anthony prüfte das Bett. Lu meinte: »Ich bewundere solch einen Mann. Das ganze Geld gehört ihm allein.«

Minty fiel über sie her, seine Augen waren umflort und glühten. »Es gehört ihm überhaupt nicht. Er lebt auf Pump, das ganze Geld ist nur geborgt. Unsereins bekommt keinen Kredit; wir sind nämlich nicht vertrauenswürdig. Wenn man uns vertrauen würde, dann wären wir selbst Kroghs. Er ist in Wirklichkeit nur einer von uns. Er ist genauso wurzellos wie wir. Aber wir, wir müssen mit dem auskommen, was wir haben; uns trauen die Banken nicht; wir müssen jede Zigarette zählen; wir wohnen, wo's billig ist; wir müssen sogar bei der Wäsche sparen; und müssen uns anstrengen, um uns nur ein bißchen Taschengeld zu verdienen. Sie sind viel zu jung«, sagte er mit unverhüllter Feindseligkeit, »um diese Dinge zu begreifen.« Er mochte Mädchen und Frauen nicht; deutlicher hätte er es nicht ausdrücken können; aufgedonnerte Kreaturen, anderer Leute Schwestern, auf Lords Kricketplatz versperrten sie einem mit ihren Hüten den Blick auf die Spieler.

»Das ist nicht wahr«, sagte Lu. Sie wurde unruhig; erhob sich vom Bett, lief im Zimmer umher und strich mit dem Finger prüfend über Stühle, Fensterbretter und Vorhangstangen.

»Warum habe ich etwa keine feste Stelle?« fragte Minty, aber es war eine rein theoretische Frage. »Warum ist er auf seine Schwester angewiesen? Die Antwort heißt Krogh. Kaufen Sie Krogh. Kroghs sind billiger, mit weniger Arbeitskräften hergestellt, haben fast ein Monopol, niedrigere Produktionskosten bringen zehn Prozent Dividende. Und Krogh streicht den ganzen Gewinn ein, und er beschäftigt nicht halb so viele Leute wie in den Zeiten des mörderischen Wettbewerbs beschäftigt waren. Krogh sorgt dafür, daß die Arbeitsämter überlaufen sind. Stellen Sie das bitte hin«, sagte er, als Lu ein Glas verrückte. »Rühren Sie bitte nicht meine Spinne an!«

»Sie sind bloß neidisch«, sagte Lu, »weil Sie es nicht schaffen, wirklich Geld zu verdienen.«

»Glauben Sie Minty: Dem wird's nicht ewig so gehen.

Wenn er schon anfängt, kurzfristige Darlehen aufzunehmen …«

»Er ist im Grunde gar nicht übel«, sagte Anthony. »Lu hat ganz recht. Er hat mehr Mumm als wir.«

Minty bekam einen Schluckauf. »Jetzt habe ich mich aufgeregt«, sagte er. »Mein Magen. Seit der Geschichte mit dem Drainieren.« Er hickste wieder.

»Versuchen Sie mal, verkehrtherum aus einem Glas zu trinken«, riet Lu.

»Bitte rühren Sie nicht meine Spinne an«, flüsterte Minty atemlos. Er zählte laut bis zwanzig. »Ich fürchte, unsere kleine Party ist kein großer Erfolg«, sagte er. »Ich bin es nicht gewohnt … wenn meine Tasse nicht zerbrochen worden wäre … Sie haben mich überrascht, ich war so unvorbereitet … und dann noch die Sache mit Hammarsten.« Er folgte Lu mit den Augen, boshaft konstatierte er jedes mißliche Detail ihrer Erscheinung. »Es war sehr liebenswürdig von Ihnen, daß Sie gekommen sind.« Aber in seinen rauchgetrübten Augen stand unmißverständlich zu lesen, wie sehr er ihr schlechtes Make-up, ihr billiges, prätentiöses Kleid und das kesse Hütchen mißbilligte. Man konnte zwar heutzutage gewissen Leuten nicht aus dem Wege gehen: aber an seinen alten Maßstäben hielt man fest.

»Ich sollte wohl besser gehen«, sagte Lu.

»Ich komme mit«, sagte Anthony. »Ich muß mit dir reden. Wir werden schon einen Platz finden, wo wir in Ruhe sitzen können. Skansen. Ist es weit nach Skansen?«

»Aber bittschön«, sagte Minty, »fühlen Sie sich hier wie zu Hause.« Der Schluckauf schüttelte ihn; er drehte und wand sich wie im Krampf. »Betrachten Sie mein Zimmer als Ihr Hotel. Bleiben Sie hier, reden Sie miteinander. Sie werden bestimmt nicht gestört. Minty kriegt nie Besuch.«

»Genau darum wollte ich Sie eigentlich bitten«, sagte Anthony.

Minty lachte, leise, belustigt, klopfte ihnen auf die

Schulter, war ganz der perfekte Kuppler. »Und ich hab mir gedacht, Sie hätten nur Mintys Gesellschaft gesucht! Der falsche, falsche Farrant! Und die Sandwiches waren nur eine Bestechung, sonst nichts, und Sie haben nur so getan, als ob Ihnen meine Kondensmilch schmeckte.« Sein Gesichtsausdruck aber brachte sie aus der Fassung – diese Mutlosigkeit, die allerdings nicht einer völligen Resignation gleichkam. Wie ein Kajütenbett dritter Klasse auf einem Überseedampfer schien er nur Fremde gekannt zu haben, trug er den Geruch von Öl und Elend an sich. Er sagte: »Ich muß mit dieser Neuigkeit zur Zeitung. Machen Sie sich's gemütlich.« Er zog seinen schwarzen Mantel an und kam nicht mit den Ärmeln zurecht; mit einem Arm verfing er sich im zerrissenen Futter, und für einen Augenblick stand er wie eine kleine, schwarze, geborstene Säule in der freien Mitte des Raumes. Er war so einsam, so isoliert, daß er die beiden anderen, die ihre Zweisamkeit vorher verloren hatten, einander wieder in die Arme trieb; selbst ein gemeinsam empfundenes Unbehagen, ein geteilter Zank, hatte, verglichen mit seiner extremen Verlassenheit, noch etwas Freundliches an sich. Er sagte: »Auf Wiedersehen«, aber ganz betont nur zu Anthony; er konnte es nicht über sich bringen, Lu anzusehen. Er sagte: »Sie könnten mir nicht zufällig ein paar Kronen leihen? Ich habe zwar meinen Monatswechsel, aber ich habe kein Kleingeld.«

Er blickte die beiden nicht an, während er auf seine Bezahlung wartete, und auch das Bett wollte er nicht sehen. Sein Blick ging nur bis zur Wasserkanne und Schüssel, bis zur Spinne unter dem Glas.

»Selbstverständlich«, sagte Anthony.

»Ich gebe Ihnen das Geld zurück, wenn ich in der Redaktion gewesen bin; dann bezahle ich Ihnen auch Ihre Story. Fünfundzwanzig Prozent haben Sie gesagt, oder?«

»Diese Geschichte können Sie umsonst haben.«

»Das ist zu liebenswürdig. Das könnte Minty auf gar keinen Fall... aber gut, dieses eine Mal vielleicht. Ich habe so viel einzukaufen.« Endlich ließ er sie allein. Er trug Stiefel, und bis zum dritten Stock konnten sie ihn langsam die Treppe hinuntergehen hören.

»O je«, sagte Lu, »ich hab doch gewußt, daß es nichts Anständiges ist.«

»Was?«

»Deine Arbeit natürlich. Wenn du mit solchen Leuten verkehrst!«

»Das hat mit meiner eigentlichen Arbeit nichts zu tun.«

»Deine eigentliche Arbeit ist kein bißchen besser. Wenn jemand wie *er* sich so über Krogh äußern kann ...«

»Dem darf man doch nicht glauben.«

»An dem, was er sagt, ist 'ne Menge dran.« Sie bewegte sich vorsichtig im Zimmer. Was sie berührte oder ansah, schien von Mintys Elend ein wenig auf sie zu übertragen. Es war ansteckend. Wie ein Krankheitserreger steckte es in dem braunen Morgenmantel, schwamm es im trüben Schaum auf dem Wasser in der Kanne. Als sie den Schrank aufmachte (sie hatte ein neugieriges Wesen), lag es dort im Durcheinander versteckt. Sie sagte: »Eine Untertasse, eine leere Milchdose, ein Messer, ein Löffel, eine Gabel, ein Teller – der paßt nicht zur Untertasse –«

»Laß ihn in Ruhe«, sagte Anthony. Es war anständig von ihm, ihnen die Wohnung zu überlassen, obwohl er (das war offenkundig) Frauen nicht mochte. Es gab keinen Anlaß, weitere Punkte gegen ihn zu sammeln, aber sie wollte einfach nicht aufhören. Sie sagte: »Eine Streichholzschachtel – alle Hölzer abgebrannt – warum hebt er die auf? Ein alter Notizblock. Er scheint nichts wegwerfen zu können. Eine Zeitschrift. Eine Schülerzeitung. Ein Adressenverzeichnis. Ein Gebetbuch – nein, ein Meßbuch. Was sind das hier für komische kleine Dinger? Ein Spiel?«

Anthony kniete sich neben sie. »Das sind Räucherkerzen«, sagte er. Er ließ sie in seinen Händen tanzen, und ihr schwacher Geruch blieb ihm an den Fingern haften wie Mintys Elend. »Armer Teufel«, sagte Anthony. Ihre Körper berührten sich, und auf einmal waren sie sich wieder nah, vereint in ihrer Gier, im Gefühl, daß die Zeit verging. »Was für eine traurige Welt.«

»Nein«, sagte Lu, »nein. Das Leben ist schön. Solange es das hier gibt.« »Das hier« war der Kuß, die festere Umarmung, die halb widerstrebende Anstrengung, die sie bis zum Bett brachte. Doch seine Leidenschaft erschöpfte sich rasch, und während des Finales war er nur noch von Eitelkeit erfüllt. Etwas anderes als Eitelkeit war es nie gewesen. Es erfüllte einen mit Befriedigung, wenn sie hilflos wurden, aufschrien; es befriedigte einen, wenn man ihr Verlangen zu befriedigen vermochte, aber ihrer Lust hatte man selbst nichts Gleichwertiges entgegenzusetzen. Die Lust der Frauen war so stark, daß sie zeitweilig sämtliche Überzeugungen preisgaben. Auch Lu, die nun all die Dinge sagte, die sie sonst verachtete. Sie sagte: »Ich liebe dich«; sie sagte: »Liebster«; sie sagte: »So schön war es noch nie.« Doch er war nicht bei der Sache, sondern tat nur so, dachte an das Schulklassenfoto über ihrem Kopf nach, an die Madonna auf dem Kaminsims, spreizte sich, als sie schrie: »Bitte, noch nicht! Bitte, noch nicht!« und glaubte auch noch, daß dies sein Triumph sei, daß er gänzlich unberührt und unangetastet daraus hervorgehen würde, daß er seiner Trophäensammlung nur einen weiteren Skalp hinzugefügt habe. Und doch tat bereits die Eitelkeit ihr Werk, steigerte, als er sich neben Lu aufs Bett fallen ließ, deren Charme und Naivität und brannte seinem Gedächtnis für immer ein Bild von Lu ein, das er zur Hälfte selbst erfunden hatte. Er schaute sie an, schlang den Arm um sie, und seine Eitelkeit bereitete ihm eine vollständigere Niederlage als die Leidenschaft es je vermocht hätte, während Lu sich bereits wieder erholte. Wenn man einmal mit einer Frau geschlafen hatte, empfand man anders für sie – eine gewisse Zärtlichkeit war unvermeidbar.

»Ja«, sagte Lu, »an dem, was er sagt, ist ’ne Menge dran. Ich hatte Volkswirtschaft in der Schule. Was die kurzfristigen Darlehen angeht, da hat er ganz recht. Ich wünsche mir wirklich, du hättest eine seriösere Arbeit.«

Zweites Kapitel

Endlich, mit dem leichten Cockney-Akzent Fred Halls, war Amsterdam am Telefon. Krogh stand am Fenster und ließ die Stimme durch den Lautsprecher in den Raum sickern. Der Frühnebel hatte sich fast gelichtet, nur im schalenförmigen Hof lagerte er noch immer wie eine milchige Flüssigkeit. Die Skulptur war unsichtbar.

Die Statue war gar nicht so wichtig.

»Ich habe Sie schon gestern Abend zu erreichen versucht«, sagte die Stimme vorwurfsvoll. »Man hat mich mit der Oper verbunden, aber Sie waren gegangen. Ich habe versucht, Sie zu Hause zu erreichen, aber Sie waren nicht zu Hause. Ich bin die ganze Nacht aufgeblieben, Mr. Krogh.«

Er hatte ein paar Dinge mitbekommen, dieser Farrant, und das gefiel ihm gar nicht. Er durfte sich nicht damit beruhigen, es handle sich nur um unwichtige Dinge. Alles war wichtig jetzt, weil Geld knapp war und er jedes Detail unter Kontrolle halten mußte, bis die amerikanische Firmengründung geschafft war. Ein Witz im falschen Augenblick konnte ihm den Ruin bringen. »Sprechen Sie, Hall«, sagte er. »Erzählen Sie, was Ihnen Sorgen macht«, aber an diesem Morgen war die Verbindung schlecht. Er mußte zum Schreibtisch hinübergehen, um zu sprechen. Wenn ich das hinter mir habe, dachte er, gehe ich eine Stunde nach oben. Ich muß allein sein.

»Sie stoßen noch immer ab.«

»Dann müssen wir weiter kaufen.«

»Es gibt ein Limit, Mr. Krogh.«

»Kein Limit.«

»Wo soll denn das Geld herkommen?«

»Das ist geregelt. Die A.C.U. wird das Geld leihen.«

»Wir werden jeden Pfennig brauchen, den die A.C.U. hat.«

»Sie werden jeden Pfennig bekommen.«

»Aber was ist dann mit der A.C.U.? Sie wird keine Dividende ausschütten können. Das wird eine Panik auslösen. Der Kurssturz wird keine einmalige Angelegenheit sein. Überall werden die Preise fallen, in Berlin, Warschau, Paris – es wird eine Lawine auslösen!«

»Aber nein«, sagte Krogh. »Sie übertreiben. Sie sind dem allen dort zu nah, Hall. Ich hier sehe das aus Distanz. Wenn wir in der nächsten Woche erst einmal die amerikanische Firma ins Laufen gebracht haben, können wir mit der Börse machen, was wir wollen.«

»Aber was wird aus der A.C.U.?«

»Wir verkaufen sie. Batterson wird sie übernehmen. Für eine Million Pfund in bar. Das wird eine Woche lang alle Löcher stopfen. Sie müssen einfach weiterkaufen...«

»Aber die A.C.U. wird nicht eine müde Mark übrig haben.« Krogh konnte Halls leise pfeifenden Atem über die Entfernung im Amsterdamer Zimmer hören.

»Sie wird über genausoviel Geld verfügen wie jetzt auch. Nur wird ihr Eigenkapital aus Aktien des Amsterdamer Unternehmens bestehen.«

»Aber Sie wissen doch, daß wir für das viele Geld, das wir ausgeben, nicht geradestehen können. So viel sind wir nicht wert.« Krogh brauchte kein Fernsehen, wenn er mit Hall sprach; sie hatten so lange zusammengearbeitet, daß er sich bei jedem Tonfall die entsprechende Geste vorstellen konnte: das vorwurfsvoll hin und her schwingende Bein, das Baumeln der Uhrkette, das Skepsis verriet.

»Doch, Fred, Sie sind so viel wert«, sagte Krogh. Er war wieder glücklich und zufrieden, wie immer, wenn er es mit Zahlen zu tun hatte; von Zahlen wußte er alles; im Umgang mit Zahlen gab es für ihn kein Geheimnis; Zahlen hatten nichts Menschliches an sich. »Sie persönlich sind jene Summe wert. Unsere Kreditwürdigkeit hängt an Ihnen. Die A.C.U. bedeutet nichts. Sie hat mit dem eigentlichen Geschäft überhaupt nichts zu tun. Sie ist eine Kapitalanlage, die wir auch wieder abstoßen können.

Aber wenn Sie den Bach runtergehen, geht auch die I.G.S. den Bach runter.«

»Ja, aber der tatsächliche Wert...«

»Drei Minuten sind um«, sagte eine Stimme auf deutsch.

»So etwas wie den tatsächlichen Wert«, sagte Krogh, »gibt es überhaupt nicht.« Er hob einen Aschenbecher und stellte ihn wieder hin: E. K. »Es gibt nur den Preis, den die Leute zu zahlen bereit sind. Wir müssen auch noch die letzte Ihrer Aktien an der Amsterdamer Börse aufkaufen. Der Kurs muß unbedingt gehalten werden.«

»Die Leute stoßen massenweise ab. Es kursieren Gerüchte...«

»Sie haben das Geld. Sie können den Kurs stabil halten. Das Abstoßen wird nicht so weitergehen.«

»Ich soll also bis Tagesende weiterhin alles aufkaufen?«

»Ihnen mag die Puste ausgehen, aber nicht das Geld.«

»Aber Batterson wird nie die A.C.U. kaufen.«

»Für den Wert der im Besitz der A.C.U. befindlichen Papiere habe ich mich persönlich verbürgt. Schließlich hat Batterson es mit Krogh zu tun, Hall.«

»Aber wenn die sich die Bücher anschauen...«

»Dann werden sie sehen, daß es sich bei den Effekten nur um Aktien unseres Amsterdamer Unternehmens handelt, das seinerseits eine Tochtergesellschaft der I.G.S. ist. Und eine bessere Kapitalanlage als Krogh gibt es nicht.«

»Auf andere Weise können wir das Geld nicht bekommen, Mr. Krogh?«

Die Stimme klang nicht wirklich beunruhigt; für Hall war alles was Krogh sagte, Gesetz, selbst dann noch, wenn es um sehr viel mehr als um einen kleinen Schwindel ging. Er gehorchte bedingungslos; seine Ergebenheit hatte etwas Mittelalterliches an sich; wie die Ritter im Dienste Heinrichs II. wartete er nur darauf, daß Krogh einen Wunsch äußerte; er wäre dem Wunsch zuvorgekommen, wenn er nur gewußt hätte, wie. »Schafft mir denn keiner dieses Ärgernis vom Hals?« und schon war Hall zur Stelle, um das in die Hand zu nehmen, worauf er sich besser verstand als Krogh, ein kleines Komplott, eine Erpressung.

»Hall, Sie wissen so gut wie ich, wie knapp Geld ist. Wir können keine weiteren kurzfristigen Kredite mehr aufnehmen. Es werden ohnehin schon zu viele fällig.«

»Wenn sie dahinterkommen, dürfte der Teufel los sein.«

»Nicht, wenn der Kauf erst einmal perfekt ist. Dann sind sie nämlich ihren Aktionären gegenüber dafür verantwortlich. Sie werden es nicht wagen, uns unter Druck zu setzen. Sie werden uns Zeit lassen *müssen*. Wenn die Sache in Amerika durch ist, kaufe ich die Firma von ihnen zurück, wenn sie wollen. Dann haben wir alles in der Hand. Im übrigen habe ich Vorsichtsmaßnahmen getroffen. Ich habe den Erwerb der Aktien vordatiert.«

»Sechs Minuten vorbei.«

»Und die Direktoren haben dem zugestimmt?« fragte Hall mit ehrfürchtiger Bewunderung.

»Aber ja«, sagte Krogh. Es lohnte sich nicht, Hall zu erklären, daß man sich nicht die Mühe machte, Stefenson, Asplund und Bergsten bei einer so unwichtigen Routinesache wie dem Unterschreiben von Schecks zu konsultieren. Er besaß Stempel mit ihren Unterschriften. Laurin hatte er auf die Sache noch nicht angesprochen; das konnte eine Weile warten. Der Erwerb der Amsterdamer Aktien war so weit vordatiert, daß Laurin gar kein Mitspracherecht gehabt hätte. Sanft fügte er hinzu: »Es ist alles in Ordnung, Hall.«

»Ihr Wort gilt.«

»Vor ein paar Tagen war ich nervös, ein bißchen nervös. Ich hatte das Gefühl, nicht richtig vorbereitet zu sein. Wegen der Methoden dieser Amerikaner. Sie haben hier einen Streik angezettelt, und Laurin war krank. Aber ich habe es geschafft, daß er abgebrochen wurde. Die Presse hat nicht einmal Wind davon bekommen, und schriftlich habe ich nichts versprochen. Wie Sie sehen, Hall, läuft jetzt alles sehr gut.«

»Und ich soll weiterhin kaufen?«

»Bis heute Mittag dürfte die Sache vorbei sein. Mit dem Geld von Batterson können Sie fest rechnen. Wenn Sie in Amsterdam fertig sind, kommen Sie her. Ich brauche Sie möglicherweise. In der Fabrik gibt es einen Unruhestifter.«

»Ich komme dann sofort, Mr. Krogh.«

»Auf Wiedersehen, Hall.«

»Auf Wiedersehen, Mr. Krogh.« Aber die Stimme kam noch einmal zurück, platzte mitten in die Ansage »Neun Minuten vorbei« hinein: »Glauben Sie bitte nicht, daß ich etwas gegen einen kleinen Schwindel hätte. Sie wissen ja, daß ich vor einem kleinen Schwindel nicht zurückschrekken würde. Solange der Wert außer Frage steht.«

»Es gibt Werte *und* Werte«, sagte Krogh sanft. »Werte kann man nicht messen. Werte sind Vertrauenssache. Solange man uns Geld gibt, sind wir wertvoll. Solange man uns vertraut.« Er brach die Verbindung ab.

Hall war der richtige Mann am richtigen Platz. Ein kluger Mann hätte größere Angst gehabt. Krogh fühlte sich ein wenig ausgelaugt, nachdem er Hall beruhigt hatte, aber nicht weniger zuversichtlich; die physische Erschöpfung war angenehm: Hall hatte behauptet: »Die Reibung wird zu groß sein«, und Hall hatte sich geirrt. Hall hatte sich immer geirrt; er war aber nie verbohrt. Ein Gespräch mit ihm half, die Fakten und die eigenen Gedanken zu ordnen; im Anschluß daran hätte man sich den weniger vertrauensvollen, den feigeren Laurin vornehmen können. Er rief Kate an und fragte: »Wo ist Laurin?«

»Er ist noch immer krank – in Saltsjöbaden. Du, Erik, ich möchte mit dir sprechen.«

»Nicht sofort. In fünf Minuten. Ich gehe gleich nach oben ins ›Stille Zimmer‹. Wo ist dein Bruder?«

»Er ist noch nicht da.«

Krogh ordnete einige Papiere auf seinem Schreibtisch; es gab da ein paar Briefe, die er mit nach oben nehmen wollte. Er fand einen Umschlag, der die Karten für eine Konzertreihe enthielt; er mußte lächeln; er zerriß sie. Inzwischen läuft alles sehr gut. Er konnte es kaum glauben, daß er noch vor wenigen Tagen vor lauter Sorgen fast Alpträume gehabt hatte. Ich habe zuviel über die Vergangenheit nachgedacht. Die Leute, die sich nicht von der eigenen Vergangenheit lösen konnten, hatte er immer verachtet. Leben hieß Zurücklassen, hieß so frei zu sein wie ein Schiffbrüchiger, der alles verloren hat. Chicago, Barcelona, die Schule in Stockholm, die Lehrzeit in Nyköping, das Holzhaus am Vättensee fielen zurück wie die Gestalten auf einem Bahnsteig, wenn der Zug abfährt; vor dem Hintergrund des Wartesaals, des Bahnhofsrestaurants und der Toiletten fielen sie nach hinten; sie blieben zurück, diesen Zug hatten sie verpaßt. Er dachte: Der Abend gestern hat mir gefallen. So ausgeruht habe ich mich noch nie gefühlt. Jetzt kann ich nach vorn blicken.

Auf dem Weg zur Tür wurde sein Blick am Fenster wieder vom Brunnen gefangengenommen. Aber diesmal, ganz plötzlich, sah er ihn, diesen großen, bearbeiteten Block aus grünem Stein, und er sah ihn mit Entzücken. Der gehörte nicht der Vergangenheit an, war nicht bis ins letzte – Brustwarze, Grübchen, gebogenes Knie – abgeschlossen und vollendet, sondern es war etwas ganz und gar spannend Gegenwärtiges, das sich aus dem Stein herausarbeitete. Sein Entzücken hielt nur kurze Zeit an, aber es machte es ihm möglich, den Brunnen zu vergessen. Er dachte: Nächste Woche Amerika, und dann geht es vorwärts, dann kann uns die größte Wirtschaftskrise nichts mehr anhaben, und mitleidig dachte er: Das nennen sie nun Betrug, diese Klarheit, diese lange, komplizierte Gleichung, deren Lösung ich nun endlich vor mir sehe. Auf dem ganzen Weg den gläsernen Fahrstuhlschacht hoch bis zu seinem »Stillen Zimmer« unter dem Dach beherrschte ihn eine rein unmenschliche Freude.

Kate las die Vereinbarung sorgfältig durch. Zunächst sagte der Text ihr gar nichts. Über die A.C.U. wußte Kate weiter nichts, außer daß es sich um den blühendsten Papiermühlenkonzern Schwedens handelte. Es war eine der besten Investitionen gewesen, die Krogh je getätigt hatte, und das ganz auf eigene Verantwortung, ohne sein Direktorium zu Rate zu ziehen. Es war eine Kapitalanlage gewesen, nur um überflüssiges Geld zu nutzen, und jetzt verkaufte Krogh seine Aktienmehrheit an der A.C.U. mit Gewinn, um sein Geld anderweitig zu verwenden. Warum sich also Sorgen machen?

Sie machte sich aber trotzdem Sorgen. Was sie beunruhigte, waren die kurzfristigen Darlehen. Dieses unablässige Hin- und Herschieben kleinerer Kapitalmengen war etwas Unordentliches, es beleidigte ihren Ordnungssinn so wie Staub auf einem Spiegel auch. Man wollte doch ein klares Bild. Es klopfte an der Tür. Sie dachte: Sicher ist alles in Ordnung, hier ist doch alles solide – das Bürogebäude aus Glas und Stahl, die seltenen Hölzer, die Tapete aus dem achtzehnten Jahrhundert im Eßzimmer der Direktoren, die Fabrik in Nyköping, diese Vase mit den teuren Blumen. Sie dachte über die A.C.U. nach. In der Vereinbarung waren die Zahlen angeführt. Jahresproduktion: 350000 Tonnen, davon 200000 Tonnen für den Export. Angegliederte Werke: Holzschleifereien mit einer Jahresproduktion von 300000 Tonnen, Zellstoff-Fabriken mit einer Jahresproduktion von 1000300 Tonnen. Angegliederte Sägewerke, 24000 Kilometer flößbare Wasserwege, auf denen jährlich 50000000 Stämme Floßholz befördert wurden. Das war etwas Reelles; etwas Reelleres konnte es überhaupt nicht geben.

»Heiße deinen sündigen Bruder willkommen«, sagte Anthony.

Kate blickte auf. Das ist noch reeller, dachte sie. Das andere sind Zahlen, und was Krogh mit Zahlen alles machen kann, habe ich gesehen – aber dies bin ich selbst. Er griente sie an. »Ich bin spät. Ist der große Mann wütend?«

Sie fragte: »Was ist los?« Er tat großspurig, war jedoch mißlaunig. Da stand er nun, betrachtete sich selbstgefällig in ihrem Spiegel und wartete, daß sie erriet, was er getrieben hatte. Seine Schwächen – Unzuverlässigkeit, Eitelkeit, der Charme spontan unüberlegten Handelns – hätten eigentlich ihre Schwächen sein müssen. Ihn hier im Zimmer bei sich zu haben, mit ihm zu streiten, ihn zu tyrannisieren und klein beizugeben, war das Äußerste an Gemeinsamkeit, was ihr mit ihm gegeben war. Wie glühend sie Liebenden ihre vollkommenere Vereinigung neidete.

»Ich war mit Lu zusammen«, sagte Anthony.

»Wer ist Lu?«

»Die Davidge.«

»Das mußt du mir nicht mitteilen«, sagte Kate. »Ihr Puder liegt ja noch auf deinem Mantel.«

»Sie möchte, daß ich hier aufhöre.« Unsicher setzte er hinzu: »Sie findet meine Beschäftigung nicht seriös.« Er lehnte sich nonchalant schlapp an Kates Schreibtisch; zu mehr als dem, was er an moralischer Haltung aufbringt, überlegte sie, sind wir beide zusammen nicht imstande. Im Spiegel hinter seinem Rücken konnte sie das eigene Gesicht sehen – das blasse, berechnete Profil, die langen Lider, die die Härte ihres Blicks milderten, so daß man annehmen zu können meinte, im äußersten Falle fehlte ihr zur völligen Skrupellosigkeit vielleicht die Kraft. Das gewinnende Äußere und ein konventionelles Gewissen, dachte sie: die Aushängeschilder unserer gesellschaftlichen Klasse. Wir sind erledigt, wir sind bankrott, wir sind längst Vergangenheit, uns fehlen Charakterstärke und Energie, um uns auf Neues einzulassen, ohne nur an den eigenen Vorteil zu denken. Krogh ist mehr wert als wir beide zusammen, aber – sie ließ ihren Blick auf Anthony ruhen, auf seiner anmutig fließenden Haltung, den wattierten Schultern seines neuen Mantels – das eigene Fleisch und Blut liebt man nun einmal mehr.

»Weißt du«, sagte Anthony, »an dem, was sie sagt, ist was dran. Ich weiß wirklich nicht, ob es die richtige Beschäftigung ist für einen ... na, du weißt schon, was ich meine.«

»Wenn ich's nur wüßte.«

»Also, zum Teufel, wenn ich das Wort unbedingt aussprechen muß – für einen Gentleman.«

»Du scheinst nicht kapiert zu haben«, sagte Kate. »Es ist unsere einzige Chance.«

»Ich spreche nicht von deiner Stelle. Das ist was anderes.«

»Es ist *unsere* einzige Chance«, wiederholte Kate. »Anderswo haben wir keine Zukunft. Hier liegt für uns die Zukunft.«

»Also hör mal«, sagte Anthony, »das ist wirklich übertrieben. Wir sind schließlich Ausländer hier.«

»Wir sind Engländer«, sagte Kate, »Engländer vom Scheitel bis zur Sohle, durch und durch national. Aber das Nationale ist passé. Aus und vorbei. Krogh denkt nicht in Landesgrenzen. Wenn ihm nicht die Welt gehört, betrachtet er sich als geschlagen.«

»Minty hat da was von kurzfristigen Darlehen erwähnt«, sagte Anthony.

»Nur vorübergehend.«

»Willst du damit sagen, er hat sie bereits aufnehmen müssen?« fragte Anthony. »Ist Geld so knapp? Das sieht aber gar nicht gut aus. Und du glaubst, daß wir hier sicheren Boden unter den Füßen haben? Da bin ich immer dafür, ein sinkendes Schiff zu verlassen. Den letzten beißen die Hunde.«

»Du glaubst doch nicht etwa«, sagte Kate, »daß wir klüger sein können als Krogh. Was springt denn beim alten Denken nach Nationalitäten am Ende heraus – eine

Existenz als Trittbrettfahrer, die kleinen, schäbigen Büros, wo ich früher gearbeitet habe, Hammond, deine Kneipen, deine Edgware Road, die Miezen, die du im Hyde Park aufgabelst.« Den Gedanken, daß diese armselige nationale Vergangenheit eine Gradlinigkeit besessen habe, die die internationale Gegenwart vermissen ließ, verdrängte sie bewußt. Es mochte nicht alles großartig gewesen sein, aber zumindest in ihrer Gesellschaftsschicht hatte es einmal Freundlichkeit und Güte gegeben.

»Es ist die Heimat«, sagte Anthony.

Er setzte sein Armes-Kleinjungen-Gesicht auf. »Du kannst das nicht verstehn, Kate. Du hast ja dieses neumodische Zeug wie diesen Brunnen immer gemocht.«

»Du irrst dich«, sagte Kate. »Auch für mich ist England die Heimat.« Verzweifelt streckte sie ihm über den Schreibtisch hinweg die Hände entgegen. »England, das bist nämlich du. Solange ich dich habe, bin auch ich dort noch zu Hause. Du bist für mich, was dir die Ladies' Bar und der gräßliche Portwein bedeuten.«

»Außerdem«, fuhr er fort, seinem eigenen Gedankengang folgend, ohne ihren Worten die geringste Aufmerksamkeit zu schenken, »liebst du Krogh.«

»Ich habe ihn nie geliebt. Wenn ich ihn geliebt hätte, hätte ich ihn verachtet. Liebe ist unnütz. Sie ist undefinierbar. Wir brauchen Dinge, die wir mit unserem Verstand erfassen können, nicht Dinge, die wir nur fühlen. Er denkt in Zahlen; so etwas Vages wie Gefühle für Menschen kennt er nicht.«

»Gestern abend war er aber recht menschlich«, sagte Anthony. »Überlaß ihn nur mir; ich werde ihn schon erziehen.«

Kate sagte: »Du lieber Himmel! Muß ich außer dir jetzt auch ihn noch retten?«

»Ich werde einen Menschen aus ihm machen.« Es war hoffnungslos; er kapierte nicht, was sie meinte.

»Ich fürchte«, sagte Anthony, »er kennt nicht einmal seine Angestellten. Ich habe mich hier und da mit dem einen oder anderen unterhalten. Da gibt es einen jungen Mann in der Werbeabteilung. Der hat Krogh nicht einmal gesehen. Die Angestellten werden unzufrieden, weißt du. Die Abteilungsleiter haben zuviel Macht.«

»Dir scheinen sie ja eine Menge anvertraut zu haben«, sagte Kate.

»Die, die Englisch können. Sie nehmen natürlich an, ich könnte ihnen helfen. Sie wissen, daß ich mich gut mit Krogh verstanden habe.«

»Das hast du ihnen natürlich erzählt, oder?«

»Nun, es ist schließlich angenehm, wenn die Menschen einen mögen.«

Kate sagte: »Ich muß jetzt zu Erik. Wollen wir zusammen zu Mittag essen? Ich kann dir ein Restaurant zeigen...«

»Tut mir leid, altes Mädchen«, sagte Anthony, »aber du weißt ja, wie das so geht. Ich habe versprochen, mit Pa und Ma zu Mittag zu essen, falls Krogh mich nicht braucht.«

»Pa und Ma?« Sie fügte rasch hinzu: »Natürlich. Entschuldige. Ich war in Gedanken schon ganz bei der Arbeit. Ich weiß, wen du meinst.« Aber sie war nicht schnell genug; sie spürte seine Verstimmung. Er gab ihr eine umständliche Erklärung. »Ende der Woche reisen sie ab. Also muß ich höflich tun. Ihnen zeigen, wo man gut essen kann.« Sie dachte im Bewußtsein einer hoffnungslosen Lebensmüdigkeit: Und ich hatte mich so darauf gefreut, es *ihm* zu zeigen. »Weißt du denn, wo man gut ißt?«

»O ja«, sagte er, »ich habe ein paar Tips bekommen. Ich habe mich mit den Burschen hier unterhalten. Die gefallen mir.«

»Du scheinst ja viele Kontakte geknüpft zu haben.«

Entschuldigend sagte er noch einmal: »Man macht sich eben beliebt. Hat der alte Hammarsten schon angerufen?«

»Weswegen?«

»Krogh hat ihm im Tivoli gestern Geld für die Aufführung eines Stücks von Shakespeare versprochen. Das über Gower.«

Sie starrte ihn fassungslos an. »Geld für ein Theaterstück? In dieser Situation?« Sie beschuldigte ihn: »Hast du deine Hand im Spiel gehabt?« Sie lachte: »Wie konntest du bloß?« Aber dabei beobachtete sie ihn verstohlen. Er war schwach, doch Schwäche konnte äußerst stark sein. Sie mußte an seine erste Stellung in einem Büro in Wembley denken und an den Brief an ihren Vater, den sie abgefangen hatte, nicht um ihrem Vater Kummer zu ersparen, sondern um Anthony zu helfen, daß seine Version der Geschichte nicht vor offenkundigen Widersprüchen strotzte. Er sei intelligent, hatte der Generaldirektor geschrieben, er habe einen Sinn für Zahlen, und es gäbe konkret keinen Anlaß zur Beschwerde, aber er korrumpiere das Büro. »Wie konntest du?« sagte sie und berührte ihn am Ärmel; sein Mantel war feucht. Er trat vom Schreibtisch zurück, um sie vorbeizulassen; da bemerkte sie den dunklen Fleck, den er auf der polierten Oberfläche zurückgelassen hatte; sie rieb ihn mit der Hand trokken. Er war wie Schimmel.

»Bist du in den See gefallen?« fragte sie.

»Es gab dichten Nebel. Ich habe mich vor dem Frühstück mit Lu getroffen.«

Sie sagte: »Du solltest ein Glas Zimt-Chinin trinken. Seit deiner Rippenfellentzündung ist deine Lunge immer anfällig gewesen.«

»Schon gut«, sagte Anthony. »Du weißt einfach zuviel, Kate. Als ob wir verheiratet wären.«

»Entschuldige. Es ist lang her, seit wir zusammengewesen sind. Wahrscheinlich bist du inzwischen viel kräftiger. Es gibt ja so viel, was ich von dir nicht weiß. Ich wußte gar nicht, daß du ein guter Schütze bist.« Sie lenkte ein. Es hatte keinen Zweck, stolz zu sein; gegen diese mürrische, dickköpfige Schwäche konnte keine Stärke etwas ausrichten. »Geh morgen mit mir essen. Ich möchte so vieles« –

nein, nicht fragen, bloß nicht das Wörtchen »fragen« verwenden – »über dich erfahren. Von Ansichtskarten und einem gemeinsamen Abend in Göteborg erfährt man nicht viel. Wir haben uns einmal gut gekannt.« Dort an der Ecke zum Klassenzimmer, dachte sie, habe ich diesen Schrei gehört; daß jeder den anderen kannte, war damals keine Frage; es war, als ob man mit einem ungeheuren Kinde schwanger ginge, das im Mutterleib laut schreien, lachen oder weinen konnte. Damals hätte ich nichts gegen eine Abtreibung gehabt; aber fühlt man sich nach einer erfolgreichen Abtreibung so, wie ich mich jetzt fühle? Nichts tut mehr weh, nichts bewegt sich mehr; es gibt nichts, wovor man Angst hätte, nichts, worauf man hoffen könnte; eine Stille ununterscheidbar von Verzweiflung.

»Tut mir leid, Kate, aber morgen ... schließlich«, sagte er ironisch, »bin ich dir jetzt ja auf Jahre hin sicher. Gib Lu auch eine Chance.«

»Schon recht«, sagte Kate, »halt mir in der nächsten Woche ein oder zwei Tage frei.«

»Ich werde auch mein Zimt-Chinin einnehmen«, sagte Anthony plötzlich reumütig. Er zog eine Blume aus der Vase und sagte: »Du solltest sie dir anstecken. Sie paßt zu deinem Kleid. Hast du eine Nadel?«

»Ich trage im Büro keine Blumen«, sagte Kate. Als sie sich beim Hinausgehen umdrehte, bemerkte sie, wie er sich die Blüte ins eigene Knopfloch steckte. Darin hatten alle ihre Pläne gegipfelt: ihn da zu haben und zu erleben, daß er sich in ihrem Büro wie zu Hause fühlte, hier fern der Heimat »eine Heimat« fand. Die Sonne war hervorgekommen; der Nebel um den Brunnen hatte sich gelichtet; im gläsernen Gang, wo sie auf den Fahrstuhl wartete, war es heiß. Sie versuchte, gegen ihre Enttäuschung anzukämpfen, sie versuchte es mit Humor, indem sie wiederholte: »Eine Heimat fern der Heimat.« Aber sie hatte ein Problem: Innerhalb der gläsernen Wände des Kroghgebäudes konnte sie ihm nicht sein London aufbauen wie die Pensionswirtin eines Seebades mit Perlstickerei, Nippes auf dem Kaminsims und dem Kamingitter aus Messing die Atmosphäre von Birmingham erzeugen kann. Und wenn sie es gekonnt hätte, sie hätte es nicht gewollt; ihr war jetzt nur wichtig, daß er sicheren Boden unter die Füße bekam; er hatte sie beschuldigt – »du hast ja dieses neumodische Zeug immer gemocht« – und sie hatte es abgestritten, aber das entsprach nicht ganz der Wahrheit. Ihre faden, rechtschaffenen Vorfahren hingen ihr schwer am Herzen, doch mit dem Verstand bekannte sie sich uneingeschränkt zur Gegenwart, zu dieser neuen Zeit ohne Ehrgefühl und Mitmenschlichkeit; sie war wie ein dunkler Tunnel, der zwei konträre Gegenden verbindet – auf der einen Seite die dichtgedrängten Häuser, die kleinen Hinterhöfe mit der Wäsche und den zerbrochenen Blumenkästen, auf der anderen ...

Sie klopfte an und trat ein. Erik lag in dem gepolsterten, beigen Zimmer auf einem Sofa.

»Was ist los, Kate?« sagte er. »Setz dich.«

Es gab in dem Raum kein Telefon, keine Bilder, keinen Tisch – nur einen einzigen Stuhl, für seine Sekretärin.

Sie sagte: »Ich mache mir ein bißchen Sorgen.«

»Worüber?«

»Diese kurzfristigen Darlehen.« Sie war ihm dankbar, daß er sie nicht auslachte. Er dachte über ihre Bemerkung so ernsthaft nach, als ob es sich um den Einwand eines Experten während einer Geschäftssitzung gehandelt hätte. Er erregte plötzlich ihr Mitleid, wie jeder Mensch Mitleid weckt, der gnadenlos »benutzt« worden ist. Sie hatte ihn von Anfang an benutzt, vom ersten Tage in Hammonds Büro an; sie hatte sofort erkannt, was er brauchte, und dabei immer nur ein Ziel vor Augen gehabt: Anthony, der sich unten mit »den Burschen« unterhält, der ihr ihre eigene Blume überreicht, daß Anthony sich häuslich bei ihr einrichtet.

»Ich weiß«, sagte er, »wir leben in schwierigen Zeiten. Darunter haben alle gleichermaßen zu leiden.«

»Aber sind wir sicher?«

»Absolut sicher, solange wir nicht den Kopf verlieren – und unsere Zunge beherrschen.«

»Aber diese Unterstützung für Hammarsten – war das wohlüberlegt? Kannst du dir das momentan leisten?«

»Bei zwanzigtausend Kronen lohnt sich's kaum zu fragen, ob man sich's ›leisten‹ kann. Was das an Publizität bringt, ist fünfmal soviel wert. Dies ist genau der Augenblick, um Geld auszugeben. Ich habe zwei neue Autos bestellt. Sobald die neuen geliefert worden sind, können die alten verkauft werden. Geh einkaufen, Kate. Kauf dir neue Sachen.«

»Wegen der Publizität?«

»Du bist dir wohl nicht darüber im klaren, wie genau wir beobachtet werden.«

»Warum interessieren sich die Leute so für uns? Wenn ich eine Zahnbürste kaufe ...«

»Das weißt du besser als ich. Von Menschen verstehe ich nicht viel.«

Sie glaubte es zu wissen. Die Menschen wurden geprägt von der Unsicherheit ihrer Lebensumstände. Es war keineswegs so, daß sie Krogh sein Geld neideten oder bewußt etwas gegen seine internationalen Expansionsbestrebungen hatten; sie brauchten nur in zunehmendem Maße Sensationen, die sie von dem Gedanken an die Gefahr ablenkten, in der sie selbst schwebten – deshalb brauchten sie einen Mord, einen Krieg, einen finanziellen Zusammenbruch, sogar einen finanziellen Erfolg, wenn er aufsehenerregend genug war. Sie war zutiefst beunruhigt, wenn sie daran dachte, welch ungeheurem Druck Männer in Machtpositionen widerstehen mußten, um nicht auf Kosten der eigenen Sicherheit etwas Sensationelles anzustellen – in Form von ultimativen Forderungen, Telegrammen, Parolen, enormen Sonderausschüttungen ohne entsprechende Rücklagen. Nur ein Mann ohne jeden Kontakt zu dem, was die Leute dachten, ein Mann ohne Privatleben konnte solchem Druck widerstehen. Anthony wollte ihn menschlich machen.

»Außerdem macht mir der Verkauf an Batterson Kummer. Die A.C.U. war bisher nützlich. Warum müssen wir sie plötzlich abstoßen? Sie ist doch solide, oder?« Der seltsame Ausdruck von Leichtfertigkeit in seinem Blick fiel ihr auf; er war aufgeregt; er führte etwas im Schilde. Sie sagte: »Ich weiß ja, daß sie solid ist. Ich habe mir die Zahlen angesehen.«

»Auch die A.C.U. braucht Kapital«, sagte Erik.

»Aber sie hat doch genug Kapital; sie hat solide investiert.«

»Das Direktorium«, sagte Erik, »hat die Investitionen rationalisiert. Das Kapital der A.C.U. ist jetzt bei unserer Amsterdamer Firma angelegt.«

»Ich verstehe«, sagte Kate.

»Du bist fixer als Hall.«

Sie dachte: Auf diesen Augenblick habe ich immer gewartet, auf den Augenblick, wo wir Recht und Gesetz hinter uns lassen und zu neuen Ufern aufbrechen. Doch das kam ihr jetzt seltsam unwichtig vor. Auf den Abschied, der kein Ende nehmen wollte, die Tränen am Kai und einen letzten Blick zurück auf den Hafen war man seit langem vorbereitet. Es gab nur eine Frage, die jetzt gestellt werden mußte: »Und die Sache ist ohne Gefahr?«

»So gut wie«, sagte Erik. Sie vertraute ihm völlig; wenn es so gut wie gefahrlos war, gab es nichts mehr zu fragen. Zimperlich zu sein oder Angst vor dem Abenteuer konnte man sich nicht leisten, wenn man für einen Menschen verantwortlich war, den man liebte. Er sagte: »Du wirst bemerken, daß einige Schecks und einige Eintragungen in der Buchhaltung vordatiert worden sind.«

»Natürlich«, sagte Kate. »Kann ich irgendwie helfen?«

»Nein, es ist alles geregelt.« Er stand auf. »Weißt du, Kate, du hattest doch recht mit dem Brunnen. Er gefällt mir inzwischen.« Er legte ihr die Hand auf den Arm. »Du begreifst alles rascher als Hall, Kate. Hall konnte den Brunnen nie leiden.« Sie konnte seine innere Unruhe in seinen Fingerspitzen spüren.

Sie sagte: »Wir sind in Gefahr.«

»Unsere Sicherheit ist garantiert, sobald die amerikanische Transaktion abgeschlossen ist«, sagte Erik. »In weniger als einer Woche wird jede Gefahr vorbei sein. Im Grunde kann uns nichts passieren. Der Streik ist abgeblasen.«

»Willst du damit sagen, daß noch etwas anderes passieren könnte?«

»Ein paar Tage lang müssen wir überaus vorsichtig sein. Du weißt«, sagte er, »wie sehr ich dir vertraue. Wir kennen uns nun schon eine Reihe von Jahren. Willst du meine Frau werden?«

»Du glaubst, daß ich als Ehefrau vor Gericht nicht aussagen müßte? Gilt das in Schweden so wie in England?«

»In Schweden besteht keine Gefahr. Ich denke an England.«

»Es war nett von dir, daß du nicht von Liebe gesprochen hast.«

»Wir sind beide Geschäftsleute«, sagte Erik.

»Ich werde verlangen, daß du eine bestimmte Summe auf mich überschreibst.«

»Selbstverständlich.«

»Und Anthony muß auch etwas bekommen.«

»Ich mag Anthony. Er weiß, wie man im Leben zurechtkommt. Ich habe ihn wirklich gern, Kate.«

»Aber was ist mit einer Überschreibung auf seinen Namen?«

»In Ordnung.«

»Wie schade«, sagte Kate, »daß wir die Hochzeit nicht genauso vordatieren können wie die Schecks.« Sie lächelte. »Anthony wird sich freuen. Ich kenne niemand, der so viel auf Sitte und Anstand gibt wie Anthony ...« Sie sprach den Namen so aus, als ob sie Anthony zu heiraten im Begriff stünde und nicht Erik; der stand steif neben ihr wie ein Trauzeuge in der Sakristei. Anthony ist gerettet, dachte sie; ich habe den Schaden wiedergutgemacht, den ich angerichtet habe, als ich ihn aus der Scheune zurückschickte, damit er sich anpaßte, damit er sich die gesellschaftlichen Konventionen und die üblichen Manieren aneignete. Er versuchte auszubrechen, und ich habe ihn zurückgeschickt. Jetzt habe ich für ihn endlich einen Weg in die Freiheit gefunden. Doch in ihr Hochgefühl mischte sich Bedauern; sie mußte wieder an Bedford Palace denken, an die Äpfel, die Anthony und sie gegen den Alkoholgeruch gegessen hatten. Sie war wirklich für eine neue Welt, eine Welt ohne Grenzen, in der Krogh an allen Börsen gehandelt wurde; sie fand es ja richtig, keine Skrupel zu haben, wenn es darum ging, das zu bekommen, was am allerwichtigsten war – finanzielle Sicherheit, aber in ihrer Stimme klangen die alte Redlichkeit und die alte, schäbige Armut des Mornington Crescent durch, als sie wiederholte: »Anthony wird's freuen. Wann soll es sein?«

»Wir wollen ein, zwei Tage abwarten«, sagte Erik, »und beobachten, wie sich die Dinge entwickeln. Wenn der Verkauf der A.C.U. reibungslos über die Bühne geht«, er zögerte kaum, »können wir uns Zeit lassen.«

In diesem Augenblick liebte Kate ihn beinahe. Auch wenn seine Buchhaltung, wie sie annahm, längst astrein gefälscht war, ihr gegenüber war er von einer geradezu unbeholfenen Ehrlichkeit. Sie hatte oft Gerüchte darüber gehört, wieviel er an Erpressungsgeldern zahlen mußte. Zum ersten Mal wäre nun sie in der Lage, ihn zu erpressen, falls sie wollte. Aber sie wollte nicht – sie hatte ihn benutzt, da war es nur fair, daß sie ihm erlaubte, sie ihrerseits zu benutzen. Sie sagte: »Du hättest mir so oder so vertrauen können.«

Er nickte; er war stets bereit, ihre Worte als wahr zu akzeptieren; eine Zahlenreihe hätte er nie so durchgehen lassen; er hätte sie Punkt für Punkt kontrolliert, ganz gleich, welcher Buchhalter sie vorher geprüft hatte. Sie nahm seine Hand und küßte sie. Wie er in seinem gepolsterten, gegen alle Geräusche abgeschirmten Zimmer, wo ihn niemand stören konnte, so dastand, tat er ihr leid. Sie sagte: »Mein Lieber, ich gehe es Anthony sagen«, und verließ den Raum. Während sie im Fahrstuhl nach unten fuhr, mußte sie plötzlich, sie wußte selbst nicht warum, an die Straßenbahn denken, die sie auf der Nordbrücke einmal außer Kontrolle geraten sehen hatte: Glas, Stahl, das Gesicht des Fahrers, der mit aller Kraft einen Hebel nach unten drückte, das Aufsprühen elektrischer Funken hinter dem Glas; wild hin und her schwankend war in der Dunkelheit die Bahn an ihr vorbeigerasselt, und am Zukken des Lichts konnte sie erkennen, daß da irgend etwas nicht stimmte. Sie rauschte an ihr vorbei wie von einer Leidenschaft getrieben, strahlend, schnell und unzuverlässig.

»Du kannst mir gratulieren«, sagte sie im Lift laut, »ich werde heiraten. Anthony, ich werde heiraten«, und sie dachte mit einem Gefühl plötzlicher Zuneigung: Vielleicht ist es das, was Erik empfindet, dieses Gefühl, daß eine Rechenaufgabe gelöst, die Quadratwurzel gezogen, der Logarithmus korrekt abgelesen ist. In der Tür zu ihrem Zimmer wiederholte sie es: »Ich werde heiraten, Anthony.«

»Wen denn?« fragte er mit raschem Aufblicken. Er saß an ihrem Schreibtisch, und wieder kam er ihr naß und feucht vor; dort, wo Anthony die Ellbogen aufgestützt hatte, zeigte der Schreibtisch feuchte Flecke.

»Erik natürlich. Wen sonst?«

»Nein«, sagte Anthony, »das darfst du nicht tun.« Da bemerkte sie überhaupt erst, daß er in den Schriftstücken auf ihrem Schreibtisch gelesen hatte; er hatte sogar ein Telegramm geöffnet, das in ihrer Abwesenheit gebracht worden war.

»Wie kannst du dich unterstehen?« sagte sie. »Du kleiner mieser Kerl.«

»Damit kommt er nicht durch«, sagte Anthony.

»Ich verstehe dich nicht.«

»Macht nichts«, sagte Anthony, »in solchen Dingen kannst du dich auf mich verlassen. Von Zahlen verstehe ich was.« Mit der Ernsthaftigkeit eines Schuljungen fuhr er fort: »Weißt du, Kate, alles hat seine Grenzen. Glaub mir, ich weiß wirklich, wovon ich rede. So einfach kann er den Schwarzen Peter nicht weitergeben. Die Herren bei Batterson sind doch nicht von gestern.«

»Erik auch nicht.«

»Lu hatte recht. Er ist nicht seriös.«

»Gib mir das Telegramm.«

»Wirklich, es liegt offen auf der Hand«, sagte Anthony. »Er stützt Amsterdam mit der A.C.U., das ist so klar wie Kloßbrühe.«

»Mir mußt du das nicht erzählen«, sagte Kate. »Ich weiß über alles Bescheid, selbst über die vordatierten Schecks.«

»Vordatierte Schecks!« Er stieß einen Pfiff aus. Seine Ernsthaftigkeit wich. Er sagte: »Die Vorstellung, daß Kroghs Konzern ... und daß wir es wissen.«

»Du mußt es für dich behalten.«

»Dann muß er dafür sorgen, daß sich das für uns lohnt, Kate.«

Sie dachte: Ich bin immer überzeugt gewesen, daß wir uns in einem Punkt unterscheiden, daß es nichts gibt, was ich nicht für ihn tun würde, daß es aber für ihn Dinge gibt, die er weder für mich noch für sich selbst zu tun bereit wäre. Sie lächelte voller Zärtlichkeit. Sie war ihm nicht mehr böse. Noch habe ich nicht herausgefunden, welche Dinge das sind. Der Gedanke, daß es nach all den Jahren etwas gab, was sie von ihm nicht wußte, erfüllte sie mit tiefer Freude. Sie sagte: »Anthony, ich will ihn nicht erpressen. Ich werde ihn heiraten.«

»Aber Kate, du liebst ihn doch gar nicht.« Er war unverbesserlich konventionell, er war hoffnungslos naiv. Er stellte sich vor, Krogh zu erpressen, sei so unproblematisch wie das Klauen von Pflaumen. Seine Oberflächlichkeit machte ihr Angst; er hatte nicht einmal begriffen, wo er sich befand; man mußte ihn beschützen. Für ihn, dachte sie noch einmal, würde sie einfach alles tun; nicht einmal eine Erpressung verweigern. Denn ihm irgend etwas abzuschlagen, hieße ihm seine kindliche Freude über seine Entdeckung verderben. Sanft erklärte sie ihm also: »Die Heirat ist eine Art Erpressung. Er wird mir etwas überschreiben.«

Aber in dem Punkt blieb er stur: »Du liebst ihn nicht.«

»Ich liebe dich.«

»Darum geht es nicht.« Er war beunruhigt; er war verwirrt; er murmelte etwas von »Kindern« und lief vor Befangenheit rot an.

Kate sagte: »Ich bin unfruchtbar. Deshalb brauchst du dir keine Gedanken zu machen«, und fügte angesichts seiner Verlegenheit voller Verzweiflung wütend hinzu: »Ich will keine Kinder. Ich habe nie Kinder gewollt«, und fühlte, wie ihr Körper sich ihm entgegenstreckte, ihn zu empfangen. »Du bist so konventionell, Anthony«, und sie dachte: Ein Kind in meinem Bauch wäre mir nicht näher, als wir uns einmal gewesen sind, und doch – dort steht er, und dort würde auch das Kind einmal stehen, errötend, befangen und, mein Gott, wie etepetete! Sie vergessen, woran sie sich nicht mehr erinnern wollen.

»Was für ein Jammer«, sagte er, und jetzt starrte er sie an, erregt, kindisch, nach Worten suchend. Es hätte sie gar nicht gewundert, wenn er ihr mit der »Liebe eines redlichen Mannes« gekommen wäre. Aber sie hatte ihn mißverstanden. Er meinte keineswegs, es sei ein Jammer, daß sie keine Kinder haben konnte; er meinte, daß es ein Jammer sei, die gute Gelegenheit nicht zu nutzen. »So eine Gelegenheit kommt vielleicht nie wieder. Wir könnten ihn um einen ordentlichen Batzen erleichtern und dann verschwinden. Wir könnten sogar noch den Nachtzug erwischen. Morgen wären wir in Göteborg, am Samstag in London, gerade noch rechtzeitig fürs Rugby-Match in Twickenham. Kate«, sagte er, »wir könnten zu Stone's gehen auf ein Kotelett und ein Glas Stone's Special. Mein altes Zimmer ist wahrscheinlich noch nicht vermietet. Und für dich würde meine Wirtin bestimmt irgendwo ein Zimmer auftreiben. Nach Arbeit bräuchten wir nicht zu suchen; wir hätten von ihm ja bekommen, was wir wollten.«

Sie beobachtete ihn fasziniert. Es schien beinahe, als würde er vor nichts zurückschrecken, aber sie wußte genau: An diesem Gleis, auf dem seine Gedanken augenblicklich so rasch dahinfuhren, stand an irgendeiner Stelle ein Signal permanent auf Rot. Irgendwo würde er anhalten, unsicher werden, alles vermasseln. Er war nicht skruppellos genug, um erfolgreich zu sein. Er gehörte nicht zur gleichen Liga wie Krogh.

»Es ist doch so einfach, Kate. Er muß uns zahlen, was wir fordern. Wenn er sich weigert, gebe ich die ganze Story an Minty; selbst dann würde mindestens unsere Heimreise dabei herausspringen. Und ein bißchen was hast du bestimmt gespart.«

Neugierig fragte sie: »Du hättest nichts dagegen, von meinem Geld zu leben?« Sie war überzeugt, daß sie sich den Grenzen dessen näherte, was er zu tun bereit war, als er jedoch prompt bejahte (schließlich, sagte er, seien sie ja Geschwister), überkam sie die Ermattung eines Menschen auf Reisen, der unterwegs entdecken muß, daß seine Landkarten wieder einmal nicht stimmen. War es möglich, daß sie dieses liebe, schlichte konventionelle Gemüt für zu kompliziert gehalten hatte?

Anthony stand mit dem Telegramm in der Hand vom Schreibtisch auf. »Ich gehe jetzt zu ihm.«

»Was wirst du ihm sagen?«

»Man geht die Sache am besten direkt an.«

»Nein, Anthony. Wirklich«, sagte Kate, »ich wollte dich bloß nicht unterbrechen, aber du wirst Erik nicht erpressen können.«

»Wieso denn nicht? Kate, du scheinst nicht zu begreifen, welche Chance sich uns bietet.«

»Du bist nicht raffiniert genug, Anthony, deshalb nicht. Wenn du den Grips hättest, Erik zu erpressen, wärst du jetzt nicht hier. Ach, Anthony«, sagte sie liebevoll, »wir sind schon ein schönes Paar. Ich habe dich ja so lieb. Wenn du doch nur etwas schlauer, wenn du nicht so schrecklich bieder wärst...« – sie brachte ihren Satz nicht zu Ende. Sie dachte an den Samstagmorgen in Tilbury, an die lange Heimreise, den Shilling in der Gasuhr und die kleine blaue Flamme, auf der sie sich Tee und Toast machen konnte. Sie dachte: Vor all dem habe ich ihn gerettet, aber wohin er auch kommt, die Erinnerung daran bringt er mit wie ein Plakatträger, der für irgendeinen abgenudelten, kitschigen Schlager Reklame macht – Anthony vor sich selbst bewahrt, sie ohne ihn aber. Ein weißer Vogel wurde gegen das Fenster geweht, sein Schnabel schlug gegen die Scheibe, dann trieb der Vogel auf ausgebreiteten Schwingen rückwärts, es schien so, als erblicke man ihn aus einem Flugzeug, das schneller als der Vogel flöge. All das hier, sagte sich Kate immer und immer wieder, bedeutet Sicherheit, ist unsere Zukunft, das wir, unbedingt. Weg mit der Vergangenheit. Wir haben zu sehr in der Vergangenheit gelebt.

»Vertrau mir«, sagte Anthony.

»Nicht, wenn es um ihn geht«, sagte Kate traurig. »Liebster Anthony, im Vergleich zu ihm bist du ein Küken, das eben aus dem Ei geschlüpft ist. Du glaubst doch wohl nicht im Ernst, du könntest Krogh auflauern und ausrauben. Er würde dich zermalmen, ehe du überhaupt den Mund aufmachen könntest. Er würde dafür sorgen, daß du hinter Gitter kommst, er würde vor nichts haltmachen. Du wärst deines Lebens nicht mehr sicher. Und wozu eigentlich? Ausgerechnet jetzt, da wir am Ziel sind und er uns Geld überschreiben will!«

»Er ist nicht gut genug für dich, Kate«, sagte Anthony eigensinnig. Es war offenkundig: ihn beschäftigten noch Probleme wie »eine Heirat ohne Liebe« oder »eine kinderlose Frau«. Aber er gab auf, er verzichtete auf seine Chance, er verzichtete bereitwillig und freundlich, ohne ihrem Schreibtisch, den vordatierten Schecks, dem Telegramm und der Transaktion mit Batterson mehr als einen

Blick des Bedauerns zu schenken. »Selbstverständlich, Kate. Was du sagst, gilt.« An seinem etwas zu strahlenden Lächeln konnte sie erkennen, daß er eine neue Idee geboren hatte. »Jedenfalls haben wir heute abend einen Grund zum Feiern.«

»Es ist noch nicht offiziell.«

»Macht nichts. Es muß gefeiert werden. Paß auf, Kate, du rufst den Direktor des Hotels in Saltsjöbaden an und läßt einen Tisch reservieren. Sag ihm, wer kommt.«

»Erik kommt bestimmt nicht.«

»Wenn ich ihn ins Tivoli gekriegt habe, kriege ich ihn auch nach Saltsjöbaden. Ich will's deshalb, weil wir für dieses Abendessen ordentlich Prozente verlangen können. Verlang hundert Kronen für dich.«

Kate ging zum Telefon. »Du denkst auch an alles.«

»Wart noch einen Moment. Sag ihm, es müßten schon hundertfünfzig sein, oder Krogh diniert in der Oper.«

»Saltsjöbaden drei-zwei«, sagte Kate.

Fünfter Teil

Erstes Kapitel

Kaum hatte der junge Andersson gehört, was sein Nebenmann sagte, als er auch schon die Hand vom Hebel und den Fuß vom Pedal der Kroghschen Schneidemaschine nahm. Mit einem Flapp, Flapp, Flapp ihres ledernen Treibriemens kam die Maschine zum Stehen; gleich darauf war der Schlitten, der sie speiste, überfüllt. Der Nebenmann rief Andersson etwas zu; der junge Andersson beachtete ihn nicht. Ihm gingen nicht viele Gedanken durch den Kopf, und sein Ausdrucksvermögen war gering. Er kehrte der Schneidemaschine den Rücken und ging zwischen den Maschinen hindurch zum Umkleideraum. Ein Stockwerk höher wurde eine der Trockenkammern blockiert, weil ihr Transportband steckengeblieben war; im dahinterliegenden Raum türmte eine elektrische Säge schmale, lange Holzstreifen im Schlitten so hoch auf, daß sie auf den Fußboden überquollen. Der Mann, der die Säge mit Holz fütterte, fütterte sie weiterhin mit Holz; darin bestand seine Arbeit, er wußte nicht, was er sonst hätte tun sollen, und in der Halle, wo die Stämme abgeladen wurden, erfuhr man folglich nichts von dem Stau. Die Männer dort hörten nicht auf, einen Stamm nach dem anderen von dem Haken zu nehmen, mit dem sie von den Lastwagen heruntergezogen wurden, die in einer langen Schlange im Hof warteten.

Der junge Andersson stieg aus seinem Arbeitsanzug. Am Krach in der Werkshalle, die er verlassen hatte, änderte sich durch den Ausfall einer einzigen Maschine eigentlich nichts, auf Grund seiner langen Vertrautheit mit dieser speziellen Schneidemaschine war ihm aber das leise, regelmäßig wiederkehrende Husten vertraut, das ihr

Jaulen begleitete. Dieses Husten konnte er nicht mehr hören. Einen Augenblick lang zeigte sein blasses Gesicht Besorgnis; dieses Husten hatte er bisher immer alle sechs Sekunden gehört. Den Ärger, den er angerichtet hatte, konnte er sich nicht vorstellen; die Trockenkammer kannte er; einer seiner Freunde bediente die Säge; aber tiefer war er nie vorgedrungen; er wußte nichts von der Halle, wo die Stämme abgeladen wurden, nichts von den Lastwagen und woher sie kamen. Ein Mann seiner Schicht durchquerte den Umkleideraum auf dem Weg zur Toilette. Der junge Andersson schaute ihm nach; der Mann ging schnell, mit gesenktem Kopf; er hatte die Hand gehoben, ein anderer hatte seine Arbeit an der Maschine übernommen; er hatte vier Minuten; blieb er länger als vier Minuten, mußte er seine Strafe zahlen. Der junge Andersson nahm seine Jacke vom Kleiderhaken und verließ den Umkleideraum. Er mußte das untere Ende des Maschinensaales durchqueren; ein Arbeiter mit einer Ölkanne kam durch den Saal auf ihn zu; er träufelte das schwere, schwarze Öl in die jeweiligen Einfüllöffnungen der Maschinen zu seiner Linken; auf der anderen Seite kam ihm ein zweiter Mann mit seiner Kanne entgegen. Sie wußten so genau, wo sich die Einfüllöffnungen befanden, daß sie gar nicht hinzusehen brauchten; sie machten ein paar Schritte und eine Drehung des Handgelenks, machten ein paar Schritte und eine Drehung des Handgelenks...

Der Mann, der mit seiner Kanne auf Andersson zukam, starrte ihn an; er war überrascht, er zögerte mit seiner Kanne, und auf dem glänzenden Stahlfußboden blieb vom herabtropfenden Öl ein kleiner Fleck, der wie der Ballen eines Tieres aussah; der Mann blickte Andersson nach, bis er durch die Tür war. Andersson stieg über die Stahlwendeltreppe des Notausgangs in den Hof hinunter; er traute sich nicht auf einen Aufzug warten, wo er vom gesamten Maschinensaal beobachtet werden konnte. Das Gesicht des Mannes, die Müdigkeit, das Erstaunen, der

Neid begleiteten ihn. Andersson ging über den Hof zum Tor, wo sich die Stechuhr befand. Der Pförtner wollte das Tor nicht öffnen. »Krank«, sagte der junge Andersson, »krank.« Es war gar nicht nötig, Krankheit vorzutäuschen; seine Blässe, die wie immer leicht gebeugte Haltung, die neue Sorge, die ihm so unsicher im Gesicht saß wie ein Anfänger im Sattel, alles schien seine Ehrlichkeit zu bezeugen. Das Fabriktor wurde für ihn geöffnet.

Die lange, asphaltierte Straße zwischen den hohen Holzwänden lag völlig verlassen; der Anblick war ihm fremd und ungewohnt. Eine Straßenseite lag im Schatten; in der Ferne standen, wo die Wände aufhörten, ein paar Birken silbrig im nachmittäglichen Licht. Der junge Andersson begann, den halbmeterbreiten Schattenstreifen entlangzulaufen. Es ist nicht recht, dachte er mit Erstaunen, es ist nicht recht. Der Gedanke war ihm vorher noch nie gekommen.

Der junge Andersson war konservativ. Er las die Zeitungen und war überzeugt, daß Krogh ein großer Mann war. Der Sozialismus seines Vaters kam ihm alt, langweilig, schulmeisterhaft vor; er roch nach Abendschule; so wie die Moral alter Leute war auch er ein Ersatz für selbst Erlebtes. »Ein gerechter Anteil für den Arbeiter«, »Vereinigung des Proletariats« – die Phrasen seines Vaters waren wie ein langer protestantischer Sonntag; sie schienen nie enden zu wollen. Für den jungen Andersson waren sie ebenso bedeutungslos wie die »Dreieinigkeit«, »die Personen der Heiligen Dreifaltigkeit«.

»Glaubst du denn an gar nichts?« fragte sein Vater.

»Die Stelle behalten«, sagte der junge Andersson. »Alles in Ordnung. Guter Lohn. Bißchen sparen. Eines Tages selber wohlhabend.«

Und jetzt lief er keuchend die schattige Wand entlang.

»Früher Krogh einer wie wir. Chance für uns alle.«

Der Geruch von Teer, von Öl; ganz weit vor ihm die Bäume; der Mann mit der Ölkanne und seinem Neid. Es ist nicht recht, dachte der junge Andersson, es ist nicht recht. Vater hat geschrieben, er sei persönlich gekommen, daß er gescherzt, ihm eine Zigarre gegeben hat, ja, sogar nach mir hat er gefragt und versprochen, daß alles in Ordnung sein würde. Das war erst wenige Tage her. Natürlich weiß er von dem allen nichts; man muß es ihm sagen. Er ist gerecht. Der junge Andersson glaubte an die Gerechtigkeit. Er war Zeuge ihres Wirkens gewesen: Der Faule wurde entlassen, der Fleißige belohnt. Vor zwei Jahren hatte er selbst eine Lohnerhöhung bekommen.

Er konnte nicht länger laufen; er war aus der Übung; der Schmierer hatte von allen die gesündeste Arbeit; er lief den ganzen Tag auf und ab; der legte am Tag bestimmt einige Kilometer zurück. Die Holzwände schienen gar nicht enden zu wollen; sie waren fast zweieinhalb Kilometer lang. Man mußte nach der Arbeit zwanzig Minuten ziemlich schnell gehen, ehe man das Fabrikgelände hinter sich hatte. Einige Arbeiter hatten sich beschwert und gefordert, daß sie für diese Zeit bezahlt werden müßten. Näher konnten sie nicht mehr wohnen; die Holzbungalows begannen dort, wo die Holzwände aufhörten.

Er ging schnell an ihnen vorbei; es waren gute Bungalows, sie waren herrlich bunt angestrichen. Zu jedem Bungalow gehörte ein Stückchen Garten; einige Arbeiterfrauen hielten Hühner. Der junge Andersson war unverheiratet; er wohnte bei einem Arbeiter der Nachtschicht zur Untermiete. Die Frau dieses Mannes grub im Graben, als er vorbeikam. Sie hörte mit dem Graben auf und rief ihm zu: »Was ist los? Wo willst du hin?« Er war verlegen; er blieb mitten auf der Straße stehen und stieß mit dem Fuß nach unsichtbaren Steinchen.

»Ich werde zum Abendbrot nicht da sein.«

»Ist in der Fabrik irgendwas nicht in Ordnung? Wohin willst du?«

Der junge Andersson lief rot an und stieß mit der Fußspitze nach Steinchen. Er sah sie von der Seite an. Er wurde immer rot im Gesicht, wenn er mit ihr sprach, und sah ihr nie in die Augen. Er schlief im Nebenzimmer, und die dünne Holzwand ließ alle Geräusche durch. Er konnte hören, wie sie sich die Zähne putzte, sich wusch, er konnte sie hören, wenn sie mit ihrem Mann schlief. Es hätte ihm ja nichts ausgemacht, wenn sie alt und häßlich gewesen wäre; sie war aber jung und hübsch. Daß er soviel von ihr wußte, machte ihn schüchtern und verschlossen.

»Nichts ist los. Ich muß nach Stockholm. Es wird heute abend spät.«

Sie war nicht neugierig. Nichts, was er tat, interessierte sie wirklich; das wußte er. Sie hielt ihn für einen armen Kerl; sie war leidenschaftlich in ihren Mann verliebt. Wie leidenschaftlich sie ihren Mann liebte, wußte er nur zu gut. Er errötete und stieß nach Steinchen und sagte: »Ich muß weiter.«

»Mach keine Dummheiten«, sagte sie und fing wieder an zu graben.

Am Bahnhof stellte er fest, daß sein Geld gerade für eine Fahrkarte nach Stockholm reichte. Er mußte eine halbe Stunde warten. Er hätte sich gar nicht zu beeilen brauchen. Jetzt mußte er wieder gehen, auf dem Bahnsteig auf und ab schreiten; sonst gab es nichts zu tun. Er machte einen Versuch und rüttelte an einem Münzautomaten; manchmal war eine Münze steckengeblieben. Er probierte es bei einem zweiten. Er rüttelte an allen Automaten, die es dort gab. Er hatte am Ende Glück. Klimpernd fiel eine Münze, und der junge Andersson zog das Fach heraus; es enthielt ein Papiertaschentuch. Na schön, dachte er, immerhin ist es umsonst, und steckte es in die Tasche. Auf einem Nebengleis fuhr ein langer Güterzug ein, der war mit Holz für die Fabrik beladen. Sie ist hübsch, dachte er, es ist nicht recht, daß man alles mithört, und dann dachte er an seinen Vater. Flüchtig streifte ihn der Gedanke, daß da ein Unrecht geschehen könnte. Er sagte sich: Krogh weiß einfach nichts davon, er wird das in Ordnung bringen. Ein Witz, eine Zigarre, er hat nach mir gefragt.

Auf dem Bahnsteig zog einer der Fabrikdirektoren ein; er brachte Frau und Tochter zum Zug. Der junge Andersson kannte ihn vom Sehen; er kannte Andersson aber nicht. Er trug für seine Frau eine große Pralinenschachtel und einen Blumenstrauß für die Tochter. Der junge Andersson näherte sich ihnen; er wollte gern wissen, worüber solche Menschen redeten, wenn sie nicht in der Fabrik waren. Er wußte, worüber er selbst redete: Geld, Alkohol, die Fabrik.

»Ja«, sagte der Direktor, »ja, das geht bestimmt in Ordnung. Übers Wochenende komme ich nach Hause. Dann ist das Quartett komplett.«

»Mit mir könnt ihr nicht rechnen«, sagte das Mädchen, »ich gehe tanzen.« Sie hatte sehr blondes Haar und sehr kleine Ohren und ihr Gesicht hübsch bemalt. Der junge Andersson mußte wieder an die dünne Holzwand denken und wurde rot. Es war einfach nicht recht. Wenn sie den Bahnsteig entlangging, sah sie wie eine Leichtathletin aus, die ins Stadion einmarschiert. Sie bewegte ihre Beine so offen und frei, als wäre sie unter ihrem Pelzmantel nackt; sie schien sich ihres Geschlechts gar nicht bewußt, aber in ihrem Verhalten lag eine Spur von Verzweiflung, von Nervosität; sie wirkte übertrainiert.

»Du gehst viel zu oft tanzen«, sagte der Direktor. Er war in Eile; er wirkte irritiert; er sah unentwegt auf die Uhr. Es war offensichtlich, daß die Blumen und Pralinen überhaupt nichts bedeuteten, daß er weder für seine Frau noch für seine Tochter irgendwelche Zuneigung hegte, er folgte nur einer Gewohnheit, er spielte hier wie immer seine Rolle.

Als der Zug einfuhr, mußte der junge Andersson auf seinem Weg zur dritten Klasse an der Gruppe vorbei. Seine Frau küßte der Direktor auf die Wange; seine Tochter gab ihm die Hand. Der junge Andersson tippte an seine Mütze. Der Direktor bemerkte es überhaupt nicht. Er sagte zu seiner Frau: »Du wirst noch mehr zu trinken bestellen müssen. Lade sie auf acht Uhr ein. Früher schaffe ich es nicht.« Das Mädchen bemerkte Anderssons Gruß und nickte ihm zu; ihr Nicken war ohne Herablassung; so hätte sie auf der Laufbahn im Stadion einen anderen Läufer grüßen können.

Der junge Andersson lehnte sich in dem kahlen Holzabteil zurück und sah, wie der Bahnhof, der Direktor, die Fabrik und die Bungalows zurückblieben, kleiner wurden und verschwanden. Im Licht der tiefen, späten Nachmittagssonne lag, von Weißbirken gesäumt, ein See. Andersson hielt die Hände zwischen die Knie geklemmt, jedes Rucken und Holpern des Bummelzuges rüttelte ihn. Er dachte: Was würde ich zu ihr sagen?... tanzen... im Winter viel zu oft rodeln, das Kreischen der Kufen, wenn sie in der Kurve unter den bunten Lichtern durch den Schnee schneiden, durchgefroren und glücklich und ausgelassen in einem Gasthaus auf der Bank nebeneinander sitzen; er nickte schläfrig und sah seine Zukunft in rosigem Licht.

Vor einem niedrigeren, graueren Himmel wurden die Bäume dunkel; zwischen den Baumlücken lag der See wie Blei; irgendwer sah nach, ob die Heizung angestellt war; ein langgezogener Pfiff, darauf ein Tunnel und auf der anderen Seite des Tunnels plötzlich eine viel dunklere Welt; ein paar Funken schwirrten gegen das Fenster. Der junge Andersson öffnete die Augen und sah eine Gruppe von Männern, die von der Arbeit heimwärts radelten; sie fuhren mit Licht; als der Zug sie überholte, trugen sie ihre kleinen, leuchtenden Lampensterne rückwärts. Der Zug ließ See und Bäume hinter sich; die Dunkelheit senkte sich auf eine weite, öde Graslandschaft.

»Du fährst nach Stockholm?« fragte eine ältere Frau und öffnete einen Korb, um sich ein Butterbrötchen herauszuholen. Das Licht an der Decke des Abteils brannte plötzlich heller; die Dunkelheit war wie das Herunterlassen der Rolläden vor dem Abendbrot. Die Menschen im Wagen begannen, sich zusammengehörig zu fühlen, einander irgendwie zu vertrauen; draußen war Nacht; hier drinnen waren sie glücklich beieinander. »Ja«, sagte der junge Andersson. »Hast du keine Arbeit?« fragte sie und schob eine Scheibe Schinken zwischen die beiden Hälften des Brötchens.

»Doch«, sagte er voller Stolz, »ich bin bei Krogh«, und im Bewußtsein ihres gegenwärtigen Wohlbefindens – er, weil er bei Krogh war, und sie, weil sie ihr Brötchen hatte – schauten beide starr aus dem Fenster. Der Zug hielt in jedem Dorf, und die Wärme und Freundlichkeit ihres Abteils wiederholte sich in den Lichtern draußen, beim Anblick einer kochenden Frau, eines Kindes, das im Bett aufsaß, um den Zug zu sehen.

»Du hast Glück, daß du bei Krogh bist«, sagte die Frau. »So eine Arbeit hat Zukunft.«

»Es gibt eine Zukunft«, sagte der junge Andersson und verstummte plötzlich. Ihm war eingefallen, daß er seine Arbeit mitten in der Schicht liegengelassen hatte. Sein blasses, unintelligentes Gesicht nahm einen sturen Ausdruck an; er hatte das Richtige getan. Aus der gleichen Sturheit heraus, die ihn jahrelang verläßlich an seiner Maschine hatte ausharren lassen, so daß er alle paar Jahre ein bißchen mehr Geld verdiente, hatte er auch die Maschine in dem Augenblick im Stich gelassen, als er hörte, was mit seinem Vater passiert war. Sturheit hatte einen Konservativen aus ihm gemacht; Sturheit ließ ihn an Gerechtigkeit glauben; Sturheit war es gewesen, die seine Maschine zum Stillstand gebracht, den Schlitten vollgehäuft, die Trockenkammer blockiert hatte. Es wird schon in Ordnung gehen, dachte er, wenn ich ihnen sage, warum. Hätte ich es ihnen erst auseinandergesetzt, hätte ich den Zug verpassen können.

»Mach keine Dummheiten«, sagte die Frau und schüttelte Krumen von ihrem Rock auf seine Knie. Von allen Seiten wurde er plötzlich ermahnt, keine Dummheiten zu machen. Traurig erklärte er: »Ich fahre geschäftlich nach Stockholm.«

»Über solche Geschäfte wissen doch alle Bescheid«, sagte die Frau und kramte in ihrem Korb nach einer Flasche Milch, und die Worte »Dummheiten« und »Geschäfte« gewannen im Klang ihrer offenen, ehrlichen, lauten, freundlichen Stimme für den jungen Andersson plötzlich eine völlig andere Bedeutung, deuteten nicht wie etwas, bei dem man rot werden oder das man verheimlichen mußte, sondern auf etwas Fröhliches, Normales, Unbekümmertes, das man heute genoß und morgen wieder vergaß. Er sagte: »Vielleicht finde ich dafür Zeit, wenn ich das andere hinter mir habe . . .«

»Man ist nur einmal jung«, sagte die Frau und schüttelte dazu den grauen, harten Kopf.

Als der Zug in den Hauptbahnhof einfuhr, war es fast sieben Uhr. Der junge Andersson hatte keine Vorstellung, wie lange bei Krogh's gearbeitet wurde. Er war nie dort gewesen. Er mußte einen Polizisten nach dem Weg fragen, und der Polizist sah ihm mißtrauisch nach; der Arbeitsanzug, das kragenlose Hemd, die schweren Stiefel und der entschlossene Gesichtsausdruck weckten seinen Argwohn. Bei Krogh's wollte ihn der Pförtner nicht einlassen. »Für wen hältst du dich eigentlich?« fragte ihn der Pförtner durch das schmiedeeiserne Tor. »Er würde dich auch nicht empfangen, wenn er im Hause wäre.«

»Ich arbeite in seiner Fabrik.«

»Na und?«

»Es ist wegen meinem Vater«, sagte der junge Andersson. »Herr Krogh kennt meinen Vater.«

»Wohl eher deine Mutter!« Der Pförtner kreischte vor Lachen und hielt sich mit langen Affenarmen am Tor fest. Dann wurde er ernst. »Du hast hier nichts zu suchen. Das hier ist kein Ort für Leute wie dich. Du solltest in der Fabrik sein. Da gehörst du hin.«

»Ich muß mit Herrn Krogh sprechen.«

»Selbst der Premierminister kann Herrn Krogh nicht unangemeldet sprechen.«

»Dann melde ich mich an.«

»Ah«, sagte der Pförtner, »da mußt du erst einmal mit der Sekretärin sprechen.«

»Dann spreche ich mit der Sekretärin.«

»Aber ohne vorherige Anmeldung«, rief der Pförtner mit meckerndem Lachen durch die schmiedeeisernen Blumen, »kann niemand mit der Sekretärin sprechen.«

»Dann melde ich mich an«, sagte der junge Andersson.

»Hier«, sagte der Pförtner, »hast du Glück, wenn du mich ohne vorherige Anmeldung sprechen kannst.«

»Aber Herr Krogh weiß von mir. Mein Vater hat geschrieben, daß Herr Krogh sich nach mir erkundigt hat.«

»Dein Vater lügt.«

Der junge Andersson senkte den Kopf und trat mit locker geballten Fäusten dicht ans Tor. Sein Gesicht trug noch immer den Ausdruck sturer Entschlossenheit.

»Sieh dich um«, sagte der Pförtner. »Das alles gehört Herrn Krogh. Was in aller Welt könnte er wohl mit dir und deinem Prachtstück von Vater zu schaffen haben? Sieh dich um«, wiederholte er, und Andersson sah sich um, sah die Initialen, die sich leuchtend gegen den Himmel abhoben, sah die gläsernen Wände und das Wasser, das am grünen Steinblock herabschäumte.

»Diesen Brunnen«, sagte der Pförtner, »hat Schwedens größter Bildhauer gemacht. Du würdest mir nicht glauben, was das alles gekostet hat. Für das Geschirr, von dem die hier essen, müßtest du ein ganzes Jahr lang arbeiten. Herr Krogh trägt diamantenbesetzte Hemdknöpfe.«

»Diamantenbesetzte Knöpfe?«

»An allen Hemden.«

Der alte Andersson hatte oft über Löhne geredet. Sein Sohn hatte ihm nie zugehört; es war immer dieselbe alte, langweilige Geschichte. Aber jetzt fühlte er sich unbehaglich; er blickte auf seine ölverschmierten Hände und dann zum Pförtner, der hinter dem Tor gackerte. Er dachte an den Arbeiter der Nachtschicht, der den Verstand verloren hatte und seine Frau und sich selbst umbrachte, weil sie schon wieder ein Kind erwartete. »Sie haben da aber eine schöne Uniform an«, sagte der junge Andersson. *Liebe Anna,* hatte der Mann auf ein Stück

Klopapier geschrieben, *verzeih mir. Ich ertrage die Sorge nicht mehr. Ich muß es tun. Wir sind glücklich miteinander gewesen. Grüß deine Schwester, sie war immer eine Hilfe.* Der Gedanke, seine Frau zu töten, mußte ihm erst anschließend gekommen sein – um ihr das Leid zu ersparen. Es gibt dafür bestimmt eine Erklärung, dachte der junge Andersson und starrte zum obersten der gläsernen Stockwerke hoch.

»Tja, siehst du, ich leiste Kopfarbeit«, sagte der Pförtner. »Ich muß wissen, was ich den Besuchern sage. Alle sechs Monate bekomme ich ein neues Paar Schuhe. Hier muß man tipptopp aussehen.«

»Zu Hause habe ich einen neuen Anzug«, sagte der junge Andersson. »Aber ich komme direkt von der Arbeit; die Sache ist eilig. Ich muß Herrn Krogh wegen meinem Vater sprechen.«

»Dann mußt du nach Saltsjöbaden gehen«, sagte der Pförtner. »Dort essen sie gemeinsam zu Abend in dem Hotel.« Er schien gegen den jungen Andersson einen Groll zu hegen, den er sich nur mit Spott aus dem Herzen spülen konnte. »Du wirst aber einen Frack brauchen.«

»Ist es weit?« fragte Andersson.

»Zwanzig Kilometer werden es sein.«

»Dann geh ich am besten gleich«, sagte der junge Andersson.

»Kein Grund zur Eile«, sagte der Pförtner. »Sie haben genug Zeit zum Umziehen. Der Zug geht alle halbe Stunde.«

»Ich hab für Züge kein Geld«, sagte der junge Andersson. »Ich muß zu Fuß laufen.«

»Dann wirst du aber nicht vor Mitternacht da sein.«

»Mich nimmt sicher wer mit«, sagte er unsicher und wandte sich zum Gehen. Er hörte den Pförtner hinter den schmiedeeisernen Blumen lachen und war jetzt nicht mehr ganz so zuversichtlich wie vorher in der kameradschaftlichen Wärme anderer Männer.

Sie ließen den Chauffeur zu Hause. Anthony fuhr. Das war seine Idee. Mit einem Chauffeur falle der Wagen zu sehr auf, hatte er behauptet. Krogh erhob keinen Einwand. Während der Fahrt war er mit allem einverstanden gewesen. Als Anthony hielt und einen Drink bestellte, trank Krogh mit. Kate beobachtete ihn mit Besorgnis. Er saß unbeweglich vor seinem Glas und schwieg.

Im Restaurant, wo sie zur dritten Fahrtunterbrechung einkehrten, zerbrach Krogh sein Glas. Anthony hatte gesagt: »Morgen gehen Erik und ich einkaufen. Ich werde etwas zum Anziehen für ihn aussuchen. Schließlich sind wir jetzt beinahe Brüder.«

Bis zu dem Moment war ihr nicht bewußt gewesen, wie viel Krogh getrunken hatte; er hatte zu Mittag nichts gegessen und den ganzen Nachmittag über Ferngespräche geführt. »Wir werden doch einkaufen gehn, nicht wahr, Erik?« sagte Anthony, und Krogh begann, ihnen mit Bedacht auseinanderzusetzen, wie sehr er sich wünsche, daß dieser Abend ein Erfolg werde. Er habe allen Grund, Anthony dankbar zu sein.

»Noch einen Drink?« fragte Anthony. Aber Krogh dachte nur daran, seine Rede zu Ende zu bringen. »Den ganzen Vormittag über«, sagte er, »hatte ich bei der Arbeit einen klaren Kopf, weil ich mir wegen heute abend keine Gedanken zu machen brauchte. Die Konzertkarten habe ich zerrissen. Ich dachte nur... heute abend werden wir uns wieder so gut amüsieren wie im Tivoli.« Plötzlich hob er sein Glas und sagte: »Skal«, doch das Glas entglitt ihm, und als er danach griff, zersplitterte es ihm unter der Hand. Er sagte: »Ich dachte, wir wollen einfach mal fünf gerade sein lassen.«

»Laßt uns weiterfahren«, sagte Anthony, und sie stiegen wieder ins Auto. Es war inzwischen ganz dunkel geworden, aber die riesigen Autoscheinwerfer verwandelten die Nacht unmittelbar vor ihnen in blaßgrünes Tageslicht. Es war, als ob die Zeit anschaulich würde; in der Mitte der Tag und zu beiden Seiten die Nacht. Ein Kaninchen hetzte aus der Nacht in den Tag und den Hang hoch wieder in die Nacht. Sie ließen das kleine Restaurant mit den hellen runden Lämpchen unter der Markise hinter sich in der Nacht zurück und trugen im immer schnelleren Tempo auf der fahlen, ebenen, metallisch schimmernden Straße den Tag mit sich davon.

»Du hast dich geschnitten«, sagte Kate, aber Krogh war neben Anthony eingeschlafen. Zwischen ihnen blutete auf dem Wagenpolster seine Hand.

»Mein Gott«, sagte Anthony, »so einen Wagen habe ich bisher nie fahren können.« Er beschleunigte, aber ein Gefühl von Geschwindigkeit wollte sich nicht einstellen; man selbst stand still; es war der Felsvorsprung, der vorbeischoß, das erleuchtete Bauernhaus, das die Straße heraufflog und kurz in das grünliche Unterwasserlicht des Tages getaucht wurde, und als die Scheinwerfer durch die Vorhänge fluteten und über den Garten hinwegstrichen, mußte man sich unwillkürlich fragen, was denn die bescheidene trübe Hausbeleuchtung überhaupt solle.

»Erik hat sich geschnitten.«

»Es ist nichts Schlimmes«, sagte Anthony. »Das Bluten hat aufgehört. Warum sollen wir ihn wecken? So sind wir praktisch für uns.« Die Tachonadel zitterte bei 170. Anthony begann zu singen: »As I to you, As you to me«. Sie waren in dem großen, grauen Wagen allein.

»Wir könnten ihn unterwegs in einem Haus zurücklassen«, sagte Anthony. »Er könnte sich ausschlafen.« Anthony pfiff vor sich hin, eine traurig verträumte Melodie; der dünne Ton zog sich wie der seidige Faden einer Spinne aus dem Bauch des Autos die Straße entlang.

»Dann würden dir deine Prozente entgehen.«

»Da hast du recht.«

Sie fuhren ein Weilchen neben einer Bahnlinie her;

lautlos raste ihnen ein elektrischer Zug entgegen und schwenkte mit einem Zucken blauer Blitze längs der Schienen zur Seite; vor ihnen ruckte und schaukelte ein rotes Schlußlicht. Hinter einem Felsvorsprung, den die Scheinwerfer nicht erreichten, war der Himmel erleuchtet, und als die Straße eine Kurve machte, erblickten sie rechts und links der Bahnlinie je einen Kran unter Dampf, und über den Gleisen einen mächtigen Dreifachbogen aus Eisenträgern. Ein Ring von Bogenlampen gab den Arbeitern Licht; sie saßen in zehn Meter Höhe rittlings auf den Querträgern und zogen die Bolzen an. Unter ihnen lagen Brecheisen, Schrauben und rostige Winkelstützen auf dem Boden verstreut. Anthony bremste. Krogh wachte auf. »Halt an«, sagte er. »Das ist die neue Brücke. Ich möchte mal sehen...«

Ein kleiner Mann mit gebrochenem Nasenbein stieg in einem abgetragenen braunen Anzug vorsichtig über die Schienen.

»Stützen 145, 141 und 137«, rief er, und ein Mann warf ihm von oben ein Seil zu und kletterte dran herunter.

Einer der Kräne schwang herum, und durch eine Dampfwolke schwebte ein Haken herab, den ein Arbeiter mit quadratischen, rostbraunen Metallteilen belud, die wie riesige Bratenroste aussahen. Sie baumelten über Kroghs Wagen.

Krogh sagte: »Sie benutzen noch immer englische Winkelstützen. Seht ihr den Firmennamen? Chepstow.«

Die Männer arbeiteten ruhig, ohne Hast und unterhielten sich leise bei der Arbeit. Sie waren durch Seile, durch die Eisenträger, durch ein gemeinsames Interesse miteinander verbunden; die Standlichter des grauen Wagens außerhalb des Lampenkreises leuchteten matt. Anthony hatte den Motor abgestellt; im Wageninneren wurde es allmählich kalt. Niemand nahm von ihnen Notiz; ihre Anwesenheit schien niemand zu stören. »Komm mal eben, Erik«, sagte der Vorarbeiter, und ein Mann in zerrissenen Hosen folgte ihm in den Schatten hinter den

Lampen, wo die beiden zwischen den Bolzen hin und her drehten und in dem Durcheinander von Eisenteilen nach etwas suchten.

»Welche Winkelstützen, sagst du?« rief ein Arbeiter vom hintersten Träger nach unten. »145, 141 und 137«, sagte der Vorarbeiter. »Es ist genau da aufgemalt, wo du sitzt«, und alle lachten gutmütig, sie waren verbündet gegen Kälte und Dunkelheit, gegen den Tod, der in einem herabfallenden Bolzen, einem Materialfehler oder einem durchgescheuerten Seil lauern konnte.

Krogh sagte: »Ich habe selber mal auf einer Brücke gearbeitet.« Er öffnete die Wagentür: »Ich möchte mit dem Vorarbeiter reden.« Mit dem Pelzmantel über dem Arm stand er im Frack verlegen neben dem Auto. Er sagte: »Die Brücke damals war größer als die hier.«

»Hilf mir mal, Erik«, sagte der Vorarbeiter, der vor dem Auto vorbeiging. Seine Westentaschen waren vollgestopft mit Zetteln. Er schob sich den Hut aus der verschmierten Stirn und schneuzte sich mit den Fingern. »Was hast du mit den siebenundfünfziger Bolzen gemacht?«

»Du meinst die dreiundvierzig, nicht die siebenundfünfziger«, sagte einer der Männer.

Der Vorarbeiter zog ein Stück Papier aus seiner Brusttasche. »Irrtum. Es sind siebenundfünfziger.«

»Die liegen da drüben.«

Der Vorarbeiter humpelte die Bahnschwellen entlang, direkt auf Krogh zu. Er steckte sich eine Zigarette in den Mund und wirkte klein und schmächtig im grellen Licht der Bogenlampen, als er hierhin, dorthin spähte. Der Mann in den zerrissenen grauen Hosen kam hinter ihm her, und von den Eisenträgern riefen ihnen die Männer zu, die Bolzen lägen hier, da, dort drüben.

»Hast du mal 'n Streichholz, Kumpel?«

Krogh nahm seinen Pelzmantel über den anderen Arm und griff in die Taschen seiner Frackweste. »Tut mir leid«, sagte er, »ich scheine keine ...«

»Hier hast du welche«, sagte der andere Mann, »fang.« Der Vorarbeiter fing die Schachtel auf und zündete ein Streichholz an; er mußte es zwischen den Händen gegen den Wind abschirmen. Seine Hände waren vor dem Nachthimmel im Licht der Bogenlampen so deutlich zu sehen wie in einer Großaufnahme auf der Leinwand – die abgearbeiteten, von Rheumatismus krummen Finger, der Stummel an der linken Hand. Sie verdeckten sein Gesicht, das den Händen nach zu urteilen härter, älter, weniger freundlich hätte sein müssen, als es das ziemlich junge, verschmierte Gesicht mit dem gebrochenen Nasenbein in Wirklichkeit war.

»Guten Abend«, sagte Krogh.

»'n Abend«, sagte der Vorarbeiter und ging mit seinem Begleiter an ihm vorbei und die Bahnlinie hinunter, auf der Suche nach einem siebenundfünfziger Bolzen.

Krogh kehrte zum Auto zurück und stieg ein. »Hab mir die Hand geritzt«, sagte er. »Fahren wir weiter. Es ist nur eine kleine Brücke.« Er lehnte sich im Beifahrersitz tief zurück; seine weiße Fliege saß ein wenig schief. »Sie müssen nachts arbeiten, wegen der Züge«, sagte er. »Ihre Winkelstützen kriegen sie noch immer aus Chepstow. Da hat sich kaum was verändert.« Nur er war ein andrer geworden, dachte Kate. Ihn auf den Schienen stehen zu sehen, interessiert wider Willen, ohne Streichhölzer, als er drum gebeten wurde, ohne Worte, um zu erklären, was er wollte, war für sie ein beunruhigender Anblick gewesen. Sie fuhren langsam an der Kolonne vorbei; er sah nicht noch einmal zu den Männern hinaus. Sie waren die gleichen geblieben, doch er war ein andrer geworden.

»Vorwärts mit der Familienfeier«, sagte Anthony.

Kate begann zu lachen. »Ja«, sagte sie, »eine Familienfeier. Eine verdammt öde Familienfeier.« Sie überlegte: Er ist einer von uns, er muß um die eigene Sicherheit kämpfen wie wir; er ist überhaupt nicht die Zukunft, ist gar nicht autark; er ist auch bloß einer von uns, auch einer, der nicht mehr lebt, wo er hingehört.

»O Mann«, sagte Anthony und trat aufs Gas, daß sich die grauen Kotflügel von der Straße hoben, »das wird ein Abend werden! Öde? Warte, bis du das Essen siehst, das ich bestellt habe.«

»Es muß das Glas gewesen sein, das ich zerbrochen habe«, sagte Krogh und hielt sich die Hand.

Kate beugte sich über seine Schulter – wir sind im Familienkreis, er ist einer von uns, ich habe ihn benutzt, er hat mich benutzt, aber er ist einer von uns, auch bloß ein verdammter Aufsteiger, genauso wie wir – »Zeig mir mal deine Hand, Liebster«, sagte sie. Sie zerriß ihr Taschentuch und strich Cold Cream drauf. Sie nahm zärtlich seine Hand und berührte den Schnitt – armer Teufel, welch langen, mühsamen Weg er hinter sich gebracht hat, und sie haben einfach keine Notiz von ihm genommen, haben nicht zur Kenntnis nehmen wollen, daß er einmal zu ihnen gehörte, haben ihn beleidigt. Sie verband ihm die Hand und legte ihm den Arm um die Schulter: eine Feier im Familienkreis, da wollen wir nett zueinander sein – jetzt sind wir zu dritt, drei Aufsteiger, die gemeinsame Sache machen. Ganovenehre.

Drittes Kapitel

Die Königlich-Holländische Maschine hob ab, rollte auf Luft; zweimal prallte der große Gummireifen unter dem Fenster noch gegen die Grasnarbe, dann schwebte das Flugzeug ruhig über dem hellen, sauberen Flughafengebäude, den weißen Dächern, den Öltanks am Meer, die wie Knopfreihen auf einem graugrünen Anzug aussahen. Fred Hall stopfte sich die Watte in die Ohren, und der Flugkapitän nahm die goldbetreßte Mütze ab und setzte ein schwarzes Käppchen auf. Man konzentrierte sich ganz offensichtlich auf wichtige Dinge. Das Cockpit des holländischen Flugzeuges war zur Kabine hin offen; in Augenhöhe waren die Beine des Piloten zu erkennen und darüber ein großer Bogen vom blauen, wolkenlosen Himmel. Mit jedem Luftwirbel wurde das Flugzeug ruckartig zwanzig Meter in die Höhe gestoßen, als ob es von einer Riesenfaust willkürlich hochgedrückt würde.

Fred Hall schlug die Zeitschrift ›Bagatelle‹ auf. Wie ein Wurm kroch die Zuidersee zurück, ganz langsam; vom Tempo spürte man nichts; schlammig lag sie da mit Flekken wie Tintenflecken, eine vereinzelte Insel stemmte sich weiß gegen die flache, walzende Dünung.

Das Flugzeug stieg, legte sich schräg. Mit dem Steigen wurde die Luft wärmer; die Sonne brannte ungehemmt auf die Fenster. Fred Hall zog den Mantel aus, einen braunen Mantel mit Samtaufschlägen, und legte ihn sorgfältig zusammen. Mit seinem schmalen, gebräunten Gesicht, der Uhrkette, an der eine Nickelscheibe baumelte, den silbernen Ärmelhaltern sah er wie ein wohlhabender Buchmacher aus.

Das Flugzeug stieß durch die Wolkendecke; das Meer war nicht mehr zu sehen, gelegentlich nur als Ausschnitt, wie ein winziger Bergsee inmitten schneebedeckter Alpen. *Pilules Orientales* las Fred Hall, als er die Anzeigen durchblätterte. In 1200 Meter Höhe trieb ein Unwetter auf sie zu, wie ein Pfeilhagel schoß der Regen neben der Maschine her; eine halbe Minute später war das Unwetter vorbei, die Wolkendecke zerteilt, und ein Regenbogen lag flach über der Erde, bewegte sich mit ihnen langsam über das Land und verdeckte unter seinen blassen Farben ein ganzes Dorf. *La timidité est vaincue en quelques jours,* las Fred Hall mit Staunen und Interesse. Ihm kam es seltsam vor, daß solch eine weitverzweigte Industrie – künstlerische Fotos, orientalische Pillen und Stärkungsmittel – sich um einen Haufen von Weibern herum entwickelt hatte.

Die Wolken zogen sich wieder zusammen, umgaben das Flugzeug wie tiefer Schnee. Eine Zeitlang schimmerten die Zeitschriftenseiten in ihrem glitzernden Rauhreiflicht; in 1800 Metern Höhe aber hörte der Aufstieg auf, und nun lagen unter ihnen alle Wolken dieser Welt, dehnten sich, blendend weiß, bis zum Horizont; und man meinte sich gar nicht zu bewegen; der große Gummireifen, der schwere Flügel, sie zitterten über der unendlichen, gefrorenen Ebene. Fred Hall knöpfte sich die Weste auf; gegen die Sonne gab es keinen Schutz; er trug ein gestreiftes Hemd. *L'Amour au Zoo, L'Amour au Djebel-Druse, Amours et hantises d'Edgar Poe, La Dame de Coeur.* Was für ein Theater nur um die Frau, dachte Fred Hall und ließ die Zeitschrift mit melancholisch tugendhafter Geste auf den Schoß sinken. 2700 Meter, stellte er fest und tastete seine rechte Tasche ab und fand seine Ruhe erst wieder, als ihm einfiel, daß er die Sachen im Mantel hatte; man wußte nie, wann man sie brauchte. In Amsterdam war alles geritzt, er brauchte nur noch Bericht zu erstatten; trotzdem, ein Paar Schlagringe trug er immer bei sich. Wer kein sonderlich guter Boxer war, mußte sich notfalls mit anderen Mitteln zu helfen wissen.

Die Maschine kippte nach vorn, seine Knie bohrten sich in den Vordersitz, es gab Turbulenzen, während das

Flugzeug sich durch die Wolken arbeitete, bis Land sichtbar und sich viereckige Felder flach bis zum Horizont erstreckten und wie ein liegend fotografierter Wolkenkratzer mit vielen Fenstern aussahen. Sie flogen schnurstracks auf einen dünnen, hohen Masten zu, doch als sie ihm näherkamen, fiel er um: es war zweitausend Meter unter ihnen eine Straße. Sie schienen sich so langsam fortzubewegen, daß es eine ganze Minute dauerte, bis ein Bauernhof – weiße, strohgedeckte Gebäude in einem genauen Quadrat –, von der Mitte zum Rand des Fensters glitt und nicht mehr zu sehen war; der Schatten des Flugzeugs auf der Erde hatte die Größe eines Daumens. Als der Pilot sich orientiert hatte, stieg die Maschine wieder in die Wolkenwüste hoch.

Fred Hall schlief ein. Sein offener Mund gab einen geschwärzten, abgebrochenen Zahn zu erkennen; das Klubabzeichen aus Nickel an der Uhrkette kam ins Schaukeln, wenn der Gegenwind das Flugzeug packte. Fred Hall strahlte etwas von der Atmosphäre in Pullmanwagen dritter Klasse der Strecke London–Brighton aus: vom Wochenende, Whisky und Soda, Wasserstoffblondinen. Der braune Hut mit der aufgebogenen Krempe rutschte ihm in die Stirn, er spürte es, im Schlaf glaubte er, ihn habe eine Hand gestreichelt. Er räusperte sich und sagte laut: »Elsie.« Er träumte, daß Krogh ihm etwas mitteilen wollte, aber Elsie kam dazwischen, lenkte Hall ab, überredete ihn zu einem Bad. Krogh stand draußen auf der Straße und rief zum Fenster herauf. »Wo hast du bloß deinen Luffaschwamm?« sagte Elsie und machte ihm klar, daß Lifebuoy-Seife ungenießbar sei. Sie konnte nicht begreifen, daß er nicht baden wollte; er wollte mit Krogh reden. Er rief mit lauter Stimme, während ein über Dänemark heraufziehendes Unwetter ihn hin und her schaukelte: »Ich kann Badesalz nicht ausstehen!« Der Skandinavische Luftexpreß kletterte höher und höher, um dem Unwetter zu entkommen: 3200 Meter. »Weiber!« rief Fred Hall und wachte auf. Das Schütteln und

Sausen jagte ihm zuerst einen Schrecken ein; wie Rauch wehte der Regen vorüber; dann war es um sie herum wieder klar, und die schweren grauen Wolken zogen zwischen ihnen und der Erde.

Er schloß die Augen wieder, der Flug von Amsterdam interessierte ihn nicht mehr; er kannte die Flughäfen Europas so gut wie früher die Stationen der Strecke London–Brighton: das schäbige Le Bourget; das große scharlachrote Rechteck von Tempelhof beim Einfliegen im Dunkeln von London, wenn der Scheinwerfer die asphaltierte Landebahn erhellte; den weißen Sand, der um den kleinen Schuppen in Reval wirbelte; Riga, wo die Maschine Berlin–Leningrad zwischenlandete und es in einer wellblechgedeckten Baracke leuchtend rosa Sprudel zu kaufen gab; das riesige Moskauer Aerodrom, wo die Flugzeuge in Sechserreihen geparkt standen und die Piloten ihre Maschinen hierhin rollten und dorthin rollten, vorwärts, zurück, und einen Startplatz zu finden versuchten, während ein einziger Mann mit schiefsitzender Mütze sie einwinkte. Es war eine bequeme, aber langweilige Art des Reisens und manchmal fehlten Fred Hall die Renntips, die er im Pullman nach Brighton von Menschen bekommen hatte, die ihm völlig fremd waren.

Als er ein zweites Mal aufwachte, taumelte er nach hinten, zur Toilette, um eine Zigarette zu rauchen; der Sitz war unbequem; die Ringe, die er in die Luft blies, brannten ihm in die Augen. In dieser lächerlichen Haltung wirkte er wie ein Mensch ohne jede eigene Verantwortung. In dem platten, bornierten Schädel zählten nur Gehorsam dem Manne gegenüber, der ihn bezahlte. Treue zu dem Mann, den er bewunderte, und die Befriedigung gewisser physischer Bedürfnisse: Rauchen, das monatliche Besäufnis und das, was er selbst immer als »Dampf ablassen« bezeichnete. Und Dampf hätte er jetzt gern abgelassen; die Höhe der Geldsummen, die er in Amsterdam ausgegeben hatte, ließen ihm keine Ruhe. Krogh hatte begonnen, wo er selbst auch begonnen hatte; Hall war vielleicht der einzige lebende Mensch, der Kroghs Leistung wirklich ermessen konnte, diesen Aufstieg vom Leben im möblierten Zimmer in Barcelona zum Palast in Stockholm. Aber wie Fred Hall da auf der Brille saß, fand er Kroghs Karriere gar nicht einmal verwunderlich; er dachte voller Liebe, einer Liebe, die sich in protzigen Geschenken ausdrückte (in seiner Hüfttasche steckten juwelenbesetzte Manschettenknöpfe): »Ich habe immer gewußt, daß der Hundekerl Köpfchen hat.« Er schwang die Beine hin und her und stieß kleine, perfekte Rauchringe aus, womit er das Leben von zwölf Passagieren, dem Piloten, dem Funker und Sachwerte in Höhe von mehreren tausend Pfund gefährdete. Aber über eine solche Kleinigkeit zerbrach Fred Hall sich nicht den Kopf.

Was ihm Kopfzerbrechen bereitet hatte, war die Ernennung Laurins zum Direktor. Er hatte Laurin kennengelernt; er hielt nichts von Laurin; er beurteilte Menschen instinktiv nach der körperlichen Statur (es stand zu bezweifeln, ob er Kroghs Intelligenz erkannt hätte, wenn sie in einem zarten Körper beheimatet gewesen wäre); Laurin war dauernd krank. Eine Zeitlang war Hall furchtbar eifersüchtig gewesen: Er war Kroghs ältester Freund; er hatte ihn nie im Stich gelassen, doch er war kein Direktor, er war bloß der Mann, auf den Krogh sich immer absolut verlassen konnte; er tat, was Krogh von ihm verlangte. Es ging ihm nicht darum, daß sein Gehalt niedriger war als das Laurins oder der anderen Direktoren, aber hin und wieder regte sich in Fred Hall ein Ehrgeiz, auf dem Firmenbriefkopf den eigenen Namen gedruckt zu sehen. Er verlangte nichts Unbilliges, er erwartete nicht, ein Direktor der I.G.S. zu werden, doch meinte er manchmal, daß er wenigstens im Vorstand irgendeiner kleinen Tochtergesellschaft beispielsweise in Amsterdam sitzen könnte.

Er drückte zwischen den Füßen den Zigarettenstummel aus und stand auf. Er traute Laurin nicht, er traute in Kroghs unmittelbarer Nähe niemand außer sich selbst, er spürte das Bedürfnis, Dampf abzulassen; er hätte im Augenblick nichts lieber getan, als irgendwen zu verprügeln. Mit einer ungestümen, tyrannischen Liebe erinnerte er sich plötzlich daran, wie Krogh am Telefon mit ihm gesprochen hatte. »Fred« hatte Krogh an diesem Morgen zu ihm gesagt, so wie in der guten alten Zeit, als Krogh noch nicht der Arbeitgeber des Angestellten Hall gewesen war. Er hatte ihn aufgefordert zu kommen, sobald alles geregelt sei, würde er vielleicht gebraucht. Breitbeinig stand Fred Hall in der schwankenden Toilette; unter seinen Füßen drückten die Windströmungen gegen den Rumpf des Flugzeugs, das unter der ungeheuren Schubkraft der Motoren bebte. Mein Gott, dachte Fred Hall, falls irgendwer Mr. Krogh übel mitgespielt haben sollte, dann lasse ich aber Dampf ab. Er konnte Laurin einfach nicht trauen; er traute selbst Kate nicht. Sie gehört nicht zu uns, dachte er; sie ist ein Weibsbild, und er war überzeugt, daß sie mit Krogh nur wegen des Geldes zusammenlebte, das sie aus ihm herausholen konnte. Sein eigenes Jahreseinkommen von dreitausend Pfund kam ihm nicht in den Sinn; Geld bedeutete ihm so wenig, er hatte bereits über ein halbes Monatsgehalt für ein Geschenk ausgegeben, das er Krogh verlegen überreichen würde, verlegen, aber er würde sich nicht zurückweisen lassen, falls Krogh es ablehnen sollte; dann würde er sagen, er hätte es für wen anders gekauft, der es aber nicht gebrauchen könne, und irgendeinem guten Menschen müßte er sie nun einmal schenken; solche eleganten Manschettenknöpfe könne man doch nicht einfach wegwerfen.

Mit unsicheren Schritten kehrte Hall zu seinem Sitz zurück; er hatte leichte O-Beine: Das verstärkte die Rennplatzallüre seines Auftretens noch. Er war besorgt und ungeduldig; um 12.30 Uhr war er von Amsterdam abgeflogen, das Abstoßen der Aktien hatte völlig aufgehört, der Kurs war sogar wieder ein wenig gestiegen, und Hall hatte die vertrauliche Information, daß nichts Irreguläres mehr auftreten würde; er hatte vorgehabt, von

Malmö nach Stockholm den Nachtzug zu nehmen. Jetzt aber würde er sich nicht eher zufriedengeben, als bis er vor dem Zubettgehen noch mit Krogh gesprochen hatte. Die Maschine sollte um 17.25 Uhr in Kopenhagen und in Malmö um 17.40 Uhr landen. Er kam zu dem Schluß, daß dank der Anweisung Kroghs, unmittelbar nach Abwicklungs seines Auftrags in Amsterdam nach Stockholm zu kommen, die Kosten für ein Lufttaxi auf seinem Spesenkonto gedeckt sein würde.

Der Funker legte seine Kopfhörer an. Der Flugkapitän setzte seine goldbetreßte Mütze auf; er drosselte die Motoren; die plötzliche Stille drückte durch die Wattepfropfen auf die Ohren. Die Maschine sank durch eine dicke Wolkendecke einem dunkelgrünen Meer entgegen dem Abend zu, der sich in den flachen, goldenen, glitzernden Wellen spiegelte. Dänemark sah aus wie ein gezacktes Teilchen aus einem Puzzlespiel. Im Niedergehen zogen sie einen großen Bogen über dem Meer. Sie verloren an Höhe, mit einem Aufheulen der Motoren ging es noch einmal hoch, bevor sie zur Landung ansetzten. Sie setzten auf, die Maschine machte einen Satz, hüpfte über ausgebleichtes Gras, drückte es beim Ausrollen platt. Fred Hall kamen die zehn Minuten Aufenthalt in Kopenhagen wie eine ganze Stunde vor; er war nervös, verärgert; es äußerte sich aber nur in seinem rastlosen, krummbeinigen Umherlaufen.

In Malmö gab es eine Verzögerung, weil im Hafen für Wasserflugzeuge kein Taxi lag; Hall mußte warten, bis eins aus Stockholm herbeigerufen war. Er ging in den Erfrischungsraum und bestellte sich einen Teller mit Cremeschnitten und eine Tasse starken Tee mit einem Schuß Kognak. Draußen färbte sich das Wasser dunkler, und die Topplaternen wurden aufgeholt. Da er sonst nichts zu tun hatte, begann er einen Brief an seine Mutter in Dorking zu schreiben. Er schrieb mit einem Tintenstift auf einem Notizblock zum Abreißen. Er schrieb:

Liebe Mama, ich fahre auf ein oder zwei Tage nach

Stockholm. In Amsterdam habe ich Jack gesehen, aber keine Gelegenheit gehabt, mit ihm zu sprechen. Hat die Katze schon Junge? Es hat gar keinen Sinn, ihr immer wieder diese Schublade zu zeigen. Wenn sie ihre Jungen in der Toilette haben will, dann kannst Du das nicht ändern. Ich denke, daß ich zu Weihnachten ein paar Tage nach Hause kommen kann. Es ist hier ziemlich viel los. An Deiner Stelle würde ich in der nächsten Zeit die Finger von diesen Aktien lassen. Warte ab, bis ich Dir telegrafiere. Hast Du fünf Pfund auf Grey Lady gesetzt, wie ich Dir gesagt habe? Laß Dich bloß nicht von dem beeinflussen, was der Pfarrer sagt, ich werde Weihnachten ein Wörtchen mit ihm reden, dann werden wir ihm zeigen, wo's langgeht. Solche Leute gehen mir ganz schön auf die Nerven. Wenn ich die Zeit hätte, würde ich am liebsten mal auf einen Tag rüberkommen und Dampf ablassen.

Unruhig blickte er über die zerkrümelten Reste seines Kuchens – die Geduld, auch die uninteressanten Teile eines Stücks Kuchen aufzuessen, brachte er nie auf – hinweg zum dunkelblauen, freien Nachthimmel, sah auf die Uhr; mit unterdrückter Wut über solche Zeitverschwendung schrieb er weiter. Inzwischen war Licht eingeschaltet worden, das die Gläser am Büfett zum Funkeln brachte und sich in den Segeln brach.

Ich weiß gar nicht, was über den Pfarrer gekommen ist, daß er so mit Dir redet. An einer kleinen Wette ist doch nichts Schlimmes.

Er legte den Stift aus der Hand. Aus dem dunklen Himmel sank ein Lichtpunkt herab; ein Schatten strich über das Wasser. Hall nahm seinen Koffer und stürzte zur Tür. »Was meinten Sie vorhin eigentlich«, wollte er von dem betreßten Beamten an den Stufen wissen, gegen die das Hafenwasser strudelte und klatschte, »mit Ihrer Behauptung, daß kein Wasserflugzeug im Hafen ist? Was ist denn mit dem da?« Und er zeigte auf das grüne Licht, das über die Dünung auf sie zuschaukelte.

»Ihr Taxi ist noch nicht da«, sagte der Beamte und

wandte sich rufend von Fred Hall ab, doch Hall packte ihn am Ellbogen und schleuderte ihn herum.

»Ich will das da«, sagte er. »Klar? Das und kein anderes. Ich hab's eilig.«

»Unmöglich. Das ist von Krogh gechartert. Für einen der Direktoren.«

Und da bemerkte Fred Hall die gemächliche Prozession in Richtung der Stufen – zwei Diener in schwarzen Mänteln mit den Koffern und eine ranke, angemalte spitzgesichtige Frau in mittleren Jahren, die in ihrem Pelzmantel fröstelte, ein Offizier von der Wasserflugzeugstation, der unablässig »Herr Bergsten... Herr Bergsten« sagte, und der Direktor selbst mit den alten, gelangweilten Augen und einem Seidenschal um den dürren Hals. »Danke, danke«, wiederholte er immer wieder und ergriff die Hand des Offiziers und suchte mit seinen glänzenden Lackschuhen tastend nach den Stufen, während der Offizier salutierte, und Hall trat zurück und dachte in seiner Eifersucht und Wut: Die alte Galionsfigur, wie ein Mitglied des Königshauses wird er behandelt, dieser Direktor Bergsten, aber von mir, von den Abenden in Barcelona, als *ich* den Wein bezahlt habe, hat er nicht mal gehört, und mit brennender Liebe, die nichts neben sich duldete: Auf keinen von denen kann sich Erik verlassen, er bezahlt sie, er macht sie berühmt, aber wenn etwas erledigt werden muß, vertraut er Fred Hall.

»Ihr Lufttaxi wird in einer halben Stunde da sein«, sagte der Beamte, und als keine Reaktion kam, schaute er sich um und wunderte sich über die Geschwindigkeit, mit der die dünne, wütende Gestalt in der Dunkelheit verschwunden war.

Viertes Kapitel

Das Meer war durch die breiten Hotelfenster als ein Streifen von Dunkelheit gegenwärtig, der unter der Leuchte eines Privatbootes, das irgendwelche Geschäftsleute zum Abendessen nach Hause brachte, in schimmernde Bewegung geriet.

»Aber das soll seine Feier sein, doch nicht deine«, sagte Kate, als sie mit Anthony tanzte. Sie hatten seit Jahren nicht mehr miteinander getanzt. Ihre ganze gemeinsame Kindheit brachten sie in den vollkommenen Gleichklang ihrer Bewegungen ein; Mornington Crescent, die Mißbilligung des Vaters und den kleinen Flur mit den bunten Glasfenstern, sie trugen alles im Tanze mit.

»Ist doch gleich, er heiratet ja dich, oder?« und ihre Körper, die zu der gedämpften, dunkel lockenden Melodie dahinglitten, drückten die Jahre der Trennung zwischen sich fort.

Sie widersprach: »Zwischen uns ändert sich damit gar nichts«, und legte ihre Wange an seine; sie hoffte, von ihm irgendeinen Satz zu hören wie: »Er ist nicht gut genug für dich«, irgendein Zeichen von Eifersucht zu erhaschen – Lu konnte ihm doch wirklich nichts bedeuten.

Er sagte: »Du großer Gott, da ist der Professor«, und die Musik war zu Ende. Kate klatschte und klatschte, sie wollte eine Zugabe, Anthonys Atem roch nach Wein, seine Hand war feucht, er war so frei, wie sie nie frei würde sein können; er trug keinerlei Verantwortung, das Kämpfen würden stets andere für ihn übernehmen. Sie kehrten zum Tisch zurück, Anthony war leicht betrunken und pfiff ein Lied von einem Mädchen, einzig auf der Welt, ein Lied aus der Kriegszeit, das er von einem quietschenden alten Trichtergrammophon in Gott weiß welchem Klub im Kreise ehemaliger Offiziere aufgeschnappt hatte. Zeitgenössisch waren seine Lieder und sein Jargon nie. Er lebte das Leben der Männergeneration vor ihm, die sich zwischen zwei Urlauberzügen schnell ein Mädchen gegrabscht hatte. »When I'm in love and you're in love.« Er sagte: »Also, wenn jetzt Lu hier wäre...«

»Ist das dort wirklich Hammarsten?« fragte Erik.

Drei Spiegel weiter, gleich neben der Wand aus Blumen thronte der Professor mit einer adretten kleinen Platinblonden auf dem Schoß; er hatte seine Brille in ihrem Ausschnitt verloren und suchte die Brille, wobei die Blondine sich wand und lachte. Eine hochgewachsene, schöne, schwarzhaarige Frau mit weißem Tragödinnenantlitz klopfte demonstrativ ihr Glas auf den Tisch und ließ ihn wissen, er widere sie an, sie wolle die Rolle nicht übernehmen; ein bleicher, verhutzelter Mann lag über dem Tisch, sein Kopf ruhte in einem Teller. Über die Suppe war er nicht hinausgekommen.

»Er besetzt soeben die Rollen für sein Stück«, sagte Kate.

Erik Krogh begann zu lachen. Alle sahen zu ihm herüber. Der Geschäftsführer trat hinter der Blumenwand hervor und gab dem Orchester mit fröhlich erleichtertem Händeklatschen das Zeichen; seit einer halben Stunde hatte er durch die Blätter und Blüten gelugt, um zu beobachten, ob die Feier ein Erfolg werden würde. Und sofort schwärmten die Kellner aus und schenkten nach; allen war ein Stein vom Herzen gefallen. Plötzlich entdeckte Hammarsten die drei; seine Brille hatte er wieder; und jetzt warf er das blonde Mädchen im blaßgelben Kleid vom Schoß und er kam zu ihnen herüber – er war sternhagelvoll und rutschte immer wieder aus und wirkte mitsamt seinem Frack und den engen Hosen äußerst mitgenommen. Die beiden Frauen zottelten hinter ihm drein; den bleichen Mann ließen sie liegen, wo er lag.

»Setzen Sie sich, Herr Professor«, sagte Kate. »Vergeben Sie gerade die Rollen?«

Die schwarzhaarige Tragödin sagte: »Allein der Gedanke! In dem Stück kommt eine Bordellszene vor«, und sie gebrauchte das englische Wort, ganz als ob sie die schwedische Sprache nicht besudeln wollte.

»Eine heiße Sache!« sagte Anthony.

Die kleine Blondine sagte: »Also, wenn Sie die Rolle nicht wollen, nehme ich sie. Nicht wahr, Herr Professor?«

»Eine Revuetänzerin aus der hintersten Reihe!«

»Ich hab wenigstens Beine. Sie würden in einem Bordell nicht weit kommen.«

»Meine Damen, meine Damen«, sagte der Professor und ließ seine Brille der Dunkelhaarigen in den Schoß fallen.

»Haben Sie denn ... wie heißt er gleich ... einen Schauspieler für den Druiden gefunden?« fragte Anthony.

»Gower«, sagte der Professor, »wo ist Gower geblieben?«

»Er liegt mit dem Kopf in der Suppe und schläft«, sagte die Blonde.

»Laß ihn in Frieden, Liebling.«

»Ich finde, Sie wären genau richtig«, sagte Anthony.

»Was wollen Sie damit sagen – genau richtig?« fragte die Blondine. Ihr Englisch hatte einen amerikanischen Akzent.

»Für die Bordellszene.«

Die Dunkelhaarige begann ohne jeden Grund plötzlich Französisch zu reden; die Party gewann langsam die internationale und grämliche Atmosphäre einer Abrüstungskonferenz.

Anthony sagte: »Kommen Sie, geh'n wir ein bißchen spazieren. Hier ist es so heiß.«

»Was wollen Sie damit sagen – heiß?« sagte die Blondine, als wäre sie beleidigt worden. Sie begann wieder ein Gespräch auf Schwedisch mit dem Professor, der aus Rücksicht auf seine englischen Bekannten auf Englisch antwortete. Er begann eine Lobeshymne auf Krogh. Er prophezeite ein Denkmal gleich neben dem König Gustavs mit Blick gen Rußland. »Mit Blick gen Rußland«, wiederholte er, überwältigt von der Bedeutungsschwere, mit einem wissenden Nicken, das für Krogh bestimmt war. Daß Krogh so zugänglich war, verblüffte alle; sie tanzten aufgeregt um ihn herum; seine Anwesenheit verlieh dem Zusammensein den Reiz des Gefährlichen; sie waren wie Kinder, die dem Käfig eines aggressiven aber schläfrigen Vogels ihre Finger entgegenstreckten. Sie waren erfüllt von einem herrlichen Gefühl der eigenen Waghalsigkeit; sie fragten sich, wann er zuschnappen würde.

Doch Krogh war einfach glücklich und lächelte ihnen zu. Er dachte: Und ich habe all diese Jahre den gesellschaftlichen Schein gepflegt! All diese Konzerte, die Opern, die Empfänge! Zum Kellner sagte er: »Kognak.«

»Une bouteille«, sagte Anthony geistesabwesend, und sofort wandte die Tragödin sich ihm mit einem Schwall von Französisch zu. Er hörte wiederholt die Worte *»Académie Française«* und *»Cochons«* heraus.

»Sind Sie Französin?« fragte er.

»Die und Französin?« sagte die Blondine. »Daß ich nicht lache!«

»Sind Sie Amerikanerin?«

»Die und Amerikanerin?« sagte die Dunkelhaarige. »Die ist über Ellis Island nie hinausgekommen.«

»Es ist heiß hier drinnen. Kommen Sie mit, geh'n wir spazieren.«

»Trinken Sie noch einen Kognak.«

»Morgen fangen wir mit den Proben an. Wo ist Gower?«

»Die beiden werden heiraten.«

»Daß ich nicht lache!«

»Schon der Gedanke – eine Bordellszene!«

»Also, ich übernehme die Rolle gern.«

»Eine elende kleine Filmschauspielerin.«

»Hier drinnen ist es heiß.«

»Was wollen Sie damit sagen – heiß?«

»Sie brauchen eine Schauspielerin vom echten Theater, lieber Herr Professor.«

»Sonst ist an der auch nichts echt.«

»Wo ist meine Brille?«

»Wo ist Gower?«

»Wo ist der Kognak?«

»Nicht kitzeln, lieber Herr Professor.«

»Man sollte ihm ein Denkmal setzen. Man wird ihm ein Denkmal setzen.«

»Es ist ein Geheimnis. Erzählen Sie's nicht weiter. Die beiden werden heiraten.«

»Anthony, halt die Klappe. Du bist betrunken.«

»Mit Blick gen Rußland.«

»Es ist das großartigste Schauspiel des größten Dramatikers.«

»In der großartigsten Übersetzung, lieber Herr Professor.«

»Da muß ich aber lachen.«

»Hier ist Ihre Brille.«

»From the ashes ancient Gower is come.«

»Warum spielen Sie die Rolle nicht selbst, lieber Herr Professor, anstatt sie diesem versoffenen Schwein ...?«

»Kommen Sie, wir gehen spazieren.«

»Wo ist der Kognak?«

»Mühseliglich an allen Orten.«

»Fragen Sie *die* doch, ob sie mit Ihnen spazieren geht. Ihr ist heiß. Sie schwitzt.«

»Die will ich nicht. Ich will Sie.«

»Danke bestens. Lassen Sie mich los. Ich möchte mich mit Herrn Krogh unterhalten.«

»Kate, sag mal: Findest du meine Arbeit seriös?«

»Anthony, bitte sei vorsichtig.«

»Ich lese Ihnen jetzt Ihr Schicksal aus der Hand, Herr Krogh. Oooh, was für eine lange, gesunde Lebenslinie! Sie werden heiraten und drei, vier, fünf kleine Kinderchen haben.«

»Ich wette dagegen.«

»Anthony, sei vorsichtig.«

»O je, das habe ich ganz vergessen. Sie hätten mir doch zuerst eine Silbermünze in die Hand drücken müssen. Natürlich gibt es heutzutage kein Silbergeld mehr. Aber ich denke, Nickel täte es auch – oder ein Geldschein. Nur als Glücksbringer, wissen Sie. Hinterher gebe ich's Ihnen wieder, wenn Sie wollen.«

»Davon der Vater ward gerührt und zur Blutschande sie verführt.«

»Ehrlich gesagt, ich kann überhaupt nicht begreifen, warum dem Professor das Stück so gut gefällt. Mir kommt es ordinär vor.«

»Oh, sehen Sie nur, was Herr Krogh mir gegeben hat! Ist denn das die Möglichkeit!«

»Die ordinäre kleine Person. Ich würde schon allein deswegen die Marina spielen, um das Stück unseres lieben Professors vor *ihr* zu retten. Oh, Herr Professor, schon wieder die Brille! Nein, nein, überlassen Sie es mal mir, die Brille aus ihrem Ausschnitt zu fischen.«

»Und *mich* nennt sie ordinär.«

»Kommen Sie mit nach draußen. Es ist hier so heiß.«

»Also, nach der Erfahrung komme ich bestimmt mit. Sie ist ja völlig schamlos.«

»Wir sind gestorben halb, das ärgste ist der Tod.«

»Auswendig, das ganze Stück!«

»Herr Ober, noch eine Flasche Kognak.«

»Bin gleich wieder da, Kate.«

»Erzähl bloß nichts, Anthony. Paß auf, was du sagst. Sei bitte vorsichtig.«

»Ich werde stumm wie ein Fisch sein, Schatz.«

»Kaum eingesargt, werf ich dich in die Flut.«

»Da wird eben wer ertränkt.«

»In seidne Beutel mein Vermögen binden, damit mich Narr und Tod verlachen.«

»Er ist so herrlich intellektuell. Es wird Spaß machen, mit ihm zu arbeiten.«

»Beeilen Sie sich. Wenn ich eins nicht ausstehen kann, dann Ertrinken.«

»Es soll der schönste Tod sein.«

»Ach, diese Hitze! Nun kommen Sie doch endlich.«

»Man sieht sein ganzes Leben blitzschnell an sich vorüberziehen.«

Sie traten unter dem stumpfen Grün der angestrahlten Bäume ins Freie; Stöckelschuhe stolperten durch Laub vorwärts, es klang wie eine dünne, metallene Klage über Wind und Dunkelheit; Anthony küßte ihren Schmollmund, der sich an seine Lippen festsaugte. In der Dunkelheit tief unter ihnen brandete die Flut gegen die zerklüftete Felsküste.

»Seht nur, wie frisch sie aussieht«, klang durch die breiten Fenster die betrunkene, doch tief bewegte Stimme des Professors. »Zu grausam war's, sie so ins Meer zu werfen.«

»Was ist das doch für ein trübsinniges, langweiliges Stück«, sagte Anthony. »Immer nur Meer. Und Flut.«

»Ich liebe das Meer«, sagte die Blondine mit Garbostimme.

»Wenn's sein muß, könnten wir vielleicht ein Boot auftreiben«, sagte er widerwillig: fünf Faden tief – das ganze vergangene Leben – der angenehmste Tod.

»Nicht mit diesen Schuhen, Darling. Wie heißt du eigentlich, Darling?«

»Anthony.«

Sie fühlte sich an wie ein Bündel dünner Stricke, als er sie küßte; die Finger, mit denen sie in seinen Haaren wühlte, rochen nach Birnendrops; ihr Mund war süß, synthetisch, eine Frucht aus dem Labor. Sie fragte: »Ist sie deine Schwester?«

»Ja.«

»Das glaube ich dir nicht. Du bist in sie verliebt.«

»Ja.«

»Du bist ja ein ganz Schlimmer.« Sie leckte ihm das Kinn. »Du müßtest dich mal rasieren, Darling«, und leckte, leckte, ganz mechanisch, es klang wie ein Streichholz, das über eine Reibfläche aus Schmirgelpapier fährt.

»Und zur Blutschande sie … sie«, schoß es ihm durch den Sinn, die Stimme des Professors, die vom Tod auf See erzählte, Lloyds Versicherungsliste, das Foto seiner Mutter, die er nicht gekannt hatte, mit der Bildseite nach unten im Koffer auf dem Dachboden, Kate. Er streckte die Hand aus und tastete im Dunklen nach der Blondine; sie stand auf dem steilen Pfad ein paar Schritte über ihm. Seine Hand berührte Seide und arbeitete sich hoch an Haut heran. Betrunken oder weil nüchtern, fragte er sich und sagte: »Da steht jemand hinter dir auf dem Weg.« Die Blondine schrak zusammen und schrie, und Anthony rutschte aus, hielt sie fest und rutschte und fing sich wieder, indem er die Absätze tief in die Erde drückte. »Da geht's steil abwärts«, sagte er, »du hättest mich fast nach unten in die Tiefe geschickt.«

»Aber wer ist das eigentlich auf dem Weg?«

»Weiß ich nicht.«

Sie kletterten zu den erleuchteten Fenstern zurück, zur anderen Terrassenseite mit den gekippten Tischen, der Balustrade, dem im Wind zischelnden Laub.

»Da ist ja gar keiner.«

»Vor uns. Dort.«

Die Blondine schrie erneut, diesmal um Eindruck zu machen; sie äffte das echte Theater nach – wie die große Tragödin warf sie die Hände in die Luft, den bemalten Kopf in den Nacken. Es roch nach Birnendrops und süßen Chemikalien. Anthony sagte: »Ich geh mal sehen, was er will.«

»Farväl«, sagte die Blondine dramatisch auf Schwedisch, blieb an der Balustrade stehen und begann, ihr Make-up zu erneuern.

Anthony ging um das Hotel herum zur Auffahrt. »Was wollen Sie?« Der Mann stand jetzt im Hellen. Er wandte Anthony verwirrt sein verschmiertes Gesicht zu. Er wartete, daß Anthony sprach. Er war der Jüngere; trug Arbeitskleidung, Arbeitsstiefel, zeigte Schüchternheit. Anthony fragte noch einmal: »Was wollen Sie?« Es hatte, während sie beim Essen saßen geregnet; Anthony trat nicht näher auf den Mann zu. Der Mann war völlig durchnäßt; an einem Stiefel war die Sohle lose und klackte, wenn er sich bewegte.

»*Förlåt mig*«, sagte der junge Mann. Anthonys feuchtglänzende Lackschuhe, die weiße Fliege lenkten seine Aufmerksamkeit auf sich. Es war, als verlöre er angesichts dessen, was er da vor sich sah – die beleuchtete Auffahrt, den Kuß im Dunkeln, die Blondine vor der Balustrade, Lackschuhe und gestärktes Frackhemd ein Stück des eigenen Selbstvertrauens. Es war ganz so, als habe er etwas anderes erwartet, als sei er auf der falschen Party gelandet.

»Sprechen Sie Englisch?« Er schüttelte den Kopf und fing an, auf Schwedisch zu erklären, was er wollte. Es handelte sich um eine ganz vernünftige und dringende Sache. »Nyköping«, hörte Anthony, und »Herr Krogh«.

Das blaßgelbe Kleid löste sich aus der Dunkelheit. »Was will er denn?«

Aber der junge Mann hatte aufgehört zu reden.

»Darling, bist du mit einem Wagen hier?«

»Mit Kroghs.«

»Dann laß uns doch schauen, wo der Wagen steht und ein Weilchen drin zusammensitzen.«

Der junge Mann sah, daß die beiden fortgehen wollten und begann eindringlich auf sie einzureden.

»Worum geht's denn?« fragte Anthony.

»Er möchte Herrn Krogh sprechen. Es hat was mit seinem Vater zu tun. Sein Vater ist entlassen worden. Sein Vater kennt Herrn Krogh. Nichts, was uns anginge.« Sie sprach mit unterschiedlichen Akzenten, die wie elektrische Verkehrszeichen ein- und ausgeschaltet wurden, amerikanisch, englisch und jetzt auf reizendste Weise schwedisch: »Er isst nuur lästig, Anthony Darling.« Sie gab sich strahlend international, wie sie da zwischen Pfützen im Licht der Scheinwerfer stand; in den Hauptstädten der Welt hatten zweit- und drittrangige Bühnen sie mit zahllosen Akzenten ausgestattet, war jede Spur nationalen Ursprungs verwischt worden. »Er sagt, er heißt Andersson.«

»Eine Jammergeschichte?«

Andersson mit seiner Schwerfälligkeit, seinem Gerechtigkeitssinn, seinem Unvermögen, eine andere Sprache zu sprechen, war wenigstens durch seine Nationalität geprägt, und zwischen ihm und Anthony wehte ein Hauch von Sympathie, als ob beide die Grenzen des anderen in einer fremden Welt spürten.

»Vielleicht sollte ich reingehen und es Krogh sagen«, sagte Anthony.

»Du bist wohl nicht bei Trost«, sagte die Blondine. »So einen Burschen würde Herr Krogh nie zu sich lassen.«

»Mir kommt er recht anständig vor.«

»Komm, Anthony Darling, amüsier dich mit mir im Auto.« Wie alle Edelnutten verachtete sie Arbeiter, sie war durch und durch konservativ; sie hatte den Aufstieg geschafft und dachte überhaupt nicht daran, sich an die Vergangenheit erinnern zu lassen.

Der junge Mann wartete geduldig ab, wie sie sich entscheiden würden.

»Geh du vor und warte auf mich«, sagte Anthony. »Ich gehe kurz rein und sage Krogh Bescheid.«

»Sso viel Getue nur wegen ssolchem Johnnie.«

»Ich bin selbst mal am Ende gewesen«, sagte Anthony.

»Er ist nicht am Ende. Er hat ja eine Stelle bei Krogh, sagt er selbst.«

»Weißt du«, sagte Anthony wütend, »es wird höchste Zeit, daß Krogh endlich mal einen seiner Arbeiter kennenlernt. Der Mann ist durch und durch naß. Wir dürfen ihn hier draußen nicht einfach stehen lassen.« Er eilte gereizt auf die Glastür zu und winkte Andersson nach. Müde schlurfte der Mann hinter ihm her. In der Mitte der Halle glühte weich eine Lichtsäule; die blaßbraunen Wände, die tiefen, viereckigen Sessel, die vom Restaurant herüberklingende Musik, all das schien ihn mitsamt seinem Staub, seiner Müdigkeit, seiner schweren Stiefel zu einem Kuriosum abzustempeln wie eine Vogelscheuche, die zu irgendeinem Spaß geholt worden ist.

»Jetzt müssen Sie uns eine Geschichte erzählten, Herr Krogh«, sagte die Tragödin. Alle futterten Käsegebäck aus einer Blechdose, nur Kate nicht, die dasaß und Krogh sorgenvoll betrachtete.

Krogh lachte, strich sich über den papierenen Kahlkopf. »Ich... weiß keine Geschichten.«

»Aber in Ihrem Leben, bei dem romantischen Leben, das Sie geführt haben, muß es doch...«

»Dann erzähle ich Ihnen eine Geschichte«, sagte Hammersten.

Die Tragödin war fürchterlich hin- und hergerissen in dem verzweifelten Versuch, sich beide warmzuhalten. »Lieber Herr Professor, nur einen Augenblick... Ihre Marina würde ja nur zu gerne... aber zunächst...«

Krogh sagte: »Es gibt da eine Geschichte von drei Männern, die gingen in Chicago in ein Bordell. Warten Sie. Ich muß nachdenken. Es ist so viele Jahre her...«

»Hören Sie, Erik«, sagte Anthony, »jemand möchte Sie sprechen. Ein gewisser Andersson. Er arbeitet für Sie.«

Krogh sagte: »Wer hat den Alten reingelassen? Dazu war niemand berechtigt. Ich will nicht belästigt werden. Schicken Sie ihn fort.«

»Es ist kein alter Mann. Er sagt, Sie kennen seinen Vater. Sein Vater ist entlassen worden.«

»Erik«, sagte Kate, »war das etwa der Mann, den du neulich aufgesucht hast? Der Mann, dem du versprochen hast...«

»Für diesen Armen Feuer gleich und Speise«, sagte Hammarsten grimmig, und diesmal fiel seine Brille ins Käsegebäck. »Das war ein Sturm und Tosen diese Nacht!«

»Ich habe nichts schriftlich gegeben«, sagte Krogh.

»Du hast angeordnet, daß er entlassen wird?«

»Es war das Sicherste. Wir haben ihm in der Fabrik

etwas angehängt. Dagegen war die Gewerkschaft machtlos. Ich durfte keinen Streik riskieren.«

»Eine Schikane?« sagte Anthony. »Das kann der Sohn nicht wissen. Er meint, Sie werden seinem Vater helfen.«

»Schicken Sie ihn weg«, sagte Krogh. »Er hat hier nichts zu suchen.«

»Ich bezweifle, daß er gehen wird.«

»Dann werfen Sie ihn raus«, sagte Krogh. »Sie werden schließlich von mir bezahlt, oder? Los, setzen Sie den Kerl an die Luft.«

»Ich denke nicht dran«, sagte Anthony.

»Um Gottes willen, laßt uns aufbrechen«, sagte Kate. »Hier macht's keinen Spaß. Die Kognakflasche ist leer. Warum zum Teufel haben Sie dieses Käsegebäck mitgebracht, Herr Professor?«

»Mein Auto ist alt«, sagte der Professor, »ich dachte, wir kämen vielleicht gar nicht bis hierher. Konnte doch die Damen unterwegs nicht verhungern lassen.«

»Wir sollten heimfahren«, sagte Kate. »Geh, schick den Mann fort, Anthony.«

»Ich denke nicht dran«, wiederholte Anthony.

Kate sagte: »Dann mache ich es eben. Du bist verrückt, Anthony.«

»Hall«, sagte Krogh plötzlich. Er hatte ihn als erster gesehen – unter den Kronleuchtern, durch den langen, erleuchteten Raum fiel der O-beinige Gang, der Tweed-Anzug, der braune, taillierte Mantel mit dem Samtkragen ihm auf (»Mein Gott«, sagte Krogh, »das ist ja Hall!«) und dann der schmale, elegante Hut, das magere, ausdruckslose Cockney-Gesicht.

»Im Büro hat man mich darüber informiert, daß Sie hier sind, Mr. Krogh.«

»Es ist doch alles in Ordnung, oder?«

Hall musterte alle Umstehenden, den Professor, die Tragödin, Anthony und Kate, mit tiefem, unverhüllten Mißtrauen. »Natürlich, Mr. Krogh.«

»Setzen Sie sich. Trinken Sie ein Glas, Hall. Sie sind geflogen?«

»In Malmö habe ich ein paar Stunden festgesessen.«

»Möchten Sie Käsegebäck, Hall?« fragte Kate, aber weder von ihr noch von sonst jemand wollte er etwas annehmen. Sogar das Glas, das der Kellner ihm brachte, wischte er unter dem Tisch heimlich mit dem Rand der Tischdecke ab. Sein Mißtrauen und seine Ergebenheit erstickten jede Unterhaltung.

»Die See geht hoch, der Wind ist laut«, begann Hammarsten zu zitieren, fing einen Blick von Hall auf, brach ab und mampfte einen Käsecracker.

»Ziehen Sie den Mantel aus, Hall«, sagte Kate.

»Ich bleibe nicht. Ich wollte nur rasch vorbeischauen, nur für den Fall, daß irgend etwas ...«

Anthony sagte: »Wir können den Burschen nicht die ganze Nacht draußen stehen lassen. Er ist klatschnaß.«

»Wer?« fragte Hall. Er blickte die anderen nicht einmal an; seine verschlagenen Hundeaugen sahen nur Krogh; das waren keineswegs die Augen eines anhänglich liebevollen Haushundes, die gehörten eher einem dieser braunen, straffhäutigen Terrier, wie sie vor Kneipentüren herumlungern oder einem Buchmacher hinterherlaufen, einem durchtriebenen Hund, der Katzen jagt, weil sein Herr gewettet hat, oder sich in alten Kellern hinter Ratten hermacht.

»Der junge Andersson«, sagte Krogh. »Sein Vater steckte hinter dem Streik, der in der Fabrik angedroht worden war. Ich habe ihm die Sache ausgeredet. Ohne ihm schriftlich was zu versprechen. Mit einem Witz und einer Zigarre. Irgendein Ärger mit Löhnen in Amerika.«

Die Blondine erschien, schleifte ihr blaßgelbes Kleid am Orchester vorbei: unschuldiger, angemalter Schmollmund, flehende Augen, eine gebrochene, ramponierte Blüte, die jemand die ganze Nacht in der Gosse liegen gelassen hat. »Sso kannst du mit mir nicht umgehen, Anthony.«

»Dann habe ich ihn hinauswerfen lassen. Man hat ihm

in der Fabrik etwas anhängen können. Das war die beste Methode. Der Junge da draußen sucht wohl Ärger.«

»Und ich ssitze im Auto, bis ich vor Kälte fast umkomme.«

»Gebt ihm wenigstens was zu trinken«, sagte Anthony.

Kate sagte: »Laß uns heimfahren, Erik.«

»Sie können ihn gar nicht übersehen. Ich habe ihn mit ins Restaurant gebracht.«

»Sie wollen ihn nicht sehen, Mr. Krogh?« fragte Hall. »Sie wollen, daß er verschwindet?«

»Ich habe Ihnen doch gesagt, Sie sollen ihn wegschikken«, sagte Krogh zu Anthony.

Hall sagte kein Wort. Er würdigte Anthony keines Blickes; er brauchte keinen hier anzusehen, um zu wissen, daß ihnen Mr. Krogh nicht anvertraut werden konnte. Er stand auf, Hände in den Manteltaschen, Hut ein wenig schräg in der Stirn, ging O-beinig am Orchester, an den silbrigen Palmen vorbei, durch die Glastür in die riesige leere Eingangshalle, sah weder nach rechts noch nach links, ging an der Rezeption vorbei bis in die Mitte des Raumes, zu dem dicken Teppich unter dem Leuchter, wo der junge Andersson stand und mit großen Augen um sich blickte.

Im Restaurant begann wieder das Orchester zu spielen. »I'm waiting, dear.«

I'm waiting, dear,
Leave off hating, dear,
Let's talk of mating, dear,
I'm lonely.

»Du junger Andersson?« fragte Hall. Sein Schwedisch bestand im wesentlichen aus Hauptwörtern, die er aus einem Taschenwörterbuch gelernt hatte. »Ja«, sagte Andersson, »ja.« Eifrig trat er auf Hall zu. »Ja, ich bin Andersson.«

»Heim«, sagte Hall, »heim.«

You can't ration, dear,
The kind of passion, dear,
Though it's not the fashion, dear...

»Heim«, sagte Hall noch einmal, »heim.«

»Ich möchte nur mit Herrn Krogh sprechen«, sagte Andersson und lächelte Hall zaghaft an. Hall traf ihn genau an der Kinnspitze, blieb einen Augenblick über ihm stehen, um notfalls noch ein zweites Mal zuzuschlagen, dann streifte er die Schlagringe ab und sagte zum Empfangschef: »Rauswerfen.« Als er den gleichen Weg zurückging, dachte er bitter: Da sitzen sie nun, all diese widerlichen Schmarotzer, und trinken seinen Wein, aber keiner tut ihm einen Gefallen, wenn es drauf ankommt.

Im Spiegel neben der Tür zum Restaurant sah er, wie sich der junge Andersson auf die Knie hievte; mit gesenktem Kopf kniete Andersson; auf den beigefarbenen Teppich tropfte Blut. Hall hegte keinerlei Groll gegen ihn, empfand auch kein Mitleid, fühlte nur eine tiefe, selbstlose Liebe zu Krogh, die mit dem Geld, das Krogh ihm zahlte, nichts zu tun hatte. Ihm fielen wieder die Manschettenknöpfe ein; sie steckten mit den Schlagringen in seiner Tasche, in einem kleinen, braunen Lederetui, das nun dunkel von Blut und verdorben war. Hall untersuchte es; er war traurig und wütend. Er hatte sogar das Etui noch mit Sorgfalt ausgesucht; nichts Auffälliges; es war sehr geschmackvoll. Mit großen Schritten durchschritt er die Halle und fuchtelte mit dem Etui vor Anderssons Gesicht herum. »Du Scheißkerl«, sagte er auf Englisch, »du verdammter Scheißkerl.«

Der junge Andersson hatte den Mund voller Blut; vor lauter Blut in den Augen konnte er nicht klar sehen. »Ich verstehe nicht«, sagte er, und beim Atmen traten ihm Bläschen auf die Lippen, »verstehe, verstehe nicht.«

Hall hielt ihm das Etui unter die Nase, holte aus und trat ihm mit dem Fuß in den Magen.

Sechster Teil

Erstes Kapitel

Bis zur Abfahrt des Zuges nach Göteborg war noch eine halbe Stunde Zeit. Anthony und Lu liefen die ganze Vasagatan hoch, an der Post vorbei und wieder zurück.

»Wir müßten jetzt eigentlich zum Bahnhof«, sagte Lu.

»Ich habe dir diese Pralinen mitgebracht.«

»Danke.«

»Hast du genug Zigaretten?«

»Ja«, sagte Lu.

Der Morgen in Göteborg, das Frühstück in Drottningholm, das eine Mittagessen mit der Familie – sie waren so selten zusammengewesen, es legte sich auf ihre Gemüter wie eine Hungersnot. Der englische Vergnügungsdampfer, der am Abend ihrer Ankunft in Stockholm gegenüber dem Grand Hotel lag, hatte den Anker gelichtet; die Stühle vor dem Hasselbacken waren hereingeholt worden, der Tivoli war geschlossen; die Welt wurde winterlich; jeder ging heim.

»Hast du was zu lesen?«

»Jede Menge Zeitschriften.«

Sie kehrten dem pulsierenden, lärmerfüllten Platz unterhalb des Bahnhofs den Rücken und gingen dieselbe Straße noch einmal hoch, bis zur Post und zurück. Anthony winkte Minty zu, der gegenüber dem Bahnhof in einem Restaurant saß und seinen Kaffee in die Untertasse goß. Es gab nichts zu sagen, außer: »Schade, daß du wegfährst, vielleicht treffen wir uns mal wieder, es war sehr schön, danke, au revoir, auf Wiedersehen, wenn du je nach Coventry kommst...«; es blieb nichts außer sich auf dem Bahnsteig zu küssen und dem abfahrenden Zug nachzublicken.

»Ich habe es sehr genossen.«

»Ich auch.«

»Wir sollten jetzt wirklich zum Bahnhof gehen.« Noch ein Schritt zum Briefmarkenautomaten, auf dem Absatz kehrt, die Vasagatan zurück.

»Ich wünschte, ich könnte mitkommen.«

»Das wünschte ich auch.«

»Werd' ich dir ein ganz klein bißchen fehlen?«

»Ja.«

»Schreibst du mir?«

»Was soll's?«

»Da ist dein Vater. Er hält nach dir Ausschau. Wink ihm zu, dann geht er wieder weg. Er trägt den Lockhart bei sich.«

Noch ein Abschied, noch ein Aufnimmerwiedersehen, das mir unvergeßlich bleibt, so wie den Treppenabsatz und die Botschaften an der Wand und die Milch, die nicht hereingeholt worden war.

»Warum willst du mit auf den Bahnsteig kommen? In zehn Minuten fährt der Zug ab.« Die helle Kuppel des Himmels war von einer dünnen, grauen Wolkenschicht überzogen. »Es wird Regen geben.«

Anthony sagte: »Ich komme noch ein Stück mit.« Diesmal ist es nicht gar so schlimm, dachte er, diesmal ist das Ende nicht ganz so schlimm wie sonst, nicht so schlimm wie an der Tür einer leeren Wohnung zu klingeln, den ganzen Vormittag auf dem Treppenabsatz zu warten, zu versuchen, eine Handschrift wiederzuerkennen, die ich nie gesehen hatte: »Heute keine Milch«, »Bin um 12.30 zurück«, »Mußte fort. Morgen zurück«; und all das zwischen längst überholten Mitteilungen, zwischen den kruden Skizzen weiblicher Akte von Botenjungen; dieser Abschied ist weniger arg, ich verdufte, da ist ja noch der gute alte Minty, trinken Sie einen Kaffee, was die nächste Touristensaison bringen wird, kann man nicht wissen, man kann nur hoffen: »Mir gefällt dein Hut.«

»Der ist uralt.«

Dieser Abschied tut nicht so weh, weil man sich allmählich dran gewöhnt, daß alles zu Ende geht – das Leben ist wie das Morsealphabet, eine Reihe von Punkten und Strichen, nie ein zusammenhängender Text.

»Das muß mein Zug sein. Falls du je nach Coventry kommst...«

»Vielleicht komme ich wirklich.«

»Schnell. Hier ist meine Visitenkarte. Wir haben Telefon.«

Gibt man vielleicht zu schnell solcher Abfahrtsstimmung nach, dieser Hektik, mit der man am Zug langläuft, der fehlenden Zeit, so daß man es sich nicht noch einmal anders überlegt, einfach aufgibt...

»Komm nicht weiter mit.«

»Ich muß. Da, dort hinten, das ist dein Wagen.« Bloß weil ein Schaffner ruft und eine Tür zuschlägt.

»Hör zu, Annette.«

»Du solltest mich Lu nennen.«

»Lu, meine ich ja. Bleib stehen. Wir haben noch drei Minuten. Ich habe nachgedacht. Mit meinem Job, da hast du ja recht. Ich werde die Arbeit hinschmeißen. Vor ein paar Tagen in Saltsjöbaden... in einer Woche werde ich wieder zurück in England sein, Lu.«

»Das glaub ich dir nicht.«

»Bestimmt.«

»Ach, das wäre toll.«

»Eine feste Beziehung?«

»Mir soll's recht sein. Ausnahmsweise!«

»Heute in einer Woche in Coventry. Wo können wir uns treffen?«

Am Ende des langen Zuges winkten die Davidges, aber es war noch kein Grund zur Eile – zwei Minuten noch bis zur Abfahrt, und der britische Gesandte betrat eben erst den Bahnsteig. Der Bahnhofsvorsteher dienerte, der Schaffner kam angelaufen, Sir Ronald tappte in Wildlederschuhen zum Zeitungsstand – zwei Koffer, nur auf ein oder zwei Tage nach Hause. »Heute in einer Woche.«

»Paß auf«, sagte Lu, »in der High Street, da gibt's ein Café, ein marokkanisches, du kannst es gar nicht verfehlen. Es liegt auf derselben Straßenseite wie Woolworth, aber näher beim Postamt. Heute in einer Woche werde ich dort zur Teezeit auf dich warten. Wenn du nicht kommen kannst, ruf an.«

»Ich werde da sein«, sagte Anthony.

»Im hinteren Raum.«

Küssen konnten sie sich nicht, daran hinderte sie die Anwesenheit der besorgten Davidges. Sie gaben sich die Hand, und als Anthony die dünnen Knochen ihrer Finger in seiner Hand spürte, sagte er sich: eine feste Bindung, diesmal kommt es zu einer dauerhaften Beziehung. Sie ließ ihn stehen; sie rannte den Zug entlang. Er fühlte sich müde und wund, als ob sie ihren Anteil an seinem Leben mit Gewalt aus ihm herausgerissen hätte – ein Frühstück, ein Mittagessen, ein Zusammensein auf dem Bett in Mintys Wohnung. Sir Ronald bestieg sein Abteil erster Klasse und schlug die ›Times‹ auf, immer schneller glitten die Waggons an Anthony vorüber – blitzendes Glas, sprühende Funken – wie ein Regiment schmucker, gewienerter junger Soldaten, und er, wie ein Offizier, den man aus dem Ruhestand geholt hatte, durfte nicht mit, konnte nur ihren Gruß entgegennehmen. Dann ging er, um Minty zu suchen. Er mußte mit jemand reden.

Minty goß seinen Kaffee in die Untertasse und wieder in die Tasse und draußen liefen Menschen vorüber. Anthony sagte: »Ich gebe meinen Job auf. Ich kehre nach England zurück, nach Coventry.«

»Ein Job ist ein Job«, sagte Minty.

»Irgend etwas wird sich schon finden.« Aber so sicher wie früher war er sich nicht; er hatte nie gehungert, war nie sehr lange schlecht bei Kasse gewesen, notfalls gab es immer noch die Staubsauger.

»Sie sind ein Glückspilz«, sagte Minty.

»Sie sind der Glückspilz. Sie haben ja ihren monatlichen Scheck«, doch im Grunde beneidete er Minty nicht.

Wie er da im Café gegenüber dem Bahnhof saß und die Schweden auf ihrem Weg zur Arbeit vorbeigehen sah und das neuerliche Treiben am Bahnhof, das bedeutete, daß wieder ein Zug nach Göteborg oder aufs Land fällig war, da wurde ihm klar, daß es zwischen Minty und ihm gar keinen Unterschied gab. Sie befanden sich in der gleichen Situation: heimatlos waren sie beide, vom eigenen Land und ihresgleichen getrennt, Landstreicher, deren Arbeitsplatz Shanghai, Aden oder Singapur hieß, der Müll einer sich wandelnden Welt. Falls Minty zu beneiden war, dann nur, weil er sich seine Müllkippe selbst ausgesucht hatte und einfach dort blieb. Ihnen fehlten die Mittel, sich selbst zu behaupten; aber die Welt hatte sie so geprägt, daß sie nicht mehr die Vitalität besaßen, Widerstand zu leisten. Sie waren nicht mehr unverbraucht, nicht mehr optimistisch genug, um an Frieden, Kooperation oder die Würde der Arbeit zu glauben, oder, falls sie dran glaubten, nicht mehr jung genug, um sich für ihren Glauben einzusetzen. Sie waren undefinierbar; sie waren eigentlich nur glücklich, wenn sie beieinander waren: in den Klubs fremder Hauptstädte, in Pensionen, bei den Altschülertreffen, wo der Wein, den sie sich nicht leisten konnten, sie beim Abendessen vorübergehend überzeugte, daß es noch etwas gab, was ihnen etwas bedeutete – die alte Heimat, der König, das »Schießt die verdammten Bolschewiken tot«, die Kameradschaft für Schützengräben: »Mein ehemaliger Bursche«, »Ich sagte: ›Sind wir uns nicht schon mal begegnet? Sind Sie '15 nicht in Ypern gewesen?‹«

»Warum geben Sie eigentlich Ihren Posten auf?« fragte Minty.

Anthony dachte: Weil ich nicht jung und nicht alt genug bin – nicht jung genug, um an eine gerechtere Welt zu glauben, nicht alt genug, daß mir Vaterland, König und Schützengräben wirklich etwas bedeuteten. Er sagte: »Es gibt Dinge, die ich selbst für Kate nicht tun würde.«

»Wenn Sie noch einen Monat bleiben könnten – dann findet nämlich das Harrow-Dinner statt. Ich habe Sir Ronald endlich soweit gebracht, daß er einwilligt.«

»Ich bin nie in Harrow zur Schule gegangen.«

»Das weiß ich doch.« Minty blies auf seinen Kaffee. »Der Winter ist da. Ich spüre es immer am Magen. Dort, wo man mir den Eiter abgezapft hat.«

»Sie sollten einen Cholera-Gürtel tragen.«

»Tue ich ja.«

»Ich mußte jahrelang einen tragen, nachdem sie mir den Blinddarm herausgenommen hatten.« Lustlos tauchten sie in den Strom ihrer Gemeinsamkeiten. »Ich bin im Westminster verarztet worden.«

»Ich hier in Stockholm.« Entrüstet setzte Minty hinzu: »Dritter Klasse mußte ich liegen.«

»Als man mir am sechsten Tag die Fäden zog…«

»Sie mußten mir einen Schlauch drin lassen. Ich kann bis heute nichts Heißes vertragen.«

»Manchmal kriege ich Schmerzen. Vielleicht haben sie ja auch bei mir was im Körper vergessen, einen Tupfer oder eine Pinzette.«

»Haben Sie auf dem Bahnhof den Gesandten gesehen?« fragte Minty. »Er will ein paar Tage in London verbringen.«

»Zum Wochenende dürfte er dort sein.«

»Ich denke oft darüber nach«, meinte Minty, »ob ich nicht doch zurückkehren sollte. Plötzlich auftauchen. Sie alle einfach überrumpeln. Vor ein paar Tagen habe ich einen Brief von einer Tante bekommen. Ganz vergessen hat man mich nicht. Ich würde gern wieder einmal die Möglichkeit haben, im Brompton Oratory an einer Messe teilzunehmen.« Er versuchte seinen Kaffee zu trinken, setzte ihn jedoch rasch wieder ab und wischte sich über die verbrühten Lippen.

»Heute in einer Woche werde ich in England sein«, sagte Anthony.

»Sie werden mir fehlen«, sagte Minty und hob sein

jämmerliches, gelbes, traurig-mißmutiges Gesicht. »Alle gehen. Nur Minty bleibt.«

»Tja«, sagte Anthony, »ich muß los und Kate Bescheid sagen. Und ausreichend Bares zusammenraffen. Wollen Sie noch einen Kaffee bestellen, bevor ich gehe?«

»Danke, vielen Dank«, sagte Minty. Er antwortete schnell, um sicherzustellen, daß Anthony sein Angebot nicht wieder zurückziehen könnte. »Das ist sehr lieb von Ihnen. Ich hätte gern noch einen Kaffee. Er kann kalt werden, während ich diese Tasse trinke. Wenn ich lange genug warte, kommt mit Sicherheit Nils vorbei. Aber man möchte natürlich nicht zu lange bei einem einzigen Kaffee sitzen und warten.«

Anthony bestellte den Kaffee. Was soll's, dachte er, ich kehre heim. Wenn ich jetzt nicht glücklich bin, da alles entschieden ist, da ich mir nur noch ein bißchen Kohle besorgen und meinen Koffer packen und mich von Kate verabschieden muß (wir haben all die Jahre ohne einander gelebt, warum sollte es jetzt auf einmal nicht gehen?) – wenn ich jetzt nicht glücklich bin, wann sonst? Und in ihm regte sich ein Gefühl, das ersatzweise durchaus als Glücksersatz durchgehen konnte, eine gleichgültige, bittere, ziemlich heitere Sorglosigkeit. Er wollte die Brücken hinter sich abbrechen. Er sagte: »Wie wär's mit einem Abschiedsgeschenk, Minty?«

»Also, schrecklich gern, wirklich«, sagte Minty, »aber ehrlich gesagt bin ich bis zum nächsten Monat völlig abgebrannt.«

»Ich meine: ein Abschiedsgeschenk für Sie, eine Nachricht, die Schlagzeilen machen würde. Ich lasse sie Ihnen umsonst zukommen, weil ich Sie mag und weil es Ihnen so verdammt mies geht, wie es nächste Woche auch mir gehen wird.«

»Zu großzügig«, sagte Minty automatisch, während er nervös nach dem Kellner mit dem Kaffee Ausschau hielt.

»Krogh wird meine Schwester heiraten.«

Minty sagte: »Ach, du heiliger Knut! Ist das wahr?

Wissen Sie es genau? In so einer Sache möchte ich nicht einer Ente aufsitzen. Das würde mich meinen Hals kosten.«

»Großes Indianerehrenwort.« Er spreizte die Finger (eine Geste aus der frühen Schulzeit) zum Beweis, daß sie nicht in betrügerischer Absicht gekreuzt waren.

»Heiliger Knut.«

Anthony ließ Minty allein, schwenkte seinen Regenschirm sorglos über die von Regenwolken verhangenen nassen Straßen; ein paar Tropfen stipperten auf die Straßenbahndächer am Tegelbacken, die Farbe des Rathauses verblaßte, als hohe, dunkle Säule ragte es über dem See; die Brücken waren abgebrochen; jetzt konnte er nicht mehr bleiben. In der Fredsgatan standen in den Ladeneingängen Menschen, die auf Taxis warteten. Anthony stach mit der Schirmspitze nach den schmiedeeisernen Blumen vor dem Kroghgebäude, bis der Pförtner das Tor öffnete. Der vollendete Geschmack, die raffinierte Modernität des großen, gläsernen Baus stimmten Anthony leicht boshaft. Überall brannte Licht; dabei war es noch nicht einmal Mittag; die elektrischen Heizkörper glühten und summten. Er hätte Minty noch viel mehr erzählen können – vom Komplott gegen Andersson, vom Verkauf an Batterson. Er lief die Treppen hinauf; er wollte sich körperlich anstrengen. Der Fahrstuhl holte ihn ein und schoß mit einem Büroangestellten, der Blumen in den Armen trug, leise nach oben. Auf einem Treppenabsatz veränderte eine junge Frau mit Hornbrille die Positionen kleiner, metallener Schiffe, die über eine Seekarte krochen, und flüsterte dabei laut hörbar: »55 Grad und 43 Minuten.«

Ein Telefon klingelte; über einer Tür flammte eine rote Lampe auf. Die Firma Krogh war an der Arbeit: Wie ein großer Überseedampfer, auf Kredit gebaut, getragen von blindem Vertrauen in die Fähigkeiten der Offiziere, stach sie wie jeden Tag in See. »67 Grad und 25 Minuten.«

Anthony öffnete eine Tür: An einem großen, hufeisenförmigen Arbeitstisch unter tiefhängenden Lampen brachten zwanzig Zeichner für zwanzig Plakate ihre Entwürfe zu Papier. Von einem automatischen Grammophon klangen sanfte, verführerische Weisen; aus einem Lautsprecher kamen Anweisungen. Die falsche Tür. Er öffnete eine andere. In diesem Raum standen Einzeltische aus schwarzem, poliertem Holz.

»Guten Morgen, Lagerson.«

»Guten Morgen, Farrant.«

Anthony lehnte sich über einen der Tische und näherte seinen Mund einem großen, rosa Ohr. »Ich kündige.«

»Nein!?«

»Doch.«

Mit offenem Mund wirkte der junge Lagerson wie ein Fisch unter Wasser: Mit hervorstehenden rosa Ohren strich ein grünlich-bleiches Gesicht nach Luft schnappend an der Glasscheibe seines Aquariums entlang. »Warum?«

»Ich habe das hier satt«, sagte Anthony. »Für Engagement, für Initiative ist hier kein Platz.« Er senkte die Stimme, und sein Blick umwölkte sich angesichts des gesetzten, strengen Raums. »Wie könnten Sie hier Ihr Glück machen? Sie sollten fort, sich in der Welt umsehen. Woran arbeiten Sie da eigentlich?«

»Nur an einer Werbestory.«

Großspurig ließ sich Anthony auf der Tischkante nieder. Lagersons verzückter, dümmlicher Blick offenbarte ihm, wer er selbst wirklich war: ein kühner Abenteurer, ein dynamischer Mensch. Er trat heftig gegen das schwarze Holz. »Heute in einer Woche habe ich einen Termin in Coventry.«

»Was ist Coventry?«

»Eine bedeutende Industriestadt«, erklärte Antony. »Stockholm ist damit verglichen gar nichts. Dort läßt sich mit Unternehmungsgeist etwas bewegen.«

»Ja, langweilig ist's hier«, flüsterte Lagerson und sein Mund sah wie Gummi aus, der gegen die Wand des

Aquariums gedrückt wird. »Man wagt nicht zu sagen, was man denkt. Bei all den Kriechern und Petzern hier.« Sein unreifes Schuljungengesicht wurde mürrisch.

»Um die würde ich mich gar nicht kümmern«, sagte Anthony. »Sagen Sie Ihre Meinung frei heraus. Dann werden Sie Verbündete finden. Machen Sie auf sich aufmerksam, anders geht's nicht.« Er gab seine gefährlichen Ratschläge völlig verantwortungslos. Lagerson war ihm absolut gleichgültig; ihm war einzig und allein klar, daß er gegen Krogh war, wegen Andersson, wegen der Macht, die Krogh in Händen hielt, wegen Kate und wegen des Danks, zu dem er Krogh verpflichtet war.

»Machen Sie's gut, Lagerson. Muß mir nur noch ein bißchen Kohle besorgen.«

Also ein Stockwerk höher.

»Guten Morgen, Kate.«

»Einen Augenblick, Tony.«

Er beobachtete ihre Hände, die sich über den Schreibtisch bewegten und die geöffneten Briefe in zwei Stößen stapelte, so daß alles säuberlich geordnet war, ehe sie mit ihm sprach. Selbst den Ausdruck ihres Gesichts hatte sie sorgsamst geplant, dachte er; was ihre Gefühle für ihn anging, so zeigte es genau das richtige Maß an Zuneigung – nicht »Mit freundlichen Grüßen«, »In zärtlicher Liebe«, »Die Deine voller Leidenschaft«, sondern einfach »Herzlichst Kate«. Er liebte sie, er bewunderte sie, doch ihre Effizienz irritierte ihn, wie ihn auch der Brunnen im Hof irritierte. Er war zu lange fortgewesen von ihr und mußte bei seiner Rückkehr nun feststellen, daß die Firma Krogh Kate ihren Stempel aufgedrückt hatte. Mit überquellendem Selbstmitleid schoß ihm durch den Sinn: Ich bin letzten Endes für sie bloß eine Last, mache mich lieber davon, lasse sie in Ruhe, wir haben uns auseinanderentwickelt.

»Ich habe mich eben mit Lagerson unterhalten.«

»Einen Augenblick, Tony.«

Sie hatten sich auseinandergelebt und unterschiedlich

entwickelt – sie war vom Leben zurechtgestutzt worden, war unter dem Druck der Gefahren in eine einzige Richtung gewachsen. Er aber zeigte die Wucherungen, Knorren und Schwämme, die ein Dutzend Berufe mit sich gebracht hatten. Ihn hatten Mißerfolge überheblich werden lassen; sie verwirrte ihn mit der Demut des Erfolgs.

»Ich fahre nach Hause«, sagte Anthony.

»Nach Hause?«

Gereizt sagte er: »Nach London, meine ich – mein Zimmer dürfte ja wohl kaum noch frei sein. Ich weiß, daß wir kein Zuhause haben. Es war nur so eine Redewendung.«

»Hättest du mit dieser Eröffnung nicht bis nach dem Mittagessen warten können?«

»Bis nach dem Mittagessen?«

»Du hast wahrscheinlich vergessen, daß wir zum ersten Mal, seit wir gemeinsam in Stockholm sind, miteinander essen gehen wollten? Und du hast wahrscheinlich auch nicht bemerkt, daß ich die hier trage, oder?« – sie berührte die Blumen im Knopfloch – »und das hier?« – sie berührte ihre Lippen. »Hättest du mir deine aufmunternde Mitteilung nicht bis zum Kaffee aufheben können?«

»Ich nütze dir hier nichts.«

»Das habe ich wohl Lu zu verdanken. Was für ein saublöder Name!«

»Ich versteh nicht, was du gegen Lus Namen hast. Namen sind sowieso bloß Schall und Rauch. Kate, Lu – der eine Name ist so blöde wie der andere.«

»Wann fährst du?«

»Ich treffe mich mit ihr heute in einer Woche.«

»Heute in einer Woche.« Ihr Terminkalender, der auf einen Blick vierzehn Tage umspannte, lag zu ihrer Linken. »18 Uhr: Cocktails für die Direktoren in der Wohnung.«

»Ich treffe mich mit ihr zum Tee.«

»Und wie steht's mit Arbeit?«

»Irgendeine Arbeit wird sich schon finden. Hat sich bis jetzt immer gefunden.«

»Diese Stelle hier hättest du behalten können. Bist du es eigentlich nicht leid, Tony, dauernd die Stelle zu wechseln? Das wird nie mehr ein Ende nehmen, wenn du die Arbeit hier hinschmeißt.«

Eine Woche lang hatte er angenommen, er hätte sich endlich fest niedergelassen; eine Woche lang hatte er vergessen, wie satt er das alles hatte – die neuen Gesichter, die neuen Schreibtische, immer wieder Anstellungsgespräche. Er wehrte sich gegen die Vorstellung, indem er an Lu dachte, an die vertrauten Gesichter der Huren in der Wardour Street, an die bezahlte körperliche Wärme in den Stundenhotels. »Er ist nicht seriös. Denk nur an neulich abend. Was hatte er nur gegen Andersson? Ich will nicht seine Dreckarbeit für ihn tun. Es gibt Dinge, die will ich einfach nicht tun.«

»Armer Tony«, sagte Kate. »Da liegt der Unterschied zwischen uns. Du hättest niemals zurückgehen dürfen.«

»Wohin zurück?«

»Zur Schule. An dem Abend, als du weggelaufen warst, habe ich dir den falschen Rat gegeben.«

»Du redest Unsinn, Kate.«

»Wenn du dir Skrupel leisten willst, brauchst du Geld.«

»Deswegen bin ich jetzt hier, wegen ein bißchen Kohle.« Er gab sich Mühe, das Ganze, Schmerz und Lebewohl und Rückkehr nach England herunterzuspielen. »Als ich heute morgen aufstand, habe ich mir gesagt, Kate wird mir schon ein bißchen Kleingeld zustecken. Ich werde es ja zurückzahlen.«

»Ach, du hast das gedacht?« sagte Kate. »Dann hast du dich geirrt. Sei kein Dummkopf, Tony. Wenn du bleibst, wirst du sie in einer Woche vergessen haben.«

»Ich weiß«, sagte Anthony. »Deswegen fahre ich doch.« Er war so halsstarrig, als hinge seine Ehre davon ab, daß er sie nicht vergäße, als ob Lu eine Nachricht wäre, die er durch die Feindlinie zu retten hätte, eine ihm mündlich aufgetragene Mitteilung, die ihm mit jeder Verzögerung ein wenig aus dem Bewußtsein entglitte.

»Ich habe gewußt, daß es so kommen würde«, sagte Kate. »Ich habe es kommen sehen. Wozu habe ich mich wohl so ins Zeug geworfen? Aber ich habe erst beim Kaffee damit gerechnet. Der Lippenstift in deiner Lieblingsfarbe. Blumen.« Sie gab erstmals Anzeichen von Müdigkeit und Erschöpfung zu erkennen, als sie sagte: »Als Schwester ist man gehandikapt, nicht? Ich kann nicht so um dich kämpfen wie Lu, du würdest es unanständig finden, mir eine Liebeserklärung machen zu müssen.«

»Aber ich liebe dich doch, Kate. Ehrlich.«

»Genau so wie du es sagst. Ganz in der Art deines Tons. Und ich liebe dich so, Anthony.«

Er hatte mit einer liebenswürdigen, besänftigenden Geste seine Hand auf ihren Schreibtisch gelegt; sie zielte mit ihrem Federmesser nach seinen Fingern. Er riß seine Hand weg. »Was zum Teufel, Kate...«

»Tja, Tony, Liebe tut weh...«

»Du hast mich ja fast verletzt.«

»Armer Tony, gib her, ich mach's wieder heil.«

»Ich verstehe dich nicht, Kate.«

»Früher hast du mich verstanden. Weißt du denn gar nicht mehr, wie wir in den Ferien Gedankenübertragung gespielt haben? Ich lag im Bett und dachte an irgend etwas, und morgens beim Frühstück...«

»Das war ein alter Trick von dir, Kate. Heute würde das zwischen uns sicher nicht mehr klappen.«

»Bei mir schon. Ich wußte heute morgen schon beim Aufstehen, daß es so kommen würde. Ich habe dich hören können, genauso deutlich wie damals, als du geschrien hast.«

Anthony lachte. »Dann hast du das Geld also schon für mich parat?«

»Nein. Nein. Das nimmst du doch nicht im Ernst an. Würdest du dir etwas aus einer Frau machen, die nicht

Himmel und Hölle in Bewegung setzen würde, um dich zu halten? Ich werde dich halten, Tony.«

»Gegen meinen Willen?«

»Weißt du, ich könnte behaupten, es sei nur zu deinem Besten; aber was geht das mich an! Ich will dich behalten, weil ich dich liebe, weil du auf der ganzen Welt der einzige verdammte Kerl bist, den ich liebe.«

»Bruder und Schwester«, höhnte er und wieder einmal empfand er dieses Gefühl einer riesigen Verschwendung; denn solange er sich mit ihr im gleichen Zimmer befand und ihre Aufrichtigkeit spürte, die festen Finger sah, die ihm so vertraut waren und die noch immer das Messer umfaßt hielten, das Parfüm und die Blumen roch, die sie seinetwegen gewählt hatte, war es unmöglich, Lu treu zu bleiben. Lu symbolisierte die immer wiederkehrende Begierde des Fleisches. Mit Kate verbanden ihn dreißig gemeinsame Jahre. Aber, soviel war ihm klar, wenn die Begierde sich einmal regte, würde immer die Begierde stärker sein. Kate war für die Augenblicke da, nachdem er befriedigt war; war man befriedigt, so konnte man sich einer Schwester, konnte man sich verwandtschaftlicher Liebe zuwenden. Er sagte: »Ich werde Krogh um Geld bitten. Er schuldet mir das Gehalt für eine Woche.«

»Nicht einen Pfennig wird er dir geben.«

»Dann gehe ich zu Minty und verkaufe ihm eine Story. Ich habe ihm ohnehin schon eine umsonst überlassen. Ich habe ihm von deiner Heirat erzählt.«

»Das hast du ihm erzählt? Tony, du mußt ja völlig verrückt sein. Du solltest dich doch von der Presse fernhalten.«

»Ich könnte die Andersson-Geschichte verscherbeln.«

»Tony, du bist zum Leben einfach zu naiv.«

»Er kann sich keinen weiteren Streik leisten, bis die Sache in Amerika unter Dach und Fach ist.«

Mit allen ihm zur Verfügung stehenden Mitteln kämpfte er für die Begierde. Er klopfte mit dem Finger auf Kates Schreibtischplatte, als er sie Punkt für Punkt nannte: »Andersson; der Verkauf an Batterson; schmutzige Geschichten in Amsterdam«, und mit bitterem Selbstmitleid wurde ihm bewußt, daß die Begierde gesiegt hatte: Gegen die Begierde waren das gemeinsame Leben, Telepathie beim Morgengrauen, die Narbe über seinem Auge machtlos. Er war praktisch schon in Coventry, im hinteren Raum des marokkanischen Cafés zwischen Woolworth und dem Postamt.

»Hör mal«, sagte Kate. »Wann wird die Sache in der Zeitung stehen? Heute abend? Da hast du dein Geld, und halt dich um Himmels willen bedeckt.«

»Vielen Dank, Kate. Das ist lieb von dir. Morgen reise ich ab, hier bin ich wirklich zu nichts nütze.«

»Und Eriks Krawatten müssen eben so bleiben wie Eriks Krawatten nun mal sind.«

»Ich werde ihm heute Nachmittag ein paar aussuchen.« Er küßte sie mit plötzlicher, leidenschaftlicher Eifersucht; er wollte sie im Grunde gar nicht verlassen; man wollte eigentlich nie, daß die Begierde die Oberhand gewann. »Nun mach dir mal keine Sorgen, Kate. Du kommst sicher bald nach. Diesmal reise ich ja nicht in den Fernen Osten.«

»Nein«, sagte Kate.

»Du brauchst dir wirklich keine Sorgen zu machen, Kate.«

»Mir fällt nur eben ein«, sagte Kate, »daß ich zu Erik rein muß.« Die Lampe über seiner Tür brannte, aber sie wartete noch; ihr Gesicht hätte Anthony einen kurzen Augenblick lang alles verraten, ihren kompletten, weitgreifenden, komplizierten Schlachtplan. »Laß uns heute abend zusammen essen, an deinem letzten Abend, ja? Halte mir wenigstens den frei.« Aber er konnte den Plan nicht entziffern; er hatte das Kartenlesen verlernt; er war aus der Übung, hatte sich weit von ihr entfernt.

»Natürlich, gern. Zu Hause?«

»Nein, nicht zu Hause. Irgendwo, wo es ruhig ist und wir allein sein können. Wo uns keiner vermutet.«

Zweites Kapitel

Hall kaufte sich eine Zeitung und trug sie ungelesen über den bräunlichen Herbstplatz. Er überlegte, ob die Manschettenknöpfe nicht ein Fehler gewesen waren; er hätte vielleicht besser einen Ring oder ein Zigarrenetui oder einen Briefbeschwerer kaufen sollen. Er hatte die kleinen, ausdruckslosen Augen auf die Schuhspitzen gerichtet und raschelte durch das trockene Laub, und niemand hätte bei seinem Anblick die treue Ergebenheit vermutet, die wie eine schwere Verantwortung auf ihm lag. Es ging bei den Manschettenknöpfen ja nicht bloß um ein Geschenk, vielmehr noch um ein Unterpfand und ein Bittgesuch. Nicht anders als ein junger Mann im Stadium der idealisierenden Liebe ging es Hall darum, daß man ihn nie mehr vergaß.

Ein Zigarrenetui? Ein silbernes Armband? Noch war es nicht zu spät.

Er schlug die Zeitung auf, um nach Juwelier-Annoncen zu suchen, da sah er in einer Balkenüberschrift quer über die ganze Seite den Namen von Krogh. Er las nicht weiter, weil ihm im Schaufenster eines Elektrogeschäftes eben eine grüne Tischlampe in Form einer nackten Frau auffiel. Ist die hübsch, dachte er, und dabei fiel ihm der Brunnen im Hof ein, der ihn mit solchem Unbehagen erfüllte. Er schritt die Fredsgatan hinunter und murmelte vor sich hin: »Wie geschmacklos, die haben einfach keinen Geschmack.« Als er an einer Straßenkreuzung warten mußte, um den Verkehr vorbeizulassen, blickte er von neuem in die Zeitung: »Erik Krogh heiratet englische Sekretärin.«

Hall grunzte, ließ den Verkehr Verkehr sein, stürzte sich zwischen die Autos, blieb wie ein zielgenau abgefeuertes Geschoß auf seiner Bahn, durchs Tor, ohne einen Blick für den Brunnen, ohne ein Wort für den Pförtner, die Hände in braunen Handschuhen tief in den Manteltaschen vergraben, ihn bewegte ein bitterer Traum, der nur der eigenen Phantasie entsprang: Hall ist überflüssig geworden, Weibsbilder im Vorstand, ein Weiberregiment. Er trat ohne vorherige Erlaubnis bei Krogh ein.

»Ich habe Ihnen ein Geschenk mitgebracht«, sagte er.

Krogh sagte: »Ich bin froh, daß Sie da sind. Ich wollte mit Ihnen reden. Würden Sie für uns nach New York gehen?«

»Als Vorstandsmitglied?«

»Ja, als Vorstandsmitglied.«

Genau das hatte er sich immer gewünscht, nun aber kam ihm nur ein Gedanke in den Sinn: Sie wollen mich loswerden, hier herrschen jetzt neue Sitten, ich bin ihnen nicht fein genug. Er wich einer Antwort aus, sagte statt dessen: »Mir sind diese Manschettenknöpfe in einem Geschäft aufgefallen, und ich meinte, sie würden gut zu meinem neuen Nadelstreifenanzug passen. Aber irgendwie passen sie doch nicht. Da habe ich mir gedacht, ich schenke sie Ihnen zur Hochzeit.«

»Zur Hochzeit?«

Hall legte die Zeitung auf den Tisch, die Manschettenknöpfe daneben.

Krogh sagte: »Das habe ich bestimmt nicht autorisiert.«

»Ah«, sagte Hall, »dann weiß ich, auf wen das zurückgeht. Er hat sich bei den Angestellten rumgetrieben und geschwatzt.«

»Farrant?«

»Warum haben Sie den hier angestellt, Mr. Krogh?« frage Hall. »Warum bloß?«

»Ich brauchte einen Leibwächter.«

Halls Terriergesicht zuckte. »Sie haben doch mich. Nach Amsterdam hätten Sie auch jemand anders schicken können. Bei dem Kerl war mir gleich mulmig. Als wäre ich unter einer Leiter durchgegangen. Hat der Ihnen neulich Abend etwa genützt?« Er nahm das fleckige kleine Ledeetui vom Tisch und legte es wieder hin.

»Er meint es nicht böse«, sagte Krogh traurig. »Ich

habe ihn gern gehabt. Aber ich werde ihn nach Hause schicken.«

»Weiß Miß Farrant etwas von dem Verkauf an Batterson?«

»Miß Farrant können Sie vertrauen, Hall.«

Doch Hall traute niemand. Er stand am Fenster; das Zimmer füllte sich mit seinem Mißtrauen, seiner Eifersucht und seiner Ergebenheit. An seiner Integrität mußte sich alles messen lassen; die blanke Modernität, die schicken, überkandidelten Formen verloren angesichts der Solidität seines braunen, im Londoner Strand gefertigten Anzuges ihren Glanz. Es hatte ihm nie etwas ausgemacht, vulgär zu erscheinen (die Wespentaille) oder sentimental (der billige Anhänger an seiner Uhrkette) oder albern (die Pappmachénase in Barcelona). Er war nicht flatterhaft wie die Mode; er wechselte seine Maßstäbe nicht wie der jeweilige gute Geschmack; er war einfach Hall.

Es gab niemand, der im Schatten solcher Treue und Ergebenheit nicht kleiner geworden wäre. Krogh zögerte, blickte zu den Manschettenknöpfen hinüber und wiederholte betrübt: »Wir werden ihn nach Hause schicken.«

»Mr. Krogh«, sagte Hall, »Sie kennen sich mit diesen Burschen nicht aus. Überlassen Sie ihn mir. Ich werde schon mit ihm fertig.«

»Wir schenken ihm die Fahrkarte.«

»Hören Sie, Mr. Krogh«, sagte Hall, »das können Sie nicht machen. Er hat hineingehorcht und den Angestellten hier was von kurzfristigen Krediten erzählt. Wieso weiß er überhaupt etwas von unseren Krediten?«

»Das kann er nur von seiner Schwester wissen«, sagte Krogh.

»Und was weiß er sonst noch? Stellen Sie sich mal vor, er fährt nach England zurück, findet dort keine Arbeit, geht zu Batterson … Wir müssen ihn noch für eine Weile hier festhalten.«

»Er scheint hier in Stockholm aber Kontakte zur Presse zu haben.«

»Mit der Stockholmer Presse kommen wir klar.«

»Also gut«, sagte Krogh auf einmal fröhlich, »wir behalten ihn hier. Das ist einfach. Er will ja gar nicht weg. Und solange er sein Gehalt bekommt, macht er bestimmt keinen Ärger.«

»Mit Miß Farrant sollten Sie auch mal ein Wörtchen reden«, doch als er sie sah, drehte Hall sich weg; daß Krogh ihr, einem Weibsbild, vertraute, konnte er nicht ertragen. Er überließ es Krogh zu sagen: »Dein Bruder hat der Presse gegenüber gequatscht.«

»Du hast es also schon entdeckt«, sagte Kate.

»Hall hat es entdeckt.«

»Ach ja, unser Mr. Hall.«

»Das muß aufhören.«

»Mach dir keine Sorgen«, sagte Kate, »er fährt morgen nach England zurück. Das Geld für die Reise habe ich ihm gegeben.«

»Nach England? Wieso nach England?«

Hall drehte sich wieder zu ihnen um. In einer Geste der Fürsorge, die unvollendet blieb, zog er halb die Hände aus den Taschen. »Seien Sie unbesorgt, Mr. Krogh.« Er war wie eine alte Kinderfrau, deren Schützling groß geworden ist, die trösten möchte wie in alten Zeiten, ihn in den Arm nehmen und an den prallen Busen drücken möchte, und doch weiß, daß ihr Schützling solchen Gesten entwachsen ist. »Es gibt für Sie keinen Grund zur Besorgnis. Ich kann alles in Ordnung bringen.«

»Er hat in England ein Mädchen«, erklärte Kate, aber ihr ängstliches Bemühen, die beiden zu überzeugen, daß es sich da um etwas ganz Normales handelte, daß sie nichts zu befürchten hätten, war allzu offensichtlich. Sie fügte niedergeschlagen hinzu: »Er ist verliebt«; ihre Erklärungen bettelten um Anhörung, wie ein Vögelchen schlugen sie gegen das undurchdringliche Glas von Halls Unaufmerksamkeit, fielen sie zu Boden. Halls Devotion hatte etwas Bewundernswertes, Rührendes, Fürchterliches; er hatte sich Krogh mit Haut und Haaren verschrieben; er gehörte zur Firma; er war Teil des Inventars wie der steinerne Block im Hof, der Aschenbecher, der Teppich mit dem Monogramm in Kroghs Büro. (Er sagte: »Wir können ihm etwas anhängen, wie wir Andersson etwas angehängt haben.«) Doch aus genau diesem Grunde war die Firma auch ein Teil von ihm; Krogh's trug den Stempel seiner Gemeinheit, der ihm eigentümlichen Art von Vorsicht, seiner verantwortungslosen Grausamkeit. Hall hatte Krogh's durch und durch geprägt.

»Nein«, sagte Kate, »das können Sie nicht tun.«

»Wir hängen ihm einfach was an«, wiederholte Hall.

»Aber dann dürfen Sie nicht mir die Schuld geben, wenn er redet«, sagte Kate. »Er ist ja nicht blöd.«

»Wollen Sie damit sagen, er weiß auch von dem Verkauf?« fragte Hall. »Weiß darüber vielleicht das ganze Büro schon Bescheid?«

Sein Blick verriet helle Wut, Abneigung und Mißtrauen, doch er hatte eine viel zu hohe Achtung vor ihr, um Zeit zu verschwenden; sie dachten ähnlich, beiden war völlig egal, was mit Andersson passierte; der einzige Unterschied war, daß Krogh für beide nicht der gleiche war. Hall hatte zum Nachdenken keine Zeit, aber es gab eine Richtung, die seine Gedanken schnell und mühelos einschlugen. Er fragte: »Spielt er Poker?«

»Ja«, sagte Kate.

»Spielt er gut?«

»Er spielt nichts gut.«

»Es wäre in meinem Leben nicht das erste Mal, daß ein Mann durch Spielschulden von Weibern ferngehalten wird«, sagte Hall. »Sie sollten heute abend ein Spielchen machen, Mr. Krogh. Er darf auf keinen Fall zurück nach England.«

»Tony geht aber heute abend mit mir aus«, sagte Kate.

»Entweder Poker oder ein übler Trick«, sagte Hall, »er darf Stockholm nicht verlassen.«

Er war wie eine niedrige, bittere, braune Rauchsäule. Feindseligkeit stieg aus den Kappen seiner Wildlederschuhe hoch, lag wie Schuppen auf seinem Mantel. »Ich mache mir keine Sorgen, und ich werde dafür sorgen, daß sich auch Mr. Krogh keine Sorgen machen muß.«

»Sie werden also heute abend mit uns zusammen essen?« fragte Kate ironisch.

»Ich werde da sein«, sagte er. »Darauf können Sie Gift nehmen.« Braun und bitter stand er da, borniert und grimmig, der selbsternannte Verteidiger des großen, gläsernen Verwaltungsgebäudes, der Fabrik in Nyköping, der Sägemühlen im Norden.

Hall erhob sich und machte die Fenster zu; gegen die spätabendliche, feuchte Luft zog er die großen Doppelscheiben herunter. Anthony schob zwei Kronen zur Mitte hin, Krogh vier. Kate sagte: »Ich passe. Ich habe den ganzen Abend keine vernünftigen Karten gehabt.« Hall kehrte zum Tisch zurück. Er hatte seine Methoden in unzähligen Pokerpartien vervollkommnet; er bluffte eigentlich kaum; er spielte den anderen kein Theater vor; er schenkte den eigenen Karten nicht das geringste Interesse. Er bot blitzschnell und verfiel danach wieder in sein geduldiges, argwöhnisches Schweigen. »Ich erhöhe«, und mit absoluter Gleichgültigkeit gegenüber dem Blatt des anderen blickte er über den Tisch hinweg Anthony an. Ihn beschäftigten andere Dinge, und als die Reihe an ihm war abzulegen, legte er ab, ohne daß es mit seinen Karten (zweimal die Pikzehn, eine Karovier und eine Karozwei, eine Treffsechs) etwas zu tun hatte. »Eine Karte«, sagte er und warf die Sechs ab. Er spielte, ohne die Chancen abzuwägen, gleichgültig; unbekümmert verließ er sich auf die Schwächen seiner Gegner; die Folgen waren ihm egal. Traf er auf einen wirklich starken Spieler, so verlor er eben; bei einem durchschnittlichen oder schwachen Gegenspieler gewann er immer. Er machte sich kaum die Mühe, die Karte, die er gekauft hatte, zu betrachten. Es war eine Herzdrei.

Gullie sagte: »Ich nehme drei.« Beim Kartenspielen wurde er jovial; er war überzeugt, jeden Bluff zu durchschauen. »Der Militärattaché wird tollkühn«, sagte er, »ha, ha«, und wie ein kleines Drehfeuer blitzte sein Monokel zuckende Signale von Gesicht zu Gesicht. »Die militärische Kunst der Tarnung, ha, ha«, und verlor einen Augenblick lang die Fassung, weil Hall überhaupt nicht reagierte.

»Ich erhöhe«, sagte Hall.

Kate ging hinüber zum Fenster, und dabei kam sie an Anthony vorbei. Sie konnte sein Blatt sehen, drei Neunen, ein Bube, eine Zwei, ein gut-schlechtes Blatt. Er spielte umsichtig, wie er meinte, bluffte nie hoch, hielt aber immer ein wenig länger mit, als sein Blatt eigentlich erlaubt hätte; er wurde entweder gleich aufgefordert, seine Karten aufzudecken, oder er paßte, weil Hall zu hoch bot. Er hatte erst ein Spiel gewonnen.

»Tja, jajaja«, sagte Gullie und vernebelte kunstvoll seine Absichten, »das bedarf des Nachdenkens.«

»Erhöhe«, sagte Hall. Kate beobachtete ihn vom Fenster aus: Eine Hand lag flach auf dem Tisch, mit der anderen hielt er seine Karten in einem festen Pack auf dem Schoß. Er sah Krogh unverwandt an. Gullie schaute jedesmal, wenn geboten wurde, in die eigenen Karten.

Draußen fuhr ein Dampfer vorüber; die Lichter schimmerten matt auf der Oberfläche der niedrigen, grauen Nebelbank. Er glitt unter den Spiegelbildern der Kartenspieler dahin, an Halls Gesicht vorbei in die Nacht. Wie Bullaugen eines Ozeandampfers leuchteten vom anderen Ufer die Fensterreihen der Arbeiterwohnungen herüber.

»Macht der Gesandte Urlaub?« fragte Kate.

»Er fährt zur Eröffnung der Rebhuhnjagd immer nach Schottland«, sagte Gullie. »Und jetzt muß ich passen. Jagen Sie, Farrant?«

»Ja«, sagte Anthony und vermied es, Kate anzusehen, »ich hoffe, daß ich dafür ein paar Tage erübrigen kann.«

»Fahren Sie rüber?«

»Morgen.«

»Sie werden eine stürmische Überfahrt haben. Sind Sie seefest?«

»Nicht besonders.«

»Schuster bleib bei deinem Leisten«, sagte Gullie. »Zum Seefahrer habe ich mich nie berufen gefühlt, ha, ha. Puffin Travers hat mich neulich eingeladen rüberzukommen. Er hat zur Jagd ein Moor gepachtet.«

»Erhöhe noch mal«, sagte Krogh. Auf die Unterhaltung, die um ihn herum aufflackerte und wieder zusammensank, achtete er nicht. Wie in der Flugzeugtoilette rauchte er konzentriert eine Zigarette nach der anderen, stieß er gelben, nikotinvergifteten Rauch durch die Nase aus.

»Ich passe«, sagte Anthony.

Krogh sagte: »Ich will sie sehen.« Hall legte seine Karten auf den Tisch, die beiden Zehnen nebeneinander, die wertlosen Karten auf einem Haufen daneben.

»Ich habe zwei Damen«, sagte Krogh.

»Und meine Wenigkeit ist wieder einmal erleichtert worden«, sagte Anthony und schob sein Geld Krogh hin. Er steckte sich eine Zigarette an, strahlte glücklich über alles und nichts, über den gischtenden Rauch, die Karten, die Hall zum Mischen vom Tisch aufnahm.

Die Stimmung dieses Augenblicks, dachte Kate, muß ich unbedingt festhalten: Tony ist da, Tony ist glücklich, ein Schiff fährt vorbei, eins nach dem anderen gehen auf dem anderen Seeufer die Lichter der Arbeiterwohnungen aus. Der Wind wirbelte den niedrigen Nebel vom Wasser auf, bis er mannshoch um die Laternenpfähle stand; durch die Doppelfenster drang schwach ein Hupen von Autos. Laß alles tief in dich eindringen, damit du es nie vergißt.

»Wollen wir nicht das *smörgåsbord* essen, ehe wir weiterspielen?« fragte Kate.

Sie schob den Servierwagen zum Tisch und goß Schnaps in die Gläser. Mit Ausnahme von Hall bedienten sich alle von den dünnen, mit Schinken, Wurst und Räucherlachs belegten Brotscheiben. Hall steckte sich eine neue Zigarette an und mischte die Karten. »Skål, Skål, Skål.« Damit du diesen Augenblick nie vergißt.

»Das ist aber ein prächtiger Rundfunkempfänger«, sagte Gullie.

»Ja? Ich benutze ihn nie«, sagte Krogh.

»Halb zehn«, sagte Anthony. »Die letzten Abendnachrichten vom Sender in London.«

Kate drehte am Einstellknopf. »Ein sich von Island näherndes Tief«, sagte eine weiche, anonyme Stimme und wurde sofort abgeschnitten.

»Gutes altes London.«

»Da ist Moskau«, sagte Kate und ließ den Zeiger über die Skala wandern, »da ist Hilversum, Berlin, Paris...«

> Aimer à loisir,
> Aimer et mourir,
> Au pays qui te ressemble.

»Bei der Einweihung des neuen Werkes der *Gas Light and Coke*, erklärte der Herzog von York...«

Die Stimmen erloschen, eine nach der anderen, wie Kerzen auf einem Weihnachtskuchen, atmosphärische Störungen über der Nord- und der Ostsee, die örtlichen Gewittern über der ostpreußischen Ebene, der Regen, der auf Tannenberg fiel, die herbstlichen Blitze über Westminster, ein Pfeifen im Äther brachten sie ins Flattern.

»Paris erkennt man immer sofort«, sagte Anthony, *»aimer, aimer, aimer.«*

»Sie geben, Mr. Farrant«, sagte Hall.

»Es war aber eine schöne Stimme«, sagte Gullie ehrfürchtig, »eine schöne Stimme.«

»Ich spiele nicht mehr mit«, sagte Kate. »Ich habe genug verloren. Singen Sie selbst, Captain Gullie?«

»Im Freundeskreis, nur im Freundeskreis. Ich versuche soeben, in der englischen Kolonie ein kleines Opernensemble auf die Beine zu stellen. Nichts Schwieriges. ›Der Mikado, Merrie England‹. Nur gute Propaganda.«

»Ene, mene, minkmank, pinkpank«, sagte Anthony, während er die letzten vier Karten austeilte. »Stell dich hinter mich und bring mir Glück, Kate. Drück mir die Daumen, wackel mit dem Zeh, ach, liebes Geld, das Scheiden tut weh. Da habe ich mir ja was Schönes eingebrockt. Nach dem Spiel treffen wir uns im Schuldgefängnis wieder.«

Hall setzte fünf Kronen.

»Wissen Sie keine Sopranistin, Miß Farrant? Mir fehlt eine Sopranistin. Mrs. Wisecock ist für die Bühne nicht geeignet.«

»Gott sei Dank«, sagte Anthony, »habe ich meine Fahrkarten schon gekauft.«

»Sie haben Ihre Fahrkarten gekauft?« sagte Hall scharf.

»Sonst gäbe es kein London für meine Wenigkeit. Ob im Fahrpreis das Essen eingeschlossen ist?«

»Aber keine Drinks, mein Junge«, sagte Gullie.

Kate sagte: »Du hast die Fahrkarten schon gekauft?« Sie dachte: Er hat sie also doch geschlagen; dann bliebe ihr nur dieser Augenblick zur Erinnerung, wiederholen würde er sich nie mehr: Tony ist glücklich, der Nebel steigt, der Schein des Feuers doppelt sich in den Scheiben, das schwache Summen des elektrischen Stroms. »Ich kaufe fünf«: in Anthonys Hand ein Straight Flush. »Ich erhöhe.« Das wird er nie vergessen, dachte Kate, jahrein, jahraus wird er von diesem Abend erzählen, wie er mit Krogh Poker gespielt, fünf Karten abgehoben und einen Straight Flush in der Hand gehalten hat. Die Geschichte wird um die ganze Welt gehen, in Gott weiß wie vielen Klubs wird sie erzählt und nie geglaubt werden. »Erhöhe.«

»Ich passe«, sagte Gullie.

Doch sie hatte bereits wieder angefangen, Pläne zu machen, wie sie wieder zusammensein könnten. Sie hätte natürlich beten können; sie spürte die Versuchung, auf die Ewigkeit zurückzugreifen, auf den Gott der anderen, den Aufschrei des Gefühls in der stummen Brust, die Selbstentblößung der Beichte: Ich liebe ihn mehr als irgend etwas sonst auf der Welt. Nein, das ist nicht genau, sei wahrhaftiger: Ich liebe niemand, nichts außer ihn. Deswegen gib ihn mir, laß mich ihn behalten, egal, was er selbst will, bewahre mich, MICH vor Schmerz – soll ich es Schmerz nennen: die Qual, die Trennung und erneute Trennung, die Nachrichten auf Ansichtskarten, den

Sturm, die unterbrochene Leitung, das Ausbleiben der Gedankenverbindung. Aber sie wollte nicht beten; der Tatsache, daß sie nicht betete, versuchte sie soviel Trost und Selbstachtung wie irgend möglich abzugewinnen; es war nicht etwa so, daß sie nicht ans Beten glaubte; gänzlich verlor man den Glauben an Magie ja nie. Nur war ihr planen lieber, planen erschien ihr fairer, es war kein Spiel mit gezinkten Karten.

»Erhöhe noch einmal.«

»Ich passe«, sagte Krogh.

»Erhöhe.«

»Ich will sie sehen«, sagte Hall.

»Bitte schön, einen Straight Flush können Sie wohl kaum schlagen.«

»Nein«, sagte Hall, »den kann ich nicht schlagen.«

Anthony sagte: »Damit ist die anständige Überfahrt gesichert. Ich werde mich voll laufen lassen können.«

Hall begann, die Karten neu zu mischen.

»Ich steige aus«, sagte Gullie.

»Ich denke, für heute reicht's«, sagte Kate. »Sie würden die ganze Nacht brauchen, um das zurückzugewinnen, Mr. Hall. Trinken wir noch ein Glas und dann ab ins Bett.« Wie er mit herausgerutschten Manschetten so da saß und mit dünnen Fingern die Karten festhielt, machte er sie irgendwie nervös. Sie sagte: »Nur Mut. Sie gewinnen das Geld bestimmt ein andermal zurück. Ist er schon immer so gewesen, Erik?« fragte sie. »Immer so ernst?« Sie erklärte Captain Gullie: »Die beiden kennen sich schon seit Jugendjahren.«

»Einmal habe ich ihn mit einer falschen Nase gesehen«, sagte Krogh, »aber verändert hat die ihn auch nicht, glaube ich.«

»War die Polizei hinter Ihnen her, Mr. Hall?«

Hall sagte mürrisch: »Es war bei einer dieser *fiestas*, wie es sie in Spanien gibt. Ich finde, man soll sich bei so was nicht ausschließen.«

»Mr. Hall wird philosophisch«, sagte Kate. Auf der

anderen Tischseite tanzte in seinem Augenwinkel die Feindseligkeit wie ein kleines grausames Irrlicht. Man hätte es entweder gern ausgelöscht oder zu etwas Größerem angefacht.

Hall sagte: »Ich gehe nach Hause. Gute Nacht, Miß Farrant.«

»Ich komme ein Stück mit«, sagte Anthony.

»Bleiben Sie noch ein bißchen, Captain Gullie, es ist doch noch gar nicht so spät. Trinken Sie noch ein Gläschen. Erzählen Sie mir etwas, irgend etwas, ja, warum erzählen Sie mir nicht etwas über Schottenmuster«, sagte Kate.

»Das bringt mich auf etwas«, sagte Gullie und senkte die Stimme, »was mir dieser Minty erzählt hat.«

»Minty?« fragte Krogh. Er erhob sich vom Tisch und trat zu ihnen herüber. »Was ist mit Minty?«

Hall stand in der Tür und knöpfte sich den Mantel zu; er war in der Taille ein wenig zu eng und zwängte ihn ein. Er sagte mit scharfer Stimme: »Sie können unbesorgt sein, Mr. Krogh.«

»Ein komischer Vogel, dem man nicht trauen darf. Leitet hier in Stockholm den Klub der Altschüler von Harrow. Wie ausgerechnet er dazu gekommen ist, ist mir unbekannt. Der Gesandte kann ihn nicht ausstehen. Minty hat mir weiszumachen versucht, Sie beide seien McDonalds. Ich habe natürlich nachgeschlagen.«

»Der gute alte Minty«, sagte Anthony. »Leb wohl, Kate. Ich stehe morgen sehr früh auf.«

»Leb wohl.«

»Leben Sie wohl, Mr. Krogh und vielen Dank für Ihre Hilfe. Eigentlich haben Sie mich ja gar nicht gebraucht. Leben Sie wohl, Gullie. Irgendwann laufen wir uns in London sicher mal über den Weg.«

Doch sie hatte keinen Plan, sie konnte ihn nicht gehen lassen. Am Fahrstuhl holte sie ihn ein. Hall fuhr allein nach unten; Anthony wartete auf sie.

»Wo brennt's, altes Mädchen?«

Kate sagte: »Ich möchte mit dir einige Dinge besprechen.« Sie dachte: Jeden Tag wird er sie mehr vergessen, aber den Gedanken fand sie keineswegs tröstlich. (Jeden Tag wird er mich mehr vergessen.) Sie sagte: »Ich habe nicht viel von dir zu sehen bekommen. Es gab da so vieles, worüber ich mit dir sprechen wollte«, mit einem verzweifelten Gefühlsausbruch, »über uns und über früher.«

»Diesmal«, sagte Anthony, »werde ich dir regelmäßig schreiben. Jeden Sonntag drei Seiten.«

Seine Bonhomie machte sie rasend, schlug aus den Wandspiegeln des langen Korridors zurück, ihr entgegen, verhöhnte sie in den Fratzen der spiegelverkleideten Treppe, funkelte in den verchromten Türen des Fahrstuhls. Sie sagte: »Und das ist alles, was ich kriege, einen Drei-Seiten-Brief pro Woche, nachdem ich jahrelang für dich gearbeitet habe. Alles, was ich getan habe, tat ich nur, um dir zu helfen, und jetzt kommt ein kleines Luder daher...« Sie verachtete die eigenen Tränen; weinen war einfach zu billig; sie würde die Tränen nicht abwischen, um gar nicht erst auf sie aufmerksam zu machen, sie einfach das Gesicht herunterlaufen lassen, als wäre sie ohne Hut durch Regen und Sturm gekommen.

»Aber Kate«, sagte Anthony, »ich habe dich doch gern.« Er warf hastig und verlegen einen Blick in den Fahrstuhlschacht. »Hall wartet. Ich muß fort.« Er griff unsicher nach ihrer Hand. »Ich liebe dich, Kate. Wirklich. Mehr als irgendwen sonst auf der Welt. Aber Lu... in Lu bin ich verliebt. Ich bin verrückt nach ihr. Sie würde dir gefallen, wenn du sie kennen würdest, Kate.« Er wurde nachdenklich, ruhig und dozierte: »Lieben und Verliebtsein, Kate, sind nicht dasselbe.«

»Scher dich zur Hölle!« sagte Kate und lief über den Flur zurück, schmierte sich im Laufen mit der Hand die Tränen vom Gesicht. Sie hörte Anthony den Fahrstuhlschacht hinunterrufen: »Ich komme, Hall«, hörte ihn nach dem Fahrstuhl klingeln. Vor der Tür blieb sie stehen und säuberte und richtete ihr Gesicht, als ob sie Anthony draus fortwischen wollte.

Als sie die Tür öffnete, fragte Krogh: »Wo ist Hall?« Die Heftigkeit und Besorgnis seines Tons überraschte sie.

Sie sagte: »Er ist mit Anthony zusammen fortgegangen.«

»Es ist so stickig im Zimmer«, sagte Krogh. »Hall raucht immer diese fürchterlichen Zigaretten.« Er drückte die Doppelscheiben in die Höhe und lehnte sich aus dem Fenster. »Ich wollte Hall unbedingt sprechen.«

»Tja, ich sollte mich auf die Socken machen«, bemerkte Captain Gullie unentschlossen. Müde hing er über dem Kartentisch mit den Elfenbeinchips und dem tiefen Aschenbecher, der bis zum Rand voll war mit feuchten Zigarettenstummeln, und drehte sein leeres Glas zwischen den Fingern.

»Bleiben Sie doch«, sagte Kate. »Lassen Sie uns noch einen Schnaps trinken.« Sie goß drei Gläser voll; Krogh kam aber nicht. »Auf Ihr spezielles«, sagte sie und klang ganz wie Anthony.

»Der Nebel«, sagte Krogh.

»Warum hast du sie nicht mit dem Wagen nach Hause bringen lassen?«

Er sagte hitzig: »Hall wollte zu Fuß gehen. Er hat mir doch gesagt, daß er zu Fuß gehen wollte.« Er zog das Fenster herunter.

»Bei richtigem Nebel nützt einem in dieser Gegend ein Auto gar nichts«, sagte Gullie. »Da ist man schneller zu Fuß. Außerdem könnte man im Meer landen, bevor man sich's versieht.« Er begann, ein paar Karten aufzulegen. »Kennen Sie die Patience ›Die kleinen Teufel‹, Miß Farrant?«

»Ich mag keine Patiencen.«

»Diese Patience wird Ihnen gefallen. Als erstes müssen Sie die Buben zudecken, so, sehen Sie? Sie sind die Teufelchen, ha, ha.«

»Wessen Brieftasche ist das? Gehört Sie Anthony?« fragte Kate.

»Nein«,sagte Krogh, »die gehört Hall. Ich hab's zu spät bemerkt.«

»Hall sah mir nicht gerade wie jemand aus, der sein Geld herumliegen läßt«, sagte Gullie. »Haben Sie bemerkt, wie der seine Karten gehalten hat. Wie ein Geizkragen, ha, ha. Hält die Hand auf alles, wie?« Die Vorstellung amüsierte ihn ungemein; Gullie amüsierte alles; er amüsierte sich überall mit der hemmungslosen Ausgelassenheit eines Kindes; es gab keine gesellige Runde, die Gullie nicht zu schallendem Gelächter veranlaßt hätte.

»Es wird Tränen geben vor Tagesende«, sagte Kate.

»Eh, wie bitte?« sagte Gullie. Er ließ die »kleinen Teufel« und wandte sich höflich ihr zu. »Wie bitte, Miß Farrant?«

»Was ist denn, Erik?« sagte Kate. »Trink einen Schnaps. Du bist müde.«

»Ich mach mich auf den Weg«, sagte Gullie. »Ein richtiger kleiner Teufel, ha ha.«

»Nein, bleiben Sie bitte«, sagte Krogh. »Ich mag noch nicht schlafen gehen. Es ist noch zu früh.«

»Ist das nicht der Fahrstuhl?«

»Hall kommt zurück, um sein Geld zu holen«, sagte Gullie.

»Los, wir verstecken es.«

Kate sagte bitter und gereizt: »Sie sind wirklich ein kleiner Teufel.«

Der Fahrstuhl hielt jedoch ein Stockwerk tiefer.

»Fast hätte ich's diesmal geschafft«, sagte Gullie und mischte die Karten neu. »Hab mal versucht, einem Franzosen Patiencen beizubringen. Völlig umsonst. Er hat unablässig gemogelt. Ist mir unbegreiflich. Patience macht doch keinen Spaß, wenn man mogelt.«

Krogh schob plötzlich die große Falttür auseinander, ging durch sein Arbeitszimmer hindurch und ins Schlafzimmer. Sie beobachteten ihn. Er ging an den gesammelten Erstausgaben, der Plastik von Milles vorbei und nahm eine Tablette. »Fehlt dir was, Erik?« fragte Kate.

»Kopfschmerzen.« Er drehte sich mit dem Zahnputzbecher in der Hand wieder zu ihnen um und rief durch die Länge der beiden Räume: »Was ist das hier für ein Päckchen?«

»Krawatten«, sagte Kate.

»Ich hab doch wohl genug Krawatten, oder?«

»Tony hat sie heute nachmittag für dich ausgesucht.«

»Tony?« sagte er.

»Mach es auf. Wenn Tony Krawatten aussucht, sind sie gut.«

»Ich brauche die Krawatten nicht. Schick sie zurück.«

»Er hat sie mit seinem eigenen Geld bezahlt.«

Krogh sagte: »Das hätte er nicht tun sollen. Das hättest du verhindern müssen, Kate.«

»Er ist dir dankbar. Und er wollte es dir irgendwie zeigen.«

Krogh sagte: »Warum wollen mir alle Leute was schenken? Ich kann mir alles selber kaufen, oder? Hall hat mir Manschettenknöpfe geschenkt. Ich habe genügend Manschettenknöpfe.«

»Schon gut«, sagte Kate, »ich werde sie zurückschikken.« Sie ging ins Schlafzimmer und nahm ihm das Päckchen ab. »Du hast ja das ganze Aspirin geschluckt. Was ist los, Erik?«

»Bloß Kopfschmerzen.«

»Laß mal sehen, was er gekauft hat.« Sie öffnete das Päckchen; sie sah dezent gestreifte Krawatten vor sich; in punkto Kleidung hatte Anthony Geschmack. »Du könntest sie doch tragen; sie sind nun mal da.«

»Nein, ich habe schon mehr als genug. Schick sie zurück.«

Sie trug sie in ihr eigenes Zimmer und legte sie in eine Schublade zwischen ihre Hemdchen. Die Liftglocke läutete; im Wohnzimmer hörte sie Gullie demonstrativ die Karten auflegen; sie dachte: Ich bin ohne Plan; er ist fort;

die letzten Worte, die ich zu ihm gesagt habe, lauteten: »Scher dich zum Teufel.« Niedergeschlagen machte sie sich Vorwürfe wegen ihrer Unvorsichtigkeit – von klein auf hatte sie Dienstmädchen gekannt, die aus Teeblättern die Zukunft lasen, Kindermädchen, die Salz über die linke Schulter warfen; sie hatten ihr beigebracht, daß man bei Abschiedsworten achtgeben müsse. Zankt euch, wenn es sein muß, aber versöhnt euch vor Sonnenuntergang. »Scher dich zum Teufel« – so etwas durfte man am Anfang eines Abends sagen, nicht am Ende, zur Begrüßung, nicht aber zum Abschied. In der Kindheit war man vorsichtiger gewesen; der Tod war einem näher; man hatte das Leben nicht fest im Griff. Zärtlich berührte sie die Krawatten und schob sie unter die Hemdchen.

»Da ist er ja«, sagte Gullie, als Kate und Krogh zusammen ins Wohnzimmer traten. »Habe ich's nicht gesagt? Ich hab doch gewußt, daß Hall zurückkommen würde.« Der Fahrstuhl hielt. Es war Hall.

Er trat ein, mit dem Hut in der Hand, schmal und kalt, engstirnig, unfreundlich, der Nebel lag ihm wie Staub um die geröteten Augen. Er war ihm in die Kehle geraten. Er war heiser, als er sagte: »Ich habe meine Brieftasche vergessen.«

»Da liegt sie, Hall«, sagte Krogh. Hall schien sie gar nicht nehmen zu wollen und strich sich wie um besser sprechen zu können mit der gelbbehandschuhten Rechten über die Kehle. Es schien, als wollte er etwas sagen, doch niemand konnte ihm das richtige Stichwort geben.

»Ich begleite Sie nach Hause, Hall«, sagte Gullie; das war es aber nicht.

»Ist Anthony mit Ihnen zurückgekommen?« fragte Kate.

Sie hatte den Eindruck, als wolle er irgendeinen großen Schmerz aus der Kehle streichen und ohne Hoffnung selbst um ihr Mitgefühl betteln. Doch sie mißtraute ihm; sie verweigerte ihm Mitleid. »Ist Anthony nicht da?«

»Nein«, sagte Hall, »ich habe mich von ihm getrennt. Ich bin allein zurückgekommen.«

»Trinken Sie ein Gläschen, Hall«, sagte Krogh.

»Danke, gern«, sagte Hall. »Draußen schlägt's einem auf den Hals. Aber hier drinnen, mit einem Schnaps«, es gelang ihm nicht, ein Lächeln anzudeuten, »ist alles wieder in Ordnung. Es ist alles o. k.«

»Er dürfte schon zu Hause sein«, sagte Kate. »Ich werde mal rasch bei ihm anrufen.«

»Spielen Sie Patience, Hall?« fragte Gullie und legte die »Kleinen Teufel« aus.

»Patience? Nein«, sagte Hall, und die Stimme in der Leitung sagte: »Nein, Captain Farrant ist nicht zurückgekehrt.«

»Bestellen Sie ihm«, sagte Kate, »er möchte mich anrufen, sobald er zurück ist. Seine Schwester. Ganz gleich, wann er zurückkommt. Sagen Sie ihm, ich werde aufbleiben, bis er anruft. Ja, egal wie spät es ist.« Sie entschuldigte sich bei den anderen. »Es geht um einen Aberglauben.« Voll trauriger Zärtlichkeit fügte sie hinzu: »Das ist wirklich das Letzte. Er nennt sich jetzt Captain.«

Minty stand am Eingang, notierte die Namen, notierte welche Kränze von wem stammten – der riesige Kranz kam von Krogh, der kleine von Laurin; er stellte fest, daß von Kate keiner gekommen war. Von Hall auch nicht. Unter dem kantigen Kruzifix glitt der Sarg ruhig auf seinen Schienen. Die Türen öffneten sich, um ihn zu empfangen; das Lodern der Flammen wurde vom Mikrophon neben dem Altar eingefangen und in den großen, kahlen Kirchenraum übertragen. Minty bekreuzigte sich; man hätte die Leiche ebensogut im Wasser liegenlassen können. Er hatte einen Horror vor solcher Feuerbestattung.

Kate und Krogh standen in der ersten Reihe nebeneinander, hinter ihnen Bergsten und Hall und Gullie. Der Gesandte hatte einen Kranz schicken lassen. Neben dem Eingang standen ein oder zwei Büroangestellte und eine Frau vom Hotel; draußen hatte sich eine Menschenmenge versammelt, die Krogh sehen wollte. Ein Kind war zu seiner ersten Beerdigung mitgenommen worden und konnte das Stehen, das lange Warten, die Stille, daß es gar nichts zu sehen gab, nicht begreifen. Das dünne, gelangweilte Plärren machte Minty zu schaffen. Er kam sich vor wie ein Stummer, für den ein Mensch dolmetscht, der das, was er sagen möchte, völlig verdreht.

Minty litt nämlich, er litt, als er die Kränze und die Namen notierte; er litt unter dem Weinen des Kindes und dem Bedürfnis nach einer Zigarette. Er dachte: Ich werde mir von Nils eine Krone borgen – und litt. Dies war schon der vierte Freund. Da blieben gar nicht mehr viele.

Sparrow – Sparrow, ausgestoßen, weil er sich nie hinter den Ohren wusch. Sonntags gingen sie zusammen spazieren, unbeirrt stapften sie die Hauptstraße entlang; sie mieden die allgemein bevorzugten Feldwege; sie sprachen kaum miteinander. Sie hatten keine gemeinsame Interessen – Sparrow blies in den Ferien Vogeleier aus, ohne Erfolg; die Eier zerplatzten, er beschmierte sich nur den Mund; Minty sammelte Schmetterlinge. Während der Schulzeit sammelten sie entlang der Hauptstraße nur den Staub von vorbeifahrenden Autos; sie waren Freunde, weil beide keine anderen Freunde hatten; einer schämte sich des anderen, sie waren einander dankbar und manchmal, wenn es ihnen gelang, gemeinsam den nassen Handtüchern im Umkleideraum zu entwischen, liebten sie einander.

Connell starb innerhalb einer Woche. War eine Woche beliebt, legte einem Lehrer eine Reißzwecke auf den Stuhl, schenkte Minty einen Riegel Schokolade, versprach, er würde ihn zum Tee einladen, ging während der Französischstunde vorzeitig nach Hause und starb an Scharlach.

Eine Stimme hinter ihm sagte: »Eine traurige Geschichte. Der arme junge Mann. Und noch dazu eine ganze Woche im Wasser zu liegen.« Es war Hammarsten, der, verspätet wie immer, mit seinem Notizbuch in die Kirche hereingeschlüpft war. Er flüsterte hinter vorgehaltener Hand: »Die Proben laufen gut. Bis auf Gower. Ich brauche einen anderen Gower.« Er erkundigte sich: »Irgendwelche Verwandte?«

»Nein, keine Verwandten«, sagte Minty. Er dachte an seine Mutter, an seine alte Tante Ella, dachte, in punkto Verwandtschaft haben wir nicht viel aufzuweisen.

Und dann Baxter, der ihn im entscheidenen Augenblick im Stich ließ, der mit dem Paket, das von dem Apotheker in der Charing Cross Road zusammengestellt worden war, nichts zu tun haben wollte.

»Wenn ich daran denke«, flüsterte die Blondine an Hammarstens Seite, »daß er mich letzte Woche noch in den Armen gehalten hat.«

In Minty zog sich alles zusammen. Er wünschte sich Weihrauch, um den Duft von Chanel zu vertreiben. Er wünschte sich Kerzen, die er vor den Heiligen hätte anzünden können. Er wünschte sich jede nur denkbare Unterstützung für seinen irrwitzigen Glauben, daß sein vierter, zur Vollendung gelangter Freund jetzt dort war, wo sich auch Connell befand, wo es weder Schmerz, noch Scheitern, noch Sex gab.

Er sagte: »Sie waren nicht die einzige.«

»Er hatte so eine unwiderstehliche Art.«

»Er hatte eine Freundin. Er hat sie mir vorgestellt.« Und er prahlte stolz: »Außer mir hat niemand von ihr gewußt – niemand außer mir und seiner Schwester.«

»Das arme, arme junge Ding«, sagte Hammarsten. »Wo ist sie?« und suchte durch seine schwarzbebänderte Stahlbrille in der hellen, kaltglitzernden Kirche nach ihr.

»In England. Sie weiß nicht Bescheid. Keiner kennt ihre Adresse.« Aber er, Minty, konnte sich erinnern, er wußte, daß sie in Coventry lebte. Dieses eine Geheimnis aus dieser Freundschaft wollte er sich bewahren (den Morgen in seinem Zimmer, die fehlende Milch, die fehlende Tasse, die kümmerliche Bewirtung suchte er zu vergessen). Das Geheimnis der Freundschaft hütete er sorgfältig wie eine Reliquie, wie den angelsächsischen Schenkelknochen, wie den von Hand zu Hand weitergereichten, heiligen Splitter – den Schokoladenriegel, den er nie gegessen und jahrelang aufgehoben hatte, bis er schließlich während eines seiner zahllosen Umzüge verlorengegangen war; den Schnappschuß von ihm selbst mit einem Schmetterlingsnetz, den Sparrow gemacht hatte; eine Nummer von ›The Bushman's Vade-Mecum‹, die ihm Baxter gegeben hatte; nun kam der Name Coventry hinzu.

Hammarsten sagte: »Mit der Nachricht von der bevorstehenden Heirat haben sie aber schlimm danebengehauen. Sie haben Glück, daß Sie nicht gefeuert worden sind.« Minty lachte: Glück! Er konnte nicht anders, er mußte lachen: Welch ein Glück, noch hier zu sein, die Kränze zu zählen, die Zahl der Gäste zu addieren, seinen kurzen Bericht zu schreiben und anschließend wieder die Treppe hinaufzusteigen, sechsundfünfzig Stufen, vierzehn bis zu den Ekmans, achtundzwanzig bis zur leeren Wohnung mit dem einsamen Schirm und dem Stahlstich von Gustav Adolf, und schließlich der braune Morgenmantel, der Kakao im Schrank, die Madonna auf dem Kaminsims. Aber ja, wenn er es sich genauer überlegte, hatte er durchaus Glück; es hätte alles viel, viel schlimmer sein können.

»Und heute«, sagte Hammarsten, »sind die Aktien der großen, neuen amerikanischen Emission gezeichnet worden. Leben und Tod, Leben und Tod.« Er begann zu husten, und sein Auswurf verfing sich in seinen Bartstoppeln, in seinem Gehrock, und hinter ihm, hoch oben am Himmel, über dem See mit Kurs auf das Rathaus kamen die Flugzeuge, sie stiegen und fielen wie ein Flug Schwalben, mindestens ein Dutzend, und als sie abdrehten, blinkten ihre Aluminiumflügel in der Sonne, und als die Orgel verstummte, war die Luft von dem Lärm ihrer Motoren erfüllt.

Das Kind hörte auf zu weinen. »Guck mal«, rief es, »guck mal da.« Endlich war etwas los.

Die Frau vom Hotel schlüpfte aus der Kirche hinaus und musterte die Anwesenden aus zusammengekniffenen, geschäftstüchtig funkelnden Augen; die Büroangestellten eilten davon (sie mußten weiter an ihre Arbeit). Der alte Bergsten stützte sich auf seinen Chauffeur, der ihn die Stufen zur Straße geleitete; er wußte im Grunde gar nicht, warum er überhaupt da war; man konnte es an dem gereizten Blick erkennen; rechnete jeden Augenblick damit, hinters Licht geführt zu werden. Gullie blieb noch, sagte Kate ein paar angemessene Worte, wartete, bis er draußen war, bevor er sich sein Monokel wieder ins Auge klemmte. Als er Minty bemerkte, versuchte er, ihm auszuweichen, aber Minty packte ihn beim Ärmel. »Sie kommen doch zum Harrow-Dinner?«

»Ja, ja, bestimmt.«

»Mir ist eine Idee gekommen«, sagte Minty. »Man wird

es langsam leid, immer nur Trinksprüche auf die Schule, den Direktor und all den Schmarren zu hören. Wie wär's, wenn der Gesandte einen Toast auf die Literatur und Sie einen auf die Kunst...«

»Tja«, sagte Gullie, »jaja. Sehr überlegenswert, mein Bester.«

»Bei Ihrer Vielseitigkeit könnten Sie natürlich auch über Musik sprechen, über das Theater – von den Streitkräften ganz zu schweigen.«

»Geben Sie mir Bescheid«, sagte Gullie und wandte sich zum Gehen, »schicken Sie mir eine Karte.«

»Sie waren am letzten Abend dabei, nicht wahr?« sagte Minty.

»Was wollen Sie damit sagen? Wo dabei?«

»Beim Kartenspiel in Krogh's Wohnung?«

»Ach so, ja. Ja.«

»Sie haben auch gehört, was die Leute erzählen. Daß er selbst in dem Nebel nicht einfach so ins Wasser spaziert sein kann.«

»Die Leute reden viel.«

»War er betrunken?«

»Na ja, er hatte ein bißchen getrunken. Aber mein Bester, Sie haben ja keine Ahnung, wie neblig es war. Ich habe bis zur Gesandtschaft eine ganze Stunde gebraucht.«

»Wie dicht der Nebel war, weiß ich selbst«, sagte Minty. »Ich war selbst unterwegs.« Er hustete. »Der Nebel steckt mir heute noch im Hals. Ich stand den ganzen Abend über im Freien und habe gewartet.« Er faßte sich in die Tasche und zog eine silberne Streichholzschachtel hervor. »Die wollte ich ihm schenken.« Er drehte sie so, daß man das eingravierte Wappen erkennen konnte. »Ich bin wirklich in Harrow zur Schule gegangen, ich brauche sie nicht. Sie hätte ihm gefallen.«

»Na, sehen Sie, dann wissen Sie doch, wie neblig es war.«

»Er hat das Haus mit Hall zusammen verlassen. Deshalb konnte ich nicht gleich mit ihm sprechen. Ich wollte den beiden folgen, verlor sie aber sofort aus den Augen. Ungefähr zehn Minuten später hörte ich ihn um Hilfe rufen.«

»Armer Teufel.«

»Ja. Hall kam aber erst nach dem Hilferuf zurück. Er muß näher gewesen sein als ich, hatte aber nichts gehört.«

»Minty, da phantasieren Sie sich eine Geschichte zurecht.« Minty drehte sich um, um Hall zu beobachten, der von vorn zum Ausgang der Kirche kam, und Gullie machte sich frei. »Schicken Sie mir wegen des Dinners eine Einladung, wie sich's gehört.«

»Ja«, sagte Minty, »ja. Das Dinner«, und sah Hall näherkommen; mit unbändigem, ohnmächtigem Haß musterte er die Wespentaille, die braunen Samtaufschläge; wenn ich doch etwas tun könnte; wie ein kleiner, gelber, zorniger Racheengel stand er zwischen Hall und der Straße, der kalten, klaren Sonne, der Menschenmenge, der Arabeske, die von den Flugzeugen an den Himmel gezeichnet wurde.

»Verzeihen Sie, Mr. Hall.« Er verstellte ihm den Weg, fuhr sich mit seiner wunden, tabakverätzten Zunge über die Zähne und spürte, wie im Licht des gewöhnlichen Alltags seine Rachegelüste in sich zusammensanken, bis nur noch der Wille zum Ärgern und Reizen übrigblieb. »Möchten Sie eine Erklärung abgeben?«

Hall sagte: »Wieso? Was soll das? Eine Erklärung?«

»Klar«, sagte Minty und blies Hall seinen rauchigen Atem ins Gesicht, als ob er auf seinen Kaffee pustete, um ihn abzukühlen, »Sie sind doch bestimmt einer der neuen Direktoren. In Anbetracht Ihrer Erfahrung dürften Sie doch wohl die New Yorker Stelle leiten?«

»Nein«, sagte Hall. »Den Posten wird Laurin übernehmen.«

»Obwohl Mr. Krogh Ihnen so viel zu verdanken hat?«

»Hören Sie«, sagte Hall, »schreiben Sie sich das hinter die Ohren: Er schuldet mir gar nichts. Ich habe ihm zu danken.« Er streifte seine engen, braunen Handschuhe über. »Und falls Mr. Krogh und ich über die Art und Weise, wie ich Dinge handhabe, unterschiedlicher Meinung sind, dann muß ich ins Gras beißen. Und Sie sollten Mr. Krogh lieber nicht belästigen, solange ich in der Nähe bin.«

»Sie haben keinen Kranz geschickt«, sagte Minty.»Sind Sie mit Mr. Farrant etwa nicht ausgekommen?«

»Nein«, sagte Hall.

Er wartete im Eingang, bis Krogh erschien, dann gingen die beiden Männer nebeneinander, doch mit einem ziemlichen Abstand und ohne ein einziges Wort zu wechseln, zum Auto. Die Menge blieb, weil es sich um eine Trauerfeier handelte, stumm. Der Kopf und die Faust – der massige Körper, der seine kleinbäuerliche Herkunft nicht verleugnen konnte, unbehaglich eingezwängt in Cut und engen Kragen; und die Faust: Tod und Vernichtung mit Wespentaille und juwelenbesetzten Manschettenknöpfen, die wie Eiskristalle blitzten. Sie hatten sich nichts zu sagen. Zwischen ihnen lag etwas, das sie trennte, wenn sie auch zusammen fortfuhren, so blieb doch jeder allein; es war nichts Einfaches wie ein Tod, es war etwas so Kompliziertes wie die Liebe zwischen Mann und Frau.

Als sie fort waren, begann die Menge sich zu zerstreuen. Es gab nichts mehr, worauf zu warten sich gelohnt hätte. Es gab nichts mehr zu sehen. »Guck«, sagte das Kind, »guck«, und schaute zu den Flugzeugen hoch, während es auf den Bürgersteig gezerrt wurde und über den Bordstein stolperte.

»Ich muß in die Redaktion«, sagte Minty, »und was abliefern.« Er wußte nicht, wie er mit ihr reden sollte; sie war eine Frau, und allein deswegen weckte sie seinen Haß. »Mit Ihrer Hochzeit hat er mich böse reingelegt.«

»Wir wollten wirklich heiraten.«

»Tja, jetzt muß ich aber los«, sagte Minty. »Bis demnächst einmal. Wenn Sie mit mir irgendeine Vereinbarung treffen möchten« Er wollte von ihr wegkommen; für Parfüm, Seidenstrümpfe, Puder und Schminke empfand er nur Verachtung. Wie ein kleiner verräucherter Savonarola stand er da, und seine Nasenlöcher zogen sich vor Abscheu zusammen; erst wenn er neben der Gasuhr inmitten seiner Schulfotos seinen Kakao trank, würde er sich wieder rein vorkommen. Er fuhr zusammen, als sie zu ihm sprach. Er war es nicht gewohnt, daß man sich länger mit ihm unterhielt; er rechnete mit dem Schlimmsten, wenn eine Frau sich die Mühe machte, mit ihm zu sprechen.

Kate sagte: »Sie haben ihn um Hilfe rufen hören. Ich habe nichts gehört. Ich habe gar nichts *gefühlt.*«

»Ja, aber ich wußte nicht, was los war.« Er sagte: »Ich konnte nichts sehen. Und als Hall zurückkam, habe ich angenommen, daß alles in Ordnung wäre.«

»Sie haben Streit miteinander gehabt«, sagte Kate. »Erik und Hall.«

»Sie glauben...«, sagte Minty, »Hall...«

»Glauben!« sagte Kate. »Ich weiß es genau.« Er versuchte, ihrer Gewißheit auszuweichen, denn wenn man sich einer Sache sicher war, mußte man etwas tun – und was, dachte er mit säuerlichem Selbstmitleids, könnte Minty schon tun?

»Deshalb kriegt Laurin die Stelle in New York«, sagte Kate.

»Sie bleiben natürlich hier?« fragte er verächtlich.

»Nein«, sagte Kate, »ich gehe fort.«

»Großartig«, sagte Minty, »wirklich großartig. Da werden Sie es denen aber geben. Ist Ihnen denn nichts besseres eingefallen? Schließlich war er Ihr Bruder und nur mein...« – er konnte das Wort »Freund« nicht aussprechen. Wie sie da vor ihm stand in ihrer ruhigen, reichen Trauer, durfte er für sich nicht mehr in Anspruch nehmen, als Anthony flüchtig gekannt zu haben. Mit jedem Blick auf ihre Handschuhe, ihre Schuhe, ihr Modellkleid nahm sie ihm etwas von Anthony weg. »Ach, wissen Sie, vor ein paar Tagen hätte ich sie ruinieren können«, sagte sie. »Ich hätte Batterson nur ein Wort sagen müssen. Aber was hätte das für einen Sinn gehabt? Es gibt so etwas wie Ganovenehre. Wir sitzen alle im selben Boot.«

»Er war kein Ganove«, sagte Minty und nahm damit gleichzeitig Sparrow, Connell und Baxter in Schutz...

»Wir sind alle Ganoven«, sagte Kate, »Diebe, die sich ihren Lebensunterhalt da und dort zusammenstehlen und selber nichts geben.«

»Sozialismus«, höhnte Minty.

»O nein«, sagte Kate. »Der ist nichts für uns. In unserem Boot gibt es keine Brüderlichkeit. Bei uns zählt nur, wer die schneidigste Figur macht und wer schwimmen kann.«

Die Flugzeuge schossen über den See zurück und hinter sich am Himmel ließen sie ein zartes Gitterwerk aus Rauch zurück, eine Schweifspur – »Krogh; Krogh« – in der das *K* bereits verschwamm, während das *H* noch gezogen wurde.

»Sie kehren also nach England zurück?« fragte Minty und dachte an die sechsundfünfzig Stufen, die leere Wohnung, die italienische Frau im dritten Stock.

»Nein«, sagte Kate, »ich ziehe einfach weiter. Wie Anthony.« Die Räucherkerzen, die Kondensmilch, die Tasse (ich habe die Tasse vergessen).

»Ich habe eine Stelle in Kopenhagen.«

Das Meßbuch im Schrank, die Madonna, die Spinne, die unter ihrem Glas verschrumpelte, ein Zuhause in der Fremde.

[illegible]

[illegible]

[illegible]

[illegible]

[illegible]

[illegible]

[illegible]

Charles Bukowski im dtv

Foto: Bettina Morlock-Kazenmaier

Gedichte die einer schrieb bevor er im 8. Stockwerk aus dem Fenster sprang
dtv 1653

Faktotum

Ein illusionsloser Roman über einen Mann, den die Ansprüche bürgerlicher Moral nie gequält haben, der nur eines will: Überleben – essen, trinken und gelegentlich eine Frau.
dtv 10104

Pittsburgh Phil & Co.

»Stories vom verschütteten Leben«, Kurzgeschichten, in denen »primitive« männliche Bedürfnisse und Regungen artikuliert werden.
dtv 10156

Ein Profi

Der zweite Teil der »Stories vom verschütteten Leben«.
dtv 10188

Das Schlimmste kommt noch oder Fast eine Jugend

Bukowski erzählt in diesem autobiographischen Roman die Geschichte seiner Jugend im Amerika der zwanziger und dreißiger Jahre.
dtv 10538

Gedichte vom südlichen Ende der Couch
dtv 10581

Flinke Killer
Gedichte
dtv 10759

Nicht mit sechzig, Honey
Gedichte
dtv 10910

Das Liebesleben der Hyäne

Henry Chinaski ist auf Erfolgskurs. Man reißt sich um ihn, und die Ladies geben sich in seiner Wohnung buchstäblich die Klinke in die Hand.
dtv 11049

Pacific Telephone
51 Gedichte
dtv 11327

Die letzte Generation
Gedichte
dtv 11418

Leonardo Sciascia im dtv

›Der Tag der Eule‹

In der Via Cavour liegt ein Toter. Mehr als ein Dutzend Menschen waren dabei, als er starb. Aber niemand will etwas gesehen haben, keiner will reden ... dtv 10731

›Tote auf Bestellung‹

Der Apotheker der sizilianischen Kleinstadt erhält einen anonymen Drohbrief. Bald darauf wird er, zusammen mit einem Freund, auf der Jagd erschossen. dtv 10800

›Tote Richter reden nicht‹

Als die Ermittlungen über die brutale Ermordung eines Staatsanwalts an einem toten Punkt angekommen sind, beschließt der Polizeiminister, Inspektor Rogas einzusetzen, den scharfsinnigsten Untersuchungsbeamten der sizilianischen Polizei. dtv 10892

›Sizilianische Verwandtschaft‹

Vier frühe Erzählungen des großen sizilianischen Autors, in denen er mit den Traditionen der Ausbeutung vom 19. Jahrhundert bis zum Faschismus und der Nachkriegszeit abrechnet. dtv 11082

Todo Modo
oder das Spiel um die Macht

Alljährlich treffen in einer Einsiedelei Topmanager von Industrie und Kirche auf Politiker und Bankiers, um unter dem Deckmantel geistiger Exerzitien Absprachen auszuhandeln. Da wird einer der Teilnehmer ermordet aufgefunden. dtv 11168

Candido
oder ein Traum in Sizilien

Candido wächst nach Kriegsende bei Palermo auf. Seine Erziehung wird in die Hände eines klugen Priesters gelegt, der ihm auf dem Weg der Wahrheitssuche weiterhilft. Dabei stoßen sie rasch auf Zweideutigkeiten und Widersprüche der italienischen Gesellschaft. dtv 11231

Schwarz auf schwarz

Notizen aus den Jahren 1969 bis 1979 zu Wirtschaft und Mafia, Kultur und Kirche, kleine philosophische Betrachtungen, kurze Essays sowie Gedanken zur Literatur. dtv 11328

1912 + 1

Die Ehefrau eines Hauptmanns der Bersaglieri hat im Schlafzimmer den Burschen ihres Mannes erschossen. Der Mordprozeß enthüllt pikante Details. dtv 11337

Saul Bellow im dtv

Foto: Thomas Victor

Eine silberne Schale
Das alte System

Diese beiden Erzählungen schildern die vielschichtigen Beziehungen und Konflikte innerhalb einer großen jüdischen Familie, zeigen, wie man sich quält und verwöhnt, hilft und übers Ohr haut, und wie man sich trotzdem liebt. dtv 10425

Mr. Sammlers Planet

Mit den Augen eines weise gewordenen europäischen Intellektuellen zeigt Saul Bellow New York aus einer Perspektive, die voller Tragik und Komik zugleich ist: »Alle menschlichen Typen sind reproduziert: der Barbar, die Rothaut, der Dandy, der Büffeljäger, der Desperado, der Schwule, der Sexualphantast, Dichter, Maler, Schürfer...« dtv 11200

Der mit dem Fuß im Fettnäpfchen
Erzählungen

»Ich sehe nicht einmal aus wie ein Amerikaner«, sagt Mr. Shawmut, Held der Titelgeschichte, »– ich bin groß, aber ich habe einen krummen Rücken, mein Hintern sitzt höher als bei anderen Menschen, ich habe stets das Gefühl, daß meine Beine unverhältnismäßig lang sind: man brauchte einen Ingenieur, um die Dynamik auszutüfteln...« – der amerikanische Nobelpreisträger von einer leichten, heiteren Seite. dtv 11215

Der Regenkönig

Eugene Henderson, ein spleeniger Millionär, hat die Nase voll vom »American way of life«, läßt Familie und Reichtum hinter sich und sucht sein Glück in Afrika. Dort wird er von den Wariwaris zum Regenkönig gekürt – ein nicht ganz ungefährliches Amt, wie sich herausstellt. Ein moderner Schelmenroman voll hintergründiger Komik. dtv 11223

Mehr noch sterben
an gebrochnem Herzen

Der international geschätzte Botaniker Benn Crader erweist sich, wenn's ums andere Geschlecht geht, als Ignorant und Laie. Auch Kenneth Trachtenberg, Benns Neffe und treuer Begleiter, ist kein Frauenheld. Mit Entsetzen verfolgt er die amourösen Abenteuer seines ältlichen Onkels und dessen Heirat mit der wesentlich jüngeren Matilda Layamon. Doch er gerät bald selbst in die Netze der Liebe. dtv 11364